修訂三版

新聞採訪與寫作

張裕亮　　主編

張家琪、杜聖聰　著

News Reporting
and Writing

三民書局

News Reporting and Writing

作者簡介

張裕亮

> 現　任

南華大學傳播學系教授兼社會科學院院長

> 學　歷

國立政治大學東亞研究所博士
國立政治大學新聞研究所碩士
國立臺灣大學政治學系學士

> 經　歷

中央日報通訊組編輯，中國時報編輯中心主編，新聞局視
聽處荐任祕書，大陸委員會荐任科員，中央日報大陸組組
長，勁報大陸組組長，海洋大學共同科兼任助理教授，南
華大學傳播學系教授兼系主任

張家琪

> 現　任

國立嘉義大學中國文學系、中國文化大學新聞學系、南華
大學文學系所兼任副教授

> 學　歷

中國文化大學中山與中國大陸研究所法學博士
中國文化大新聞研究所碩士
中國文化大學新聞學系學士

> 經　歷

自由時報、中央日報編輯，聯合報記者、編輯；國防大學政治作戰學院新聞學系、世新大學新聞學系與公共關係暨廣告學系兼任講師；國立暨南大學華語教學碩士學程、世新大學公共關係暨廣告學系、南華大學傳播學系兼任副教授；稻江科技暨管理學院傳播藝術學系專任助理教授

杜聖聰

> 現　任

銘傳大學廣播電視學系主任

> 學　歷

國立臺灣師範大學法學博士

> 經　歷

中天、三立、壹電視、ETtoday 新聞倫理會委員，第五屆公共電視董事審查委員，漢青兩岸文教基金會執行長，玄奘大學廣電新聞系、圖資系主任，玄奘大學研發室主任，新新聞董事長特助，中央廣播電臺採訪主任，中天電視臺兩岸中心召集人，勁報政治中心副主任，環球電視臺黨政組長

修訂三版序

　　十一年前，在三民書局盛情邀約下，我邀集了杜聖聰等數位兼具傳媒實務及教學經驗的老師，共同合撰完成《新聞採訪與寫作》一書。這為我們幾位老師近年來的採寫課程教學，以及學生學習臨摹採寫，提供了極佳範本。其間，承傳播學界諸多師生採用，於三年前再版。

　　時序推移，近日三民書局告知二版已銷售告罄，準備三版，對我及諸位作者來說，無疑是一大鼓勵。這意味著透過此書，這些年來諸多傳播科系師生分享了我們的採寫經驗，可說是以文會友，或者另類形式的師生互動。

　　伴隨著數位匯流的急遽成長，網路自媒體 (we media) 的雨後春筍，媒體平臺的便捷使得訊息傳布的數量與速度，達到過往難以想像的規模。細觀這些自媒體刊載的內容，較多的是朋友間的隨意對話，或者作者即興式的獨白，或者不知消息來源為何的「獨家」爆料。這些自媒體呈現的所謂「報導」，嚴格來說，在寫作結構上都缺乏 5W1H。

　　問題在此，不具備 5W1H 的文字內容能算是新聞報導嗎？確有一種看法，認為新聞報導應與時俱進，用 5W1H 檢視每則報導內容，已顯得滑稽突梯、保守過時。但是，如果每則在自媒體刊載的內容，不重視是否具備 5W1H，那將挑戰新聞的典範定義，挑戰新聞編輯室的編採作業，挑戰新聞從業員專業素養的必要性。

　　直言之，恰恰是此種不重視 5W1H 的論調，導致新聞價值缺乏客觀標準，零碎、無意義的所謂「新聞」在自媒體大量充斥。而傳統媒體卻往往自甘沉淪，大量擷取自媒體裡的偽新聞，加工改造成「新聞」，提供給閱聽者消費，無端製造莫虛有的假議題，徒然激化社會民心的無謂躁動。

　　這就說明了新聞採寫注重 5W1H 的時代意義，它在每個媒體躍進的時

代，都應被仔細珍視。如果所有傳統媒體人及自媒體使用者，能夠了解、注重，進而嫻熟 5W1H 寫作，相信臺灣社會每天可以減少無意義的新聞被大量製造，對事件真相的釐清，對社會民心的沉澱，對國事大政的導正，傳統媒體或自媒體也能感覺有所盡責。

　　本書的修訂三版仍然立基於對傳統新聞採寫 5W1H 的堅持，希望透過嶄新舉隅，讓修習者明瞭新聞採寫如何實地操作。教授者可先闡釋書中舉隅，再請學生實際臨摹、反覆採寫，重要的是修習者勤寫，授課者詳加批改，日積月累，庶幾乎學有所成。

張 裕 亮

於南華大學學海堂 2018 年 8 月

序

　　六年前告別了十多年新聞界飄泊闖盪的生涯後，隻身南下任教，教授科目是大眾媒體寫作。對於長年浸淫新聞界的我來說，在認知裡投入新聞界工作者，無論是新聞科班畢業與否，寫好新聞稿似乎是天經地義之事。媒體的在職養成訓練容或分量不一，但大體上直接上陣，從實際跑線中累積經驗，同時觀察同業作品藉此砥礪，似乎是記者養成的不二法門。

　　因此，新聞採寫要教些什麼？如何教？確實對中年轉任杏壇的我構成一大挑戰。當時，也就是懷著一顆期待興奮，又忐忑不安的心，踏入校園。

　　時間飛逝，轉眼教授新聞採寫課程六年半、十三個學期，教授學生以每學期三十多人計，也有四百多人。從實際上課、學生採訪與批改學生作業上，深刻認識到目前大學生的寫作水平，也從中體悟如何在有限的授課時程上，以做中學的方式，提供同學掌握採寫依循的準則與訣竅。

　　這期間蒙三民書局力邀我撰寫新聞採訪與寫作一書，由於過程中恰值升等、系務諸事在身，竊思以一人之力，實難以克盡全功。適值多位原本任職新聞界老友南下本系授課，於是萌生集思廣益之念，乃邀集趙苕玲老師、張家琪老師、杜聖聰老師分就各人所長共同合撰。

　　三位老師均認為能將多年在業界一線經驗，以及授課中與同學互動心得，系統歸納筆之成冊，既有助於己身教學，也值得他校老師參考採用，誠一樂事也。為此，爰請張家琪老師草擬大綱，後經大家充分討論後定案。

　　本書的作者均有多年業界編採經驗，從開始入門時被改稿、退稿，再經修稿、潤稿，其間的戰戰兢兢、戒慎恐懼，迄今猶歷歷在目。及至年資漸長，社方委以重任負責一方新聞，審閱稿件、指揮調度，亦有深刻體驗。在此種情形下，本書的特色在於濃縮四位作者實務經驗，以範例舉隅說明新聞採寫

如何實地操作。

　　過去幾年，筆者主持系務，擘畫課程、延聘師資自是分內中事。有感於目前學子寫作水平每下愈況，而教授採寫課程者除課堂講授外，課後必須經常批改作業，負擔極重，一向為大學老師視為燙手山芋。為此，本人力邀三位作者共同分擔課務，將多年業界心得分享給同學。三位作者都是多年老友，過去數年與筆者在職場上都有或長或短交集，而今齊聚一校，共譜弦歌之樂，人生何其有緣。今日更因三民書局之邀，合力完成本書，曷興乎至。

　　本書從簽約至完稿，其間數易其稿，修正補強不知凡幾。除了要感謝三位作者的心血結晶外，三民書局的編輯更是居功厥偉。他們的細心校正，以及在四位作者間聯繫協調，不僅大幅減少本書錯誤，更充分展現可貴的耐心。值得一提的是，此期間曾在三民書局偶遇發行人劉振強先生。雖是初遇，但劉先生談興極濃，關心當今大學教育發展溢於言表。言談中，感受劉先生多年堅守文化崗位精神，實令晚學敬佩之至。

張 裕 亮

於南華大學學海堂 2007 年 2 月

新聞採訪與寫作

目　次

第 一 章

記者所應具備的新聞觀念

第一節 何謂新聞──傳統新聞、電子新聞與網路新聞定義的介紹

即使不懂新聞學的一般大眾，說到新聞，在腦海裡都會有一個印象，那應是最新發生的事，或者也多少聽過「狗咬人不是新聞，人咬狗才是新聞」的說法 ❶。這些看法和想法，固然有一定的道理，但在定義新聞真正的涵義上並不完整。對於要將新聞作為終生志業的專業人士而言，談到什麼是新聞，只有這點認識，更是不夠的。

圖 1-1 要成為一則新聞，除了「不尋常性」以外，還需要其他必要條件的配合。

那究竟什麼是新聞？是最新發生的事？沒有錯，新聞要講求新，否則就是「舊聞」，但是，不是所有新近發生的事都是新聞；狗咬人不是新聞，人咬狗才是新聞，則是強調新聞的不尋常性。不過，不尋常只是成為新聞的充分條件之一，能否成為新聞還要有其他必要條件的配合。況且，狗咬人未必不是新聞，因為讀者關心的可能是到底是什麼樣的人被狗咬？

一、以報紙為原型的傳統新聞的定義

對「新聞」的了解，是學新聞採訪與寫作的初步，這可從傳統新聞學對新聞的解釋與所下的定義來了解：

---

❶ 據傳，這是英國報業大王北巖爵士 (Lord Northcliffe) 所下的新聞定義，但也有人說這是過去《紐約太陽報》(*The New York Sun*) 的採訪主任丹納 (Charles A. Dana) 所說的（錢震，1976: 28）。

1. 以時間而言

美國已故密蘇里大學新聞學院院長莫特 (Frank Luther Mott) 曾說：「新聞是事件的新近報導」(news is recent report of events)。

此定義強調「時間性」和「報導」。新聞一定是新近發生的事件，但是，新近發生的事未必是新聞。因為世界各地每天發生的事情不知凡幾，能成為新聞的實在有限。事件需要經過報導才能成為新聞；否則，事件只是事件的本身，未經報導，那只是事件，不是新聞。

2. 以重要性而言

時間性是構成新聞的基本條件之一，但單有時間性是不夠的，還須看事件的發生是否影響到大多數人的利益和生活，這就牽扯到「重要性」的問題。《紐約時報》(The New York Times) 前副總編輯麥克尼爾 (Neil McNeil) 曾說：「新聞是一份報紙，給予讀者的一些具有時興的、趣味的與重要性的事實和事件的集合體。」

此定義除了強調「重要性」之外，還指出新聞的「趣味性」。

3. 以趣味性而言

很多時候，讀者看到的新聞，並不足以影響大多數人的利益和生活，但會引起很多人注意，並感到興趣。譬如，美國新聞學者海特 (C. M. Hyde) 就曾說：「最近發生的事件，不論讀者與此一事件有無關係，皆能感到興趣，就是新聞。簡言之，新聞者，即多數讀者認為有趣的、最新發生的事實。」

上述三種不同定義，事實上，對新聞構成特性皆未說明清楚。因為任何新聞皆脫離不了「時間性」(包含新發現和新發明)，或者一定含有「重要性」和「趣味性」的其中一項，甚至皆備。譬如說下例的新聞因事關行政院首長交接，含有時間性和重要性，但趣味性不足：

【記者林河名／臺北報導】在蔡英文總統監誓下，新任行政院長賴清德昨天上午率領部會首長，在總統府宣誓就職。閣揆交接後，總統府表示，蔡總統敦聘林全出任總統府資政，聘期至明年五月十九日（林河名，2017）。

有的新聞重要性並不足，不報導也無大礙，但因為具新奇性、趣味性，反而可增加閱報率，譬如：

【記者郭家崴／花蓮報導】花蓮遠百新春福袋汽車首獎是 68.9 萬元的福斯汽車，今由姜姓家族再連莊，去年由姪子姜景懷得獎、今年是六十歲的姑姑姜文麗中獎，可說是史上第一遭最幸運的家族，好運到大喊「誰能比我旺」（郭家崴，2018）。

發生的事件，若是符合了時間性、重要性和趣味性，還是不能稱為新聞，因為謠言、風聞 (hearsay)、及閒話 (gossip) 也可能符合上述三個條件。顯然地，未經求證的事件，道聽塗說怎麼可能會是新聞？所以新聞還需符合新聞的「本質」。這本質是：

1. 事實性

美國名報人普立茲 (Joseph Pulitzer) 曾表示：「新聞只有一個，那就是事實！事實！和事實！」要新聞媒體完全反映事實，幾無可能，但最起碼不能背離事實，否則便不是新聞而是謠言了。

2. 正確性

普立茲又說：「新聞需正確！正確！正確！還要簡潔，有意義。」（王世憲譯，1978: 488）新聞正確性關乎新聞的可信度，缺乏正確性的新聞，輕者降低媒體的聲譽；重者影響大眾視聽，所造成的損害更是嚴重。

3. 客觀性

客觀被視為新聞從業人員專業的信條（彭家發等，1997: 305），但新聞是否能做到客觀性，至今仍是爭論不休的話題。無論如何，新聞報導就算不能完全做到客觀，也要盡力做到客觀，否則以主觀意識來報導新聞，那是偏見，不是新聞。

4. 平衡性

對於可爭議的事件，不能有目的地導向被報導的任何一方，否則就失去了公正，失去公正的新聞，那是辯護或是宣傳，不是新聞。固然，現今媒體慣採「形式平衡」，以免引起更大的爭議，而非針對事實的真相採取「實質平

衡」，但這並非意味著新聞報導可以輕忽「實質平衡」的重要性。

二、電子媒體發展之後的現代新聞的定義

　　上述傳統新聞的定義，皆源自於報業發展過程中，報人和新聞傳播學者長久累積的看法和觀點。報紙可視為所有大眾媒體的原型，後期電子媒體如廣播和電視新聞的定義，幾乎也是沿襲報紙而來 (Tunstall, 1977: 23)。不過，電視因強調視覺效果，所謂小報化電視 (tabloid television)，以煽情、八卦新聞為主的 「娛樂新聞形式」 (happy news format) 應運而生 (Dominick et al., 1975)，對傳統新聞定義所要求的事實、客觀、公正等觀念，造成極大的衝擊。

　　另外，自一九九二年美國總統大選發展出來的 「新式新聞」 (the new news)，也對現代新聞定義，產生重大的影響。依據這一術語的發明人凱茲 (Jon Katz) 所說，這種報導是速配的混合物，部分是好萊塢電視和電影，部分是流行音樂和流行藝術，將流行文化和名人雜誌混合起來，同時結合小報化電視節目、有線電視等的一種報導和表演方式❷。然而，這種將新聞與娛樂結合起來的報導方式，卻模糊了新聞和娛樂的界線。

　　二十世紀末，因網際網路 (internet) 的蓬勃發展，使得聯合國新聞委員會在一九九八年五月將網路視為繼報紙、廣播、電視之後的第四媒體。不少的報紙、電視、廣播紛紛開設網路電子報。不過，這些電子報絕大多數都是傳統平面和電子媒體的附屬媒體，真正的電子原生報實不多見❸。網路電子報與傳統媒體，最大的不同在於它具有下列特性 (周晉生，1998: 81–82)：

---

❷　譬如，前美國總統歐巴馬 (Barack Obama) 上脫口秀節目「觀點」(The View)，被五個女人輪流拷問有關黑莓機、 琳賽羅涵 (Lindsay Lohan) 和阿富汗戰爭等議題（中央社，2010）。

❸　由詹宏志等人創辦的國內第一份綜合性電子原生報《明日報》，創辦不到兩年，於二〇〇一年宣告停刊。

1. 網路化

所有的新聞、資料、圖片、照片、聲音均整合到網路裡。電子報是一種新興的媒體，以網際網路為傳播方式，電腦為傳播工具。

2. 即時性

所有新聞均能快速上線，只需在幾秒的時間內就可完成，使得全球無時差的夢想實現。

3. 立體化

報紙不再是平面的文字與圖片，包含有聲音、動畫、影像，更活潑生動。

4. 超文本 (hypertext)

傳統報紙在平面媒體只能讓閱聽人以線性方式閱讀，電子報則是以超文本連結 (link)，以交談方式和非線性的閱讀和資訊編輯，使讀者能以超連結 (hyperlink) 來自由閱讀及組織，擷取所需的資訊。

5. 資料庫 (database)

報社將歷年來報導的新聞、圖片數位化儲存。讀者要了解一件事情的來龍去脈，透過資料庫的查詢即可獲取相關資料。譬如聯合報系的「聯合知識庫」和中時集團的「中時新聞資料庫」，皆以收費的方式供讀者查詢舊有的新聞資料。

6. 主動性

閱聽人在網路上可選取自己需要的資訊，也可以自由選擇收看的時間、內容及題材。

7. 互動性

讀者對每一則新聞都可在網路上發表自己的意見，甚至要求記者和編輯答覆其提出的疑問。

8. 個人化

讀者可利用電子報提供的新聞資料，依自己的興趣和需要下

圖 1-2　網際網路蓬勃發展後，閱聽人可自由地利用網路獲取所需的資訊。

載，編出自己個人所屬的報紙。

　　由於網路電子報的上述特性，特別是即時性、主動性、互動性、個人化等，使得現代新聞定義更著重在速度和感官刺激 (sensationalism)，遠高於傳統新聞要求的正確性。更糟的是，傳統媒體在網路媒體的影響下，也跟著著重瑣碎、乖張、古怪的新聞 (Itule & Anderson, 2003: 11)。換言之，速度（時間性）、趣味性、刺激性、娛樂性，已成為現代媒體強調的新聞定義。

三、新聞定義的詮釋

　　其實不論任何媒體，新聞定義勢必包含下列要素 （王洪鈞，2000: 5；Breed, 1980: 253–254）：

　　1.新聞是一件事、一個想法、一樁事實、正發生的事情、一篇演說或一宗聲明。

　　2.新聞並非事件，乃對事件或觀念所做之報導，或稱資訊。

　　3.新聞發生的事情必須具即時性。

　　4.新聞表達的方式必須為眾人所了解。

　　5.經由訓練有素的新聞記者，透過大眾傳播媒體所做之報導才是新聞。

　　6.新聞是基於大眾的了解環境，並適應環境變化之需要而產生。

　　7.新聞須為及時而正確之報導。

　　8.新聞必須由眾人閱讀，新聞價值取決於它在眾人之間引起的興趣，並對公眾有益（有關新聞價值請參考本章第四節）。

　　9.新聞因傳播科技變革及時代需要，而有不同的形態及報導方式。

　　綜合上述，可以很清楚地了解，新聞是一個事件、觀念、甚至演說和聲明（譬如總統的就職演說、教育部長對十二年國教的說明等，都具有重大意義），需由新聞記者透過大眾傳播媒體所做的即時而正確的報導，內容必須引起大眾的興趣並且有益，又能為大眾所了解，同時可以用各種形態和方式報導（報紙、電視、或網路）才可以稱作新聞。

　　我國已故的著名新聞學者王洪鈞曾對「何謂新聞」做如下的解釋，他說：

「對一個足以引起讀者興趣的觀念及事情，在不違背正確原則下所做的最新報導，皆為新聞。」（王洪鈞，1955: 3）這一定義頗符合大眾傳播事業的運用，也較完整。我們可將王教授的定義延伸為：「對一個足以引起閱聽大眾興趣及注意、有益（強調重要性）的觀念和事情，在不違背正確和公共道德（強調社會責任）的原則下，由新聞專業人員（專業性）透過各種大眾傳播媒體（包括網路第四媒體），所做的最新報導（即時性），皆為新聞。」

綜上所述，新聞綜藝化、或是綜藝化的新式新聞、網路上的道聽塗說，皆不符合上述新聞定義的要求，最起碼它不符合正規新聞學的要求。換言之，不是經由新聞專業人員所做的新聞報導和寫作，皆非本書討論的範圍。

第二節　如何呈現新聞？

新聞寫作與一般寫作一樣，有相同的邏輯思考、文法結構、與修辭的要求。新聞寫作與一般寫作也有大異其趣的地方，一般寫作不論是散文、小說，作者可主觀陳述、可天馬行空、可抒發己見、可根據想像，然而新聞寫作雖也有不同的寫作體裁，但是最重要的目的就是：一、如何採訪事實；二、如何將事實表達出來，也就是把新聞寫出來（彭歌，1982: 132）。值得注意的是，即使是新聞評論，也需根據新聞事件發抒己見，不可天馬行空，無的放矢。

當一位記者採訪新聞回來之後，腦中考慮的應是如何將這條新聞呈現出來，讓閱聽人了解，而非誤導閱聽人。這些要求可簡述如後：

1. 正　確

包含文字、文法、事實與新聞價值衡量的正確。換言之，新聞寫作需有憑有據，未經查證的謠言與小道消息，絕對不能報導。

2. 可靠的消息來源

記者不是新聞事件的當事人，甚至大部分的時候也非目擊者，為了避免夾雜個人的意見，堅守客觀中立的立場，並且顯示新聞的權威性和可信度，

一定要交代消息來源。

3. 完 整

不管任何新聞事件，新聞稿不可交代不清。記者在寫稿時，心中一定要惦記閱聽人的需要是什麼？讀者想要知道的問題是什麼？重要的資訊，一定要呈現具體的內容，不可含糊帶過，如此才能寫出完整的新聞稿。

4. 平衡和公正

媒體是社會公器，非一黨一私也非媒體所有權人 (owners) 可任意操作；媒體更不是政黨、政客、財團作為打擊對手、宣傳己見、黨同伐異的工具。對於有爭議性的議題和事件，一定要正反意見並陳，不可一面倒地陳述，影響大眾的視聽。

5. 客觀性

本章第六節將詳細討論。

6. 簡潔並突出重點

簡潔和突出重點的新聞寫作絕對是吸引讀者，讓讀者易讀、樂讀、易懂的不二法門。新聞寫作的對象是一般大眾，報導的是新聞事實，傳達的是有用的資訊，目的是要達到告知的功能，而非賣弄學問，更非無病呻吟。

至於如何呈現簡潔和突出重點新聞呢？導言 (lead) 與新聞本文 (body) 又如何陳述呢？將在第三章第二節「導言特色與寫作型式」中詳述。

第三節 新聞的種類

新聞分類的目的，首先，是便於記者的採訪。由於人類是群居和社會的動物，有賴於各種組織才能正常運作，同時人類的社會是由無數團體與組織集合而成，因此處於千變萬化的社會中，人類更需依賴這些團體和組織提供的訊息，了解環境、以俾營生 (Merton, 1957)。這些團體和組織，譬如總統府、五院、各部會、各地方政府、議會、警察局、消防局、人民團體和學校等，就成了記者的採訪對象，同時也是新聞的消息來源。新聞就是依照這些

不同的團體和組織來分類,而這些團體和組織也成了記者採訪路線的分類標準。

當然,新聞並非單純的只依照不同消息來源來分類,還需根據不同的地區、場景與版面來分類,如此一來,既方便編輯的作業,同時也方便閱聽人的檢索和閱讀。

其次,各家媒體因性質和讀者的不同,分類上也有不小的差別。綜合性報紙:在第一疊差異較小,大都依序分為要聞、言論、專版、政治新聞、社會要聞、生活科技、校園、國際新聞和兩岸、大陸新聞或讀者投書版;第二疊以後差異較大,有的為地方或財經新聞;第三疊則是體育或綜藝新聞、家庭婦女或副刊;第四疊則為旅遊、專刊或廣告。各報也常常改版,每隔一段時間就有不同的變化。至於專業性報紙(譬如《經濟日報》和《工商時報》),新聞分類與綜合性報紙更是大異其趣。綜合上述,將新聞種類分述如後。

一、依新聞性質分類

(一)政治新聞

舉凡國家重大政策的宣布、重要人事案、法案、預算案等的通過,影響全國民眾的重大新聞事件、政黨與政治人物的活動均屬之。目前,一般新聞機構將中央政府黨政、軍事、外交與立法、監察院的有關新聞採訪列為政治要聞的範疇(鄭貞銘,1966: 31)。採訪單位和對象包含中央政府各機構、各政黨黨部、立院黨團和各個重要的政治人物。

(二)選舉新聞

臺灣自解除戒嚴後,大小選舉不斷,迨一九九六年總統採首度直選,自此四年一次的大選更吸引全國民眾的目光。加上六都市長與市議員選舉、立委選舉、各縣市長和縣市議員選舉、鄉鎮市長和鄉鎮市代表與村里長選舉,使得臺灣幾乎年年有選舉,選舉新聞已成為各個媒體的重頭戲(王洪鈞,

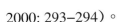

2000: 293–294）。

(三)社會新聞

社會新聞可分廣義與狹義兩方面來說，廣義而言，凡社會上人與物間所發生的種種事態都可稱為社會新聞；狹義而言，也就是一般的犯罪新聞，以及災難新聞、人情趣味新聞和司法新聞。

(四)財經股市新聞

財經新聞範圍極為廣泛，也最具專業性。從事財經股市新聞採訪與寫作，最好具備這方面的專長，報導時才不會鬧笑話。由於人類歷經產業革命、後工業革命和資訊革命，使財經新聞的內涵不斷延伸擴大，世界上有關此方面的專業報紙比比皆是，譬如美國的《華爾街日報》(*The Wall Street Journal*)、英國的《金融時報》(*Financial Times*)、日本《產經新聞》與《日本經濟新聞》皆為箇中翹楚，也是工商鉅子與政要決策參考的資訊來源。這些財經專業報紙分類詳細，自成體系。至於一般綜合性報紙的財經新聞，大都著重在經濟政策、國際貿易、金融匯率、工商發展、物價商情、民間消費與交通運輸等報導。晚近，大眾對投資和理財日益重視，綜合性報紙也不得不隨俗增闢股市基金、投資理財專版，使得財經新聞成為報紙重要的一環。

(五)生活新聞

其實大多數人們對政治、國際、經濟等重大事件，總覺得難有著力之處，也不覺得對自身有何影響，反倒是日常生活的食衣住行，才是真正與大眾密切相關。因此，現代媒體非常重視以「服務性新聞學」(service journalism) 為導向的日常生活所需資訊的報導。舉凡消

圖1–3 財經新聞範圍廣泛，內容也極具專業性，因此從事這類新聞的採訪與寫作，最好具備相關領域的專長。

費、消費保護問題、環保、交通、醫藥衛生、觀光、旅遊等新聞應運而生，且闢專版報導。尤其，在「只要用得著的就是新聞」(news that you can use)的觀念導引下，提供大眾所需的消費指南、百貨公司的折扣消息，所形成的「超級市場新聞學」(supermarket journalism) 也成為媒體強調的新聞重點（彭家發，1992: 391）。這類新聞採訪範圍廣大，醫藥衛生、科技研發、學術團體、消保團體、環保局署、百貨公司、超級市場、觀光與旅行機構和同業公會等等，都是記者採訪的路線。

(六)文教體育新聞

文化與教育是人類重要的精神層面，也是促進文明發展的重要推動力。而體育新聞廣義而言也是教育新聞的一環，尤其國際重大體育競賽，不僅是單純的競技，還隱含國力比較、民族主義以及對國家的情感、認同等深意，因此各媒體對體育新聞的報導素來重視，在電子媒體有專業電臺，在平面媒體也有專業報紙。通常而言，教育新聞報導的重點不只是各級學校和師生，還包括教育政策、民間對教育的期望（譬如教改）、教育設施、國際學術合作、學校與家長的關係等等。文化新聞亦復如此，除了各種藝文活動、作家與藝術工作者動態的報導外，還包含了文化政策和文化措施、古蹟維護、宗教活動、民俗祭典、收藏展示等。至於體育新聞，除了各個單項的動態競賽，平時明星選手的背景、活動、各個運動協會等，都是主要的採訪對象。

(七)影劇綜藝新聞

對此一分類，各報情況未必相同，有的報社將文教新聞納入綜藝新聞內，有的獨立闢出文教版。綜藝新聞大多是軟性新聞，偏重在影視、廣播節目、藝人、名主持人的動態與各種娛樂新聞報導。綜藝新聞採訪來源包含各影視與廣播公司、影片製作與發行公司、藝人經紀人、影評人等。

上述各種不同種類的新聞，都有賴專業記者從事。有志新聞採訪的年輕人，應在學校唸書時選擇其中一、兩項專長選修，或在研究所時攻讀有關科目，奠定扎實基礎，再到實務界累積經驗，假以時日，方能勝任愉快。

二、依新聞發生地區分類

依新聞發生的不同地區，可分類成下列四種新聞：

(一)國際新聞

基本而言，發生在本國領土以外的新聞謂之國際新聞。通常國際新聞來源有四：一是通訊社和外電；二是外國報章和雜誌；三是駐外記者的專電和通訊；四是針對某一國際重大事件，各媒體派遣前往當地的特派記者。國際通訊社所發的外電，因需提供全球各個媒體和讀者，寫作上理應較為客觀，但並列國際四大通訊社的美聯社、合眾國際社、路透和法新社，對發展中國家仍常報憂不報喜。同時，新聞流動也嚴重失衡，據無國界記者組織(Reporters Without Borders)公布的「二○一八世界新聞自由指數報告」指出，全球侵犯新聞自由最嚴重的是亞太地區；而媒體自由度下降幅度最大的則是中東和北非地區。因此，在選用國際通訊社的稿件時，應多細讀比較再做綜合整理才不致偏頗，現在國內各大報在作業上，均依照各家外電稿改寫成綜合報導。

外國報章雜誌也是採訪國際新聞很好的來源，尤其是國際新聞雜誌，譬如美國的《時代雜誌》(Time)、《新聞週刊》(Newsweek)與英國的《經濟學人》(The Economist)等雜誌的深度報導，都可提供更深入和廣泛的思考。

現在國內媒體大都有駐外特派員，不過為數不多，通常以美國華府、日本東京、歐洲與東南亞的特派員為主。這些特派員皆是資深記者，不僅要有良好的外語能力，對所駐在地的國情和文化更要有深入的了解。尤其，如何以臺灣的觀點看待國際事件，更應是有志擔任此職者努力的目標。

(二)國內新聞

凡在國內各地而非報紙出版所在地發生的新聞事件，稱為國內新聞。各報又將其分為國內要聞與地方新聞。其取捨標準是，凡新聞發生於首都地區

或直轄市，對全國有影響力的新聞，皆列為要聞版。

國內新聞大都由各報社、電視、廣播公司所屬採訪單位，與駐各縣市的特派員、鄉鎮市的特派記者、駐在地記者和通訊記者採訪而來。若是漏了新聞則取用通訊社稿件，主要以中央社為來源。其次，各媒體也會從他報、電視、網路與新聞雜誌等媒體，尋找新聞線索，繼續追蹤報導。

㈢地方新聞

英美報社越來越重視地方新聞。畢竟，民眾首先關心的仍是自己居住地區的事件（辜曉進，2004）。英美報紙的地方新聞大都屬於地方報紙的本埠(city side) 新聞部門負責，主要工作就是採訪和處理報社出版所在地發生的新聞（歐陽醇，1982: 41–42），這與我國主要大報的採訪部門有所不同，我國採訪地方新聞大都由各報的地方新聞中心為之。地方新聞中心所屬記者人數遠多於負責國內要聞作業的採訪中心，每個縣市皆設特派員掌管該縣市的特派記者和駐在地記者，每天發稿量相當可觀。在版面規劃上，每個主要縣市皆有地方要聞版、綜合版和生活新聞版。

至於，地方新聞與國內要聞如何劃分？新聞學者荊溪人 (1979: 256) 認為，地方新聞的構成，必需具有三個要件。第一個要件是沒有外來的因素，如有外來的因素，即使發生在當地，也不是地方新聞。例如，瓊斯盃籃球賽在嘉義市舉行，這是體育新聞要聞，會刊登在全國性的體育版上；而嘉義市中學籃賽，則只能刊登在嘉義市地方版上。第二個要件是這一新聞發生後，對其他地區不發生影響，才是地方新聞；如果對其他地區有影響力，便不是地方新聞。例如，屏東發現腸病毒有擴大趨勢，可能蔓延全國，若只發現一、兩個個案，那是地方新聞。第三個要件是所發生的新聞，沒有繼續發展的趨勢，如繼續發展，便不是地方新聞。例如，蘭嶼核廢料貯存場遷出的問題已延宕多年都無解答，蘭嶼鄉長夏曼‧迦拉牧表示將持續發動鄉民封鎖港口，不讓台電運補，阻止台電進行廠區檢整或材料更新。由於相關配套措施該如何執行等問題都還待確認，有繼續發展的趨勢，全國注目，故不屬地方新聞。

㈣兩岸與大陸新聞

自開放大陸探親後，不少臺商便乘機前往大陸投資；在開放了兩岸直航與大陸遊客來臺觀光後，更使得兩岸與大陸新聞成了各主要媒體的報導焦點。兩岸分裂是國共內戰所造成，固然在臺灣島內有所謂統獨之爭，但歷次民調皆顯示贊成維持現狀的民眾仍居多數，因此兩岸未來如何發展尚難斷定。兩岸與大陸新聞（包含港澳）既難歸列國際新聞，亦難歸列國內新聞，因此國內不少報紙特闢出獨立專版來處理這類新聞。

三、依新聞的特性分類

以下的分類，對於記者採訪新聞時輕重緩急的判斷和對新聞本質的體認，會有一定的幫助。大致分述如後：

㈠依時空變化可分為預知新聞和突發新聞

預知新聞，係指記者可以預先知道必然會發生的新聞，譬如，機關團體的記者會、研討會、座談會或公報，還有各項競賽、表演、展覽、集會遊行等。這類新聞事件，事先皆會有邀請函和公關新聞稿，記者到場還可以取得相關資料。

所謂突發新聞就是事先不會想到在何時、何地會發生的事件，譬如天災（水災、風災、地震）、人禍（戰爭、衝突事件）、災難（空難、船難、車禍）、各種犯罪案件等。

突發事件最能考驗記者臨場應變和緊急處理新聞的能耐，這需靠平時學養和經驗的累積，並非從課本中就能學到。預知新聞雖易處理，但報導的好壞和夠不夠深入，仍可看出記者的功力。因此事先若能蒐集相關資料、多了解相關背景，提早到會場布局，詳細觀察每個細節，事後還能密切注意事件發展，必能從中發現與他報不同的角度，報導會更加精彩。

㈡依新聞的發展可以分為單純新聞與複雜新聞

新聞不涉其他事件而單純發生者，稱之為單純新聞。媒體報導的新聞，單純新聞居多，譬如某縣市為打造水岸都市，將建親水公園，這是極為單純的新聞，因不涉及其他事件。假設打造公園途中生變，發生弊案就非單純新聞，所以單純新聞也有演變成複雜新聞的可能。

㈢依新聞的場面可以分為靜態新聞與動態新聞

場面單純、沒有波折的新聞事件謂之靜態新聞，譬如一般的會議、展覽、演說、消費、旅遊等新聞，這類新聞最易處理，記者只要摘要下筆即可。

動態新聞場面動盪多變、發展複雜，涉及的層面廣泛，譬如戰爭、重大刑案、災難事件、大選等，這類新聞最難處理，也無法由一名記者單獨完成。媒體碰到此類新聞，均採「大兵團」作戰方式，從各個消息來源獲取資訊，提供初稿，再由媒體總社內勤記者依來龍去脈，主次搭配，綜合改寫，才能完整呈現。

㈣依新聞的主次可以分為本體新聞和反應新聞

對突發、複雜、動態的新聞而言，新聞處理常有主次之分，譬如，民航客機發生空難，報紙頭版一定有一條經過綜合改寫的頭條新聞先敘述事件大要，在頭條最後會註明相關新聞見其他各版。這些相關新聞包括失事的可能原因、旅客名單、軍警憲與消防救難情形、航空公司的反應、家屬的反應、民航局的立場與理賠的處理等，皆是頭條新聞的反應新聞。換言之，空難事件的主新聞可獨立存在，以主次地位而言，本體新聞是主體，其他相關新聞皆是根據主新聞而來，是客體新聞，不能單獨存在。

第四節　新聞價值與價格

天地間每天發生的事件何止千萬，平面媒體在有限的篇幅，電子媒體在有限的時間，不可能對每件事鉅細靡遺地報導，這時就有賴一套選擇標準來過濾新聞，選擇值得刊登的新聞。同樣地，主跑各線的新聞記者，在線上對自己採訪的對象和事件，也非漫無目的事事報導、件件採訪或有聞必錄，記者們也是有一套標準來採訪新聞，這一標準就是所謂的「新聞價值」(newsworthiness/ news value/ news standard)。

但是，新聞價值並非一成不變，誠如傳播學者馬奎爾 (Denis McQuail) 所說，雖然新聞價值由媒體的編輯和記者裁奪，但各種閱聽人的真實感受與有力的消息來源，以及其他不少影響新聞的觀點，同樣不容忽視。其次，大多數的事件都非常複雜，對於新聞價值的界定，應考慮到包括當事人、時間、地點的各項潛在要素。第三，一般價值和「人情趣味」(human interest) 價值之間具有對立關係，而這些價值是由現實世界的（潛在）後果所定義。第四，新聞價值彼此之間不僅相對，也隨時間而異。由於其他事件可能具有更大的「價值」，因而會使得原有的事件迅速黯然失色。

無論如何，新聞從業員選擇新聞的標準脫離不了人 (people)、地 (location)、時間 (time) (Lippmann, 1922)。傳播學者塔克曼 (Tuchman, 1978) 指出，就空間而言，新聞有如一張網 (web)，記者大體上將重心放在重要的城市，譬如中央政府所在地。就時間而言，可將新聞事件類型化 (typification)，分成突發新聞 (spot news)、發展中 (in progress) 的新聞以及後續 (follow up) 新聞。

傳播學者加登和魯吉 (Galtung & Ruge, 1965) 表示影響新聞蒐集的因素有下列六項：(1)時距，突發性 (having a short time span, being sudden)；(2)重要性和影響面大 (having great scale and intensity)；(3)清楚性，非曖昧不明 (being clear and unambiguous)；(4)出乎預料的 (being unexpected)；(5)文化接近性

(being culturally close to the intended public)；(6)有持續發展的可能 (having continuity)。

　　綜合上述學者的看法，可歸納出所謂的新聞價值，不外乎重要的事件和重要的人，重要的人所說的話以及地點與時間。從地點考量，越能提供消息的，新聞價值也就越高，譬如政府機構、國會、法院、警局、機場和醫院。在時間上，當然越新越好。同時，新聞的影響面越大越重要，並且符合閱聽人最期待也最關心的事。以奧運會為例，臺灣民眾最關心的當然是中華隊的表現，新聞發展性越高者，其價值也就越高，譬如中華成棒隊從敗部中復活、奧運中華跆拳隊勇奪金牌。

　　新聞學者彭家發 (1992: 12–13) 指出，新聞價值的衡量可分為由各媒體新聞編輯政策為著眼的「主觀標準」，與從新聞「使用者」 (user) 立場出發的「客觀標準」。在此，綜合各家學者的分類，將主客觀價值分述於後（彭家發，1992；彭家發等，1997；王洪鈞，2000；黃新生，1994；漆敬堯，1980；陳諤等譯，1964；Itule & Anderson, 2003; Mencher, 2003）：

一、主觀標準

㈠獨家新聞 (scoop)

　　因只有一家媒體擁有，難說所有媒體皆會重視。

㈡功能性

　　包括公告性，類似立法院公報、政府招標公告等，過去黨政軍報紙常有義務刊登這類新聞；紀錄性，例如媒體因週年慶，刊登報老闆講的話；指導性，如土石流的教訓，媒體特闢專欄宣導；警示性，例如報導民防演習新聞；揭發性，例如揭發國安祕帳新聞；呼籲性，例如媒體支持救援雛妓運動特別報導的新聞等。

(三)社教性

媒體強調刊登內容乾淨、正派。

二、客觀標準

(一)即時性

即時、新近發生的事，還包括新鮮與新發現，例如秦兵馬俑的出土就屬於新發現。

(二)衝擊性與重要性

影響多數人的事情，衝擊性越大，影響的人越多，新聞價值越高。譬如臺北市公車票價上漲，只影響臺北市民；油價上漲則會影響全民，比較之下，油價上漲更具新聞價值。

(三)顯著性

著名的人、地、事，絕對是新聞重要的來源，其新聞價值也高。媒體會注意國家元首的一言一行，所以著名的政治人物切記「謹言慎行」。其他各行各業的明星級人物也是媒體追逐的對象，他們的隱私也是八卦新聞的來源。著名的地方（譬如首都），或者重要建築物（譬如總統府、白宮）發生事情，必定成為重大新聞。

(四)臨近性

人最關心的是自己、其次是家人及諸親好友。美國報人小賓納特 (James Gordon Bennett) 曾以譏諷的口氣對記者說：「報館門前死了一隻狗，會比遙遠的中國發生水災，更引起讀者的興趣。」（陳諤等譯，1964: 65）就是凸顯臨近性的新聞價值。

除了地理上的臨近之外，人們還有情感上的臨近性。譬如說身為高雄人，不管住在臺北甚至東京，對於自己家鄉新聞的關心通常遠甚於其他縣市（Mencher, 2003）。

(五)衝突性

小至運動場上的競賽、司法訴訟、選舉，大至戰爭都有戲劇性的發展，也有衝突性的存在。依據達爾文「物競天擇」的理論，萬物間必有優勝劣敗的競爭情況，由於人具有互競高下的特質，因此具備競爭、衝突性越高的事件，新聞價值也就越重要。電視媒體最愛捕捉衝突性畫面，道理也在於此。只是問題在於，報導新聞時不能只強調衝突性與戲劇性的變化，必須探討造成衝突的原因，適時訪問專家學者，正本清源，使閱聽大眾對衝突的本質有正確的認識。

(六)變動性

發展中的事件，案中有案，連綿不斷，不到最後一刻不知其真相，此種新聞不但變動性高，也最具吸引性。譬如，來自澳洲的女孩卡雅萬里來臺尋找失散十七年的親生母親，最後皆大歡喜，其中高潮迭起博得不少人同情的眼淚。

一位記者不可在觀察任何事物的變動情形後立即加以報導，應將變動的事物中某些與人有關的部分抽出報導（漆敬堯，1980: 16）。

(七)趣味性

每天呈現的各類新聞，未必條條都是天災人禍或重大衝突和具有變動性的事件。反而溫馨、片斷、動人的小故事，或者刺激、不尋常、引人懸念的事件，有時更吸引閱聽大眾的注意。這類新聞包羅萬象，可大致歸納如下（陳諤等譯，1964；李茂政，1987；王洪鈞，2000）：

1. 習性與同好

對萬事萬物，每個人都有自己的偏向和愛好，這就是「習性」。有相同習

性的人，可形成所謂的「同好」，也就是「粉絲」(fans)。譬如，喜歡電影的人一定不會放棄任何新電影上映的報導，也會關心金像獎、金馬獎、坎城影展等方面的新聞，這些相同習性的同好，也就是「影迷」。其他的歌迷、棋迷、球迷等皆是如此。

2. 金錢與性

美國報人瓦克爾 (Stanley Walker) 曾說，新聞就是女人、金錢與罪惡 (woman, wampum and wrongdoing)（錢震，1976）。固然，新聞強調此三者並不正確，但不可諱言，有關錢財與男女情感的新聞，永遠都是人們最感興趣的事情。

3. 鬥爭與征服

如前所述，鬥爭屬衝突性的新聞，人性有善良的一面，當然也有好鬥的一面，不論個人與個人、團體與團體、國家與國家之間，其中有利益的地方就有鬥爭。鬥爭的過程不止是鬥力也鬥智，之間的高潮迭起與勝負，常為影劇的題材，也是新聞的題材。

4. 英雄崇拜

人類都有英雄崇拜的心理，即使是悲劇性的英雄（譬如項羽），都會被人津津樂道。同樣地，行行出狀元，各行各業人物成功的過程，都是人們樂讀的題材。譬如企業家張忠謀、郭台銘等；籃球明星林書豪、高爾夫球女將曾雅妮等，都是人們崇拜的對象。他們的專訪，不少人都會愛讀、樂讀。

5. 不尋常

不太可能發生卻發生的事情，最易引起大眾的興趣。譬如，對牛彈琴沒有用，某一鄉鎮老農卻將他的耕牛訓練到不但會聽琴還會跳舞；心算神童、十二歲就從大學畢業、登山好手征服喜瑪拉雅山的新聞等，都會讓人眼睛為之一亮。

6. 人情趣味或稱人性趣味

新聞學者王洪鈞 (2000: 19) 認為：「人情趣味並不侷限於狹窄的趣味範圍，稱之為人性趣味者，正因為其中包括一個人對其他生命的同情，以及對自然、山川、財物文物，馴至人類進步繁榮之關切。」傳播學者莫特 (Mott)

博士說：「人情味新聞，是一種新聞報導，這種報導之有趣，並非由於它所報導的一段特定事情或情勢的重要性，而是由於它是我們人類生活中可喜、動人、矚目或極有意義的小部分。」（轉引自李茂政，1987: 170）從上述兩段話，應可了解人情趣味新聞可說包羅萬象，並非只著重在「趣味」上。所以只要引起人們關心，讓人們對萬事萬物有著「自我興趣」(personal appeal)，即使只是有意義的小事件，都是新聞報導的好材料。譬如，王永慶有節儉的好習慣，一條做健身操的毛巾，未破損絕不更換；某受刑人發憤苦讀考上臺大等。

7. 懸　疑

人都有好奇心，越是撲朔迷離的事情，越讓人有一窺究竟的慾望。火星探測、科學家的新發明、失蹤者的生死、尚未偵破的懸案，都會成為人們關切的話題，也是新聞的好材料。

8. 性別與年齡

男女之間永遠有說不完的故事，與年齡有關的新聞一向引人興趣。例如男女結婚，年齡差距過大，八十四歲的楊振寧娶比他小五十四歲的翁帆為妻，不僅傳為杏壇佳話，也備受外界矚目。再者，美女人人愛看，不只男人愛看，女人也愛看，所以美女照片常是媒體重要的內容。另外，男歡女愛的故事、名人的戀情、羅曼史，也是八卦報紙的最愛。

9. 不幸與同情

惻隱之心人皆有之，看到災變受難的家庭和無家可歸的人，以及殘疾者不幸的遭遇，人們也都感關切，尤其女性閱聽人為然。這類新聞常有許多助人愛人的感人事蹟穿插其中，若勤於發掘，妥善處理，往往會是一篇很好的光明面報導。

10. 動　物

人類在七百萬年前，就知以狩獵和採集野生植物為生，後來人類發現，豢養動物會比狩獵獲得更多的經濟成果（王道還、廖月娟譯，1998），動物就成為人類的好友（反過來說，人類倒是動物的惡敵），加上不少人喜養寵物，有關動物的新聞，也成為人們關心的話題。譬如黑猩猩、櫻花鉤吻鮭的保育

問題，臺北木柵動物園的貓熊團團、圓圓和圓仔等，都是媒體樂於報導的新聞。

　　其實事件的報導是一個動態的過程，有時事件是超出常規之外，事件的戲劇化及不可預測性，才是支配新聞事件報導的主因。由於各媒體都有不同的編輯政策，加上人為的主觀因素，因此採訪何種新聞、報導何種新聞都有其差異，這有賴新聞人員在「新聞室的社會化」(newsroom of socialization) 過程中，仔細揣摩與累積經驗了。

　　除了新聞價值之外，另一種衡量新聞的標準，就是「新聞價格」(news price)。傳播學者費斯克 (Fisk, 1987: 311; 1989: 26) 在《電視文化》(*Television Culture*) 一書中，認為在資本主義社會裡，電視節目作為商品，其生產和發行存在於金融經濟與文化經濟這兩種經濟體系之中。其中，「金融經濟」注重的是電視的交換價值；「文化經濟」注重的是電視的使用價值，流通的是「意義、快感和社會認同」。費斯克指出，電視節目首先運行在金融經濟體系之中，此一體系內部有生產和消費兩個流通階段。

　　第一階段是製片廠商（生產者）生產出電視節目（商品），然後賣給電視臺（消費者），這與其他金融經濟體系的商品交換相似，是簡單、直線式的，類似作者寫完了一部書稿賣給出版社。問題是電視商品作為文化商品，其交換並未到此為止，這與買賣其他商品不同。

　　電視金融經濟的第二階段，是電視臺將電視觀眾作為「商品」賣給廣告商，廣告商成了消費者；電視臺播出節目，則成了「生產者」的行為。電視臺的「產品」不是節目，而是廣告的播放時間，廣告商表面上是購買電視廣告的播放時間，實際上買的是「觀眾」，廣告商希望觀眾看廣告，觀眾越多，價碼越高。對於金融經濟來說，電視工業首當其衝的要務便是生產商品化的觀眾，節目須盡最大可能吸引觀眾，只有如此廣告商才會掏錢「購買」。

　　法國社會學家布迪厄 (Pierre Bourdieu) 認為新聞場域（意指「領域」與「界域」的概念，勉強可說成新聞界）猶如政治與經濟場域一樣，比起其他場域活動更容易受到市場外部的制約。新聞工作者的行為在商業活動交易的利益考量下，大體上都以犧牲這些捍衛職業價值原則的生產者，而強化在政

治與經濟的誘因中可獲取利益的生產者為目的（舒嘉興，2001: 20）。因此，可以了解，為什麼揭人陰私的八卦新聞 (gossip)、內幕新聞 (inside story)、偷窺新聞 (keyhole journalism)、市井新聞 (gutter journalism) 會充斥在傳播媒體，原因即在此。

除了負有宣傳任務的黨政媒體，所有商業媒體已將新聞「商品化」，收聽、視率和閱報率越高，廣告價碼越高，選擇新聞的標準已非專業要求的傳統新聞價值，更要顧及新聞價格。那麼新聞價值與價格區別在哪裡？簡單的說，(1)新聞價值為常數；新聞價格為變數。前者是依客觀標準決定新聞的輕重；後者取決於記者和編輯揣摩上級意思和新聞消費者興趣的主觀判斷。(2)新聞價值是新聞報導專業判斷標準；新聞價格則是顧及市場需要，看看能否賣到好價錢，提升收視率、閱報率。(3)具新聞價格的新聞未必具有新聞價值，為了顧及市場需要，往往流於無中生有、亂寫新聞 (fabricating news)，這不是新聞，更談不上新聞價值。

第五節 新聞的正確性與可信度

新聞最怕失真，錯誤的新聞比獨漏新聞的後果還嚴重。因為後者還有補救的措施；前者非但失信於讀者、誤導視聽，更使媒體喪失了可信度。因此，追求新聞報導內容正確無誤，是記者的天職，更是記者專業素養的標準。

一般而言，影響媒體可信度的因素有三（潘家慶，1991: 10–12），一是守門行為，指媒體工作者，特別是記者及編輯在新聞報導過程中的層層把關；二是組織運作，指媒體的所有者、主持人，或是媒體的管理階層，直接影響了媒體的內部作業；三是媒體環境，乃指傳統的政治文化，包括傳統的政治哲學，人民對政治的態度，由文化特質形成的政治理念與信仰，以及政治制度對媒體可信度的影響。

關於組織運作與媒體環境影響，屬於新聞學討論的範圍，本節略而不論。至於守門人的影響，因事關記者在守門過程中，也就是在「觀察」新聞事件

時，能否依個人知識、經驗作正確的採訪與寫作，避免犯錯，才是本節討論的範圍。畢竟新聞報導必須盡量正確與公正，如果大眾經常發現新聞媒體報導的事實錯誤，或是明顯地偏袒某一利益團體與政黨，新聞媒體在大眾心目中的公信力將很難建立（羅文輝，1993: 12）。

何謂新聞的正確性？依據前《中央日報》副社長薛心鎔的說法，大體可分為三方面（薛心鎔，1990）：

> 一為「事實的正確」。即新聞內容所報導的事實正確無誤。
>
> 二為「文章的正確」。「文章的正確」包括「文字的正確」與「文法的正確」在內。在文章內，即使是一個標點符號，也不容犯錯。
>
> 三為「新聞價值衡量的正確」。這一點，與記者、編輯都有關係。在記者是藉取材與重點的強調來表達他對一條新聞的價值衡量；而編輯則是藉稿件取捨、內容增刪、標題製作、位置安排來表達。

上述三點中，「新聞價值衡量的正確」與記者的新聞學素養和長期工作累積的經驗有關，屬於「自由裁量」(discretion)，主觀性難免。「事實的正確」和「文章的正確」，絕對與記者的學養、工作態度、能力息息相關，如果出錯則屬於客觀性的錯誤（Charnley, 1975；王寶玲，2000: 33–47；彭家發等，1997: 328–329）。

一、主觀性的錯誤

(一)過分強調

新聞事件在價值上並非突出，卻大肆報導，甚至作為頭版頭條處理。譬如知名藝人涉嫌吸毒，某報以頭版頭條方式處理，並以兩個大版面鉅細靡遺地報導；中共破獲臺諜案，還未證實前，國內多家媒體即引述香港《明報》的報導，大肆炒作。

㈡刻意疏忽和遺漏

媒體可能因廣告商認為某則新聞對其不利要求淡化，或者編輯政策和政治立場的因素，對某些新聞故意遺漏或輕描淡寫而造成錯誤和偏差。譬如國內媒體常因統獨政治立場不同，在報導兩岸新聞或大選新聞時，刻意疏忽和遺漏某一論述與畫面。

㈢斷章取義

媒體有時為了討好特定讀者，有時為了刺激市場，對某些新聞只挑選對自己有利的一方報導；疏忽不利的地方，最嚴重的就是故意歪曲。大陸民運人士魏京生於一九九八年年底訪臺時曾表示，他支持臺灣追求臺獨的權利，但他個人不贊成臺獨。結果某份報紙報導稱，魏京生支持臺獨；另一報紙卻稱魏京生反對臺獨。對此，魏京生無奈地表示，西方國家認為臺灣媒體報導「不準確」，他個人也有這種感覺，例如他對統獨問題一直說得很清楚，但臺灣媒體各取所需，有的掐前半句，有的掐後半句，看起來好像他說話前後矛盾，其實是媒體斷章取義的結果（轉引自王寶玲，2000: 40）。

同樣的斷章取義也反映在專業新聞上，譬如財政部表示「課徵證券交易所得稅可討論」，但無時間表，在某一報卻報導成「財政部將要課徵證所稅」引起軒然大波，「可討論」與「將要」差別甚遠，斷章取義的結果，不但引起紛爭，也嚴重影響視聽。

二、客觀性的錯誤

㈠實質錯誤

記者報導新聞不經查證，只以常識判斷，甚至以一己之見想當然耳，自然極易造成錯誤。譬如，某出版社出版了一套邱吉爾所著的《第二次世界大戰回憶錄》，某報文化版在介紹該書時，卻稱邱吉爾是英國史上第一位獲得諾

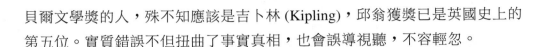

貝爾文學獎的人，殊不知應該是吉卜林 (Kipling)，邱翁獲獎已是英國史上的第五位。實質錯誤不但扭曲了事實真相，也會誤導視聽，不容輕忽。

㈡邏輯錯誤

新聞寫作要顧到前提與結論，在邏輯上是否有必然聯繫，推理是否有效、正確？否則必鬧出大笑話。譬如，某報報導一名憲兵收假，魂斷鐵軌，送醫急救。既然是已魂斷鐵軌，為何還要送醫急救，豈不是多此一舉？這就犯上前提與結論互斥的邏輯謬誤（陳雅琴，1996: 18）。

㈢內容矛盾

閱報時可以發現，不同媒體報導相同事件時，結果卻大相逕庭，讓閱報人不知孰是孰非。甚至有媒體報導一則事件，在導言與本文中也出現相互矛盾的敘述。譬如，二〇一一年年初，法務部表示性侵害犯如再犯，即失去假釋資格，某報記者認為這僅是治標的作法，應加強法治教育才能治本，因此，他建議應該加重犯罪者的刑度才是積極的作法。但是，「加重犯罪者刑度」並非「加強法治教育」，兩者是完全不同的作法，這則新聞的前後敘述相互矛盾，讓讀者不知其主張的是加強法治教育，還是加重犯罪者的刑度。

㈣文字與文法的錯誤

記者與編輯用字遣詞稍有不慎，也會發生錯誤。譬如，趨之若「鶩」錯寫為「鷟」，風「靡」一時寫成風「糜」一時，「坐」落錯寫為「座」落，不明「就裡」錯寫為不明「究理」等。關於文法和語意的錯誤，譬如，民眾「安危」受到威脅，「危」處應改為「全」，因為已「危險」了，怎麼還會受到威脅？追捕通緝要犯，桃園員警「傾巢而出」，此處用詞不當，因「傾巢而出」是負面詞語，指的是全部匪徒從「匪巢」出動，員警並非匪徒，應改為「全部出動」。

第六節　新聞客觀性

　　仔細閱讀報章，不難發現如此描述的字眼：「一向嘻笑怒罵，玩世不恭的某某，即將就任立法委員」，「向來不苟言笑的某某某，這次在國民黨中常會對某某事大發雷霆」。「嘻笑怒罵」、「玩世不恭」、「不苟言笑」都是不好的貶詞，這些貶詞，或許是記者情感因素使然，也有可能是無意識的行為造成，或者受到「框架」(framing) 機制的影響。總之，這已傷害了新聞報導所要求的客觀性 (objectivity)。

　　儘管新聞客觀性受到不少學者質疑，他們認為媒體常受政府、黨派、企業團體等消息來源的操縱，但是新聞和任何文學和文化形式一樣，是依附「常規」(convention) 而呈現，況且記者是人，是人就有成見 (prejudice)，所以有學者指出新聞不客觀、不可能客觀、不必客觀（彭家發，1994: 3–9；Schiller, 1979; Schudson, 1978; Eldridge, 2000: 111）。然而，不可否認的，新聞客觀性仍是媒體遵守的重要信條之一，也是西方民主的新聞媒體的職業準繩（李金銓，1983: 50）。

　　那麼，什麼是「新聞客觀性」？對新聞界而言，就是一種以公正、超然及不含成見的態度報導新聞（羅文輝，1988: 110–116）。換言之，當媒體和新聞工作者聲稱他們是客觀報導時，或多或少都意味下列諸項情形（McQuail, 1992，轉引自彭家發，1994: 27–29）：

　　1.蒐集和呈現（報導）新聞成品時，概以事實為上，都無偏私，也無黨派立場。事實就是純事實，是正確、真實的報導。

　　2.對於新聞事件，除只願作為「公平的證人」(impartial witness) 的角色外，不作他想，僅以平衡 (balance)、平均 (even-handedness) 的方式處理議題的各方面意見。

　　3.不受成見或念頭左右；並將個人態度或涉入程度減至最少。

　　4.從事新聞工作，不受個人情緒影響。

5.不在訊息中灌注個人意見或評論，但盡量提供所有主要的相關觀點。

6.所提供的資訊，都屬中立又非評論性，避免存有扭曲、仇怨、或者誤導他人的目的。

7.所提供的訊息，是各項可查證的事實總和。

當然，要完全做到上述七點，幾無可能。社會學者史查得生 (Schudson, 1978) 曾指出新聞客觀性在一九六〇年代被視為汙辱性的字眼，主因出於歷任美國總統都企圖操縱新聞界、欺騙大眾；其次，一九六〇年代反對或批判文化否定了信任政府，也製造了一群支持富有攻擊或懷疑新聞報導的受眾。

英國的格拉斯哥大學媒體小組 (Glasgow Media Group) 一九七七年曾研究英國媒體的工業新聞，發現與當時工黨政府的政策一致。小組成員表示，媒體和政府一致並不是陰謀的產物，政府消息來源對記者具有優先權，是因為記者習慣上的偏見造成，其中也包括文化因素，以及新聞採訪通常使用的方法，而這些都是在客觀、公平報導大旗下進行的 (Beharrell & Philo, 1977: 99)。

小組成員中的艾爾德里奇 (John Eldridge, 1992: 14) 指出，「客觀」在實踐中的意義是千變萬化的，「客觀性」的真正含義在實踐中經常受到質疑。他表示：「足球賽的結果可能是客觀的，但一旦進入對球賽的報導，就捲入了對它的描述、選擇事實、判斷、解釋和推測。」因此，即使畫面栩栩如生的電視，不見得「眼見為真」。

新聞媒體所反映的未必是「客觀真實」，除了上述學者的看法之外，近年來的研究發現，媒體所反映的社會現實，可說是媒體與消息來源共同建構 (construction) 出來的❹。根據傳播學者鍾蔚文等人 （鍾蔚文，1992: 1；

---

❹ 所謂的「建構」，簡言之就是描述知識與經驗形成的過程。依潘曼 (Penman, 1992: 234–250) 對建構主義 (constructionism) 理論的歸納指出，知識是社會的產物，並非人們所發現的客觀存在，而是在特定時間和地點，通過與他人交流而獲得的。同時人們對事件賦予的意義，是從特定的時間、地點、社會背景下進行交流中衍生出來的。人們對事件的理解也隨時間的變化而變化，每個人以不同的方式來理解自身經驗。由於每個人所認知的價值觀、世界觀皆不同，對於相同的

Adoni & Mane, 1984）的說法，人們經常在三種不同的真實情境間穿梭流連。第一種真實是社會真實，指事件的真相。但是社會真實往往撲朔迷離，即使置身其中，也未必識得廬山真面目。第二種真實是媒體真實，指媒體所呈現的事件情境。理論上而言，媒體就像鏡子一樣，應完全反映社會真實，實際上卻非如此，媒體會因個別立場、處理新聞的過程等種種因素，難以反映完全真實的情況。第三種真實是主觀真實，即個人對事件的主觀認知，這一主觀認知，部分可能來自媒體的報導，部分可能來自其他資訊管道，如個人的經驗、書籍。其他資訊管道與消息來源可能提供了媒體所未涵蓋的部分，影響了主觀的認知。這一主觀認知也會影響個人看新聞的行為。

　　媒體真實為何無法完全反映社會真實？也就是說媒體報導新聞為何難以做到真正的客觀？原因在於：

(一)受到媒體在新聞的選擇與製作等建構過程的影響

　　新聞的發布從消息來源提供、記者的挖掘、依照新聞價值取捨、決定採訪對象、撰寫新聞、再經編輯處理，最後呈現在報紙版面或電視、廣播與網路上，這一連串的過程，每一步驟皆在「建構」新聞。換言之，一件新聞事件的發生，原本僅是事件的本身（社會真實或客觀真實），但經過層層處理，以文字、符號、聲音、圖片、畫面等方式「再現」(representation)❺，已非原先的「社會真實」，而成了「媒體真實」（或符號真實），再加上傳播者的個人認知、行為等影響（主觀真實），閱聽人從媒體所讀到或看到的新聞事件已非原來事件的原貌，而僅是「再現」的真實。

　　當然，「建構」新聞的過程中，有可能有意或無意地被操弄或被扭曲而影響了客觀真實。這就是為什麼同一新聞事件，各個媒體的報導會有差異，甚至有相反的情況出現。譬如，不少的抗爭和集會遊行新聞，各媒體所報導的參加人數，經常因該媒體的立場不同而有重大差異，支持甲政黨的人數就估

　　人、事、物皆有不同的認知與理解。由此可知，同一新聞事件，不同的記者所「再現」的新聞會有差別，甚至大異其趣。

❺　簡言之，再現是製造符號來代表符號意義的過程和產物（楊祖珺譯，1997）。

算得高些，不支持的就估算得少一些。只要經常比報，即可發現不少類似的例子。

(二)受到框架機制的影響

何謂「框架」？傳播學者臧國仁 (1999: 32) 定義為：「人們或組織對事件的主觀解釋和思考結構」❻。依照傳播學者安特曼 (Entman, 1993: 51–58) 的看法，框架包含了篩選和凸顯 (salience)，它可定義問題、判斷原因，甚至道德判斷，提出解決之道，如此一來也就偏離了純客觀性，造成了某些非意圖的偏差。人們或組織對事件的主觀解釋或思考結構，不僅存在於媒體記者、媒體組織，甚至於消息來源（包括提供新聞來源的單位、公關人員與個人）。「框架」指導人們思考、處理資訊，但在篩選和凸顯過程中，定義問題、判斷原因，難免存有意識形態、個人價值觀念的影響，進而扭曲了客觀真實。換言之，記者報導新聞會受到「框架」機制影響「再現」新聞，所報導出的新聞已非事件的原貌❼。

綜合上述可以了解，客觀性固然難以達到，絕對的客觀更是天方夜譚，不過這並不意味著，媒體記者在報導新聞時不必在乎客觀與否，甚至可擯棄客觀。試想新聞若棄客觀的準繩不顧，那麼更多的偏見、謊言、謠言、偏離事實的報導一定充斥新聞媒體，輕者誤導視聽，重者則製造社會動亂。誠如已故美國名專欄作家李普曼 (Lippmann, 1922: 256) 所言：「當我們越深刻察覺自己的主觀，我們便產生了追求客觀方法的狂熱。」雖然客觀難求，仍然值

❻ 新聞如何產生？與新聞產生相關因素有哪些？這些因素彼此如何相互影響？要了解上述問題，請參閱《新聞媒體與消息來源——媒介框架與真實建構之論述》（臧國仁，1999）。這本著作可說是這些年來國內新聞傳播學界最為嚴謹的一部學術著作，很值得讀者認真細讀。

❼ 依傳播學者鍾蔚文等人 (1996: 182) 定義，「框架」是真實轉換的結果，包含了選擇與重組兩項機制。每一種框架均可分為高層、中層與低層等層次，各有固定形式要件，如主要事件、歸因、歷史、及影響等。在各種真實轉換的過程中，透過選擇不同形式要件及重新組合這些形式要件，社會事件得以再現，言說意義得以建構。

第 二 章

新聞記者與採訪

第一節　記者的角色與定位

談起記者這一行❶，反應可說頗為兩極。持正面看法的人會說，他是「無冕王」❷，是為民喉舌的「文化尖兵」；持負面看法的人會說，他是招搖撞騙的「文化流氓」，是有如螃蟹一樣在各地橫行的「蟹形人」（丘彥明，1981: 1），只是會造謠生事的「製造業」，要不然就是專門揭人陰私，到處整人的「修理業」。由於身處媒體的關係，

圖 2-1　記者究竟是「無冕王」還是「文化流氓」呢？

記者似乎看起來較容易出名，但是記者這一行與其他的行業一樣，有甘有苦，日入斗金的明星記者仍是少數。青少年朋友若認為擔任記者可以名利雙收，那就大大地誤解了記者的角色與定位了。

其實，記者這一行並不好做，依據「1111 人力銀行」（黃文祥，2008）所做的網路問卷調查顯示，記者平均一日工時為十一小時，最長十四天沒休假；半數對薪資大感不滿，主因在於工時、工作量與薪資不成正比，平均薪資滿意度僅四十分。而究竟記者工作的魅力何在，能吸引社會新鮮人投入記者工作？調查結果指出，主要動機包括個人興趣 (50.72%)、學以致用

---

❶　有關記者的條件、資格、種類等，坊間相關著作大都有論及，本書不再贅述，有興趣的讀者可參考《新聞報導學》（王洪鈞，2000: 41–78）。

❷　此意有褒有貶，十九世紀末，英國《每日電訊報》(Daily Telegraph) 一名傑出記者狄龍 (Dillon)，因經常受到各國國王的殷切款待，被稱為「無冕之王」（李瞻，1977: 134–135），但貶意卻是指記者像無冕的皇帝，作威作福（王惕吾，1991: 181）。

(46.41%)、工作見識廣 (36.36%)、累積多元人脈 (28.71%)、工作內容多變 (26.79%)、維護社會正義 (14.35%)，由此可見記者工作的高附加價值，這或許也是為什麼記者的工作壓力大、薪資滿意度低，但仍讓求職者趨之若鶩的原因之一。

記者是一門深具挑戰性的行業，有志於從事新聞媒體工作的青年朋友若想迎接挑戰，首先要有如何扮好記者角色的心理準備，並要時時充實自我，讓自己能勝任記者工作。那麼，到底要如何扮演好記者的角色？這應從記者的專業素質與新聞道德兩個層面來討論：

一、專業素質

談到專業素質的問題，專業素質包含專業意理 (professional ideology) 與專業能力。什麼是專業意理呢？簡言之，就是記者經過長期培養出來的價值系統，內化成為記者日常製作的一種指引（李金銓，1983: 43）。這種指引，一方面是傳統新聞學所要求的客觀、公正、中立、平衡等專業要求；另一方面記者也應是公眾利益的捍衛者、揭發社會不公與伸張正義者。

美國學者柯恩 (Cohen, 1963: 191) 在研究各國駐美國華府的外交記者與美國外交政策關係時，發現記者群中就存在著兩種專業意理，一為「中立報導者」(neutral reporter)，意為記者將媒體視為訊息告知者、事實報導者；二為「參與者」(participant) 意為將媒體視為大眾的代言人、政府的批評者或擁護者。

儘管，美國記者最偏向事實報導的「中立角色」(Johnstone et al., 1976)，但仍有相當程度的記者支持「參與鼓吹者」的角色，以敵對的態度找出政府的毛病與公眾感興趣的問題 (Weaver and Wilhoit, 1986)。不論是「中立報導者」或「參與鼓吹者」，並非絕對的要求，而是記者在採訪新聞事件時，應有自己長期以來累積的專業判斷。

什麼事件應恪遵「中立報導者」的角色？譬如報導選舉新聞，記者就不應受黨派和候選人的影響，做到客觀和公正；什麼事件應當擔任「參與鼓吹

者」的角色？譬如選舉弊案，若遇可疑就應鍥而不捨尋找可靠與正確的消息來源佐證，予以揭發。「有所為，有所不為」應是記者最基本的要求。當然要達到上述的要求，這就有賴於記者的專業能力。

所謂記者的專業能力，應奠基於知識上，這知識包含了新聞傳播學理和工作實務。或許在新聞界裡會常常聽到新聞實務重於理論，甚至理論是理論，實務是實務，兩者不相關的說法。但是，這種說法極不正確，理論與實務是一體的兩面，何況理論有不少部分是從觀察實務驗證而來。記者不能說理論沒有用，而是需依不同的環境、情境對理論進行調整，否則食古不化地照搬，這種理論自然行不通。

那麼記者怎樣充實自己的專業能力呢？依據認知心理學而言，知識基本上可分兩大類。一類是「陳述性知識」(declarative knowledge)，另一類是「程序性知識」(procedural knowledge)。前者是指對於一個主題和內容的知識，有特定的人、事、物可以描述，適合語言的描述；後者往往是某種運作或程序的知識，不易用語言適當地描述。像鞋帶的綁法就是個「程序性知識」，極難用語言表達（鄭昭明，1993: 90）。

至於「陳述性知識」，又包含了「事實知識」與「知識的聯結」（鍾蔚文等，1994: 75–77）。譬如立法院是我國的國會，在第七次修憲後，共有一百一十三席立委，任期四年，這些都是「事實知識」。至於立法院各黨派如何運作，各黨的次級問政團體是怎樣的演變和形成的，各委員之間與府院的關係為何等，這就是「知識的聯結」，它有如樹狀結構，可包含數個和數十個相關的次級概念。記者專業能力的優劣，也就是看記者能否善用這兩類知識的能力。

換言之，記者在「陳述性知識」方面，對於採訪的對象和主題知道得越多越好。譬如採訪大陸名作家余秋雨前，要先知道余秋雨的個人背景資料，充實「事實知識」，才能有備無患；而記者在「知識的聯結」上，也是越廣越好。譬如余秋雨作品風格的演進，海內外作家、讀者對他的看法等等，對這些問題了解越多，下筆就越能旁徵博引。至於「程序性知識」，在新聞工作來說，就是如何採訪，如何蒐集資料，如何問好問題等應用的知識（鍾蔚文等，

1994: 76)。要注意的是，這些知識是新聞傳播科系訓練專家有別於其他科系之處，如果想在政治、經濟等科系學生的競爭下坐穩記者寶座，就要強化前述的新聞基本動作（鍾蔚文等，1994: 85）。

「陳述性知識」的累積，不能只靠學校的教育，記者對於自己所採訪的路線和對象與消息來源，平常就應廣搜相關資料，勤加研讀，並養成判讀資料的能力。對於「程序性知識」，例如如何觀察、組織、分析呈現所採訪的資料。學校固然可以學到一些原理和方法，但個人在業界的經驗仍然非常重要。畢竟，採訪的環境與事件是活的，時時會變。據筆者從事新聞教育所得經驗，「程序性知識」比「事實知識」還要難教，因為，沒有放諸四海不變的規則可循。記者在工作時應用心體會，養成臨場反應與應變能力，才可能做好分內的工作。

二、新聞道德

在媒體競爭激烈下，為迎合閱聽大眾口味，媒體老闆難免以追求收視、聽率和閱報率為鵠的。在這樣的媒體環境和生態下，媒體內容充滿羶色腥 (sensationalism)，好像已經變成常態，若要求記者謹守新聞道德似乎是緣木求魚。不少新聞傳播科系的青年學子出了校門，走進媒體，在工作壓力、同業競爭與上司要求下，為了保住飯碗，在報導時刻意迎合任職媒體觀點，甚至成了某黨某派或者特定政治人物的「發言人」、「傳聲筒」。這些弊病皆源自於(1)記者對自我的定位不清；(2)新聞室的社會控制；(3)媒體缺乏內部自由，記者仍無工作的自主權等因素。

(一)在記者的定位方面

記者乃是新聞的專業者 (professional)，其角色地位為觀察者 (observer)，或監督者 (surveillant)、解釋者 (interpreter)，是教育者也是改革者 (crusader)（王洪鈞，2000: 43）。記者絕非謠言製造者、宣傳者、炒作者、代言者和說謊者。如果記者不遵守新聞道德，輕者傷害了他人的名譽，重者危害社會秩

序，甚且製造政治動亂。畢竟新聞是強而有力的武器，如果用之不慎，或出之不良的意圖，是含有煽惑性和擾亂性的（陸崇仁譯，1978: 1）。因此，在媒體的大環境並非健康的情形下，身為記者仍應堅持真實性、正確性，最大限度降低傷害、避免利益衝突 (Rich, 1997: 325)。服務重於報酬，乃是新聞工作者固守道德的最基本理念（歐陽醇，1982: 210）。

㈡ 在新聞室的社會控制方面

媒體記者容易受到內規的影響，依傳播學者布里德（Breed, 1955；李金銓，1983: 35–36）研究顯示，記者會遵守新聞室的「行規」是因為：

　　1. 組織的權威與制裁；
　　2. 對老闆或上司雇用的感激；
　　3. 升遷的慾望；
　　4. 報業公會未曾干涉媒體內部政策，記者大可效忠媒體；
　　5. 工作性質大致愉快；
　　6. 新聞成為一種價值和目的。

在這種情況下，記者在什麼樣的媒體表現就像該媒體所要求的特色一樣，也就不足為奇。因此，建立媒體內部自由和記者自主權有其必要性。

㈢ 在媒體內部自由和記者自主權方面

為了防止外力干預媒體運作，前西德若干學界、實務界和傳播政策人士曾提出下面建議（翁秀琪，1993: 293–295），包括：(1)報業經營不應純民營，而應以基金會或公營方式營運（如前西德的廣播電視制度）；(2)記者、編輯應可在經濟上參與報館經營；(3)加強記者、編輯在報社中的決定權。

我國自立報系員工曾在一九九二年為爭取內部新聞自由與新聞記者自主權❸走上街頭，雖然沒有成功，卻刺激了臺灣第一個民間自主組織的記者團體——「臺灣記者協會」的成立（蘇正平，1996: 31）。假若，媒體內部自由

---

❸　所謂「記者自主權」，指新聞從業員依照新聞報業倫理與報業知識產製新聞，不　　受外界干預或媒體內部（包括媒體老闆）干涉的權利。

與記者自主權真能在國內深根固蒂，相信記者必能發揮專業的角色，定位也能更明確，也就不至於出現「1111 人力銀行」所調查的結果，只有 5% 的記者認為自己可以發揮社會監督功能，而認為能做到真正客觀平衡報導的記者也不到 1% 的慘狀。

第二節　記者與消息來源

　　沒有讀過新聞傳播科系和未在媒體工作過的人，可能會有一個疑問，記者為什麼會如此的神通廣大？哪裡發生事情，記者都能知道。就連名流偷情在床上幹壞事，好像記者都躲在床底下偷看似的，竟能將整個事件的過程一一描寫出來。沒有錯，有些新聞事件是記者「挖」出來的，像是美國著名的水門事件❹就是如此。但大多數的新聞事件，記者不可能親自目睹，需要靠消息來源提供線索，除了部分媒體設有機動小組應付突發事件外，大部分記者皆有固定的採訪路線與管道，可「循線」採訪媒體所要的新聞。即使非固定路線，記者也會在工作中建立各種消息來源管道，獲得他所要的新聞線索。

　　說到「消息來源」，誠如傳播學者臧國仁 (1999: 161) 指出，過去定義並未統一，但分類的方式與新聞分工關係密切。按照傳播學者艾特瓦特（Atwater & Fico, 1986，轉引自臧國仁，1999: 161）等人分類，可以將「消息來源」分成印刷文件（如官方檔案或新聞稿）、活動來源（如記者會）、以及個人來源（如政府官員或專家）。由此可以看出，不管印刷文件、活動來源與個人來源，都有可被尋找的固定新聞管道以及非固定的管道。

---

❹　指一九七二年六月美國總統大選時，當時的美國總統尼克森親信涉嫌指示其手下，侵入華盛頓「水門大廈」的「民主黨全國委員會」總部竊取機密。事發後，尼克森及其親信百般掩飾並阻撓調查。後經《華盛頓郵報》(The Washington Post) 兩名記者伍華德 (Bob Woodward) 和伯恩斯坦 (Carl Bernstein) 不斷地追蹤挖掘與報導之下，終於水落石出，致使尼克森迫於國會彈劾的壓力，在一九七四年八月八日辭職。

這些固定的管道，主要由下列各項所構成（錢震，1976: 169–195；方怡文等，1997: 14–16；王洪鈞，2000: 84–86）：

1. 政治、國會與外交新聞

中央政府各機關及民意機構；各政黨中央與地方黨部、政治團體、政治研究機構；外交部、北美事務委員會，外國使領館及其他國際機構；地方政府與民意機構等。

2. 社會與司法新聞

內政部警政署、刑事警察局、各縣市警察局派出或駐在所；司法院與所屬各級法院，法務部和所屬地方檢察署等。

3. 財經與股市和工商業新聞

中央銀行、財政部、經濟部、經建會、行政院主計處、證管會、證交所、國營事業及各產業和工商團體、各金融機構、財經研究機構等；還有各重要商業貿易單位及各種批發與零售市場，農、工、礦、漁、鹽及家禽畜等生產事業機構和場所。

4. 文教新聞

中研院、教育局、文建會、各級學校與學術研究機構、教育團體等，若進一步還可包括各宗教、社教及藝術機構、團體、各級圖書館、博物館、美術館、畫廊、文教基金會等。

5. 生活和科技新聞

公用事業單位，包括自來水廠、電廠、瓦斯公司、各級環保單位、垃圾處理單位、下水道與公園管理單位等。科技單位則有國科會、科學園區、資策會以及各科研單位等。

6. 醫藥與衛生新聞

衛生署、健保局、各縣市衛生局、各大醫院、醫藥公會與醫藥產業等。

7. 體育新聞

行政院體育委員會、中華奧委會、全國體育協會與各單項運動協會、以及各種體育競賽等。

8. 影劇與娛樂新聞

新聞局、各電影公司、各大電視臺、唱片公司、各影視歌明星經紀人等。

9. 民眾活動新聞

各個民眾團體、職業團體；大眾消費與娛樂場所；公共集會及休閒場所。

10. 交通與觀光旅遊新聞

包括郵政、鐵路、公路、航空、航運、電訊、海港、氣象及觀光旅遊等單位與機構。

上述各個新聞來源，媒體皆有專人主跑，有的管道隸屬採訪中心（例如政治、社會、文教、財經、體育等新聞）；有的隸屬生活新聞中心（例如醫藥衛生、影劇娛樂等新聞），有的隸屬地方新聞中心（例如各縣市政府、議會；鄉鎮市公所、代表會；地方各項活動新聞）。每一位記者視媒體規模大小與工作量可能僅主跑某一路線新聞，拿立法院這條路線來說，因為訊息量極大，規模比較小的媒體只能一個人跑，規模大一點的媒體，則要數人一起分擔；至於其他負擔較輕的路線，以外交部來說，當然就順便跑一下性質較接近的僑委會新聞。除此之外，記者還得視當天的訊息量，按長官要求機動支援其他路線的記者。

除了固定管道，還有非固定管道的消息來源，這包括有 (Rich, 1997: 92–101)：

1.各公關與傳播公司受委託所發出的公共關係稿。

2.新聞當事人或知情人士所提供（包括匿名消息來源）。

3.從其他媒體獲得消息來源（例如通訊社、廣播電臺、電視臺甚至報紙分類廣告都可能有新聞線索）。

4.媒體的資料庫或知識庫、圖書館、電話簿、各種文宣品，也都有可能尋得背景資料和新聞線索。

5.從網路上找新聞線索。

不僅是各公關公司所受委託發布的公關新聞稿，即使政府與企業單位所發布的新聞稿，也就是一般所說的通稿 (news release) 或罐裝新聞 (canned news)，記者絕不能有聞必錄。因為官方與企業單位大都報喜不報憂，甚至捏

造假資料，意圖掩飾真相；尤其工商業的「假事件」(pseudo events) 防不勝防，譬如藉舉辦義賣活動，提升形象，事實上是推銷產品，記者稍有不察，極易受到消息來源利用，誤導閱聽大眾。此外，新聞當事人與知情人士所提供的內幕消息，除非有必要，最好不要採匿名方式報導❺。對於所採訪到的內幕消息，不可全信、也不宜隨手丟在一旁，應向其他消息來源查證，或找尋相關文件求證，以做到客觀公正與平衡。

至於從網路上找新聞線索，是現今媒體記者常用的手法，一般稱為「電腦輔助報導」(computer-assisted reporting, CAR)，但這種方法引起的問題也最多，有些記者在網站上討論群裡看到網友所討論的問題，未經查證也不判斷，就任意報導。像是網路傳出某種牌子的衛生棉有蟲，速食業者使用基因食品等謠言，就有記者不經查證，披露於媒體，混淆視聽，這種作法是很不負責任的。因此，要避免類似情況發生，應注意下列要點 (Rich, 1997: 105; Wolk, 2001: 63)：

1.網站上的訊息未必權威，許多內容是假冒、草率的，引用時要小心，遇可疑應查證。

2.網站上的訊息是否過時？哪些才是新的？應辨明清楚。

3.網站上是否留有贊助公司或機關的名字？有無聯繫人的名字？應透過電子郵件或電話求證。

4.網頁所使用的訊息是否都註明了消息來源？能否從其他地方查到這些訊息？

---

❺ 所謂「匿名消息來源」(not for attribution)，意指消息來源知道一些重要的訊息（譬如政府官員挪用公款，還有不可告人的緋聞、醜聞），若公開他們的姓名，輕者可能丟掉工作，重者可能失去生命，記者為了保護消息來源，在報導時故意隱去他們的姓名、職稱謂之。記者若不遵守消息來源的協定，任意公布姓名的話，不但傷害了消息來源提供者，更是違反新聞道德，因此有些記者即使面對法庭詢問，寧可坐牢也拒絕透露。譬如，美國司法部偵辦中央情報局祕密幹員的身分遭媒體曝光一事，《紐約時報》茱迪絲‧米勒 (Judith Miller) 因堅拒向聯邦大陪審團透露祕密消息來源，被法官裁定藐視法庭，遭判處四個月徒刑，並立即入獄，就是最好的說明（王嘉源，2005）。

5.如果要將網站作為消息來源，一定要寫出網址，不能只說據「網站消息」，網站內容仍受著作權保護，除了合理範圍內引用，否則應徵求原著作人同意。

6.盡可能引用可信度較高的網站，譬如各主要國內外媒體、政府機構與良好聲譽的企業、民間團體的網站，但不能保證他們的訊息一定是正確的。

至於國際新聞的消息來源，除了各媒體派往主要國家的駐在地記者採訪外，大多來自國際通訊社，譬如美聯社、合眾國際社、路透社、法新社、中國大陸的新華社與中新社以及我國的中央社；電視新聞則有來自美國有線電視新聞網 (Cable News Network, CNN)、英國廣播公司 (British Broadcasting Corporation, BBC) 等。這些通訊社多以西方的觀點或自我本位看待開發中國家所發生的事情，不是報導不足，就是充斥負面報導（Schiller, 1979；李良榮，2002: 169），所以引用西方各大通訊社的消息來源，應避免全盤照收，對同一新聞事件，宜多參考幾家通訊社稿件，綜合改寫，才是避免偏見和錯誤的較好方法。

事實上，消息來源分為固定的管道或非固定的管道，也非絕對的。譬如官方所發布的新聞和記者會，通常是固定的管道，若遇重大弊案，也許正式的固定管道所提供的只是對自己有利的消息，而非事情真相，此時就有賴非固定的管道提供。官方人員也可能扮演非正式管道，以匿名方式提供新聞。像是水門事件的「深喉嚨」就是很著名的例子❻。

不論什麼樣來源的消息管道，通常只有在對自己有利的情況下，才會願意把消息透露給記者；對自己不利的消息，通常會盡量隱瞞（Epstein, 1975，轉引自羅文輝，1995: 3）。若記者選擇消息來源時，系統地偏袒某些人物、

---

❻　「水門事件」向《華盛頓郵報》洩密的「深喉嚨」(deep throat) 身分終於在二〇〇五年五月三十一日公諸於世。這一祕密隱藏了三十三年，沒想到，由美國《浮華世界》(Vanity Fair) 月刊爆料，指「深喉嚨」就是當年的聯邦調查局副局長馬克‧費爾特 (W. Mark Felt)。在費爾特的協助之下，《華盛頓郵報》的兩名記者伍華德和伯恩斯坦才能抖出「水門醜聞」，當時《華郵》即以「深喉嚨」代號稱費爾特這一位匿名的消息來源（閻紀宇，2005）。

團體或組織，而忽視其他人物、團體或組織，新聞將無法公正，也難以展現社會現實（羅文輝，1995: 2-3）。那麼記者選擇新聞來源能否完全避免偏向？基本上，這是非常不容易的事，因為記者會受到「框架」(frame) 機制的影響。一旦記者戴上了有色眼鏡進行新聞報導，也就偏離客觀性。當媒體新聞來自某一消息來源，那麼它也就難免會陷入符合消息來源的意圖框架，難以全面客觀。

但也有學者指出，弱勢團體若不斷以抗爭手法，一樣可吸引媒體報導，不見得記者會偏向官方或權威機構的說詞，再加上消息來源彼此相互制衡，新聞常規的設置自有其「平衡」作用，新聞媒體對於消息來源仍有「是否刊登，如何刊登」的主動權（臧國仁，1999: 189-191）。不少研究文獻也指出，新聞媒體與消息來源兩者在真實建構過程中具有共享建構責任、各自建構意義的傾向（臧國仁，1999: 369）。對於此節，記者應該牢記於心。

雖然說避免偏頗不易做到，但仍需時時警惕自己，不接受消息來源的津貼與招待；遇可疑即查證；多方接觸不同的消息來源和管道；盡量做到平衡與公正，最起碼在職責內一定要對得起自己的良知。

第三節　採訪的類型與準備

一、採訪類型

已過世的美國名政論家李普曼 (Lippmann, 1922) 曾指出，一般所謂的新聞價值，包括人 (people)、地 (location)、時間 (time) 三因素。無疑地，重要的時間、地點絕對是記者報導新聞的重要依據，但是「人」才是新聞的中心要點，跟「人」無關的事難以成為新聞。既然因為採訪對象的重點在「人」，因此在採訪類型的劃分上，也應該以「人」為本。以下是採訪的主要類型：

1. 事實的採訪

不論何種事件，只要是多數人關心的事實，就有報導的必要。例如財政部擬加個人所得稅的方案、油價上漲、腸病毒流行、颱風、車禍等，皆是一般新聞報導所注意的事項。

2. 意見與原因的採訪

新聞事件發生的原因為何？譬如一遇颱風，為何臺灣總是有土石流事件？扣稅為什麼老是扣不到大富豪？許多新聞事件，閱聽大眾不僅想知道事件本身，更想知道該事件為什麼會發生。這時候，記者就應採訪相關人士、學者、專家的意見，或根據自己專業的判斷以掌握事件的來龍去脈，才能分析事情的原委。一般說來，這類採訪常以「特寫」的方式呈現。

3. 人物的採訪

人物採訪是屬「專訪」的類型，也就是透過特寫方式呈現。新聞較偏靜態，筆法上較為軟性。如果遇到重大新聞事件時，在新聞主幹之外，若能揀選事件中重要人士採訪，將會使得新聞更為生動，也加強可看性。記者進行人物採訪時，應該要事先規劃，確立寫作角度；採訪之後，再依規劃好的結構，重新整理。生動、活潑、可讀性高，大都是此類採訪所要求的寫作技巧(Mencher, 2003)。

二、靜態新聞採訪類型

不論發生什麼性質的新聞，政治新聞也好、財經新聞或社會新聞也好，如第一章第三節新聞的種類所述，新聞可能是預知的、也可能是突發的，是靜態的、也可能是動態的，或單純的與複雜的新聞等。對於靜態性新聞而言，記者進行訪問有下列四種形式：

(一)例行採訪

這種採訪皆有固定的路線和管道，所採訪的對象、公私單位、機關大都也會發布公告，或提供新聞通稿。不過，記者若像公務員一樣，只按時上下

班，或者只依賴同業與同路線的記者所組的聯誼會，大家輪流坐莊，相互支援，共用採訪資料，那麼這種記者絕對寫不出好新聞。例行性的新聞，若是肯用心，還是會發現不尋常的事情。記住，新聞是跑出來的，很多事件，不在現場，是很難看出端倪，有時重要新聞事件反而是記者在下班後的應酬中挖掘出來的。

㈡獨家專訪

除人物專訪外，獨家新聞也常是專訪的形式。獨家新聞，只有一家媒體獨有，不可能有其他媒體知道，作業非常祕密。一九九八年四月間，某報一名資深記者在比報中，發現一則不甚起眼的新聞，但在他敏銳的新聞眼觀察下，追出一條非常有意義的大獨家新聞，也就是一位兩歲大的女嬰，在一九八二年被販賣到澳洲，十六年後已長大成人的十八歲少女卡雅，當知道自己的身世，即萬里來臺尋母。該報找出這一新聞線索就展開祕密作業，記者並遠赴澳洲專訪卡雅養父母，過程極為保密，系列報導在見報之前，只有少數員工知道（高源流，1998: 6–11）。專訪通常只有一人為之，但碰到複雜新聞，多採取團隊作業，以集體採訪方式分頭進行。

㈢企劃採訪

企劃採訪，不僅是靜態新聞可採用；即使是突發新聞和動態新聞，也常採企劃採訪。靜態新聞企劃採訪，常以「專題」的形式出現，譬如登革熱的流行，媒體為探討登革熱的成因，了解各縣市防治登革熱的問題，反映輿情，即可企劃相關採訪題目，分派有關路線記者與各縣市記者深入採訪，再由媒體採訪單位的資深記者整理成系列專題，逐日連載報導。當然系列專題報導也可由一人為之，這正是記者專業能力最大的考驗。

對於重大的突發新聞，譬如遇到空難新聞，媒體即指揮各路線記者，依任務分配，有的在現場描述、採訪生還者、蒐集死傷名單，有的採訪救難人員、相關人物與單位、政治人物，有的採訪專家學者分析空難原因，有的製作照片、圖表、彙整歷次空難紀錄等等。媒體內勤人員根據專業判斷，擬出

大綱提要，做好編輯企劃，分配版面，再將記者所報導的新聞，妥善地處理，完整地報導出來（沈征郎，1992: 114–115）。各報企劃採訪功力如何？事實上，遇重大突發事件，只要隔天一比報，高下立見。

㈣記者會

常見的記者會大都由官方與企業單位所舉辦，新聞人物遇到爭議性的議題，也會舉行記者會說明。美國總統常在白宮草皮上舉行記者會，令人印象深刻。反觀我國總統少有記者會，若遇國家重大事件，舉行記者會，立刻萬方矚目。記者會固然是屬預知的、靜態的，可是在電視事業發達的今天，重大記者會常全程轉播，各個媒體記者提問題，問得好不好，適當不適當，就在全民面前表現，所以參加記者會之前應有充分的準備，也就是說在記者會之前，應該做到以下幾點 (Itule & Anderson, 2003: 215–216)：

1.詳讀召開記者會者的通稿，了解召開者的背景和召開原因；
2.閱讀相關剪報資料以及有關的主題；
3.閱讀召開者所寫的文章和書籍（尤其作家的新書發表會）；
4.採訪前與主管交換意見，並做充分的討論，臨場才會有好的表現。

三、動態新聞採訪類型

對於突發、動態性的新聞，常見的採訪形式則有下列三種：

㈠電話採訪

電話採訪，當然不如臨場和面對面訪問那樣容易掌握新聞線索，真實性也不足，但在美國電話採訪已非常普遍❼，不限於突發新聞 (Metzler, 1997:

---

❼ 在美國，電話仍是大多數報社記者最常使用的採訪工具。依諾里斯 (Tim Norris) 對丹佛 (Denver) 等地區十九位日報記者所進行過的六百六十二次採訪統計顯示，由於採訪時間緊迫，其中有三分之二是通過電話進行的。其中現場的新聞報導甚至獨家新聞，大多數仍採電話訪問 (Metzler, 1997: 112)。

112)。國內媒體的現況也與美國類似。對於記者而言，這是一種「不滿意，但可以接受」的採訪方式，畢竟在截稿壓力下，尤其是遇到突發新聞或較為敏感新聞時，電話採訪最為便捷。電話採訪應注意的事項有 (Rich, 1997: 136–137)：

1. 說明自己身分，所屬機構與打電話的目的；
2. 要盡快切入主題；
3. 問題要問得精要；
4. 盡速澄清不明白的事情；
5. 對於細節，懇請受訪者盡量提供；
6. 對於災難新聞，不明白如何發生，應依發生時間順序詢問對方；
7. 注意控制時間，先問重要問題，再問次要問題；
8. 最後核對，尤其是事件發生時間、地點、數據與受訪者姓名和身分。

㈡偽裝跟蹤採訪

這裡的偽裝跟蹤新聞，並非「狗仔隊」跟蹤和緊纏名人，揭發其陰私和緋聞，而是對於複雜的新聞事件，尤其是在公共事務上發現有不尋常或蹊蹺之處，蒐集相關資料，繼續循線挖掘，直到真相揭露。通常「調查性報導」(investigative reporting) 會採此類方式，以獲取所要的新聞。譬如一八八〇年《紐約世界報》(New York World) 記者奈利 (Nellie Bly) 就曾偽裝為精神病患，進入紐約的瘋人院做調查，揭發那裡的惡劣情況（李瞻，1984: 46）。國內也有媒體記者，常以偽裝推銷員、應徵工作者或消費者等，去挖掘八大行業或不良機構的黑幕。不過這種「化身採訪」，必須在無計可施的情況下，或調查事件是大眾所特別關心的問題時，才被允許（李瞻，1984: 49）。對於公眾人物，和正常的消息來源，若用欺騙的手段採訪，是有違新聞道德的。

㈢攔路採訪

遇到突發事件、緊急狀況時，可採此一方式採訪。但必須注意的是，需要受訪者願意配合，尤其對於災難新聞與犯罪新聞，絕對不能妨害救災和執

法人員的行動。

四、採訪前的準備

不管什麼樣的採訪方式，尤其遇到可事先預知的、靜態的新聞，事前應有充分的準備。《中國時報》駐華府記者冉亮生前曾經敘述她奉命採訪前美國國務卿鮑威爾將軍一事，在採訪前一個月，她做了不少功課，研讀有關鮑威爾的文章和書籍，甚至讀完鮑威爾六百多頁的自傳《我的美國之旅》，並勤做筆記（冉亮，1996: 15）。可見採訪不是輕鬆和簡單的工作。那麼記者在採訪前應做好什麼樣的準備呢？

1. 明確採訪目的

採訪的主題應勾畫清楚，譬如為什麼要採訪名模林志玲？是談她的愛情觀，還是她的人生規劃，或是拍電影與慈善工作的問題。勾畫主題一定要清楚，才能針對主題尋找相關資料。

2. 提出採訪要求

以採訪林志玲為例，未必能獲得應允，甚至很可能會吃上閉門羹。記者是否能說服林志玲接受採訪？恐怕不易。這是因為記者跟林志玲本人聯絡的機會微乎其微，大體上都要透過林志玲的經紀人代為安排。在過程中除了要靠交情外，還得明確告知準備採訪的理由為何。當記者弄清楚一件事，即是「自助而後天助」，自己先將事前功課作足，提出採訪要求之後，獲得採訪機會的勝算才會大。

3. 確認採訪項目

若是記者要進行深度採訪，不僅需要訪問當事人，還應訪問相關人士與單位、甚至專家和學者。記者應確認到底有哪些相關人士與採訪有關，並找出聯絡他們的方式、電話、手機號碼和地址。對於這些學者專家，一定要了解他們的專長，以免「答非所問」。

4. 勤做功課

專家常說，一個小時的採訪需要五個小時的準備 (Metzler, 1997: 75)。若

News Reporting and Writing

是想訪問林志玲關於拍電影的問題，這時應查閱林志玲從影的過程，曾拍過哪些電影？曾與哪些巨星合作過？曾獲得何種榮譽？對於上述問題，記者在採訪前都應有相當了解才是。

5. 研究對象的性格和興趣

要拉近與採訪對象的距離，事先就應了解對方的個性，否則話不投機半句多，難以獲得對方真誠的合作。對於受訪的機構和單位也是一樣，事先也需了解他們的特色與企業文化。

6. 根據資料試擬問題

提問並不是件容易的事，記者除了根據資料試擬問題外，應當還要了解讀者想要知道什麼？什麼才是具有新聞價值的問題？問題設計會不會太敏感？對方願不願意回答？這些都應詳加考慮。

7. 準備好採訪工具和設備

若無攝影記者隨行，文字記者就應自己準備數位相機；廣播記者少不了錄音設備，一般平面文字記者也應備妥錄音設備，因為人的記憶有限，尤其數字、人名都不易記住。錄音機、錄音筆在採訪時最好能隨身帶著。畢竟，萬全的準備才是成功採訪的保證。

第四節　問話的方式——
如何問好問題？

筆者年輕時常看中華少棒與青少棒揚威世界賽的實況轉播。在一次晉級爭奪賽，某位青少棒小國手打了一支再見全壘打，事後接受某電視臺記者訪問，該名記者問的問題如下：

問：某某小國手，你剛才是不是打了一支再見全壘打？
答：是。
問：你打了全壘打，揮棒會不會很用力？

答：會。

問：你打出全壘打，會不會很高興？

答：會。

上述第一個問題，根本不必問，電視機前的觀眾誰沒看到該名小國手打出全壘打？第二與第三個問題都是「愚昧」的問題，打全壘打揮棒會不用力嗎？會不高興嗎？難道要傷心地哭嗎？要記住，「不是會說話，就會採訪」，記者問問題「只有笨問題，沒有笨答案」。誠哉斯言！

傳播學者勞爾恩 (Rowan, 1988) 曾說：「好報導來自好問題」。她並表示，大多數記者不知如何構思和修飾問題。上述例子也許是個笑話，但現在仍有不少記者還是會問類似的笨問題。例如一九九七年十一月十九日陳進興挾持南非武官的人質事件，媒體記者就問了許多不適當，並具有爭議性的問題。某電視臺記者透過電話問陳進興：「你什麼時候自殺？」「有沒有最後的話要說？」當時人質還在陳進興手中，稍有不慎將危及人質，這種不適當的問話方式甚至讓陳進興緊張得還以為警方要攻堅。更誇張的是，竟然還有記者陪著陳進興一齊唱「兩隻老虎」解悶，真是秀過頭了（徐紀琤，1997）。

另外也有不少記者的笨問題，一直在網路上流傳，據說有位電視女主播在農委會的記者會上，曾天真地詢問：「綠蠵『龜』和櫻花鉤吻『鮭』有何不同？」當時的孫明賢主委也只能強作鎮定地回答：「一種是烏龜，一種是魚，完全不同。」在國防部的記者會上，也有記者問到：「IDF 與經國號戰機有何不同？」國防部官員當然也只能回答：「一個是英文，另一個是中文。」（楊泰順，2004）

記者為什麼會問笨問題？第一是因為有些記者「通識」不足，採訪前又不做功課；第二是因採訪經驗太淺，先前知識累積得還不夠，對所採訪的議題較陌生，難以掌握新聞的命題、內容、細節與採訪時的情境（臧國仁等，1994: 51–52）；第三是因為對於提問的策略、方法和技巧，不夠熟悉。對於第一與第二項原因，須賴長期的培養和砥礪才能改善，僅就第三個原因來說明如何才能問出好問題與正確的問題。

一、如何提出好問題？

㈠先抓住核心議題

不論新聞事件的大小，都有它的核心議題，即使要採訪某位政要或名流，也都有採訪目的。首先要問清楚的是，為什麼要採訪某人？核心議題是什麼？最重要的是閱聽人想要知道的是什麼？譬如說，某學者接任行政院勞動部長一職，負責勞保年金的改革，由於正值民眾質疑勞保恐將破產，擔心未來領不到年金，因此打算提前退休或一次提領，這時記者提問的核心議題就是：勞保會不會破產？勞保新方案是什麼？政府有何對策來化解民眾的疑慮？接下來，記者就應依據這些核心議題蒐集相關資料，從資料中以及過去所累積有關議題的採訪經驗，去擬其他次要的問題。值得注意的是，次要問題絕對不能偏離核心議題，尤其更不可問與核心議題不相干的問題。

㈡依 5W1H 來擬問題

同樣地，新聞事件不論大小，它的結構也都脫離不了五個 W (What、Who、When、Why、Where) 和一個 H (How)，最多加上一個 Whence（從何而來）。記者在擬問題時，可以根據核心議題，依 5W1H 以及 Whence 來擬問題。譬如，要採訪勞動部長，採訪的議題是「勞保會不會破產？年金改革是什麼？」可以試擬問題如後：

問題一：最新勞保基金精算報告指出，勞保破產的時間恐怕會提早，請問會提早到什麼時候？(When)

問題二：勞保年金為何要改革？(Why) 改革的內容是什麼？(What)

問題三：已經領取年金的勞工，是否會受到新方案的影響？(How)

問題四：「領少」是怎麼一回事？(What) 勞保年金的「年資給付率」會減少嗎？(How)

問題五：「繳多」是怎麼一回事？(What) 勞保費率以後會怎麼調整？

(How)

　　問題六：勞保年金改革，外傳是由府方主導，對此勞動部的看法如何？(Who)

　　這些問題僅是初步擬定，中間還可加入雇主的疑慮、民調的意見等問題，根據資料和記者的基模❽(schema) 以及實際訪問時，再來增刪。畢竟，在進行訪問時，還可從受訪者的回答尋找問題。譬如說：「根據您剛剛所說的……，請問……」。因為對方回答的答案，有時會出乎意料，很可能整個問題的結構都會改變。待訪問完畢時，還需重組問題秩序，使其更能符合邏輯性。

㈢提問應有邏輯秩序

　　如同上述，每次的提問都應有核心議題，每一項問題皆圍繞核心議題依序排次而來。傳播學者臧國仁等 (1994: 61–62) 指出，邏輯秩序的調動往往會改變受訪者的認知和了解。譬如問題可由外至內，抽絲剝繭，獲得所要的答案，也就是先以開放式問題來提問，以漏斗式 (funnel) 訪問法步步進逼至核心。例如：

　　　　「您對於勞保年金改革有何看法？」
　　　　「您是否認為政府的改革另有目的？」
　　　　「您同意勞保年金改革嗎？」

　　類似的問法就是一步一步地尋求對方答案。另一種反漏斗式 (inverted funnel) 的提問，卻反其道而行，先開門見山地問受訪者答案。例如：

　　　　「您是否贊成勞保年金改革？」
　　　　「您是否認為政府的改革另有目的？」
　　　　「對此，您有何看法？」

---

❽　所謂「基模」意指對於某些刺激（如某個人、某類人格特質、團體、角色、或事件）的一套有組織系統或認知結構（黃安邦譯，1986）。

News Reporting and Writing

由外至內的問題讓對方能從容不迫地思考問題。後一種開門見山的方式雖較省時，但太過敏感的問題易遭對方拒絕回答。

提問無法不顧邏輯思考，在邏輯上記者也可運用選言、假言等等方式來提問，譬如「勞保年金改革有無必要？（選言提問）」「如果年金改革獲得立院通過，您會怎麼做？（假言提問）」同樣的提問亦不能違反同一律（是什麼就是什麼）、矛盾律（不可能既是真的又是假的）、與排中律（對於兩個相互矛盾的思想不能同時否定），由於限於篇幅不能一一列舉，希望有志記者工作者，絕對不能疏忽邏輯的訓練❾。

㈣確立受訪者有資格回答問題，答案並具有效力

尋找受訪者，並非放進籃子裡的都是菜。誰是這方面問題的專家，誰是主管這方面業務的人，記者都應有清楚的認識。不要向非其主管或非熟悉該項問題的人提問，對於突發事件，最好能找出當事人與目擊者提問，如此答案才具有可靠性和權威性。記者所提的問題能讓受訪者充分了解，受訪者的解答具有可信度和權威性，能解答讀者的疑問，並且有用，就是最好的訪問。

二、記者提問的方式

接著談談記者怎樣提問？提問的方式有哪些？茲說明如後 (Metzler, 1997: 33–43)：

㈠開放與封閉式問題 (open vs. closed questions)

開放式的問題是比較寬廣的問題，要受訪者表示看法或評論，例如「您對這事件的看法如何？」「為什麼勞保費要調漲？」這種提問方式為受訪者答案留有足夠的餘地，可自行調整內容的長短。封閉式問題通常都很具體，受訪者回答也簡短。例如「您贊不贊成勞保年金改革？」受訪者只能回答贊成

---

❾　坊間有關理則學與邏輯學的著作不少。其中有兩本很適合初學者閱讀：《邏輯學是什麼？》（陳波，2002）、《智者的邏輯》（陳文江等，2004）。

或不贊成。

㈡漏斗式與反漏斗式問題 (funnel vs. inverted funnel questions)

在先前「提問應有邏輯秩序」已有介紹，此不再贅述。

㈢開門式問題 (opening questions)

當記者與受訪者會面時，為了打開話匣子，可先談談無關痛癢的問題，例如天氣、共同的朋友、兩人都感興趣的話題等，再引出正式的提問。譬如，「聽說您最近胃腸不好？」「昨天有沒有看病？健保門診漲了沒有？」「自行負擔的費用是不是多了一些？」「健保給付調高，為何要調高？」開門式的提問，較易降低受訪者的戒心，取得對方的信任和好感，使訪問能順利進行。

㈣過濾式問題 (filter questions)

採訪時遇到身分不明的受訪者，或是無法確認對方是否是自己所要的採訪對象時，就可採用過濾性問題。譬如，當記者趕往火災現場，要找目擊者敘述火災發生的過程，只要問：「當火災發生時，您在哪兒？」就可判斷是否真是目擊者，還是與記者一樣，是剛剛才趕來現場的觀眾。

㈤刺探式問題 (probe questions)

對於新聞事件深度挖掘，鼓勵受訪者就已經回答的問題再做進一步的解釋和說明。記者可以使用下列幾種方式進行深度挖掘（李子新譯，1992: 89–93）：

1. 澄清式刺探

記者可用下列口氣來試探，譬如「您的意思是不是……」利用此種方式刺探，可讓對方相信是採訪者力求正確的表示。再來，也可這樣試探，譬如「您能否將您的意思說得更清楚一點？能否舉個例子說明。」若對方舉不出來，記者可試著舉例再問對方對不對。

2. 擴充式刺探

受訪者的答案若不充分，記者就可這樣提問：「當發生這樣的事，您感覺如何？」「對於這件事，您為何那樣惱火？」

3. 對抗式刺探

受訪者回答若有矛盾或不連貫，就可採用此種方式，譬如「您肯定這是對的嗎？」

4. 爭論式刺探

這並非要記者與受訪者吵架，若有意捍衛某一觀點，對方不排斥爭論，可採用此方式，譬如「先生，真理越辯越明，請問您……？」

5. 沉默式刺探

當受訪者正在思考或組織答案時，不妨暫且沉默，以獲得更進一步的答案。

6. 被動式刺探

採訪槍擊要犯、恐怖分子等，可使用這種方法，免得激怒對方。我們可假裝不明白，讓對方說明，譬如「是不是可以請您為我再說明一下，……？」

㈥概念界定式問題 (conceptually defining questions)

受訪者回答問題往往複雜而不真實，為了挖掘新聞事件背後原因和規則，就需採取此一方式，打破砂鍋問到底。譬如：

問：某某委員，您為何反對勞保年金改革？
答：因為執政黨沒有顧及勞資雙方的利害關係。
問：為何這麼說？
答：因為會降低雇主雇用勞工的意願，對勞工沒有益處。
問：您能不能舉例說明？
答：譬如雇主每年要繳的保費大幅增加，為了節省成本，許多雇主乾脆把職務轉給外包公司。
問：怎樣轉給外包公司，您能否說得更明白一點？

記者可以就「不利勞工」這個概念一直追問下去，直到釐清對方真正的看法為止。

㈦數字式問題 (number questions)

要讓採訪新聞呈現出具體的結果，數字要比任何形容詞具體和精確得多。譬如記者要採訪一位退休的著名「紅娘」，問她的成就不如提問具體的數字，「請問您做媒四十年，總共成功了多少對？」有些新聞事件，非提數字式問題不可，像人口增長、經濟成長、預算、資金等等。

㈧反映式問題 (reflective questions)

記者為了獲取對方的觀點、想法，自己先反映對方的意思，當然這種反映是推測性的，能增加對方的自我意識。譬如說：「某某委員，一談到勞保年金改革，您就語帶保留，是不是……」此種方式可以讓對方說明自己真正的想法。當然，也可採用「負面反映式問題」(negative comments)，以激起對方回答真正心裡的想法。譬如「聽說，您反對勞保年金改革，不只是擔心勞工權益受損，而是……。」注意，使用負面方式，不可帶有汙衊性的字眼激怒對方，否則，將被對方視為沒禮貌的行為，而遭拒絕採訪。

㈨創意式問題 (creative questions)

記者以已知的消息或知識，設法弄清未知的原因和事情，就是創意式的問題。譬如，記者觀察某某職棒球員上場次數越來越少（已知事情），就會進一步詢問他的教練原因為何（未知的事情）。好的記者能從別人疏忽的事情細節中，找出新聞線索，提出獨到並有創意的問題。

新聞提問方式仍有多種，不勝枚舉。上述的方法要視採訪性質、對象和情境的不同靈活運用，而非死板板地照套公式，待採訪經驗累積多了，又肯學習，自然就會運用自如。

三、記者應避免的提問方式

另外，還有一些不盡理想的提問方式應該避免（Metzler, 1997: 44；臧國仁等，1994: 64–65）：

1. 誘導式問題 (leading questions)

除非有必要刺激對方，避免採用此種方式來問對方。譬如「您落選了，請問您心情如何？」這種問題想也知道，問都不該問。

2. 兩極式問題 (bipolar questions)

記者應避免在提問時使用對或錯、好或不好這種「是非題」。因為「是非題」通常只能反映是或不是，難以問出問題全貌。譬如「您若未獲提名，您會脫黨競選嗎？」不如問：「您如果沒有獲得提名，您將有什麼打算？」以選擇或開放式的提問方式，才能讓受訪者充分地回答。

3. 偏見式問題 (loaded questions)

引導受訪者按自己預設立場來回答問題，最要不得。國內有些媒體習慣如此，譬如「保費大幅增加，延長年金給付年齡，您還會贊成勞保年金改革嗎？」這種問法，已引導受訪者朝否定的方向回答，來符合自家媒體因反年金改革所要的答案，未必是受訪者真正的想法，是很不道德的問法。

4. 垃圾式問題 (junk pile questions)

記者提問時問題一長串，或者一魚多吃，將會讓受訪者無從回答，或草草應付，這是相當不好的提問方式。譬如：

　　請問市長，這次的颱風會放假嗎？有多大的機率會放？有多大的機率不會放呢？隔壁縣市是否宣布放假會影響您的決定嗎？如果放了，您會擔心隔天無風無雨被罵亂放假嗎？如果沒放，隔天風雨卻逐漸增強，您能承擔這個後果嗎？……

相信這一長串的問題，很難讓受訪者從容回答。

第五節　如何解決採訪難題？

不少初出茅廬的記者都會面臨這樣的問題：找不到新聞線索；遭到消息來源拒絕採訪；遇到不肯合作或懷有敵意的受訪者；這時該怎麼辦？若面臨危險的環境，該不該去採訪？到人生地不熟的地方，怎樣著手進行採訪？如果遇人有難，到底先拍照，還是先救人？相信這些問題，都會困擾一名新進記者。

一、有關新聞線索的問題

有人說記者要有新聞眼、新聞鼻與新聞腦。也有人說新聞眼與鼻是天生的，有人一生下來就是記者料。其實如同其他工作一樣，沒有天生記者這回事，所謂新聞鼻、眼與腦都是後天培養出來的。天地間到處有新聞，問題在於記者用不用心，有無敏銳觀察力。記得筆者在當實習記者第一次跑新聞時，被分派在某一考場採訪大學聯考新聞，看到一名監考老師忽然昏倒，被人從教室抬出來送往醫院。當時沒有意識到這是新聞，再加上同業沒人認得筆者，自然無人告知。隔天有幾家媒體登出來，而筆者卻漏了這條新聞。雖然長官並未苛責，但漏掉新聞畢竟是事實。

所以，即使有新聞在眼前，記者新聞敏感度不夠或不用心，一樣會漏新聞。至於本章第三節中，曾提到某報一名資深記者，在不起眼的新聞中，追出「澳洲少女卡雅萬里尋親」的大新聞，則是說明只要記者肯用心，累積的經驗足夠，新聞線索並非那麼難尋。

二、有關受訪者態度問題

新聞當事人或者相關人士，為了某種原因，拒絕記者採訪是常有的事，

這時不免需要運用技巧。前中央社記者林華平追憶他如何採訪革命元勳戴季陶自殺的新聞時表示，一九四九年二月十二日他奉派採訪此一新聞時，只聽說戴季陶身體不好，不曉得是否自殺。當他趕到戴季陶的寓所時，被守衛的憲兵攔下，不得其門而入。之後，他見到寓所對面有一洋房，擠著一堆人，便走到那裡找線索。恰巧看到國民黨中央黨部祕書長鄭彥棻和前廣州市長劉紀文在現場，他躲在背後偷聽他們的談話，聽到他們說：「一瓶百粒安眠藥，只剩二、三十粒，怎不糟糕？」不料，他的行蹤被鄭彥棻看到，鄭要求他不可發稿，並稱是戴夫人身子不妥。當時，他心裡想著到底是戴季陶自殺，還是戴夫人自殺，還是兩個人一齊自殺？答案難明。林華平在無計可施時，只好折回戴公館找侍者打聽，可是找了半天，不見任何人影。不久，說也碰巧，正好一名醫師從戴府走出來，為免打草驚蛇，他躲在另一處地方，等待老醫師走過來，沒想到這名醫師也是舊識，便把戴季陶自殺的實情告訴了他。到了晚上，他獲得了鄭彥棻的許可，終於刊登了這一則新聞（林華平，1981：97-101）。

　　從林華平採訪的例子來看，不能不佩服他採訪的經驗與「旁敲側擊」的技巧。所以，記者被受訪者拒訪，並非無技可施，這時得用點腦筋，懇求是方法；行不通找旁人；或找兩人共同的朋友打聽。方法多的是，問題在於個人不可偷懶，或是馬上就知難而退。

　　碰到有敵意的受訪者，態度更要誠懇，或先談無關話題，降低他人敵意，再導入主題。筆者曾採訪某市政府欲遷移攤販至某市場內經營，招來業者抗爭的新聞，為了避免攤販們的敵意和不肯吐露實情，只好化身採訪，假裝消費者，東吃西喝（皆是自己付費）。先談談他們的生意經，以間接方式獲得不少內幕新聞，這也是突破的方法之一。

三、有關不是自己所熟悉路線、地方的採訪問題

　　新進記者初跑新聞時，常在老鳥記者帶領下學習，遇到自己不熟的新聞路線與事件，還有人可討教。但是，有時候可能因為代班，暫代他人路線；

或因人手缺乏，出現突發狀況，被臨時指派採訪並非自己熟悉的採訪路線，就算是老手有時也會不知所措 (Biagi, 1992)。

《聯合報》資深記者何振奮 (1981: 169–170) 曾回憶他臨時奉派採訪某位海外歸國的酈姓原子能專家，談「原子雨」的問題。「原子雨」對何振奮可說完全陌生，所以在採訪前一晚，他只好將報社資料室有關「原子」的資料全部借出惡補，才順利完成採訪。筆者在當實習記者時主跑文教新聞，某次臨時奉令採訪「廢棄物處理問題」的研討會，事先也借調相關資料惡補，但到了會場後，聽到不少專家都用英語專有名詞討論，當時有如鴨子聽雷，心想這下完了，即使錄了音事後也難聽懂。所幸隔鄰有位教環保的教授，曾有一面之緣，於是就硬著頭皮請他幫忙，這才解決問題。

知名主播方念華 (1996: 6–12)，第一次在人生地不熟的莫斯科採訪俄羅斯大選新聞，在採訪前就像研究所交報告前一樣準備功課，閱讀有關的大量資料，經過一個月的咀嚼後才上陣，但聯繫五位俄國總統候選人受訪幾乎都碰壁，方念華並沒灰心，試探性地在出發前拜託在莫斯科設有分社的國際媒體幫忙，盼以搭便車的方式參加他們的訪問行程，想不到藉此讓她採訪到了戈巴契夫。在異地採訪，人生地不熟，方念華採用的方式就是「主動，再主動」，一方面請外國同業與留學生幫忙，利用空檔時間向他們請教；另方面與他們交換訊息，並「伺機回饋」人家所提供的協助，譬如提供畫面和意見等，讓她得以順利地採訪到其他候選人，成功完成了採訪工作。我國中央社資深記者楊允達，曾隻身代表中央社在衣索匹亞設立辦事處，就是靠他熟練的外語能力與外交的才幹，建立了周密的人脈，使中共駐衣人員無從阻撓，順利達成任務（楊允達，1984: 61–65）。

良好的外語能力、主動進取、平時下工夫建立周密的人脈，再加上靈活的頭腦，即使在人生地不熟的地方或自己從未採訪過的路線，也一樣可以克服萬難，完成採訪工作。

四、有關面臨危險環境採訪的問題

二〇〇四年十月二十五日中度颱風納坦襲臺，十幾位媒體記者在狂風暴雨中，守在基隆員山子分洪隧道口，等候前行政院長游錫堃前來視察，結果沒等到人，卻遇上突然而來的大洪水。其中，南華大學傳管系友、臺視記者平宗正為了保護攝影機，慘遭滅頂殉職（張源銘，2004；魏麒原，2004）。消息傳來，引來很大的議論，有人說記者冒險不等於新聞品質，也有人認為是媒體的內部業績壓力造成，讓記者養成採訪時的反射動作：有水則泡，見匪則衝，遇名人則拍（羅珮瑩，2004）。

當媒體記者遇到危險的環境和狀況，有沒有必要冒險採訪？不可否認地，記者這一行充滿刺激和高潮，相對地卻也滿布陷阱與危機。誠如前國際新聞協會 (IPI) 主席理查雷納德 (Richard H. Leonard) 所言：「新聞事業已是全世界最危險的行業。」（轉引自馬西屏，1994: 11）記者在工作中殉難時有所聞，歷史上因盡責殉難的記者，可以說以千百計。問題在於，記者犧牲不可無謂，必須視採訪的新聞，值不值得付出自己的生命？韓戰期間，戰地記者共犧牲了二十三人；八二三砲戰也有六位記者在金門料羅灣罹難；索馬利亞內戰，也有四名美國記者活活被暴民打死。這些犧牲，都是為了閱聽人知的權利與善盡媒體職責所致。二戰期間寫出《這便是你的戰爭》(Here Is Your War) 等名著的美國名記者恩尼派爾 (Ernie Pyle) 不幸在太平洋戰役中犧牲，但他在戰時所寫的通訊激勵了民心，也鼓舞了士氣，他的犧牲可說是重於泰山了。

一般而言，記者的生命如同其他人的生命一樣的珍貴，不管是在哪裡採訪，自己的安全仍應列為首要。國際新聞協會美國分會曾編寫了《保障採訪安全手冊》，在手冊中，要求記者應當注意（歐陽醇，1991: 10）：

1. 你比你報導的新聞更重要，沒有一條新聞值得你犧牲生命。
2. 如果你已經明顯地受到威脅，盡速離開當地。
3. 如果當局不能保障你的安全，就離開這個國家。

西方媒體有一句名言說得好：「一個死記者不是好記者」 (A dead

correspondent is not a good correspondent)。平宗正的犧牲告訴記者的是，記者應真正倡導的就在於「尊重生命、愛惜生命」（馬立君，2004），遇到危險的時候，自己要有敏銳的判斷力，若危及生命，能躲就躲。

五、有關遇他人有難，先採訪還是先救人的問題

假設有一起車禍發生，駕駛人嚴重受傷，只有身為記者的你一人先趕到現場，其中一輛車引擎著火，可能隨時會爆炸，駕駛人全身是血，但仍有呼吸現象；另一輛車也是嚴重損毀，駕駛人趴在車外兩呎之處，也有呼吸現象，但傷勢較重。這時你是先救人還是先拍照？（顏伶如，1994: 32–33）

上述問題，曾引起新聞學界的討論，有人認為記者是觀察者非參與者，所以應先拍照；也有人認為記者出現現場有任務在身，若先救人因而遺漏新聞就是失職；也有人認為記者只對老闆負責，應爭取精彩的獨家照片，不應先救人。傳播學者彭家發 (1994: 38–43) 對此有很深入的分析，他表示，記者面對意外事故 (accident) 尚無公認的守則，記者參與意外救援工作並未違反專業理念；記者任務固然應以採訪為重，但採訪為的是社會公益，救人更是公益，即使來不及採訪而「失職」，也是可原諒的失職；記者在工作上無疑要對老闆負責，但指導工作原動力的良心，則需對人類負責。因此，遇到他人有難，記者當然先救人而非先拍照。說實在的，沒有人性，欠缺人道主義的胸懷，也不可能是位好記者。

六、有關採訪過程所應注意的問題

記者從事採訪工作，代表的是媒體，以及媒體背後的閱聽大眾。假如不再擔任記者，就與一般人一樣，什麼也不是。但有些記者自以為擔任記者就有無上權威，比他人易接觸到公眾人物，自己也拚命想躋身為公眾人物，別人對自己逢迎巴結，就高高在上，這種態度最要不得。要知道記者是神聖的職業，這一職業的尊嚴，是建立在個人的專業素養與專業道德上，所以待人

接物一定要誠懇，只有誠懇的態度才能化解採訪上的阻礙。

至於在採訪中，到底筆記好還是錄音好？其實這要看採訪的情況，碰到大型的會議除了錄音之外，一定要筆記重點，便於事後整理。遇到突發事件，速記還比較方便。若進行專訪，採用錄音機，最好能獲對方許可，畢竟祕密錄音很沒禮貌，能不用最好。何況有些人見到錄音機，話就會有保留。記筆記也是如此，一些資深記者大都不太贊成在受訪者面前記筆記（曾恩波，1984: 16），但是碰到人名、時間、地點、統計數字、引用的話等，就非筆記不可。

記筆記時應記錄要點，而非有一句記一句。最好在採訪前做好規劃，筆記起來就方便多了。這計畫大致上可以這樣擬出：採訪主題→相關的人→什麼時間→什麼地點→發生什麼事或說了什麼話→有什麼物件（如證物等等）→過程為何→為何會這樣發生（原因）→所為何來 (whence)→影響如何（後果如何）。

遇到突發事件，這張計畫表非常有效。記者可以在每一項綱要內試擬問題，到時候就不會漏問問題。事後可將所問的相關資料填在每一項綱要內，若發現有缺，還可設法趕快補救。遇到專訪時也可以這麼做，先擬好採訪大綱，不必非在談話時筆記不可。等到訪問完，立刻找一個安靜的地方，趁記憶猶新時，馬上將訪談內容填寫至大綱內。如果發現有漏掉的地方，還可電告受訪者或查資料設法補上。對於「來路不明」的受訪者或遇可疑的答案，事後查證工夫則不能偏廢。

記者應注意的是，好的採訪工作應能「知行合一」，記者不但要懂得蒐集有用的資料，更要誠實深入地找資料，否則就是欺騙讀者 (Biagi, 1992)。

總之，每位記者採訪時所遇的難題不盡相同，上述例子僅是大致情況。在採訪線上，隨時注意、多多觀察、時時請教，時間久了就能累積不少解決採訪難題的方法和技巧。

第 三 章

新聞報導結構、寫作型式
與報導種類

第一節　新聞報導元素與結構

　　西方媒體稱呼新聞報導為 "news story"，而故事的元素就是由人物、事件、時間、地點、原因、經過（和結果）構成，這就是「六何」——Who（何人）、What（何事）、When（何時）、Where（何地）、Why（為何）、How（如何）。新聞報導也是由這六個元素組成，讀者同樣帶著這六個問題來閱讀新聞內容（賴蘭香，2000: 33）。

　　一則新聞報導的結構，主要包括導言與本文兩大部分，導言是指新聞的開頭部分，之後一直到結束的新聞內容則屬本文。

　　導言是從英文 "lead" 一字翻譯而成，是指倒金字塔式 (inverted pyramid pattern) 新聞寫作中開頭一段或數段而言。作為導言，必須使用最精簡的字句說出新聞中最重要的部分，使讀者在閱讀標題之後，能夠迅速掌握新聞重要性所在。由於有些新聞事件過於複雜，無法在第一段中交代清楚，就必須在第二段或第三段繼續表述。此時，這則新聞的第一段是作為導言，第二段或第三段則可視為輔助導言。

　　至於本文的主要功能有二：一是將導言中表述的內容，解釋得更為詳盡，讓報導的新聞事件更加周全完整；其次是補充導言未曾包括的次重要事實，使讀者對此事件獲得更多的了解。

　　範例一：試以二〇一八年二至三月，綜合改寫各大外電刊載歐洲暴風雪相關報導為例，並說明新聞報導包括的六個元素。

標　題	歐洲暴雪肆虐五十六人凍死——**主題** 從西歐到南歐一片冰封　英國與愛爾蘭受創最重——**副題**	
導言： 第一段	【綜合外電報導】時序已經進入三月，但是在來自西伯利亞，被媒體稱為「東方野獸」(Beast from the East)、「西伯利亞大熊」(Siberian bear)、「雪砲」(Snow cannon) 的強烈寒流襲擊下，歐洲各地暴雪狂降，各地紛紛傳出災情，不僅影響了西歐	Who（何人）：被媒體稱為「東方野獸」(Beast from the East)、「西伯利亞大熊」(Siberian bear)、「雪砲」(Snow cannon)

	各地，甚至連南歐一向溫暖的地中海沿岸一從克羅埃西亞到西班牙一也都一片冰封，災情最為慘重的是緊鄰北大西洋的英國與愛爾蘭。總計歐洲各地，暴風雪造成的死亡人數增至五十六人，各地機場紛傳航班取消或延後，火車也受影響。	的強烈寒流 When（何時）：三月 Where（何地）：西歐各地，甚至連南歐一向溫暖的地中海沿岸一從克羅埃西亞到西班牙一也都一片冰封，災情最為慘重的是緊鄰北大西洋的英國與愛爾蘭 What（何事）：造成的死亡人數增至五十六人，各地機場紛傳航班取消或延後，火車也受影響
輔助導言：第二段	綜合媒體報導，近期來自西伯利亞的寒流在歐洲各國釀成不少災情，自二十三日至今累計已造成至少四十一人死亡，其中多數為街友，包含波蘭至少有十八起死亡案例，立陶宛五起，捷克六起；以及法國四起及羅馬尼亞兩起，分別包含一名在安養中心門外被人發現的年逾九旬老婦，以及一名倒臥街上，受積雪覆蓋的八十三歲老婦。義大利也發生一起街友死亡案例。	What（何事）：補充各地災情及死亡人數
輔助導言：第三段	BBC報導，這是英國近三十年同期最冷的一天，部分鄉村地區氣溫下探到零下十二度，造成數百間學校停課，許多地區都被積雪覆蓋。英國已經連續兩天都降下大雪，氣象局在當地時間二十八日首次對蘇格蘭發布紅色降雪警報，代表可能會對生命有危險，民眾要立即行動，避開危險的地方，涵蓋範圍有愛丁堡到格拉斯哥地區。	How（如何）：敘述重災區英國的受災過程
本文：第四段	紅色降雪警報的內容也指出，除了會有大雪之外，還有強烈的東風，許多道路被大雪塞住，地鐵和火車也因此受到影響，英國航空公司（British Airways）約取消了六十班倫敦希斯羅機場（Heathrow Airport）起降航班。暴雪、強風、冰雨和低溫的紅色警戒，讓英國進入了自一九九一年二月以來「最糟糕的嚴冬警報」。	敘述重災區英國交通受阻情形
本文：第五段	每日電訊報報導，過去三日的雪災期間，英國全境就通報有八千起公路事故，其中三分之二都是積雪、路冰所釀成的意外，光是車輛與生命財產損失，估計就超過一千萬英鎊（約新臺幣四億元）。	敘述重災區英國交通受阻及財產損失情形

本文：第六段	除此之外，各地的超市也都擠滿了恐慌採購潮，像是麵包、牛奶與日用糧食等，全都被嚇壞的民眾掃空。寒流侵襲也讓暖氣需求大漲，但英國的天然氣庫存卻因民用需求的暴增而緊縮。一日，不僅英國的瓦斯批發價格飆漲到十二年來的新高，英國國家電力供應公司更是傳出「天然氣庫存不足」的緊急通報，當局只好硬著頭皮、緊急向工業用戶協調天然氣用量，以防民生暖氣陷入「斷氣」災難。	敘述重災區英國民生需求受影響情形
本文：第七段	愛爾蘭則是被一九八二年以來最嚴重的大雪襲擊，積雪在一夜就有十公分，當地氣象當局也對東部五郡發布最高級紅色警報，範圍包含首都都柏林。都柏林機場的跑道在二十八日早上停用，若干班機被取消、其餘轉降。	敘述重災區愛爾蘭受災情形
本文：第八段	在酷寒天氣影響下，德國部分地區氣溫在昨夜下探攝氏零下二十四度，愛沙尼亞則低到零下二十九度，法國北部也將下探零下十二度。	敘述德國、愛沙尼亞、法國北部氣溫下降
本文：第九段	在這波寒流影響下，氣候向來和煦宜人的地中海科西嘉島 (Corsica) 與卡布里島 (Capri) 也降下皚皚白雪，義大利許多學校和托育中心被迫停課，讓家長們大為驚駭。	敘述南歐地中海地區也受到雪災影響

　　從這則歐洲暴風雪報導中可以看出，由於這是一起重大天災事件，導言顯然無法將新聞的六個元素全部納入，因此交代了四個元素：Who（何人、事件主體）——歐洲強烈寒流，When（何時）——三月，Where（何地）——從西歐到南歐，What（何事）——暴風雪造成死亡人數，及各地交通受阻情形。其次，How（如何）——敘述重災區英國受災過程，置於第三段，可視為輔助導言。至於 Why（為何）——報導並未提及這場暴風雪致災原因。

　　範例二：試以二〇一三年四月二十日，綜合改寫《聯合報》、《中國時報》與《旺報》刊載四川雅安強震報導為例（賴錦宏等，2013），說明新聞報導包括的六個元素。

標　題	四川雅安強震逾一百五十七死——**主題** 芮氏規模七　汶川強震後最大　傷者逾五千　無糧無帳篷待援——**副題**	
導言：第一段	【本報記者綜合報導】四川省雅安市蘆山縣二十日上午八點零二分發生芮氏規模七點零強震，震	Who（何人）：四川省雅安市蘆山縣芮氏規模七

	源深度十三公里，震央在蘆山縣龍門鄉，位於龍門大斷層南端，距離成都一百餘公里。當地啟動一級救災應變機制，目前已造成一百五十七人死亡，五千八百七十八人受傷，累計一百五十二萬人受災。	點零強震 When（何時）：二十日上午八點零二分 Where（何地）：四川省雅安市蘆山縣龍門鄉、龍門大斷層南端 What（何事）：一百五十七人死亡，五千八百七十八人受傷，累計一百五十二萬人受災
輔助導言：第二段	中共中央已成立國務院的抗震救災一級響應，中共總書記習近平下令解放軍和武警部隊全力救援，「災情就是命令」，已調動近萬名軍警前往災區救援。國務院總理李克強昨天已抵達災區現場坐鎮指揮，並下令救援一分一秒都不能耽擱，要對所有的房屋排查，確保受傷群眾一個不漏，同時要即時公布災情、救災信息和群眾傷亡情況。	How（如何）：敘述中國官方下令軍警救援過程
輔助導言：第三段	此次地震震央發生在龍門山斷裂帶南段，中外專家解讀不同。四川省工程地震研究院院長周榮軍表示，此次地震與汶川地震無關，因為它在汶川地震餘震範圍之外，且震級較大。但新華社引述美國地質勘探局地球物理學家潔西嘉‧特納分析，此次地震是在南北走向的龍門山斷層上發生東西反向運動造成的，並且是汶川大地震的一次餘震。	Why（為何）：地震發生的可能原因
本文：第四段	這起地震造成四川省雅安、成都、眉山、德陽、綿陽等十二個市州、卅三個縣不同程度受災，大量房屋倒塌損害，通信、交通、水利、電力等基礎設施不同程度受損，受災面積共達一萬二千五百平方公里。由於地震發生在周六早晨，不少城區市民於地震中驚醒，甚至半裸上身抱著棉被竄出房屋，衝到街道聚集，驚魂未定。	敘述災區範圍、受災情形以及災民驚恐反應
本文：第五段	在震央龍門鄉有百分之九十的房屋倒塌，當地的衛生院、住院部全部被破壞，停水停電。雅安下轄的太平鎮、寶興縣、寶盛鄉、靈關鎮傷亡都很嚴重。寶興縣城、靈關鎮、大溪鄉房屋幾乎全毀，靈關鎮死亡四十多人，九十五人重傷等待轉移到雅安市區救治。由於災民住所全部毀壞，許多災民沒有飯吃，也沒有帳篷可住，只能在家門口蹲著。	敘述災區受災情形以及災民處境

本文：第六段	蘆山地處山區，道路狹窄，地震後通往震央的三一八國道及二一〇省道全部中斷，路上不時看到巨石塌落，救援人員及推土機已開赴搶修。昨天成都雙流機場也一度關閉，至下午才重新開放；而通過成都的「寶成」、「成渝」、「成昆」三鐵路也中斷，至昨天傍晚才搶通。	敘述震央地區對外聯絡交通中斷及搶通情形
本文：第七段	一名成都臺商表示，雅安臺商大多經營農場，昨天是周六，人都在成都未在災區，三位雅安臺商都安全。而臺灣數家大型旅行團總計十八團、三百六十二名臺灣遊客在四川觀光，全部回報平安。	敘述災區臺商及災區鄰近地區旅遊臺胞安全情形
本文：第八段	雅安強震後，馬英九總統第一時間表達關切慰問，並指示陸委會、海基會儘速與大陸國台辦及海協會聯繫，了解災區是否需要援助。陸委會及海基會已於第一時間致電慰問；中華民國紅十字會決定立即調撥汶川地震結餘款五百萬人民幣，提供大陸紅十字會應急使用；台灣世界展望會也發動愛心捐款，第一階段預計要募集新臺幣一千萬元。	敘述臺灣政府與民間組織的反應與援助情形

　　從這則四川雅安強震報導中可以看出，由於這是一起重大災難事件，導言顯然無法將新聞的六個元素全部納入，因此交代了四個元素：Who（何人、事件主體）——雅安強震，When（何時）——二十日上午八點零二分，Where（何地）——四川省雅安市蘆山縣龍門鄉、龍門大斷層南端，What（何事）——一百五十七人死亡，五千八百七十八人受傷，累計一百五十二萬人受災。其次，How（如何）——敘述中國官方下令軍警救援過程則置於第二段，可視為輔助導言。至於Why（為何）——有關地震發生的可能原因，雖然在第一時間尚未掌握清楚，但讀者仍相當關注，因此置於第三段，作為輔助導言。

　　初學者對於採寫一則事件往往毫無頭緒，在事件發展過程中不知如何下筆記錄。因此掌握新聞報導中導言與本文的結構，並了解其功能，就可以胸有成竹、井然有序地記錄事件的發展過程。對資深記者來說，在實際採訪過程中能夠做到迅速掌握重點，主要就是了解新聞報導結構。

 第二節 導言特色與寫作型式

讀者每天翻開報紙，面對大量的新聞報導，要在第一時間吸引其注意，必須是標題能否提供新聞導讀，同時引發讀者興趣。接下來，讀者的視覺逐步移往導言，而能否吸引其繼續閱讀下去，就端賴導言是否能凸顯事件特點、簡潔扼要、活潑有趣。

一、導言特色

理論上，導言應該包括 "5W1H"，亦即 Who（何人）、What（何事）、When（何時）、Where（何地）、Why（為何）、How（如何）六個元素。

記者在報導每則新聞事件時，都應該掌握這六個元素，但是如果要將這六個元素全部寫入導言中，不但無法凸顯新聞事件的特色，更容易導致導言冗長、缺乏焦點。因此記者在撰寫導言時，應該根據新聞事件的性質，個別凸顯某幾項元素，至於無法寫入導言的元素，則置於第二段或第三段等作為輔助導言。

大體上，能夠成為新聞重心，並對受眾產生較大影響與興趣者，經常是一件事情中較為顯著的人物及其重要言行；或者一些非常的事件，例如戰爭、疫癘以及自然災禍。因此，Who（何人）、What（何事）多為新聞重心的主要構成元素，也多在導言的最前面出現（王洪鈞，2000: 152）。

何時 (When)、何地 (Where) 這兩個元素，在導言寫作中很自然就會安排進去，較少特別強調和修飾。至於如何 (How)、為何 (Why) 兩個元素，則因為涉及因素較為複雜，要在導言中交代清楚，將導致導言長度冗長。

㈠何人 (Who)

重要事件的當事人，或者身分特殊，具備特殊職業、年齡、專長、紀錄

的人等。範例：

　　【實習記者鄭佩玟／綜合報導】據英國衛報報導，四十一歲的死者巴布琴科是名前戰地記者，曾譴責普丁併吞克里米亞，也批評俄羅斯介入敘利亞和烏克蘭東部的軍事行動。巴布琴科因撰寫二〇一六年一宗俄羅斯軍機墜毀黑海事件，稱俄羅斯為「侵略者」而遭死亡恐嚇，之後便離開俄羅斯，先逃往捷克，後移居烏克蘭，並稱俄羅斯是「不再感到有人身安全的國家」（鄭佩玟，2018）。

　　【記者王丹荷／臺北報導】第五十四屆金馬獎頒獎典禮二十五日晚間將在國父紀念館舉行，金曲歌王林俊傑將擔任表演嘉賓、重新演繹新藝城電影的經典歌曲，向引領電影邁向巔峰的新藝城前輩們及堅持勇敢追夢的電影工作者致敬；首度站上金馬舞臺，林俊傑坦言壓力真的蠻大，準備曲目時也不斷提醒自己：「這些經典背後有著更大象徵意義，我會努力在呈現新鮮感和保留經典氛圍之間拿捏好平衡」（王丹荷，2018）。

㈡何事 (What)

　　報導的事件影響層面廣泛，或與民眾生活利益攸關密切等。範例：

　　【記者江明晏／臺北報導】　電信業限時全民四九九吃到飽引爆申辦潮，中華電信客服和網站掛點，多數門市今天也湧進申辦民眾，不少用戶認為付數千違約金申辦都划算，但也有月付一千三百九十九元的老客戶自嘲是「傻盤子」。4G低價吃到飽風暴再起，中華電信昨天晚間宣布，新臺幣四百九十九元吃到飽方案限時七天擴大全民申辦，台灣大哥大、遠傳電信隨即宣布全面跟進，電信產業恐啟動低價吃到飽「無限之戰」（江明晏，2018）。

　　【記者徐秀娥／綜合報導】才過完年連衛生紙也要漲了！量販通路透露，已陸續接獲各主要家用衛生紙大廠的正式通知，市面上多家「叫得出名字」的品牌衛生紙，確定將調漲，影響將遍及各大小通路，漲幅還不是1%、3%而已，而是高達10%至30%間；若以一串抽取式衛生紙

兩百元計算，最貴可能變成兩百六十元，約等於一個便當的錢，調漲時間點最快落在三月中旬，最慢四月前必漲（徐秀娥，2018）。

(三)何時 (When)

事件發生的時間。在導言中強調時間的因素，告知讀者時間對其影響。範例：

【記者陳嘉寧／即時報導】中華航空公司桃園機場旅客報到櫃臺關櫃時間，從六月十五日起提早二十分鐘，於班機起飛前一小時停止受理，並於五月十六日起試辦一個月。華航提醒旅客注意，盡早抵達機場完成報到手續，以免延誤行程（陳嘉寧，2018）。

【記者魏妤婷／即時報導】主打森林中咖啡館的薰衣草森林，過去幾年陸續拓點，其中一個據點位於新竹尖石鄉成立超過十三年，但去年在官方臉書無預警宣布即將在同年五月熄燈。不過經過一年時間，薰衣草森林再度發出公告，預計五月二十二日尖石店即將重新開張，並祭出優惠活動，憑之前的園區照片即可免費入園，邀請老客人一起舊地新遊（魏妤婷，2018）。

(四)何地 (Where)

事件發生的地點。地點經常是新聞的重心，例如災難意外、表演比賽、會議講座，以及停水停電、交通管制區域等，都對讀者影響頗大，因此特別予以凸顯。範例：

【記者黃安琪／即時報導】嚴重空汙致癌，專家指出，世界衛生組織二○○四年證實，PM2.5 空氣細懸浮微粒會引發肺癌、膀胱癌。臺灣癌症登記報告也顯示，過往烏腳病流行的南部地區包含北門、學甲、布袋等地，膀胱癌與上泌尿道尿路上皮癌發生率較北部高出三倍，隨人們不再飲用地下水但發生率仍高，恐與空汙、抽菸、食用含馬兜鈴酸的中草藥有關（黃安琪，2018）。

【記者高詩琴／臺北報導】深澳電廠開發案爭議越滾越大，民進黨立委前天更質疑，鄰近電廠預定地的瑞濱國小會變成雲林麥寮許厝分校第二。台電指出，新深澳超超臨界 (USC) 電廠規畫全廠都是密閉廠房，並設置室內化煤倉、密閉式輸煤系統，沒有空氣汙染物逸散情形，而電廠運轉也沒像化工廠一樣的揮發性有機汙染物及有害化學物質，不會有「許厝分校第二」情況（高詩琴，2018）。

(五)如何 (How)

事件發生的經過與最後導致的結果。由於過程往往較為複雜，涉及層面廣泛，因此對於複雜的事件，使用的數字通常較多，可適度精簡，或置於第二段、第三段等作為輔助導言。範例：

【突發中心陸運隆／新北報導】今日凌晨臺北市太原路發生一起兩死一命危火警，警消人員不敢大意，持續在現場採集相關證據，而真正起火原因及起火點，警消人員表示：「仍待釐清。」而住在該處二樓的孫女，低調不願表示意見，附近鄰居則說：「這附近已發生多次火警」（陸運隆，2018）。

【記者王家珩、梁宏志／臺北報導】昨天發生在士林的駭人兇殺案，哥哥當街拿刀砍殺弟弟後逃逸，今天上午被警方發現的時候，哥哥疑似喝農藥輕生，已經沒了生命跡象。鄰居說，兄弟倆繼承豐厚的家產，各別至少都有上億身家，但兄弟卻常常吵架，連走到對方的路都要收過路費，這次疑似是弟弟砍了哥哥種的樹，才引爆殺機（王家珩等，2018）。

(六)為何 (Why)

事件發生的原因。記者在導言中強調此一特色時，必須掌握事件的原因與結果，凸顯事件的因果關係。範例：

【記者李伊晴／報導】為促進國內觀光，鼓勵旅行團前往南部旅遊，交通部觀光局昨日宣布，只要到臺南、高雄、屏東、澎湖、臺東五縣

市，二十人以上團體旅遊，或是兩天一夜平日出遊，住宿費每人每日補助五百元，以及包含遊覽車、船舶、火車、飛機等交通費用的二分之一，每團補助上限為三萬元，澎湖縣因需搭飛機，每團最高補助五萬元，希望能促進南部觀光旅遊（李伊晴，2018）。

【中央社／崑山科技大學報導】　為提供國高中學生多元職業試探機會，增進對技專校院職群科系及職場之了解，促進國中適性選擇升學或就業進路，崑山科技大學與臺南市政府教育局合辦「技能領航得藝飛揚」臺南市二〇一八技職教育博覽會，以及一〇六學年度技優人員表揚與技藝教育競賽頒獎典禮，二十四日在崑山科大校園內隆重舉行，展現技職教育成果（中央社，2018）。

二、導言寫作型式

(一)提要式導言

最常見的導言寫作型式為提要式導言，亦即依據新聞報導最主要的事實，在導言適當安排。範例：

【記者張加／美國報導】美國國務卿龐培歐與中國國務委員兼外交部長王毅二十三日於華府會面，兩人舉行記者會時談及美國對臺政策，王毅敦促美方恪守一個中國原則和中美三公報，並呼籲務必慎重妥善處理涉臺問題。龐培歐表示，美國一貫政策不變（張加，2018）。

【中央社／綜合外電報導】南韓總統文在寅出人意表地再會北韓領導人金正恩，他今天表示，金正恩認為與美國總統川普舉行高峰會，將是終結數十年衝突的絕佳機會。文在寅還說，希望川金會能夠如期登場（中央社，2018）。

(二)引語式導言

引述消息來源或者聲明、報告中最重要的一句話或一段話。此種導言寫作方式經常用於記者會、公聽會、座談會、會議、演講等場合中。範例：

【記者潘維庭、林勁傑／臺北報導】國民黨副主席郝龍斌在海峽論壇拋出「兩岸除了一家親，更成一家人」、「國共在交流合作應是夥伴關係」等說法，這兩種說法都曾各有藍綠政治人物提過。像二○○○年總統當選人陳水扁說過「兩岸是自己人，都是一家人」；前行政院長郝柏村也曾說「國共對中華民族的現代化，應該不是對立關係，而是夥伴關係」。有學者認為，這是國民黨希望為目前民共劍拔弩張的狀況下想辦法、釋出善意（潘維庭等，2018）。

【記者黃天如／報導】「脆弱，妳的名字叫女人！」是莎翁經典名句，或許女性內心都有塊纖細的角落，但現代女性面對人生挑戰，無論有無另一半，是否需要肩負家計、照顧老人、小孩，其堅韌不屈的表現，連男性都望其項背；影響所及，證明了自我獨立生活能力後，不比失婚男性多傾向積極尋找二春，國內離婚女性尤其是無子女者有再婚意願者不到 8%，比有子女者再婚意願還低（黃天如，2018）。

(三)描述式導言

災難意外、社會衝突、天災人禍、戰爭、運動比賽等新聞事件，較適合使用此種導言寫作型式，凸顯其場景描述。範例：

【記者王昭月／即時報導】一名在海軍左營軍區警衛群負責衛哨的何姓士兵，今早開車要返營收假時，在屏東潮州附近被其他車輛攔車後槍擊，經送往高雄長庚醫院後在上午十一時宣告不治，高雄長庚醫院表示，何姓士兵到院時已休克，雖經緊急開刀，但因腹部大出血，仍回天乏術（王昭月，2018）。

【記者楊威廉／金門報導】金門環保局昨日在金門大學理工大樓旁廣場舉行毒性化學物質災害應變演練，本次演練共動員金門大學、消防局、自來水廠、行政院環境保護署毒物及化學物質局中區環境事故專業技術小組、金門環保局等五個單位參演，演練情境模擬金門大學食品科學系化學實驗室因學生進行化學實驗操作不慎引起火災、爆炸及毒性化學物質外洩，相關單位第一時間立即啟動疏散、通報、到場防堵汙染擴大、災後復原等應變處理，本次演練順利圓滿完成（楊威廉，2018）。

(四)提問式導言

在導言中提出疑問，引發讀者的好奇心。範例：

【記者修瑞瑩／即時報導】記憶中的臺南是什麼樣的味道呢？是鮮甜的牛肉湯裡帶著濃烈的人情味，還是撲鼻而來的肉燥香滲入一條條懷舊歷史的擔仔麵。為迎接美好的臺南夏日時光，文化局特舉辦「小食光——食文創特展」，邀請多位藝術工作者，運用創新的手法，以插畫、袖珍模型、羊毛氈等，共同展出各式令人懷念的傳統美食，讓民眾不用排隊就可以一次總攬臺南美食（修瑞瑩，2018）。

【聯合新聞網／綜合報導】薪水月領六萬是什麼感覺？有網友在網上提問，覺得一個月薪水能領超過六萬，沒家庭沒貸款要負擔，日子應該會過得很爽。但一名符合條件的網友自述生活實況，結論是月領六萬，頂多讓自己勉強吃飽，老後仍只能是一名「下流老人」（聯合新聞網，2018）。

(五)對比式導言

將兩種極端情況，例如悲與喜、貧與富、高與低、美與醜、老與少、大與小等強烈的對比，在導言中表達出來，讓讀者感受到新聞的衝擊性。範例：

【中時電子報／綜合報導】前頂新製油公司董事長魏應充，在四月二十七日越南油案二審遭翻盤、判決有罪後，今日首度因商業會計法案件

現身臺中高等法院。面對記者詢問心情如何，魏的律師余明賢代為表示，一審法院經詳細查證後做出無罪判決，如今二審法院卻預設立場，在沒有明確證據情形下，違反無罪推定原則，做出有罪判決，實在讓人「感到非常驚訝與遺憾」，並表示絕對會提起上訴，爭取魏應充與相關人員的清白（中時電子報，2018）。

【記者簡怡欣／墾丁報導】墾丁遊客去年大減一百四十六萬人次，觀光客人潮大起大落。昨日晚間有網友在臉書社團貼出墾丁平日入夜後的人潮照片，可見大批遊客擠到車道，堪比周末假期的盛況，引發網友熱議；不過，卻有許多網友認為「是幻覺」，因為近期是學生畢業旅行旺季（簡怡欣，2018）。

(六)懸疑式導言

將新聞的重要元素置於後面，在導言中不直接寫出，僅透露一些線索，引發讀者追根究柢的興趣。懸疑式導言多為正金字塔式寫作型式，讀者必須仔細閱讀本文後，才能了解事件來龍去脈。範例：

【中天快點 TV／報導】近日在國外流傳一部不可思議的影片，印度孟買東郊的加特克帕 (Ghatkopar) 火車站裡，上午十時二十分，火車正準備進入車站時，一個穿著詭異的女人，居然在站臺邊緣走動，而火車一進站，居然主動跳入鐵軌之中，離奇地消失於火車底下（中天快點 TV，2018）。

【記者張勳騰／苗栗報導】今天上午九點多，有民眾在苗栗縣三義鯉魚潭水庫後池堰橋旁發現一輛機車，好奇趨前往橋下查看，發現一名女子墜落在約十二公尺深的橋下，苗栗警方據報隨即通報三義消防分隊，以吊掛方式將余姓女子吊上路面，惟已氣絕多時，死因正由警方釐清中（張勳騰，2018）。

(七)結論式導言

通常使用於會議、談判的結論。範例：

【記者尹俊傑／紐約專電報導】 美國新澤西州眾議會今天通過決議案，支持臺灣參與世界衛生組織 (WHO) 等國際組織。兩週前，康乃狄克州參眾議會也通過友臺決議案，支持臺灣國際參與。

新澤西州眾議會二十四日通過第 AR158 號決議案，祝賀臺灣與新澤西州締盟二十九週年，重申雙方情誼，並強調台塑、長榮航空、陽明海運、友井集團、研揚科技等臺灣企業及移民，對促進新澤西州經濟成長及創造就業機會扮演重要角色。

決議案並表示，將繼續支持臺灣參與 WHO、國際民航組織 (ICAO) 及國際刑警組織 (INTERPOL) 等國際組織（尹俊傑，2018）。

【記者王彩鸝／即時報導】臺灣大學因應教育部要求重啟校長遴選，在五月十二日召開臨時校務會議，做成請教育部「盡速發聘」的決議，並賦予代理校長郭大維可完整行使校長的職權；臺大表示，六月十日畢業典禮，確定由郭大維主持，今年畢業生拿到的畢業證書，也是由代理校長名義頒發（王彩鸝，2018）。

(八)背景式導言

在導言中強調事件的背景情況。範例：

【記者翁禎霞／屏東縣報導】屏東縣牡丹鄉旭海村因為欠缺完善公共運輸，多年來由八十二歲阿伯「溫馨接送」的故事，經聯合報系願景工程「體檢行的正義」報導後，引起熱烈回響。屏東縣政府表示，目前已積極規畫需求反應式運具 (DRTS)，希望為旭海村引進更適合的交通系統（翁禎霞，2018）。

【記者李侑珊／臺北報導】 臺大財金系講座教授管中閔當選臺大校長，迄今已逾四個月，教育部依舊未頒布其校長聘書，不只引發臺大校

內師生舉行學運抗議，面對民進黨政府以政治力介入的做法，連家長都看不下去，面對臺大畢業典禮在即，有應屆畢業生家長親筆撰寫聲援信件，殷盼管能現身畢業典禮會場，為學生打氣，也接受畢業生與家長的喝采（李侑珊，2018）。

㈨直呼式導言

使用第二人稱「你」為稱謂對象，以直接向讀者溝通方式撰寫導言。範例：

> 【吳佳臻／綜合報導】你可知道？成人每天約會眨眼兩萬八千次，儘管每次時間僅有 0.2～0.4 秒，但撇除睡覺，人類清醒的時候有一成時間都是花在眨眼睛。而我們錯失的時光，世界究竟發生了什麼樣的變化？就有德國大學生發明特殊相機，為我們捕捉這些景象（吳佳臻，2018）。

> 【體育中心／綜合報導】十三年了！你還記得這一天嗎？今天是王建民大聯盟生涯初登板的日子，臺灣時間二○○五年五月一日，他身穿洋基條紋衫，在舊洋基球場對多倫多藍鳥先發主投，大聯盟生涯的第一球，是一顆好球（體育中心，2018）。

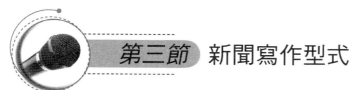

第三節　新聞寫作型式

一、倒金字塔式

新聞寫作，不論新聞、評論、特寫，都有其結構安排。最基礎的新聞寫作結構是倒金字塔式寫作型式。此種新聞寫作型式與一般說故事「開端一發展一高潮一結局」的型式完全相反，是按照內容的重要性來安排段落的次序，最重要、最有價值、最吸引讀者的內容安排在前面，越後面的段落越不重要，

敘述結構就像倒轉的三角形一樣，所以稱為「倒金字塔式」。如圖 3-1：

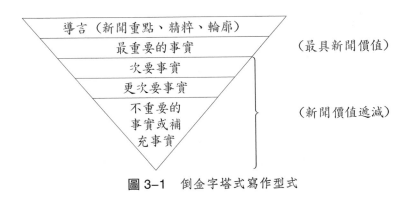

圖 3-1　倒金字塔式寫作型式

　　倒金字塔式的新聞寫作起源於一八四五年美墨戰爭時期，由於當時使用電報傳送新聞稿過程屢有中斷，為了爭取新聞時效，報社因此要求戰地記者在報導一開始時就寫出最重要的內容，即便傳輸中斷，也不會影響主要新聞事實，這就成為倒金字塔式導言寫作的起源。

　　倒金字塔式的新聞寫作之所以能夠沿用至今，是因為有其優點：⑴對讀者來說，只要快速閱讀導言就能掌握事件的重點和性質，既方便閱讀，又節省時間，同時可立即決定是否繼續閱讀。⑵對記者來說，如果明瞭倒金字塔式寫作型式，在採寫時即能將新聞素材依照重要性逐次排列，使得報導結構嚴謹有序。⑶對編輯來說，倒金字塔式寫作型式可方便其閱讀導言及前面本文後，迅速下標題。同時在組版分秒必爭過程中，為了安排版面必須刪節部分文稿，編輯只需從新聞稿最後部分逐次刪節即可。

　　再以第一節用倒金字塔式寫作的四川雅安強震報導為例說明，這則報導依序安排第一段導言，交代 Who（何人）：雅安七點零強震，When（何時）：二十日上午八點零二分，Where（何地）：四川省雅安市蘆山縣龍門鄉、龍門大斷層南端，What（何事）：一百五十七人死亡、五千八百七十八人受傷、累計一百五十二萬人受災。第二、三段則作為輔助導言，第二段描述 How（如何）：敘述中國官方下令軍警救援過程；第三段描述 Why（為何）：地震發生的可能原因。第四段起進入本文部分，敘述災區範圍、受災情形以及災

民驚恐反應，第五段敘述災區受災情形以及災民處境，第六段敘述震央地區對外聯絡交通中斷及搶通情形，第七段敘述災區臺商及災區鄰近地區旅遊臺胞安全情形，第八段敘述馬英九總統指示陸委會、海基會儘速與大陸國台辦及海基會聯繫，了解災區是否需要援助。

二、正金字塔式

　　正金字塔式的寫作型式與倒金字塔式寫作型式恰好相反，記者是依照時間順序撰寫，經常是將最重要、最引人關注的部分置於最後，讀者必須將全部新聞看完，才能明瞭新聞的最後結果。由於新聞的前段較不重要，越到後面越重要，敘述結構就有如金字塔，故名「正金字塔式」。如圖 3-2：

圖 3-2　正金字塔式寫作型式

　　試舉一例說明正金字塔式寫作型式❶：

標　題	鎘米外流　北高地區可能性最大——**主題** 汙染區二期稻作將銷毀　消費者不必過分恐慌——**副題**
本文： 第一段	「鎘米」流向又有驚人的發展！衛生、農政官員十七日證實，桃園縣蘆竹鄉中福地區鎘米可能已流入大臺北、大高雄地區。
本文： 第二段	行政院衛生署食品衛生處副處長陳樹功十七日指出，根據衛生單位現場查訪，發現部分鎘米確實已流落市面，而最可能流落地區是大臺北及大高雄地區。農委會農糧處技正李東波也證實上述說法。
本文： 第三段	陳樹功說，衛生署在獲悉這項消息後，立即電話通知臺北縣市及高雄縣市衛生局，要求他們親自查訪每一家糧商，凡是有向桃園蘆竹地區進貨的糧商都必須仔細追查。陳樹功表示，目前衛生署、省衛生處、地方衛生單位已全面出動，並編成五個小組，追查鎘米流向，不過他也承認，由於缺乏詳實地

❶　呂理德，〈鎘米外流風波〉，第四屆吳舜文新聞採訪報導獎。

	籍資料，所以追查工作相當困難。
本文：第四段	李東波也指出，目前由糧食局及農會收購的疑似鎘米共有八十六公噸，初步估計有幾十公噸鎘米也已外流，不過到底有多少數量鎘米流出去，仍有待進一步查證，他並預測這項查估工作在一個星期內會有個結果。
本文：第五段	至於汙染地區已種植的二期稻作如何處理問題，農委會農糧處科長鄧耀宗強調，政府已決定併入一期稻作處理，屆時凡是汙染區二期稻作都可領到補償，農政單位也會將這些未成熟鎘米完全銷毀。
本文：第六段	陳樹功表示，雖然流落市面的鎘米數量並不是很多，但衛生單位善後處理工作卻異常沉重。他並強調，目前所謂「鎘米」是以衛生署食品衛生標準來判定，凡超過標準者，衛生單位就應採取行動禁止流入市場，但這並不意味著吃了這些鎘米一定會中毒，因為衛生標準和中毒標準相差至少一百倍以上，因此消費大眾不必過度恐慌。
說　　明	導言雖然點出「鎘米」可能已流入大臺北、大高雄地區，讀者見此標題必然大為恐慌，但必須閱讀至最後二段，讀者才明瞭政府將銷毀汙染區二期稻作，同時由於衛生標準和中毒標準相差至少一百倍以上，就算消費者吃到「鎘米」，也不一定會中毒。

三、承上啟下、意義相聯

　　新聞學者漆敬堯指出，在西洋散文的寫作格局中，常有人使用過渡片語(transitional phrase)，將上、下段聯接的行文方式。用中文撰寫這種稿件，無異採用「之」字橫爬法使全文「一氣呵成」（漆敬堯，1992a: 5）。

　　事實上，在純淨新聞寫作中並未要求段與段間，都要安排此種承上啟下過渡片語。但在撰寫特寫寫作時，了解此種承上啟下過渡片語的寫作型式，將有助於組織文稿，在行文鋪陳時，段與段間邏輯相聯，全篇結構嚴謹。

　　範例一❷：

(1)	【記者鄭明揚／南華大學報導】「哇，好可愛的小狗啊，真想把牠們抱回去養。」這是曾幾何時常在南華校園中聽到的談論。但本學期開學以來，校園中的流浪狗急遽增加，並且埋下潛在危機。「現在的狗好多，有些還會追著人吠，真是讓人害怕呢。」大一學生王慶華憂心忡忡地提到。
(2)	在校園中被狗尾隨或追過的人並不少（**承上「校園中的潛在危機」啟下片語**），大一的謝欣諺說：「我跟我的同學在晚上回到學校時，就經常被狗兒追

---

❷　南華大學傳播管理學系 88 級鄭明揚「大眾媒體寫作」作業。

	逐。」謝欣諺也說到，目前在學校中的流浪狗並非每隻都是這種惡犬，其實每次追他的狗都是相同的那幾隻，同時大部分的流浪狗之所以會緊跟、甚至追逐著人走，是為了食物。總務處事務組組長陳煦基表示，雖然有些愛護動物的同學會餵食這些流浪狗，但多數情況下流浪狗都必須四處覓食。
(3)	校園流浪狗為了覓食（**承上「流浪狗都必須四處覓食」啟下片語**），除了緊跟、尾隨人之外，最常見的就是翻咬垃圾堆找尋食物，將一包包的垃圾咬到馬路上，垃圾袋破了，包在其中的垃圾也就四處散落。學校的朱姓警衛說，巡邏時經常目睹這樣的情形，那種髒亂真的是教人看不過去，因此只得充當起清潔工打掃這一地髒亂。面對這些問題，校方也在五月起採取積極措施。
(4)	「五月一日起，總務處將會派人將校園內的野狗抓到深山或人煙稀少處野放。」總務長魏人偉表示（**承上「校方也在五月起採取積極措施」啟下片語**）。深山野放的方法是一種對流浪狗較人道的處理，因為環保署的捕狗大隊在抓獲流浪狗之後，牠的最終命運仍可能是遭到撲殺一途，在此就更不用談到那些私人的捕狗服務了。陳煦基語重心長說：「像那種私人的捕狗，有許多的流浪狗最後會淪落到了香肉店去，成為饕客的食物。」
(5)	不管是野放甚或撲殺（**承上「處理流浪狗方法」啟下片語**），這些方法仍不免受人爭議。野放是較人道的方法，但卻也可能對狗兒造成二度傷害，換句話說只是讓牠們換個環境流浪罷了。對於校園中被捕捉流浪狗的去處，陳煦基則表示：「對於抓到的狗，學校目前多是載到梅山或太平山等深山或人煙稀少處野放。」
說明	**在段與段間安排承上啟下過渡片語，聯接上下段文義，同時依照事實發展時間先後順序敘述，讓全篇文稿邏輯嚴謹。但必須注意，承上啟下過渡片語是置於下一段起首。**

漆敬堯指出，在西洋散文的寫作格局中，也有人使用「過渡段」(transitional paragraph) 聯接上、下段（姑且稱之為「承上啟下段」）而構成全文的章法（漆敬堯，1992a: 16）。

事實上，所謂「承上啟下段」也可稱為「橋段」，顧名思義就在於聯結上、下段，使全篇文稿結構嚴謹。但必須了解安排此種橋段時，並無需在各段與段間都擺置，可以在闡述一個重點的數段後再行安排。

範例二❸：

(1)	【記者曾淑珠／斗六市報導】「街頭媽祖間，街尾觀音亭，街中央是土地公間。」這句自古流傳的諺語，點出了早期斗六市最繁華的位置。轉進太平老街，一種華麗的古典色彩充斥其中。兩排街道叢聚著數十棟仿西洋的古典建築，肩並肩緊密站立，牆面是灰白色的洗石子，陽臺直條式的三開窗，襯出最上方女兒牆的絢麗

❸ 南華大學傳播管理學系 91 級曾淑珠「平面媒體畢業製作」作業。

雕飾，兼容並蓄，一點都不過分。

(2)
　　這一條幾乎完整保留牌樓立面的老街，在臺灣迅速遺忘、拆遷的歷史記憶裡，算是很幸運的，「這條路很漫長，不知道是不是會成功；但是，如果不努力，是永遠不會有希望。」在雲林縣文化局出版的「老街新生　社區再造」這本小冊子的扉頁上，刻意用加黑的粗體字，醒目地印著這兩行字。

　　民國八十年前後，乘著「社區總體營造」的順風車，太平老街有了重生的契機。在內政部營建署「城鄉新風貌」計畫經費與斗六市公所的行政支持下，由雲林科技大學團隊自八十八年初開始，與太平路的居民一同進行老街新風貌的改造計畫。

　　「我們對整個計畫一直很疑惑，都只是一個大綱，住戶雖然都很同意，但牽涉到住戶的個人生活問題時，很多事都無法掌握。」一位老街住戶劉太太說道。計畫推動之初，居民質疑、反對的聲浪排山倒海而來，再加上街道旁充斥著雜亂無章的招牌、騎樓到處窒礙難行等問題，都阻礙正在規劃階段的重建工程。

(3)
　　雜亂無章的老街，悲觀的人看到的是人間煉獄；看在積極的人眼裡，卻是絕地重生的好機會（**橋段**）。

(4)
　　前「太平大街發展協會」理事長莊昭仁拿起茶杯，輕啜一口茶，語重心長地說：「總要有人肯帶頭犧牲奉獻，儘管毀譽參半，但『歡喜做，甘願受』的心態，促使我堅持下去。」因為不甘心自己居住的老街任由時光摧殘、凋毀，莊昭仁率先投入老街的改造運動，他自覺如果沒有社區住戶的親自參與，僅憑專家的倡導，一切仍歸於枉然。於是，白天在鎮東國小服務的莊昭仁，決定放手一搏，利用晚上和假日，開始一步步構築他的重建計畫。

　　他找來斗六市長楊鎮文，在老街上搬板凳辦說明會，一方面希望居民的心聲能充分的表達，另一方面也希望化解居民的疑慮。數百份問卷系統性地蒐集了住戶與顧客的意見，也十足展現公部門相挺的誠意。加上莊昭仁一戶戶的溝通、協調，以及泡茶搏感情的努力下，終於爭取到五戶商家願意當新招牌的示範戶。

　　凌晨，月亮緩緩從雲層露出，透出一絲的亮光，伴隨老街上兩三戶未熄燈的招牌，人們早已經進入夢鄉，此時，正是雲林縣文化局工務課人員開始忙碌的時候。他們小心翼翼架上梯子，舊招牌紛紛卸下，改裝上七十公分見方的新招牌，整齊一致，不過分搶眼，但卻與人們平常習慣的視覺產生強烈的對比，也引發了更大的議論空間。

(5)
　　有些居民驚覺街道空間突然變寬了，也有人認為新招牌太小，或是覺得新招牌的照明應該改進。然而，不管意見多麼分歧，都在在表現居民開始關心地方公共事務了（**橋段**）。

(6)
　　「社區居民想要擁有理想中的生活環境是什麼，協會的理想目標就會走向那裡。」莊昭仁臉上滿是歡喜。在大家的越發熟悉中，太平老街第二段的居民在幾乎完工而尚未通車時，自發性地舉辦通車落成典禮。每戶居民樂捐一百元至五百元不等，也有人捐彩帶、飲料、盆花，更有人借來卡拉 OK 炒熱氣氛。居民請出高齡九十二歲及八十八歲兩位者老剪綵後，一串長達百餘公尺的鞭炮震天響起，熱鬧非凡。這股凝聚力，替老街的新生再推向一個里程碑。

　　「辦活動只是一個手段，藉由一次次的活動讓大家對於協會或街區產生認同

感，那麼就會有一個正面的回饋，而之後所舉辦的各種活動也會有越來越多人參與，社區或街區的向心力無疑地會越來越強，接班人也不會有問題的啦！」雲林科技大學文化資產維護所教授林崇熙挺挺胸脯，笑著說道。

二〇〇一年七月一日「太平大街發展協會」當街舉行理監事選舉與開票，幾位年輕人順利當選，他們為了推動二十年後才可能達成的生活公約，從每周六下午五點大家一起來掃街做起。同時，為了吸收他山之石的經驗，到鶯歌、臺中、新化等各地社區參訪，使居民逐漸體會社區營造的精神。漸漸地，太平路每周六晚上部分街區封街，舉辦各項藝文活動，如布袋戲演出、萬聖節活動、熱門音樂、或社區營造講座等。使得太平老街不再僅是車輛通行的空間，而是眾人活動的新場所。

(7)	擘劃老街的輪廓逐漸清晰明朗，卻在學者專家撤出後逐漸沉寂，而一切箭頭則指向社區營造的根本核心——社區居民的實踐 **（橋段）**。
(8)	「願意改變的人願意走出大街去學習其他營造的過程，但不願意的人始終還是守在大街內。」雲林科技大學文化資產維護所教授黃世輝輕嘆了口氣，映著窗外的晴空碧朗，有點諷刺地無奈。民國九十一年前後，太平路的再造計畫大致底定，學者專家漸漸轉為諮詢對象，對於老街上的活動，全賴社區聯盟的新興力量。 「在做社區總體營造時，很多人認為是由政府主導，其實它真正的本質是，要讓『我們的』社區往哪走，是『我們的』權力。」雲林縣文化局課員李信政臉上閃過一抹微笑。然而，民間自主力量的興起並非一朝一夕，不僅每個商家的利益不同，更涉及地方派系的暗中較勁。因此，活動的推動更顯困難，遲遲無法順利進行，始終認真投入活動策劃的黃也俞搖搖頭，對於未來，她不敢抱太大的期望。 重生後的老街，不再髒亂擁擠，女兒牆上一盞盞柔黃燈光灑落於紅綠交錯的清水地磚，在沁涼的夜晚格外動人。一位婦人搬出木頭板凳坐在店門口，回憶當時辦活動的熱鬧景況，她扯著嗓門說：「想以前太平老街鋪好路面時，厝邊隔壁都會到街上走走，或者在封街時，大家泡茶開講，真的很懷念。」
(9)	「創造城鄉新風貌——太平路再造計畫」，厚厚一本結案報告書包裹著鵝黃色封面，正式印刷成冊。但，老街永續發展的腳步才剛要開始 **（結尾——與導言呼應）**。
說明	(3)、(5)、(7)是作為聯結(2)、(4)、(6)、(8)四個重點的獨立橋段。同時，全文是依照事物的點面關係邏輯安排，亦即由(2)、(4)、(6)、(8)四個點敘述，再交織成全篇。此種寫作結構，較適用於特寫寫作，可以讓讀者在閱讀時清楚掌握全文的敘事脈絡。此則特寫報導可安排結尾，並與導言互為呼應。

四、正反事實並陳

新聞記者在採訪時，如果發現採訪的人、事、物呈現正反事實並陳的現象，就可以採用此種寫作型式。在行文的安排上，可以在導言中點出正反兩面事實要點，接下來在本文中分段描述正反事實，同時在表述正面事實後，展開反面事實描述的首段第一句，安排承上啟下的過渡片語，讓讀者清楚掌握全篇行文結構。

範例一（福澤喬，2018）：

(1)	【福澤喬／特約撰述】日本的民泊新法六月十五日正式上路，原本以為這套法律不但可以解決日本大量湧入外國旅客所造成的旅遊住房荒，同時可以將處於法律灰色地帶的民宿管理導入正軌。沒想到這套法律，卻有可能意外地讓日本真正的民宿業者被消滅。許多民宿主人不但選擇不提出民宿申請登記，甚至決定結束民宿的經營。為什麼會有這樣的結果，主要還是實際操作面與立法思維上所產生的歧異。
(2)	民泊新法中，一些規定引起正反兩面不同的意見。如果是與屋主同住型的民宿，依照規定只要有旅客投宿，屋主只能離開民宿一個小時，其他時間都應該在民宿中待命。對於屋主來說，這個規定非常困擾，畢竟 Airbnb 這樣的共享經濟模式，最初的想法是希望能夠把多餘的空間或是房間釋放出來，讓來到這個城市旅行的觀光客可以多一種選擇的機會。
(3)	那如果申請「屋主不同住」的民宿就可以了嗎？在民泊新法的規定中，若不同住，就需要有代管中心協助管理，還一定要有無線火災通報系統、逃生安全設備等。如果真的要全部滿足這些規定的話，那經營民宿的成本肯定會大幅提升。加上這次立法特別把開放民宿的營業日限縮成一年只有一百八十天，有些地區還會限定例假日營業，住宅區根本不允許進行任何民宿的營業活動。
(4)	短期旅遊的人感受可能還沒有這麼大，但是長住的人可就煩惱了。一位來自臺灣的部落客芳如，她選擇固定住在吉祥寺的一間民宿，原本希望透過三個月的時間，寫一本以吉祥寺為背景的小說。屋主也給了一個很實惠的價格，這些條件對於想要創作的她來說，的確有很大的幫助。不幸地，她住的這間民宿所在的區域，六月十五日之後規定只有例假日才能提供給旅客使用，所以她跟屋主現在都要面臨一個難題：到底是要什麼都不講繼續住下去？還是另外找其他的地方。
(5)	最後還有一個規定也很有趣，在民泊新法中規定，民宿的經營者為了不要造成鄰居的困擾，必須要在鄰近大樓十公尺以內的鄰居信箱中，放入一封信函。信函中必須載明民宿經營者的姓名、電話以及民宿地址等相關內容，這對於民宿主人來說也是個莫大的困擾，畢竟從另外一個角度說，這說明這一間房子有可能是空

	屋，或是有時候會有些外地旅客。如果資訊被有心人士取得，小一點的事件或許就是財物被竊，大的問題就會像五月間一個住在日本民宿的臺灣女生差點被意圖闖入的歹徒性侵。
(6)	民泊新法即將要實行，但是可想而知，實施之後，一定會有一段跌跌撞撞的磨合期，這段期間，對於想要去日本旅遊的朋友們，最好的方式還是多查查資料，免得到時候乘興而去，敗興而歸。
說明	針對日本民泊新法正式上路後，此則報導挑選重要有爭議條文，敘述實際執行困難情形，並在導言中完整交代正反事實，點出問題的關鍵在於實際操作面與立法思維上所產生的歧異，讓讀者掌握全文脈絡。

範例二 ❹：

(1)	【記者郭雅欣／南華大學報導】外表看起來不苟言笑，沉穩又氣勢逼人，校園裡公認的嚴肅，但卻頭戴便帽、身穿 T-shirt、腳踩涼鞋。認識他的人有些佩服他，有些則認為難以親近，他就是南華社團界響叮噹的傳奇人物，現任社團聯合會會長張志強（化名）。
(2)	接手社聯會以前，張志強曾是手語社社長，在他的領導下，原本表現平平的手語社，在全國校園社團評鑑獲得優等獎，創下歷年來的高峰。在他擔任社長期間，積極往校外發展，爭取許多對外的表演機會，讓社員有更多發展空間，順利將手語社帶往全國校園。他也舉辦多次社聚，聯絡社員間的感情，使大家更有向心力，即使早已交棒給學弟妹，但手語社的社員們仍對他深感敬佩。 後來在社聯會會長的改選時，張志強以高票當選新任會長，做事認真有魄力的他，推動政策迅速又確實。這學期剛出爐的「友員卡」社團人基礎訓練課程，從提案到發卡，前後只花了一個多月，就完成這項嚴謹的認證課程，尤其是志工教育訓練，需要規劃的內容更加繁雜，能在短時間將計畫徹底執行，張志強功不可沒。課外活動組組長徐惠珍說：「志強是個不錯的學生，很負責任，做起事來很有勁，交代他事情我很放心。」
(3)	除了社聯會會長，張志強同時也兼職勞作小組長，但是被他帶到的勞作生卻抱怨連連（承上「張志強多項優秀表現」啟下過渡片語）。社科院一年級李本善說：「學長太不通人情了，遲到一下下就拼命扣分，也不給補做機會，太過於公式化，那三個星期可說度日如年。」正因為許多勞作生在他管轄的區域飽受煎熬，讓張志強就如同「開當舖的教授」，被冠上「大刀」的名號。 或許是推動政策需要的是效率和效果，使得張志強給人一種嚴肅難以親近的距離感。他強勢的作風，也讓各個社團社長叫苦連天，特別是審查企劃書和申請經費時更加嚴格，桌球社社長陳欣如說：「張志強實在太難搞了！」針對這些怨言，張志強表示，他只是按部就班執行學校的政策罷了，並沒有刻意刁難人家，社長們有這樣的感覺，實在是因為沒有深入考量到更深一層的問題。
(4)	這樣兩極化的評價，並沒有讓張志強感到困擾。他認為，只要做好自己任內應該做的事，並且徹底實行，其他的閒言閒語不需要太過在意。這就是張志強獨特

❹ 南華大學傳播管理學系 90 級郭雅欣「大眾媒體寫作」作業。

說明	的個性，師長的好幫手，卻是學生眼中的刀老大。
	由於文稿正反事實並陳，因此可以採取事物的並列關係安排結構，同時在正面事實轉折為反面事實時，應該在敘述反面事實段首(3)安排承上啟下過渡片語；另外在導言中完整交代正反事實，讓讀者掌握全文脈絡。

五、正反意見對立

記者在採訪時，如果發現事件人物雙方意見對立，呈現針鋒相對情形，就可以採用此種寫作型式。在行文安排上，應該在導言上交代事件人物雙方意見，接下來在鋪陳本文時，可依照事件人物發言前後順序依序表述，完整呈現雙方意見。同時，在全文結構上力求字數、各段篇幅大致對等。有時，正反意見各有多位消息來源，則在撰寫導言時將其整合濃縮成正反雙方意見，同樣在全文結構上，也力求字數、各段篇幅大致對等，達到正反意見平衡。

範例一（游明煌，2018）：

(1)	【記者游明煌／基隆報導】 基隆市文化局配合文化部推動街頭藝人證照制度改革，今年起，取消街頭藝人證照審議技能評比考試，改採「登記」制，尊重創作自由，並推動跨區合作認證。消息一出，街頭藝人們正反意見一片譁然，有人認為尊重藝術創作，但有不少街頭藝人擔心「不考照恐降低水準」。
(2)	基隆市街頭藝術家協會理事長白平吉大聲疾呼，這樣會全都亂掉了，要當學校老師也要考試，沒有考試以後街頭會亂七八糟，什麼人都能來表演，影響品質。
(3)	文化局副局長李添慶表示，如表演不好或水準不夠，會有「市場機制」，只要是大方向沒有問題，自認為有藝術天分，提出申請多半會核照，但會追蹤管制，如「有問題會撤銷」；跨區合作是希望他地街頭藝人可來基隆表演，基隆也可到當地演出，將推動雙方簽定友好協定。
(4)	擁有街頭藝人證照的文昌里長王明清表示，考試可維持一定以上的水準，可能有人對評審標準有不同意見，但至少有些把關，不考試恐影響街頭藝人的整體表演和觀感。
(5)	表演日本演歌的街頭藝人陳雪瓊指出，「街頭藝人是要讓人感動，才會有打賞」，要改革如何讓評審更公正、專業，如不考試，對真正有真材實料的人也不公平。
(6)	常在各場合表演變臉秀的鄭奇倫說，考試可以維持一定素質，不考試也有好處，「可讓年輕人多出來表演」，不一定要經過評審認可，但得要有「真才實學」。
(7)	基隆市音樂工會理事長俞明發表示，以前評審沒有分級及表演項目的分列，街

	頭藝人是包含樂師、舞蹈、剪紙、氣球製作、文字書寫、紮紙等數十項目的統合，如評審只是其中單項的專業，「一位對紮紙專業的評審，如何對一位薩克斯風的樂手有公平的審視？」不考照也罷，除非考照時有區分項目進行才會公平。
說明	針對文化部推動街頭藝人證照制度改革，將取消街頭藝人證照審議技能評比考試，改採「登記」制，街頭藝人們正反意見不一，應在導言中交代兩造言辭對立情形，同時在鋪陳本文時，可依照事件人物發言順序安排。

範例二（黃美珠，2018）：

(1)	【記者黃美珠／竹東報導】延宕約卅年的「科三期」（科學園區三期開發案）相關計畫，公開展覽到二十一日，縣府昨天舉辦說明會。支持、反對雙方兩樣情，支持者認為本案帶動地方和就業機會；反對者則從土地正義、保護農地農用和飲用水安全發出質疑，要求解編、回復原來的土地使用。
(2)	縣府表示，廢汙水的排放有規劃處理方式，不影響頭前溪水質。並尊重想繼續務農的地主，參酌現況及農作使用的土地分布狀況，在都市計畫區內規劃有「客家休閒農業專用區」供繼續農耕。
(3)	所謂「科三期」是指「變更竹東鎮（工研院暨附近地區）特定區主要計畫（第二次通盤檢討）案」暨「擬定竹東鎮（工研院附近地區）細部計畫案」。 「捍衛農鄉聯盟」、「二重里地主權益自救會」的老農們昨天出席說明會，多個環保團體也到到場拉布條抗議。 有老農戴著沒有竹葉的斗笠，強調「政府底下沒有農民」、「農民頭上沒有政府」！抨擊縣府是為了財團、錢財來搶農地、騙農民參與區段徵收，要求立刻解編還地給農民；主婦聯盟等團體批評科三期是蓋房子的計畫，不是真的為了國家發展而擬定。 曾種出全國十大經典好米的竹東雜糧產銷班第一班班長莊正燈和班員許又仁也現身抗議，遞交陳情書給新竹縣都委會，要求「汙染不要來、良田留後代！」不要開發這塊土地。許又仁說，開發案位於水質水量保護區，蓋工廠不只影響農民，更會影響大新竹飲用水安全。
(4)	「我們要喝乾淨水聯盟」召集人陳翠琴說，計畫書看不到處理工業廢水的規劃，也沒有設置專管的相關經費，真的在意下游居民的飲用水安全嗎？
(5)	縣府表示，產專區內的業者必須自有汙水處理廠，所生廢水經原廠處理符合納管標準才能進入產專區的汙水處理廠。將規劃拉專管往出海口，在自來水公司取水口的下游才放流，不影響頭前溪水質。
說明	針對科學園區三期開發案，支持、反對雙方兩樣情，應在導言中交代兩造言辭對立情形，同時在鋪陳本文時，可依照事件人物發言順序安排。

六、多人意見一致

　　記者在採訪時，如果發現多位事件人物對某一事件意見一致，就可以採用此種寫作型式。在行文安排上，應該在導言將多位事件人物意見重新濃縮整理，同時以「他們一致認為，……」方式表述。接下來在撰寫本文時，可依照其發言前後順序依序表述，同時在全文結構上力求字數、篇幅大致對等。

　　範例（楊明娟，2018）：

(1)	【記者楊明娟／法新社報導】　美國總統川普呼籲讓俄羅斯重新加入七國集團 (G7)，但根據法國總統馬克宏 (Emmanuel Macron) 辦公室八日表示，七國集團中的歐洲成員國一致反對。
(2)	包括馬克宏、德國總理梅克爾 (Angela Merkel)、英國首相梅伊 (Theresa May)，以及義大利新總理孔蒂 (Giuseppe Conte) 八日在加拿大舉行的 G7 高峰會進行了場邊會議，對俄羅斯採取一致的立場。
(3)	馬克宏的資深助理告訴記者，歐洲的共同立場是反對俄羅斯重回七國集團，但是對與俄羅斯進行對話保持開放態度。
(4)	梅克爾則告訴記者表示，歐洲會員國一致同意，在烏克蘭危機獲得改善前，俄羅斯不能重新加入 G7。梅克爾說：「我們同意，只有在解決烏克蘭問題獲得實質進展時，俄羅斯才能重回 G7。」
(5)	第一次參與七國集團高峰會的義大利總理孔蒂，原本表示他支持川普的提議，讓俄羅斯回到這個組織。但最後採取和歐洲其它國家一致的立場。
(6)	俄羅斯在二〇一四年併吞了烏克蘭的克里米亞半島，因此被逐出當時稱為「八國集團」(G8) 的組織。
(7)	G7 包括美國、日本、加拿大、英國、法國、德國以及義大利。
說明	針對美國總統川普呼籲讓俄羅斯重新加入七國集團，但遭到七國集團中的歐洲成員國一致反對，可在導言以「他們一致認為，……」方式表述。接下來在鋪陳本文時，依照其發言前後順序依序表述。

七、多元事實並陳

　　記者在採訪時，特別是撰寫特寫寫作時，為了完整掌握事件全貌，可以從多個角度切入，每個角度可視為一個重點。在鋪陳本文時，每個重點可安排數段闡釋，同時在每個重點與重點間安排橋段，扮演聯結上下段重點的作用，使全篇文稿結構嚴謹。

　　範例一（三立政治中心，2018）：

(1)	【三立政治中心／綜合報導】從平民躍升一國之君，臺灣歷任民選總統的老家總是風光一時，吸引粉絲前往朝聖，看看什麼樣的成長環境、地理風水能造就出國家領導人。若比較當年火紅程度，前總統陳水扁老家臺南官田西庄穩拿第一，打趴李登輝、馬英九、蔡英文故鄉；但若論四人老家「沒落程度」，阿扁老家也成第一，直接消失。
(2)	陳水扁是「三級貧戶」出身，卻成為臺灣第一位政黨輪替的總統，跌破許多人眼鏡，也讓陳水扁在臺南官田西庄里的老家瞬間爆紅。陳水扁聲勢正旺時，許多攤販湧入西庄里賣扁帽、阿扁娃娃等周邊商品，遊客絡繹不絕，台84線東西向快速道路更為了「總統的故鄉」增設一個交流道。 　多年後陳水扁聲勢退去，西庄里也恢復寧靜，像一般偏僻農村出現嚴重人口外流。去年臺南市進行里鄰整編，西庄里長與東庄里長協調後決定合併為「東西庄」，僅管陳水扁、挺扁人士表示不滿，認為不應「消滅」西庄里，臺南市政府仍決定整併。
(3)	臺灣第一任民選總統李登輝老家「源興居」，位在新北市三芝區埔坪里，曾有風水師指這裡是「雙龍穴」。根據聯合報報導，近年源興居約三分之一的屋頂塌陷，還曾有民眾在前庭曬鹹菜，但因建築產權複雜且不包含李登輝在內，修繕問題仍待李家人決定。
(4)	而臺灣第一位「讓綠地變回藍天」的總統馬英九，老宅位在臺北市文山區興隆路，是一間三十年的老公寓。馬英九剛卸任時，公寓樓下擠滿支持者歡迎他從總統官邸搬回來；如今卸任兩年多，公寓樓下雖恢復寧靜，但馬英九人氣卻是止跌回升中。
(5)	現任總統蔡英文是臺灣史上第一位女總統，她雖在臺北出生，蔡家老家卻是位在屏東枋山鄉楓港。蔡英文甫上任之際，許多民眾慕名造訪，猶如當年陳水扁當選帶來的榮景，許多小販趁機賺觀光財，鄉公所為此還特地規劃一處大型停車場；熱潮過後，如今蔡家古厝遊客不多，地方人士則希望重整古厝，讓蔡家傳奇成為古厝重點。
說明	此則報導細數臺灣四位民選總統老家，在導言時點出變化最大的陳水扁老家臺南官田西庄，接下來在鋪陳本文時，依照四位民選總統老家情形依序表述。

範例二❺：

(1)	【記者李曄／專題報導】兩年前的九二一地震，讓許多人認為號稱藝術小鎮的埔里已經一夕全毀，雖然山河變色，卻有一些人秉持自己的希望和理想，用另一種方式為埔里重建書寫歷史。
(2)	埔里地方文史工作者潘樵在地震後，靠著各方的募款和贊助，以《驟變的容顏》一書紀錄他在災區的所見所聞，而隨後的《山城埔里步道》，更是潘樵以在地人的眼光看震後美麗依舊的埔里。潘樵說，想為故鄉做點事是支持他從事地方文史調查十餘年的動力。 　　從小在埔里長大的潘樵，本名潘祈賢，在埔里可說是年紀最輕、出書最多的文史工作者。潘樵說，退伍後的他看見埔里因觀光客漸多，風土文化和原始風貌都逐步流失，於是開始用書寫埔里的方式為故鄉作傳。早期以散文、新詩話埔里的潘樵，後來也開始嘗試報導文學，有幾年的時間都是在外地工作，利用假日才回埔里採訪、寫作，直到民國七十八年，潘樵搬回埔里定居，正式成立潘樵文化工作室。 　　目前在暨南大學、社區大學開設地方文化相關課程的潘樵，也在埔里等地區培養在地的文史工作人才。回顧這十幾年，潘樵也感嘆調查紀錄的工作永遠趕不上文化消失的速度。一本《美麗與鄉愁》，潘樵耗費了三年時間訪查南投縣具代表性的舊建築，並以文史紀錄、水墨寫真的方式完成。 　　他回憶，當時巡迴畫展的最後一站在集集，沒想到卻遇上九二一地震。潘樵說，得知這些古蹟在地震中幾乎全毀的消息，讓他不惜冒著危險進入半倒的展覽館裡搶救珍貴的畫作。最後這些畫作因為各界贊助而得以集結出版，潘樵說，感謝臺灣還是有許多重視文化保存的人。
(3)	自掏腰包採訪寫稿、完成後贈書義賣，已經是潘樵一貫的寫書模式。不同於潘樵的筆，埔里女婿孫少英則是用素描鉛筆畫埔里　**（橋段——聯結上下段重點）**。
(4)	相繼完成紀錄災情的《九二一傷痕》，以及描繪重建歷程的《家園再造》兩本畫冊，七十二歲的孫少英說，如果沒有許多人的鼓勵和幫助，很難完成這三百多幅血淚作品。 　　十年前退休，孫少英來到埔里開始潛心繪畫、義務教學的生活。九二一地震當時，剛印製完成的《埔里情》素描集隨著畫室倒塌壓在土石中，全靠友人幫忙挖出、整理，孫少英說，看著沾染泥土的畫冊和殘破的埔里，他忍著眼淚，毅然揮別往臺北避難的家人，開始以畫紀實的工作。孫少英曾擔心，這時候作畫會不會有趁人之危的誤會？但災區民眾的支持和關心讓他釋懷。 　　孫少英指著其中一幅作品說，這裡原來的土角厝坍塌嚴重，他一邊作畫，一邊和端茶給他的屋主閒聊，才知道這戶人家的老太太和兩個孩子都罹難了。一年後，這家人原地重建，孫少英也再次拿起畫筆留下這幅〈新厝快好了〉。感念許多軍人、義工投身救災，孫少英也在畫冊上記著他的名字。看過這些激勵人心的畫面，孫少英說，走到哪，畫到哪是他今後的志向。

❺ 南華大學傳播管理學系 89 級李曄「平面媒體畢業製作」作業。

(5)	與潘樵、孫少英同樣熱愛埔里的陶藝家王子華和陳芳姿夫婦，則是以無私的奉獻作為生活的新目標**（橋段——聯結上下段重點）**。
(6)	如果人生有七十年，奉獻四年做公益，算不算多？王子華和陳芳姿問過自己這個問題後，用「菩提長青村」給了答案。王子華形容，這不但是一個「老人安養社區」的實驗，也是許多義工、社會團體和老人們共同的創作。 　　位於埔里邊郊貨櫃屋區的長青村目前約有六十位老人，有的因地震無家可歸，有的因為方便子女重建家園暫時安頓於此，長青村接受免費安置，來來去去也住過三百多人了。地震後第四天就開始籌備工作的王子華自嘲，他的房子大概是受災保留最完整的地方。 　　擱下自己經營的餐廳和創作至今，其實王子華夫婦倆也想過，以過去的經驗和成績，一定可以趕搭這波復建和補助的列車，恢復「正常生活」。在衡量輕重緩急後，王子華夫婦決定投身當義工，但長青村繁雜的問題卻也讓他們心身俱疲。王子華說，曾有許多人懷疑這裡有可圖，也有學者專家質疑他們沒有社工背景，陳芳姿只說：「如果我把這些老人家當父母，我可不可能做到？」 　　王子華主外，陳芳姿主內，以長媳自居的她說，大至經費、人事，小至三餐和老人家的鬥嘴，每天都有許多未知的挑戰，一路走來，兩人曾經不顧恐嚇，幫老人追討被騙的存款，還有一位老人從企圖自殺，到現在希望活到一百歲，陳芳姿表示，充滿活力的長青村全靠長時間的恩威並施。見到來客會主動打招呼的老人們，還自己管理菜園、圖書館，更賣起「感恩咖啡」來。王子華感嘆，這段經驗也讓他們學到如何做個快樂的老人。 　　從事陶藝創作十餘年、辦過至少十三場個展的王子華，雖然留白兩年，卻首開先例創作出一個菩提長青村，就像他不用練土機、不拉胚、不上釉的作品，總是打破一般人對陶藝的觀念。王子華說，人生真的很奇妙，原本上無父母、下無子女的他們，現在卻有長青村的老人，和過去經營餐廳時感情深厚的工讀生陪伴。
(7)	兩年了，救援隊撤走了，四面八方湧入的物資也逐漸用罄，然而，潘樵工作室的燈火還亮著，孫少英的畫筆也還未停歇，就像王子華說的，創作講時間和實力，走過震災的衝擊和困難，埔里就是他們生活的創作**（結尾——與導言呼應）**。
說明	**(3)、(5)是作為聯結(2)、(4)、(6)三個重點的獨立橋段。同時，全文是依照事物的點面關係邏輯安排，亦即由(2)、(4)、(6)三個點敘述，再交織成全篇。此種寫作結構，較適用於特寫寫作，可以讓讀者在閱讀時清楚掌握全文的敘事脈絡。此則特寫報導可安排結尾，並與導言互為呼應。**

第四節　新聞報導種類

一、純淨新聞報導

　　傳播學者彭家發指出，美國新聞界在一八三〇年代以後，開始出現「客觀性報導」(objective reporting) 的新聞寫作。原因有三：首先，由於美國教育普及，民眾識字率提高，閱報人口增加。其次，歐洲工業革命成功，報紙可刊登工業產品廣告改善營收，不必依靠政黨津貼，企業家開始插手報業經營，政黨報紙逐漸萎縮，新聞寫作逐漸揚棄過去偏向政黨的言論。第三，一八四八年五月，美國紐約六家報社成立了聯合採訪部，藉由電報傳遞共同的重大訊息，費用由各報社分攤，這就是美聯社的前身。由於美聯社的新聞要傳遞給不同政治立場的六家報紙使用，因此在新聞稿中就不能加入一些主觀的意見，只能客觀地陳述事實，並力求平衡，才能讓客戶滿意。美聯社此種爭取客戶的方法，卻也成為美國客觀新聞報導的典範（彭家發，1988: 2–6；方怡文等，2003: 323–326）。

　　客觀性報導最核心思想就是客觀中立，即將採訪到的新聞以簡明、客觀的方式忠實反映，報導中不加入記者個人的意見或對新聞做深入解釋，力求意見與事實分開，在寫作上則依照倒金字塔式原則撰寫（方怡文等，2003: 324）。

　　事實上，客觀性報導與目前所謂「純淨新聞報導」(straight news reporting) 意理相近。純淨新聞報導指的是讀者最常在報紙上看到的一般性新聞報導，也是傳統的新聞寫作方式，純就事實加以描述，不加入記者個人主觀意見，強調引述消息來源、意見與事實分開，並力求平衡。在寫作上則採取倒金字塔式方式，導言視新聞事件斟酌濃縮新聞六個元素，本文則依照事實重要性逐次遞減原則表述。熟悉純淨新聞報導，可以說是記者的基本看家

本領。本章第一節所舉四川雅安強震報導，就是典型的純淨新聞報導。

二、解釋性新聞報導

傳播學者彭家發表示，一九三〇年代的美國社會，國民教育水準大幅提高，新科技陸續出現與廣泛運用，社會文化價值也隨之轉變，越來越多民眾對傳統奉為圭臬的純淨新聞報導方式日趨不滿。美國民眾認為，新聞事業果真為大眾服務的話，新聞報導時必須將新聞事件放在適當脈絡中，讓讀者不只片面了解此一新聞事件，更了解發生事件的來龍去脈與其所代表的意義，因而對整個事件有一全盤掌握（彭家發，1988: 6-9）。

在此種情形下，解釋性新聞報導 (interpretative reporting) 的出現可說順乎潮流。解釋性新聞報導的核心意義在於，不是要記者對新聞加以評論，只是加以解釋，同時這種解釋是根據事實來解釋事實，而非記者主觀詮釋。因此，解釋性新聞報導中的「解釋」有其特殊含義，是「以相關事實來解釋，不是用觀點來解釋」。解釋性新聞報導的「解釋」，相較於記者以個人觀點撰寫的評論性特寫，試圖從中「解釋」新聞的背後意義是有所不同的（方怡文等，2003: 327-328）。

新聞學者霍亨伯格 (John Hohenberg) 提出解釋性新聞報導寫作的數項原則 (Hohenberg, 1983: 343-344)：

1.當一則新聞報導已做出必要的解釋時，無需另外重複再做解釋。

2.除了主新聞之外，當記者進行另一則解釋性新聞報導時，不要重複主新聞中敘述過的內容，要針對其意義與背景資料等進行解釋與說明。

3.解釋性新聞如果寫在新聞中，應該先將事實寫出來，然後在適當之處針對事實做意義上的解釋。如果事實具有多種不同的意義，無法做單一解釋時，一定要根據事實，分別敘述各種不同意義，讓讀者做判斷，記者不可妄下斷語。

4.對報社記者來說，解釋性新聞報導可以寫在主新聞裡面，如果有必要，可以另外寫成一則分析性的新聞；在電子媒體中，它可以在一面播報新聞時，

一面進行解釋敘述，也可以在新聞播報結束後，另闢新聞節目單元，進行解釋性分析報導。

　　5.此種新聞報導通常是記者署名的，以示負責態度。當新聞中出現「知情人士表示」、「有關人士指出」等未具名的消息來源時，內容必須真的從對方而來，並非記者杜撰。

　　大體上，解釋性新聞報導可以針對一個單字、一個名詞、一個片語、一個事件、一個人物做解釋，也可以針對整個新聞事件內容做闡釋；可在同一個新聞中解釋，也可以另寫一則新聞解釋（王天濱，2000: 297–299）。

　　在此試以二〇一三年十月中旬，臺北市忠義國小柔道班創下二十一年連霸傳奇這則事件，說明純淨新聞報導與解釋性新聞報導的處理方式。先看這則事件的一篇純淨新聞報導（張翠芬，2012a）：

【記者張翠芬／專訪】每天清晨，臺北市忠義國小的柔道練習室中，一群小朋友雙雙練習對打，吶喊聲、摔落聲此起彼落，學校柔道隊從成軍以來，已在臺北市中小學教育盃柔道錦標賽中，創下二十一年連霸的傳奇紀錄。

　　近年來，校園霸凌事件層出不窮，兒童學武術健身兼防身，已蔚為風潮。忠義國小引領潮流，早在一九八七年就由許燕君老師成立柔道社，目前四至六年級都設有柔道班，五十多位柔道小將，每天花兩個小時練習基本動作，包括單人過肩摔和對打等，下午則進行一小時的體能訓練，由三位教練共同指導。

　　勤奮苦練讓他們在各大比賽中屢創佳績，除了在北市勇奪國小男生組及女生組團體雙料冠軍，並摘下九面個人金牌，完成二十一連霸紀錄。訓導主任鄭松益表示，忠義是個迷你小學，柔道班卻是一個特色傳承。

　　六年級的林暐倫、吳佳龍、劉家豪、王維翔分別獲得北市國小男生第二級至七級冠軍，男生個個身手矯健，他們開心地說，有些同學以前比較瘦小，有時候會被欺負，現在大家身體變壯了，也學會彼此尊重禮讓的美德。四年級的楊鳳君是柔道班的少數女生之一，小小年紀就曾摘下季軍，幾個小女生說，練習互摔有時候會痛，但她們一點都不怕。

　　柔道班教練高嘉淇表示，正統的武術非常重視「武德教育」，柔道是一種健身防身運動，也是對心性的修養磨練。兼任教練何佳卉本身就是忠義國小柔道班的畢業生，從小學一路學柔道到大學，現在回到母校指導學弟妹。

　　兩位教練都是今年臺北市柔術代表隊的選手，將參加十一月舉行的全民運動會比賽。何佳卉表示，運動柔術是涵蓋柔道的摔和壓制，空手道的打、跆拳道的踢等不同技法，今年第一次納入正式比賽，參賽正是希望給學生一個示範榜樣，把這個運動精神傳承下去。

　　對讀者來說，看完上述這則純淨新聞報導，可能會對「柔術」究竟是什

麼感到好奇。這時，記者就需另外撰寫一則解釋性新聞報導說明（張翠芬，2012b）。在新聞版面的處理上，此種解釋性新聞報導經常冠以「閱報祕書」、「新聞檔案」、「新聞小百科」等欄名，以收提醒功效。

【記者張翠芬／整理】柔術為一種日本古武術，柔道、合氣道皆源自柔術。其中，合氣道原本是中國武術，卻是在日本發揚光大又再回流臺灣。

根據記載，柔術最早可追溯到十六世紀，日本有位曾至中國學醫的年輕人秋山四郎兵衛義時，他目睹大風雪壓斷大樹枝，最柔軟的柳樹，自由彎曲不受風雪影響而屹立不搖，因此從中發展出名為「柔術」的武術，他也被稱為日本柔術之父。

到了日本江戶時期，明朝人士陳元贇將中國柔術中的「擒拿術」傳入日本，柔術融合擒拿術成為合氣道發展的基礎。大東流合氣柔術的嘉鋼治五郎又由此發展出柔道，主張要比賽、比高低；植芝盛平則演變出合氣道，主張不比賽、以柔克剛、不爭不鬥。

柔術的中心精神是避免對方的攻擊力量，並轉化為制服敵人的技術。柔術的國際組織在一九七七年由義大利、德國、瑞典等國發起成立國際柔術聯盟，一九九七年，柔術成為世界運動會的正式項目。台灣柔術協會是在二〇〇五年成立，在台灣柔術總會爭取下，今年十一月舉行的全民運動會首度將運動柔術納入正式比賽項目。

三、深度新聞報導

與解釋性新聞報導相較，深度新聞報導更著重於新聞事件內涵，前者只要分析事件背景，後者還要讓讀者了解事件的來龍去脈，以及對民眾具備的意義、可能的影響、應該如何因應等。換言之，它要對於一則具有新聞價值的事件，做多種不同角度的分析，以呈現價值與意涵（王天濱，2000: 299–302）。

大體上，深度新聞報導應該具備「深刻」、「廣泛」、「整合」、「延續」四個特性（文化一周中文報編輯部，2003: 17–23）。

㈠深　刻

深度新聞報導是提供給受眾有關新事件的深層訊息，因此至高境界是「深入淺出」。首先，記者應善於把複雜的新聞事件分解，從表層逐步拓展到深層，探究新聞深層訊息。其次，由於新聞事件與新聞背景間存在千絲萬縷的關係，記者應將新聞事件放入整體的歷史背景中觀察，才能得到更深層的意

義。第三，深度新聞報導最終應該體現新聞事件與人及社會的關係。

(二)廣　泛

客觀新聞報導在題材選擇上，往往偏向重要人物、事實，或者衝突性事件，深度新聞報導則擴及受眾身邊發生的事情。在新聞內容呈現上，深度新聞報導採取多角度方式，廣泛呈現新聞事件的各個面向。

(三)整　合

深度新聞報導的方式與解釋性報導方式一樣，可以寫在主新聞裡面，也可以配合主新聞（純淨新聞報導），單獨做深度報導。後者是記者在報導某一事件時，發現問題涉及層面多元複雜，無法在一則報導中交代清楚，便可另寫解釋性新聞報導、調查性新聞報導或者評論性特寫，從整合的角度呈現事件全貌。

(四)延　續

讀者對一則有興趣的新聞，除了想知道「發生了何事？」隨後會問到：「以後的發展如何？」因此，一則深度新聞報導的文稿，必然有其延續性。例如，九二一災後重建歷時很長，深度新聞報導就必須採取連續性的追蹤報導或系列報導，藉此呈現完整新聞意義。或者，高雄石化氣爆事故後的地下管線安全問題，記者就必須持續關注，善盡監督社會環境責任。

四、調查性報導

調查性報導 (investigative reporting) 的萌芽，可溯自一八八〇年《紐約世界報》記者奈利偽裝成精神病患潛入瘋人院內，揭發紐約瘋人院內病人的惡劣處境，引起當時社會震驚。一九〇四年至一九一二年，美國報業掀起的「扒糞運動」(muckraking)，使得美國記者自命為監督政府、實踐社會正義的先鋒，因而對一些新聞事件採取調查方式報導（方怡文等，2003: 338–339）。

　　一九六〇年代，美國社會冷戰、學運、反戰風起雲湧，記者普遍不信任政府，並認為有職責去發掘社會黑暗面及政府貪瀆，使得調查性報導成為當時流行的新聞報導方式。一九七四年，《華盛頓郵報》記者伍華德和伯恩斯坦報導的「水門事件」，導致美國總統尼克森下臺，更將調查性報導推到歷史的高峰（方怡文等，2003: 338-339）。

　　大體上，調查性報導可定義為：記者利用調查手法得知新聞事件內幕後，再報導出來，同時由於內情隱祕、複雜，往往需要較長時間調查。主要目的在於，探求各種社會問題並加以揭發，使深藏的違法行為得以公諸於眾，以促進政治革新與社會公義（王洪鈞，2000: 13; 524）。

五、精確新聞報導

　　精確新聞報導 (precision journalism) 是指利用民意調查、內容分析、實地實驗等社會科學研究方法來報導新聞，讓新聞內容更正確地反映與解釋各種社會現象（羅文輝，1991: 1）。具體來說，精確新聞報導是一種結合社會科學研究的新聞報導，對人類的行為設計問卷，展開訪問，最後進行統計，並分析結果，將之報導出來，由於報導內容比一般新聞更準確，因而得名。有關精確新聞報導的概念與寫作方式，詳見第八章。

第 四 章

新聞寫作用語、體例與新聞攝影守則

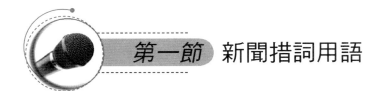

第一節　新聞措詞用語

　　新聞寫作與一般寫作一樣，有相同的邏輯思考、文法結構與修辭要求。但兩者也有大異其趣之處，就是一般寫作允許作者可主觀陳述、可天馬行空、可抒發己見、可根據想像，但是新聞寫作除了新聞評論容許表達主觀意見外，最重要的目的就是如何採訪事實，以及如何將事實表達出來（彭歌，1982:132）。

　　國內資深新聞人彭歌指出，記者新聞寫作應遵循以下十五條規則（彭歌，1982: 155–158）：

　　1.一切新聞寫作的目的，都是在於以富於趣味而切合時宜的方式，傳播消息、意見與觀念。新聞寫作必須正確、簡潔、清楚而易於了解。

　　2.記者應使用比較簡短的句子，並使其段落分明。每一段落中，由一句或兩三個句子構成已足夠。文體要保持統一連貫，首尾呼應。

　　3.如屬可能，每一個觀念應用一句來表達。為達成此一目的，必要時可將形容詞或片語寫成獨立的句子。

　　4.短而熟悉的字，優於長而冷僻的字。使用不常見的字時，應為讀者加以解說。

　　5.力求使用生動有力的動詞。可能時，使用主動詞來替代被動詞；少用形容詞，如需使用時，應確實能發生「形容」的效果。

　　6.記者應力求寫作的具體化。與其說「一個很高的女子」，不如說「她身高一百七十四公分」；與其說「發言者大為激動」，不如說「他一面狂叫，一面拍桌子」。

　　7.作者應該將一件新聞事件，與他報紙所服務的地區，或特定讀者群聯繫起來。

　　8.力求將統計數字賦予有意義的說明，可讓讀者獲得比較清晰的概念。

　　9.純淨新聞寫作最簡單的方式，是分為兩個部分，即是導言與主體。

10.凡是寫一條最新或重大的新聞，其中事實必須有負責可靠的消息來源。如果這些消息來源不能發表，應該把原因告訴讀者。

11.在報導演說、專訪或公開聲明等一類的材料時，凡這一發言者所發表的話，必須直接指明是他說的。在報導某人被捕時，應限於報導警方所宣布的罪名。

12.新聞必須加以解釋。在解釋過程中，首先仍是報導事實，然後告訴讀者事實的意義。如果記者在這則報導中提出個人意見，並要求讀者據此採取行動，那是新聞評論化。

13.凡必要時，可以摘引有意義的原文，例如一份書面聲明中的某幾段，但對於顯失公正的原文，引述時要特加慎重，有時會導致大錯。凡引用原文時，應另起一段。

14.一條新聞中如發現有任何疑點之處，在未能查證清楚以前，都不應遽予發表。新聞工作中永不容許有「這個可能不會錯的」想法。

15.新聞寫作禁例：不要寫令人困惑的、違反自然的、刺激性的文字。不寫顛三倒四的句子。不要寫得太超過，包括不經意寫得過長、過分誇張，應適可而止。不要把個人觀點放在新聞裡，寫一般新聞應出自「第三人稱」口氣。不要在同一條新聞中，改變動詞的現在式與過去式。大部分的新聞都是已發生的事件，應該用過去式。

彭歌指出的新聞寫作規則說明新聞寫作時，在文句的使用上，必須遵守簡潔、流暢、正確、通俗等原則，使用讀者易懂、易讀，放棄冷僻、艱深、罕用的文句。事實上，由於新聞報導針對的閱聽人，指的是一般民眾，不可能要求每位讀者都具備高深教育，因此使用通俗的白話文報導自是必然趨勢，同時考量到傳播媒介無遠弗屆的影響力，新聞記者在寫作時還需掌握用語準確、精簡扼要、措詞審慎、留意語法、注意西化句子與慎用本土語言。

一、用語準確❶

以至	「以至」是一直到，表示數量、時間、程度、範圍的延伸，例如：此事自城市以至鄉村，無人不曉。或者用於文句下半句的起始，表示上述情況所達程度，例如：情勢失控以至於亂成一團。
以致	「以致」用作下半句話起頭，表示上下文的關係，下文是上述原因招致的後果，多半用於負面的結果。例如：新北市政府預算失衡，以致發不出年終獎金。
不止	「不止」是「超出於」的意思，尤指數量，例如：她的酒量不止一杯，只是不喝。
不只	「不只」多半以「不只……而且（還更）」的句型呈現，例如：她不只漂亮，而且聰明。
火併	火併的「火」是「伙」的意思，「併」是「攻併」，所以火併是指同夥相敵對拚鬥，同夥自相攻併。
火拚	唯以火器拚搏可寫成「火拚」，例如：匪徒與警察火拚。
牟利	「牟」，「蛑」也，食苗根的蟲，引申為「貪取」、「侵奪」。勿將趁機「牟利」一詞誤寫成「謀利」。
謀略	「謀」作籌畫及計策解，如謀定而後動。
嘉勉	嘉勉，嘉獎勉勵。
加勉	加勉，用以勉勵。「有則改之，無則加勉」意謂，如果有缺點就改正，如果沒有也可以藉此自勉。不能寫成「無則嘉勉」，因無功無過只是平平，不值「嘉勉」。
真相	佛家語。即實相、本相。
假象	虛假不符事物本質的表面現象。
空相	佛家語。指宇宙間一切事物，就生滅現象言，皆是空幻之相。
的	「的」主要用在定語之後，如「偉大的」、「光明的」。
得	「得」用在動詞後表示可能，如「辦得到」、「挺得住」。用在動詞或形容詞後，表示結果或程度的補語，如「天氣熱得很」、「來得快去得快」。
一目了然	一看之下，即可全部了解。
瞭若指掌	瞭然，明白、清楚的樣子。瞭若指掌，形容十分明白、清楚。
俯首帖耳	低頭垂耳。形容恭順馴服的樣子。
貼耳說話	貼為黏近，如貼身。貼耳說話，形容靠近耳朵說話。
功虧一簣	用來盛土的竹筐稱為簣。功虧一簣，形容功敗垂成。

❶　謝邦振，2001；三民書局大辭典編纂委員會，1985。

匱乏	缺乏。
中饋	饋,用食物款待人。舊指婦人在家,負責煮飯等家事。引申為妻子,未娶妻者則稱中饋猶虛。
迫不及待	指緊急到來不及等待的地步。
一蹴可幾	比喻事情輕而易舉。
霎時	形容極短時間。
一剎那	表示極短暫的時間。
一炷香	即一支香、一根香。
一柱擎天	柱,支撐屋宇的粗木柱。
一筆勾銷	舊帳目清理好後,用硃筆勾畫表示註銷。比喻全數作廢或取消。
掛鉤、勾結	「鉤」與「勾」在很多詞裡是互用的,但新聞用字用「掛鉤」不用「掛勾」,用「勾結」不用「鉤結」。相關常用詞還有勾串、勾心鬥角、勾魂攝魄、勾勒。
一塌糊塗	塌,倒陷。一塌糊塗,比喻極其紊亂,到不可整理的地步。
糟蹋	不愛惜。也有凌侮或嘲毀的意思。
避風頭	風之方向、勢頭為風頭。比喻見情勢不對而躲到別的地方。
一瞻丰采	親睹風姿。
鋒芒畢露	兵器尖端為「鋒」。形容人的銳氣為鋒芒。
甘冒不韙	韙,是也。不韙,有過失。
諱莫如深	將事情盡量深藏隱瞞,使外人不知。
不齒	不屑,不與同列。表示極端鄙視。
不恥下問	不以向學識、地位不如自己的人請教為恥。指謙虛下問。
不脛而走	自膝下至腳踵稱為脛。不脛而走比喻事物不用推廣,也能迅速傳播。
大相逕庭	逕為門外地,庭為堂外地,兩者相距甚遠,因此後世以大相逕庭形容差異很大。
行不由徑	徑,小路,不能行車的步道。
中流砥柱	砥柱,山名,屹立於三門峽附近的黃河中流。比喻能支撐危局的堅強力量。
追根究柢	蔓根為根,直根為柢。追根究柢,探求事情原委。
伙伴	古兵制十人為火,同火的人互稱火伴。俗作伙伴。使用「伙」的詞,如伙計、伙食。
結夥搶劫	同伴組成的一群人稱「夥」,夥與伙互通,但現代用語「戰略夥伴」用「夥」,法律上「結夥搶劫」不用「伙」。
保母	古代宮廷裡掌管撫育王室子弟的女師。通稱為人撫養子女的婦人。

兢兢業業、戰戰兢兢	兢兢業業，做事小心謹慎，惟恐出差錯的樣子。戰戰兢兢，恐懼、戒慎的樣子。
競爭	相互爭取勝利。
內疚	疚，久病，憂苦。內疚，內心感覺慚愧。
既往不咎、歸咎、自取其咎	既往不咎，對過去所犯的錯誤，不再加以追究或責罰。歸咎，把罪過推給別人。自取其咎，禍患全由自己造成。
冒進	在事情尚未準備妥當前，即冒昧行事。
貿然	輕率、未經考慮就行動為貿然行動。
再接再厲、厲兵秣馬	再接再厲，比喻勇往直前，毫不鬆懈。厲兵秣馬，指做好出戰的準備。厲兵是磨礪兵器，使鋒利可用；秣馬是餵飽馬匹，使有力遠征。
勵精圖治	竭盡心力治理國家。
凜冽	非常寒冷。
咧嘴	張開嘴唇。
出類拔萃、萃取	萃，草密集叢生的樣子。出類拔萃，才識特出，挺拔於眾人之上。萃取，利用各種物質對所選定溶劑的溶解度不同，來分解混合物的方法。
淬礪	淬，鑄刀劍時，將鑄件燒紅即浸於冷水中，使其堅硬。淬礪，磨鍊鋒刃。比喻發憤自勵，刻苦進修。
勘驗	勘，訂正、調查。如校勘、勘誤、勘查。勘驗，法院或檢察官因調查證據及犯罪情形，於法院之外，以五官之作用，勘察物體之現象及其性狀所實施之訴訟程序，謂之勘驗。
動員戡亂	戡，平靖。
堪輿	堪為高處，指天道；輿為下處，指地道。故堪輿有天高地下之義。今則稱研究地理風水之術為堪輿。
摻雜	混雜、混合。
滲透	滲，液體從表面透入或漏出。
參差	形容長短不齊的樣子。
彆扭	固執不順從。
吃癟	碰釘子。
憋氣	勉強忍住呼吸。
蹩腳貨	品質不良的貨物。
傳誦	流傳而念誦為傳誦，如這首詩傳誦甚廣。
傳頌	廣為頌讚稱傳頌，如他的善德善行為人傳頌不已。
摒棄	放棄。
屏氣	屏，抑止。

前倨後恭	從前態度傲慢，後來卻謙恭有禮。指人的立場轉變極快。
躬逢其盛	親自參與盛會。
埒名	埒，相等、均等。埒名，同等聲名。
捋虎鬚	故意撩撥激怒強而有力的對象。比喻進行冒險的事。
叵測	叵，不可。叵測，猜不到，不可預測。
詎料	詎，豈、何。詎料，哪裡想得到。
手札	親筆書寫的文件或書信。
扎手	不容易對付。
奕奕	神采煥發的樣子。
對弈	下棋。
佯裝	佯，詐偽。
打烊	商店夜晚收市。
拚命	指豁出性命，不計一切。
打拚	努力工作。
拼裝	湊合。
摩擦	形容人與人之間的紛爭。
磨擦	兩物體若平行於界面做相對運動，則界面間的分子常有阻礙運動的交涉力產生，此現象稱為磨擦。
名實相副	副，相稱。聲譽與實際才學一致。
符合	符是古代作為憑證的東西，用竹、木、玉或金屬製成，分成兩半，雙方各執一半，以便驗證。
縐紋、皺紋	縐，極細的葛布。縐紋，多指衣服上的摺紋。皺紋，人的皮膚或物體表面的摺紋。
文謅謅	舉止斯文、舒泰安詳的樣子。
倒楣	楣，門框上的橫木。明朝科舉甚難得，取者，門首豎旗杆一根，不中則撤去，因稱事不成、不順為倒楣。
發霉	東西因黴菌起作用而變質，如發霉、霉爛、霉乾菜。
置喙	喙，鳥嘴。置喙，說話、插話。
啄食	鳥嘴取食。
炮製	中藥藥材煉製的一種方法。即烘焙藥材，去其偏性，使成精品。
泡湯	泡，浸水。
披靡	草木偃仆散亂的樣子。引申為軍隊潰敗的樣子。
靡靡之音	淫靡放蕩的音樂。
糜爛	糜，粥。糜爛，毀傷潰壞，如粥一般稀爛。

氾濫	橫流漫溢。
泛稱	廣泛來說。
誹謗	議論是非，指摘過失。惡意中傷。
緋聞	緋，紅色。稱男女間韻事傳聞。
破釜沉舟	毀壞炊具、鑿沉舟船。表示下定決心，勇往直前。
斧正	請人修改文章的謙稱。
撒手鐧	撒手鐧，用鐧投擊對手。指最擅長而又是最後的一個手段或對策。
鎩羽而歸	鎩，傷。比喻挫敗。
餘波盪漾	餘波，江河的下游。餘波盪漾，比喻事件所留下的影響。
傾家蕩產	傾盡家中所有財產。
喋血	血流滿地。
通牒	兩國交換意見，或由一國通知對方，要求對方答覆的書面通知。今天一般通用照會。
凸顯	凸，物體突出。
突兀	高聳的樣子。
挺身	挺直身體，表示勇敢堅毅的樣子。
鋌而走險	鋌，疾走貌。指人在窮途末路，無計可施時，被迫而做非常冒險的行為。
應運而生	順應時勢的需要而產生。
因應措施	隨機應變。
穠纖	豐盛與纖小，肥與瘦。
濃妝	濃豔的妝扮。
杌隉	不安的樣子。
捏造	編造，假造。
眼花撩亂	撩，以手撥動、瞥見。形容眼睛昏花，心緒迷亂。
窮困潦倒	貧乏困苦。
香煙繚繞	屈曲狀為繚。繚繞，盤旋，環繞。
衣衫襤褸	指衣服破爛不堪。
篳路藍縷	形容創業的艱辛。
臘肉	冬季以鹽或醬醃漬而後曬乾、風乾或燻乾的肉。
蠟炬	蠟燭。
天真爛漫	性情率真，全無造作。
陳腔濫調	陳腐之腔、浮濫之調，缺乏新義。
浪漫	指富有詩意，充滿幻想，追求美感。
收斂	約束，檢束。如收斂言行。

入殮	屍體入棺。
撇清	掩飾己惡，表示清白。
瞥見	瞥，過目，眼光迅速掠過。
魯鈍	笨拙，反應不敏銳。
果腹	飽食，飽肚。
裹足	裹，纏束、包紮。裹足，停步不前。
鯁直	鯁，魚骨。鯁直，剛直、正直。
哽咽	悲嘆而氣結喉塞，難以成聲。
皈依	指佛教的入教儀式，表示對佛、法、僧的歸順依附。
歸化、歸宿	歸化，轉換國籍。歸宿，結局、收場或女子的婚嫁。
誨人不倦	誨，教導。樂於教育人，而不覺疲倦。
風雨如晦	晦，夜晚、昏暗。比喻處於險惡環境中也不改變其操守。
峻嶺	峻，高大。
竣工	完工。
挈領	提起衣領。比喻行事能把握綱要。
掣肘	喻阻撓他人行事。
罄竹難書	罄，容器中空。罄竹難書，罪惡多端，非竹簡所能盡載。
磬	玉石製成的敲擊樂器。
委曲求全	壓抑意志勉強遷就。
委屈	受冤枉或屈抑。
影響	如影隨形，如響隨聲。
嚮往	傾慕而神往。
真跡	指書畫家本人的手筆，也指墨跡。對摹本、拓本而言。
形跡	舉止神色。
古蹟	指從前留存下來的文化遺蹟，包括風俗、信仰、人民等的遺留痕跡或紀念物等。
寒暄	暄，暖和。寒暄，應酬話。
喧賓奪主	喧，吵嚷。喧賓奪主，反客為主。
相形見絀	兩者互相比較，而益顯出其中一方的拙劣。常用為自謙之詞。
弄巧成拙	拙，不靈敏。
折服	以理說人，使人信服。
懾服	有所畏懼而屈服。
言不由衷	說話沒有誠意，心口不一。
熱中	熱心、執著。

讖語	預言。
懺悔	悔過。
蒐羅	蒐集網羅。
搜索	指法院或檢察官為防止被告藏匿證據物件及可以沒收之物件起見，簽發搜索票，對於被告之身體、物件、住宅或其他處所，而為搜索之強制處分。
褫奪	剝奪，奪去。
傳遞	遞，依次。
纂修	編輯整理。
撰述	著述。
藐爾	微小的樣子。
撮合	聚合歸攏。
挹注	本指取大器之水傾入小器之中。後用以比喻取有餘而補不足。
獎掖	幫助扶持。
反映	把客觀事物實質表現出來，或陳述轉達意見。如，反映民間意見。
反應	經由刺激所引起的一切活動。如，實施結果反應不佳。
贋品	假貨。
服膺	膺，胸膛。服膺，謹記胸中。
趨之若鶩	鶩，野鴨。趨之若鶩，像一群野鴨那樣飛跑過去。
心無旁騖	騖，馬亂奔馳。心無旁騖，專心一致。
好高騖遠	形容人不切實際而自命不凡。
睽違	睽，目不相視，即二目不能集中視線同視一物。睽違，乖違、分別。
揆情度理	揆，度量、揣度。
轉圜	圜，轉動圓體的器物。喻其改變迅速，進而引申出折衝挽回。
一齣	戲劇中的一段或傳奇中的一回。
一骨碌	翻身一滾，形容速度很快。
一鼓作氣	古代作戰，擊鼓進軍，擂第一通鼓時，士氣最盛。後比喻趁銳氣最旺盛的時候，勇往直前。
一點靈犀	舊說犀牛角上有紋，其兩端能感應通靈，故稱靈犀。比喻兩心相印。
一竅不通	竅，小穴。舊稱人心有七竅，一竅不通即比喻一無所知。
一蹶不振	蹶，跌倒。失敗之後，不能振作恢復。
一籌莫展	籌，計算的籌碼，引申為計策。比喻無計可施。
一顰一笑	顰，憂愁的樣子。一顰一笑，一蹙眉一開顏間的憂喜表情。
不分軒輊	車箱後重，前面高起叫軒；車箱前重，後面高起為輊。軒輊，今比喻高低、輕重。不分軒輊，即相比較的結果，不分高低。

不忮不求	沒有嫉妒心和貪得心。
不落窠臼	不落俗套,與世俗不同。
不絕如縷	比喻形勢非常危急。形容將斷未斷,細微悠長的樣子。
以鄰為壑	以鄰人所住的地方為溝壑,將自己家裡的水洩注到鄰人居住的地方。比喻只圖私利而嫁禍於人。
代庖	代替廚子做飯菜。比喻代人處理事務。
睥睨	眼睛斜視。
僭越	超越其本有的地位。
傾圮	坍毀,倒塌。
剽竊	抄襲別人的詩文、作品。
反唇相稽	以言詞表示不服或鄙視。
吆喝	高聲呼喝。
唆使	慫恿,指使。
唏噓	哀嘆。
唾手可得	做事之前,先將唾沫吐在手掌上。比喻事情很容易完成。
嗔怒	生氣發怒。
嘈雜	多種聲音混雜在一起。
嘍囉	舊稱強盜的部屬。
壅塞	隔絕阻塞。
慳吝	吝嗇,小器。
憑空臆造	隨意捏造,了無根據。
好整以暇	形容從容不迫的樣子。
懵懂	無知,糊塗。
扞格不通	固執成見,不能變通。
折衝樽俎	決勝算於杯酒間。比喻不用武力而能在宴會談判中制勝對方。後多用以泛指外交談判。
按部就班	指做事有層次,循序漸進。
捉襟見肘	衣服短小不能蔽體,形容貧困。今用以形容辦事時才力不足,照顧不周。
掃描	快速地瀏覽景觀或事物。利用電子裝置檢測資料或讀入圖象文字等。
掛一漏萬	考慮事情僅及一端,多所脫漏。
提心吊膽	形容心神驚懼不安。
描寫	如實敘述自然與人生現象,不加說明或批評。
搭訕	藉機交談。
撼動	感化,打動人心。

改弦易轍	比喻改變法度。同改弦更張。
究理	推求事物的原理。
斑駁	色彩相雜的樣子。
札記、劄記	把讀書的心得、體會或聞見所及，隨時分條記錄下來，累積成篇。
杞人憂天	比喻多餘、沒有必要的憂慮。
枵腹從公	枵，空洞、無內容。枵腹從公，空腹辦理公務，比喻忠勤公務，不顧私利。
楔子	填補空隙的東西，如木塞。古代小說的引子。
椽筆	如椽之筆。稱讚他人的文章或寫作才能。
樓子	糾紛、禍殃。捅樓子，引起糾紛。
毋庸置議	無須議論。
每下愈況	本指驗豬的肥瘦，只要驗豬的後腿下節處，便可知其肥瘦。每下愈況，意指每驗於下，狀況益顯。後人用此成語，多作每況愈下，指情況越來越壞。
毗連	地相連接。
沆瀣一氣	沆瀣，夜間的水氣、清露。沆瀣一氣，比喻氣味相投。
洋溢	充滿，盈滿遠播。
流連	貪遊戀樂而捨不得離開。
洩露	透露。指機密事情被傳出來。
浸淫	逐漸。浸漬、滲入。
浩浩蕩蕩	人眾簇擁、聲勢盛大的樣子。
炙手可熱	炙，烤燒。炙手可熱，比喻地位尊貴，權勢氣燄熾盛。
焚膏繼晷	夜以繼日，勤讀不怠。膏，油膏，指燈燭；晷，日光。
無稽之言	沒有根據、不可徵信的言論。
床笫之私	指閨房中的私事。
瓜代	本指瓜熟時赴戍，到來年瓜熟時派人接替。後因稱期滿換人為瓜代，相當於今日的交接。
畸零	零餘有失整理，不可區劃為井的田地。
疊床架屋	比喻重複、累贅。
瞠目結舌	瞠，張目直視的樣子。瞠目結舌，張大眼睛，說不出話來。形容驚訝恐懼的樣子。
磨蹭	比喻做事拖泥帶水，不俐落。
稟賦	天賦的體質和本性。
窈窕	悠靜美好的樣子。

笑逐顏開	形容春風滿面，喜形於色的樣子。
箋紙	信紙，題詩用的小紙。
紈褲	富家子弟所穿的服裝。後因稱出身富厚，不學無術的人為紈褲子弟。
紕漏	錯誤疏漏。
緘默	緘，裹束箱篋的繩索。緘默，閉口不言，保持沉默。
緝捕	搜查捕捉。
縷述	縷，絲線，細長的線。縷述，一一列舉，詳盡陳述。
言之鑿鑿	持論有根據，且有事實可以證明。
繾綣	牢結不離散。
罅漏	裂縫，漏洞。
罣礙	罣，懸掛。罣礙，佛家語，指令身心不自在的一切煩惱障礙。
詆毀	惡意毀謗破壞。
置若罔聞	雖有所聞，卻置之不加理會。
罰鍰	為行政機關處分的行政罰。
罰金	一種刑罰上的財產刑。
義憤填膺	由正義激發的憤慨，充滿心胸。
翻筋斗	身體陡然倒轉，然後恢復站立。
耄耋	年壽高。也指老年人。
耽擱	延擱，遲滯。
聒噪	吵鬧不停。打擾。
股慄	大腿顫抖。形容恐懼萬分。
胼手胝足	因勞動過度，手腳皮膚久受摩擦，生出厚繭，在手是胼，在腳是胝。形容不辭勞苦，努力工作。
舐犢	老牛以舌舔小牛。比喻父母篤愛子女。
良莠不齊	好壞參差不齊。
莫名其妙	不知道是什麼緣故。指責人言行荒謬、不講理。
藉口	借用別人的話，作為自己論說的依據。後用為假託理由。
蜂擁	人多擁擠，如蜂之聚集。
蜚短流長	蜚，蟲名，食稻花之害蟲，使稻穗不實，形如蚊，青色，且能發惡臭。蜚短流長，流傳於眾人之口的閒話。
螢光幕	狹義指電視機上的銀幕，廣義則指凡能體現電影、電視、雷達或其他影像的玻璃鏡面。

二、精簡扼要❷

問題舉例	修　正
立院第三次會議落幕，緊接著將在四月底又要開動以國會改革為重點的修憲列車。	立院第三次會議落幕，接著在四月底開動國會改革修憲列車。
總統昨天出國訪問，副總統親自到機場送行。	總統昨天出國訪問，副總統到機場送行。「親自」可刪除。
他同時也進一步指出，	他並指出，
成功國小昨日舉行校慶活動，由該校校長親自主持。	成功國小昨日校慶，由校長主持。
他決定前往南投的日月潭參觀。	他決定參觀日月潭。
臺北市政府決定於星期五那天開會決定。	臺北市政府週五開會決定。
眾人對這件事情表示感到十分地氣憤。	眾人對此事感到十分氣憤。
警察局將舉行會議加以討論。	警察局將開會討論。
總計會議時間長達兩個小時之久。	會議達兩小時。
他自己本身很自愛。	他本身很自愛。「自己」可刪除。
他在學校裡非常努力用功學習。	他在學校裡非常努力。
他無論做了多少事情，總是永遠不說一個苦字。	「總是」與「永遠」重複。
在某天晚上的黃昏時候他來了。	在某天的晚上他來了。
你已經有吃過飯了嗎？	你吃過飯了嗎？
他卻偏要如此。	他偏要如此。
這是經過內部的精湛洗練藝術手腕的歷程造成的。	這是經過精湛藝術手腕造成的。
要求有關單位成立一個專案小組處理。	「一個」應刪去。非必要時，不用「這個」、「這一」、「此一」、「一個」等定冠詞。
政治大學昨天舉行校慶，由該校校長主持。	「該校」可刪去。
今天起辦理報名手續。	今起報名。
定期舉行比賽。	定期比賽。

❷　謝邦振，2001: 23–25；彭家發，1986: 422–429；蔣建文，1995: 26–29；沈征郎，1998: 164–165；馬西屏，1988: 151–152。

飛駝隊在進攻方面，完全占盡優勢。	飛駝隊在進攻方面，占盡優勢。
所有那些在此次車禍中受傷的傷者，都將獲得賠償。	所有傷者，都將獲得賠償。
臺中市府市務會報昨天一項會議決議。	**「一項會議」** 可刪去。
辦理有關善後事宜。	辦理善後。
遠東百貨公司昨天正式開幕。	**「正式」** 可刪去。
這項展覽昨天起開始展出。	**「開始」** 或 **「起」** 擇一使用。
邀集具黨代表身分者舉行座談。	邀集黨代表座談。
一定會將黨代表們的意見收集反映給中央。	將黨代表意見反映中央。
四年達成技職教育全面升級的計畫目標。	技職教育四年內全面升級。

　　以下再提供一則新聞稿（黃玉峰，1998: 20–23），原稿累贅重複，字數冗長，不僅讀者閱讀辛苦，也浪費珍貴版面，經過刪減精簡後，修正稿簡潔、流暢，可讀性大增。

原稿	【本報記者○○○／墾丁報導】英籍生態學者珍·古德博士，昨日在總統李登輝先生親自陪同下，蒞臨墾丁國家公園參觀訪問，到訪的貴賓珍·古德博士以感性的口吻表示，李總統對環境及野生動物的關心令她感動，並感謝在臺期間大家熱忱的招待，能與總統李登輝同遊墾丁，是她最大的榮幸。 昨日是英籍生態學者珍·古德博士，在臺訪問期間實際走出戶外所安排的行程，而且是在總統李登輝的親自陪同下成行，昨日的行程是一趟既知性又感性的生態之旅，墾管處安排了臺灣梅花鹿復育及墾丁森林遊樂區臺灣獼猴的重要棲地等，供珍·古德博士與李總統參觀。 昨日上午十時，英籍生態學者珍·古德博士，在李總統等一行的陪同之下，抵墾管處遊客中心，未進行簡報介紹前，珍·古德博士委託新聞局，製作了一面感謝狀，感謝李總統對環境及野生動物的關心。 珍·古德博士說，這也加深她對地球未來所懷抱的希望，對於李總統對生態保育的支持，請接受她最由衷的謝忱，盼藉由她與李總統的一起努力，能提供地球萬物更好的生存環境。 總統李登輝也向珍·古德博士表示，他在美國的母校康乃爾大學有一個以他之名而設的「李登輝講座」，李總統說，未來幾年他退休後，希望珍·古德博士一起到此講座，講授她一生從事生態研究的心得與大家分享，對於此消息李總統說，昨日他才正式地向珍·古德博士邀請。 接下來在墾管處長張和平，針對目前墾丁國家公園的生態及保育現況，做了簡短的報告後，李總統及珍·古德博士一行隨即轉往墾丁森林遊樂區，實地走訪國內唯一作為原生臺灣獼猴的棲地，由於當時接近中午所以沒有見到臺灣獼猴，沿途李總統也主動地與外地來的遊客寒暄打招呼。 下午二時，李總統及珍·古德博士一行，繼續前往墾管處社頂梅花鹿復育區，參觀最具成果的梅花鹿復育情形，當成群且野性十足的梅花鹿出現時，李總統臉

	部表情明顯流露出滿意的神情,他更頻頻向身旁的師大教授,也是梅花鹿復育計畫的主持人王穎,探詢水鹿在臺灣目前分布的現況。
說明	上面這一則報導,文長約八百字,分成七段,前三段都有「英籍生態學者珍‧古德博士」這十二個字。使用「珍‧古德博士」這六字者,合計十二次,以致在全文中但見這兩種稱呼密密麻麻地分布著。 其次,文中使用「總統李登輝」五字的次數合計四次。「親自陪同」用了三次。「昨日」這兩字用了五次。 這樣不必要地重複使用文字,實在浪費版面。其實,在這一則新聞中,「英籍生態學者珍‧古德博士」這種稱呼,適用在第一次使用時。第二次以後使用時,直呼「珍‧古德博士」即可,或者以「她」字代替。提及元首時,為尊重起見,應寫成「李登輝總統」,不寫「總統李登輝」。第二次以後提及時,可寫成「李總統」或以「他」字替代。珍‧古德博士墾丁國家公園之行,本來就是李總統邀約並「親自陪同」的,文中交代一次即可,用不著使這種字眼出現三次。至於「昨日」,重複出現五次,甚至在一小段裡出現兩次,這都是多餘,只要一次就夠了。「目前……的現況」在第六段出現兩次,「目前」就是「現」,所以,「目前」這兩字是累贅。「臺灣獼猴」出現三次,尤其是第六段重複寫了兩次,最後一次出現者可以刪掉「臺灣」兩字。 太多累贅重複文字,充塞在新聞或特寫稿中,會使明明是精采的報導題材,沖淡可讀性,產生閱讀的疲勞感,這對讀者形同虐待。 經過修改後,比原稿減少兩百多字,而新聞表達的內容沒有改變,讓讀者減少閱讀累贅文字的負擔。如此「精寫」,讓讀者減少閱讀疲勞,增進吸收資訊效果,可說是「做功德」。
修正稿	【本報記者○○○／墾丁報導】英籍生態學者珍‧古德博士,昨日在李登輝總統陪同下,到墾丁國家公園參觀訪問。這位貴賓以感性的口吻表示,李總統對環境及野生動物的關心令她感動,並感謝在臺期間大家熱忱的招待,能與李總統同遊墾丁,是她最大的榮幸。 這是珍‧古德訪臺期間走出戶外的行程,也是一趟既知性又感性的生態之旅。墾管處安排了臺灣梅花鹿復育及墾丁森林遊樂區臺灣獼猴的重要棲地等,供她和總統參觀。 上午十時,一行人到達墾管處遊客中心。在聽取簡報前,珍‧古德把事先委託新聞局製作的一面感謝狀送給李總統,感謝他對環境及野生動物的關心。她說,臺灣行加深她對地球未來所懷抱的希望,也由衷感謝李總統對生態保育的支持,盼藉由共同努力,提供地球萬物更好的生存環境。 李總統表示,他在美國的母校康乃爾大學設有「李登輝講座」,未來幾年他退休後,希望珍‧古德一起到這個講座,講授她從事生態研究的心得,與大家分享。 墾管處長張和平就國家公園的生態及保育現況,做了簡報後,李總統和珍‧古德等轉往墾丁森林遊樂區,走訪國內唯一作為原生臺灣獼猴生態研究的第三區,

繞了一小圈，了解獼猴棲地，由於時近中午，沒見到獼猴。一路上，李總統和遊客寒暄打招呼。

下午二時，一行人繼續前往墾管處社頂梅花鹿復育區，參觀最具成果的復育情形，當成群野性十足的梅花鹿出現時，李總統臉上流露出滿意的神情，頻頻向身旁的師大教授——梅花鹿復育計畫主持人王穎，探詢水鹿在臺灣的分布現況。

三、措詞審慎

有些不合時宜或不妥當的遣詞用句，應該不用或少用（沈征郎，1998: 167–168）。

1.謹慎使用「唯一所見」、「最大規模」、「空前絕後」、「獨一無二」、「絕無僅有」、「難得一見」等形容詞。因為這些過於極端的形容詞，往往很難查證真實性為何。

2.少用「最」、「甚」、「極為」等形容詞。

3.少用「首次」、「第一」，必須查證清楚。

4.少用「予」、「予以」。例如，「不予同意」應改為「不同意」；「正予以密切注意」應改為「正密切注意」；「決定予以收回並予拆除」應改為「決定收回拆除」。

5.用文字描述人、事、物，一定要兼顧時代感及當事人感受。五十歲的女嫌犯，千萬別寫「張女」，要用「張婦」。五十歲的人不宜用「老」形容，七十歲以上才算「老」。

6.除總統「訓示」外，不用「訓」字，而以「指示」、「講話」、「致詞」、「講詞」一類詞語代替。「謁」字、「晉」字亦然，一般場合可用「拜會」、「拜訪」、「會見」詞語代替。另外，「頒」，是上對下的意義，不可濫用；「親臨」、「蒞臨」，通常只適用於國家元首及行政首長。

四、留意語法

中文有中文的語法，新聞寫作卻常摻雜英文語法，應該避免（聯合報編

輯中心，1998: 19–20；馬西屏，1988: 30–31）。

1.「將」。語體文，不用此字表示時態。例如，「交通部明天召集相關單位，討論解決高速公路十八標拓寬工程問題」，不要寫成「交通部明天將召集相關單位」，因「明天」代表時態。新聞寫作能不「將」就不「將」。

2.「已經」。中文的完成式，不必靠「已經」表達。「總統昨天指示緊急進口禽流感疫苗」，不用「昨天已經指示」。

3.「曾經」可以用「過」代替。如「她在三天前曾經見到兇嫌」，可改成「三天前她見過兇嫌」。

4.「被」。中文也有被動式，如「被人欺負了」、「給人欺負了」、「教人戲弄了」、「為利所迷」、「挨了一記耳光」。但中文不太用「被」字描述被動式，硬寫成「被」式的中文都可改成純中文，「她被許可赴美」，可改成「她獲准赴美」；「條文被修改為」可用「條文修改為」。

5.「遭」具有無辜受害之意，如「遭劫」、「遭強暴」、「遭車撞」、「遭槍擊」、「遭刺死」、「遭拒捕」、「遭毆打」等。「被」則具中性之意，如「被控告」、「被起訴」、「被判刑」、「被槍決」。前面的「遭」可用「被」取代，但後面的「被」絕不能用「遭」取代。

6.少用「地」。

五、注意西化句子

西化的句子對中文寫作影響甚深，記者在寫作時也難免犯此錯誤，必需特別提防。

1.臺北市的交通有不少問題存在。「存在」可刪去。

2.南迴鐵路通車後，它將有助於東部開發。「它」可刪去。

3.在這一個段落中。「在」可刪去。

4.臺大醫院的醫師們，一致拒絕試用這種新藥。應改為「臺大醫院的醫師，拒絕試用新藥。」

5.作為期五天的訪問。應改為「訪問五天」。

6. 不久之將來。應改為「即將」。

7. 李白是中國最偉大的詩人之一。應改為「李白是中國的偉大詩人」。

8. 季辛吉將主要被記憶為一位翻雲覆雨的政客。應改為「在後人的記憶裡，季辛吉只是個翻雲覆雨的政客。」

六、慎用本土語言

隨著解嚴後本土運動的高漲，本土語言逐漸在新聞寫作中嶄露頭角，最大的優勢在於親切，以民眾日常使用的言語打動人心，尤其是巷弄口傳的俚語，往往更能詮釋所要傳達的意思（馬西屏，1988: 166–173）。

例如，地方選舉文宣和口號，大量使用本土語言和俚語，目的就在貼近選民，營造親切形象。以前一直是「懇請惠賜一票」，現在變成「望您牽成」。再如，「好厝邊」當然比「好鄰居」親切。大體上，在地方新聞寫作上，就較為適合使用本土語言。特別是一些軟性的、鄉情的、鄰里的、花邊的，以及鄉土人物的刻畫，感人事蹟的描寫，使用本土語言寫作往往更顯親切，可讀性更高。另外，如果消息來源是以閩南語說出，記者為如實傳達現場場景，以直接引述表述，這時就應保留閩南語，不應改成國語。不過，新聞寫作本土化應該避免低俗，否則不但無法達到親切的效果，反而破壞了報紙品質（馬西屏，1988: 166–173）。

第二節　新聞寫作體例

一、第三人稱、第一人稱敘述

傳播學者曾試圖歸納客觀性新聞報導在寫作上的一些形式要件：(1)以倒金字塔式報導，在首段（導言）摘述基本事實；(2)以「六何」(Who, What,

When, Why, Where, How) 來報導；⑶以第三人稱（語氣）來報導；⑷強調可以查證的事實；⑸不採取立場；⑹至少表達新聞故事的兩面（彭家發，1994：164）。

　　大體上，無論是撰寫純淨新聞、解釋性報導、深度新聞報導、調查性報導、精確新聞報導，都是使用第三人稱敘述方式。例如（楊毅，2013）：

　　　　十二年國教即將於明年上路，但國科會主委朱敬一昨天在一場校園演講中示警，最近他在路上看到補習班廣告上寫著「十二年國教我們準備好了」宣傳語，他感到十分諷刺及擔憂，代表臺灣離教育正常化還有一段距離，「如果補習班準備好了，就表示國家還沒準備好」。（對）

　　　　十二年國教即將於明年上路，但國科會主委朱敬一昨天在一場校園演講中示警，最近我在路上看到補習班廣告上寫著「十二年國教我們準備好了」宣傳語，我感到十分諷刺及擔憂，代表臺灣離教育正常化還有一段距離，「如果補習班準備好了，就表示國家還沒準備好」。（錯）

　　但是，如果為了凸顯受訪者現身說法，讓讀者有親歷其境、感同身受的感覺，新聞寫作有時也可以使用第一人稱報導方式。例如（徐國淦，2003：A6 版）：

　　　　今年十月二十一日，嘉義縣新港農民抗議穀價慘跌，籌組「農民爭生存自救會」，短短一個多月，成員已跨出嘉義縣，向全省擴散。正當各地稻穀跌到不敷成本，臺北街頭也陸續出現三顆反稻米進口的示威炸彈。蟄伏許久的農運，似有再度激揚的現象。

　　　　「阿扁當總統，我們以為『佃農之子』一定了解農民辛苦，沒想到農民生活越來越差。」自救會長楊宗耀說出農民的苦楚。

　　　　他說，日來的稻米炸彈事件，僅是冰山一角，農民已至忍無可忍。他批評，農民權益已在政治人物的操縱下成了犧牲品。以下第一人稱摘錄記者對他的訪談。

　　　　民進黨執政三年多，我們縣長也是民進黨籍。然而，自救會成立以來，從中央到地方，始終不聞不問，卻有民進黨人士罵我們「唱衰臺灣」。老實講，我們沒有能力唱衰臺灣，卻是民進黨在看衰農民、吃定

農民。

　　我們十月卅日坐車去立法院陳情，國民黨籍的立委劉政鴻、卓伯源、林益世、李雅景，以及無黨籍的陳文茜，攏有到現場給我們關心；但是民進黨立委卻只有林國華一人到場，他恬恬從頭至尾沒開口講過一句話。我們嘉義縣四位立委中，有三席是民進黨，有兩位是民進黨中執委，且都是阿扁正義連線核心，他們咁有關心過阮農民？

　　我還記得，陳情那天，農委會派戴振耀、李健全兩個副主委出席。我向戴振耀說：「過去你們罵國民黨不照顧農民，如今執政了，農民還是沒有受到照顧，你們做官的要有一點良心。」戴振耀只是一句句「失禮，失禮」，沒有下文。李健全還罵我們「非理性抗爭」，官僚霸氣十足。

　　再如，以九二一地震受災戶劉家汶遭遇的報導，說明使用第一人稱報導，可以拉近與讀者的距離，更讓讀者有親歷其境、感同身受的感覺（林上祚，2013）：

　　九二一地震發生時，我家人生活比較苦，母親為賺取額外收入，水果攤生意做完，晚上還得做家庭手工。當晚是二姐把我搖醒的，我跟二姐聊了好多，那時候已經有家人走掉的心理準備，「或許父母辛苦一輩子，走了以後就不用這麼辛苦了……。」

　　九二一地震發生時，位於臺中大里的「金巴黎」社區是全國死亡人數最多的單一大樓，與「台中王朝」大樓是大里當地災情比較嚴重的。那時我才五年級，大地震奪走我的雙親與大姐和弟弟，我的右腿壓在水泥塊下，被迫截肢求生。

　　我在醫院足足待了半年，後來叔叔收養，我轉學到大里瑞城國小，轉學以後，我曾經主動問過同學，他們雖然也是受災戶，但印像中沒人跟我一樣，父母都在地震中過世。

　　我現在個性跟地震以前差好多，以前我就像「大姐大」一樣，很自我、很衝，走到哪，就把弟弟帶在身邊，我和弟弟年紀小爸媽比較疼，倖存的二姊原本是跟大姐一掛的，地震時她的傷勢較輕，沒有到截肢地步，現在我凡事都會先想過。九二一後，我跟二姐的感情也變好。

二、新聞寫作長度

為了因應目前各媒體「精寫精編」的要求，一般純淨新聞大體控制在三百字至六百字為宜。重要新聞可作為頭題或者二題者，長度可較長，但仍需控制在一千字左右。至於導言長度以一百字以內為宜（沈征郎，1998: 164–165）。每段以安排一至三個句子、字數以二百字左右為宜。

新聞寫作的長短不以字數為衡量標準。如果三百字可把新聞敘述清楚，卻用了四百字，這四百字就是太長。如果用一千五百字敘述一重要新聞，減一百字會影響內容，則這一千五百字不算長。新聞寫作要求精簡，而非簡寫（聯合報編輯中心，1998: 16–17）。

三、訊頭規定

一九八七年報禁解除前，國內報紙一般新聞報導基本上是不署名，除非撰寫特寫或者評論稿時才加以署名。報禁解除後，為了強化記者責任制，記者署名規定逐步普及，目前除了在保護消息來源刻意不署名外，此一規定已普見各報。

新聞報導署名制有下列數種，由於國內報紙訊頭規定不一，茲以《聯合報》制式規定說明（聯合報編輯中心，1998: 15）。

1. 【記者何旭初／臺北報導】
2. 【記者江中明／綜合報導】
3. 【記者陳鳳馨、雷顯威／連線報導】
4. 【記者梁玉芳／專訪】
5. 【記者汪文豪／報導】
6. 【記者李彥甫／調查報導】
7. 【記者杜建重／攝影】
8. 【紐約記者傅依傑／二十日電】

9. 【東京特派員陳世昌／二日電】

10. 【特派記者汪莉絹／北京報導】

11. 【記者李春、劉雲龍／北京－香港報導】

12. 【編譯朱邦賢／綜合新德里二日外電報導】

13. 本報記者　陳承中（特稿署名）

四、人名、職稱、頭銜交代方式

人名、職稱、頭銜絕對務求正確，若有錯誤除了對受訪者不尊敬外，也將遭到讀者質疑新聞正確性，進而影響報譽，輕忽不得（聯合報編輯中心，1998: 16–17）。

1. 第一次提到某一人物時，應寫出其職銜或身分，並用全銜全名，不可一開始就用簡稱。第一次提及職稱、頭銜時，寫在人名之前。如「聯合國祕書長潘基文」，不是「潘祕書長」；只有元首例外，以示尊重，如「歐巴馬總統」，不寫成「總統歐巴馬」。第二次提到某人物時，除了總統、副總統仍需寫出職稱、頭銜外，其餘人物直呼名諱即可。通常在姓名之後不加「先生」、「小姐」或「女士」。

2. 不要給人的頭銜、職稱亂升等。教授、副教授、助理教授、講師，研究員、副研究員、助理研究員，都有一定的資格規定，如果給人胡亂升等，這種空名對當事人沒什麼好處，而他的同事可能覺得好笑，或說此人自我膨脹過頭。同時，不要隨便簡稱，例如將助理教授簡稱為助教。

3. 不替人濫加封號。如動不動稱對方為「大師」、「大員」、「耆宿」、「大老」、「權威」或「專家」等，這些頭銜不輕易使用。博士可用來作頭銜，如李遠哲博士，但碩士和學士則不用。

4. 外國官員的譯名以外交部公布為準，無譯名或非官員人名，原則上以中央通訊社代編輯人協會所發的統一譯名為準。

5. 外國的人名、地名、科技名詞、網址等，無法翻譯成中文，或很少見，必須附上英文時，都採橫排。

五、交代消息來源方式

新聞稿中交代消息來源方式，如果通篇都是 「他指出，……」、「他表示，……」，讀者閱讀必定深感呆板、疲倦，因此可以使用不同表述方式，使整篇報導有變化（沈征郎，1998: 160–161）。

1. 東海大學中文系主任吳福助昨天說，
2. 吳福助在座談會上表示，
3. 談到某件事，他認為，
4. 他強調，
5. 吳福助幽默地說：「○○○○○○○。」
6. 這位國學專家指出，
7. 他主張，
8. 這件事引起討論，據他了解，
9. 為了化解學術界的這場論戰，吳福助語重心長地說，
10. 他建議，

六、地名及機關名稱用法

地名及機關名稱用法，使用時務必謹慎 （聯合報編輯中心，1998: 18；沈征郎，1998: 174–175）。

1. 地名不能弄錯，如把 「雲林」 誤作 「員林」。新聞中第一次提到地名時，應寫出縣市。例如：「臺北市」 文山區、「高雄市」 前鎮區等。外國地名第一次提及時，除大家所熟知的，應寫出國名或區域，如 「約旦河西岸城市希布倫」、「瑞士洛桑」。
2. 新聞中第一次提到機關，應用全稱。如 「行政院國家科學委員會」，之後再提及可用簡稱 「國科會」。記者不要亂造簡稱，如稱內政部為 「內部」。
3. 重要外交名稱第一次出現時，一律以括號加註原文，第二次以後則用

譯名或簡稱。例如，第一次寫「石油輸出國家組織 (OPEC)」，第二次則寫 "OPEC"；再如，第一次寫「皮爾卡登 (Pierre Cardin)」，第二次寫「皮爾卡登」。

七、直排數字、單位寫法

目前國內綜合性報紙，如《中國時報》、《聯合報》、《自由時報》等的第一疊版面，包括要聞、政治、綜合、國際、兩岸等版，多數仍採直式編排，記者在撰寫數字、單位時，需考慮所屬版面編排型式。大體上，直排版面的數字、單字寫法如下：

1.文章內數字不用阿拉伯數字，盡量用國字。

2.數字之寫法依口語習慣，如億、萬、千、百、十單位，寫為「三億五千萬元」、「三千五百六十八人」。

3.貨幣要註明種類，並置於數字之後，例如：五十萬美元、五十萬日圓、英鎊、歐元、港幣等。新臺幣一般寫法不必加註幣別，僅寫五十萬元即可。

4.百分比之表達方式，一律使用數字寫法，例如：二○％ 或三三％，而不採用百分之二十或百分之三十三，也不用 20% 與 33%，以求簡潔。"%" 符號一律使用全形字。例如，全國就業人口，男性占五五％、女性占四五％。

5.數字寫法應注意，將阿拉伯數字轉換成中文，正確寫法為：二○％、一五％，錯誤寫法為二十％、廿％、十五％。

6.有關百分比的增減如成長率、利率的增減，以「增加百分之一」、「減少百分之二」表示，不用「增加一％」、「減少二％」表達。

7.新聞內容須分項列舉時，順序及格式如下：一、二、三、……；各大項再分為㈠㈡㈢……。

八、橫排數字、單位寫法

早期國內報紙採用橫式編排者，以財經、民生專業報居多，目前一些綜

合性報紙的財經、民生、消費版等也開始跟進，記者在撰寫數字時應考慮所屬版面編排型式。大體上，橫排版面的數字、單位寫法如下：

1. 0–9 均以全形處理，例如：0、1、2、……9 等。

2. 凡 10 以後以半形鍵之，例如：10、22、89、135、4972、76543……等。

3. 統計數據的寫法如 13 億 2 千萬人、8 萬 5 千元、159 萬 4038 公里等，盡量以兆、億、萬等單位表達，如 13 億 2 千萬人不宜寫成 1320000000 人，千人以下則全數用數字表示，如 4599 位，不必寫成 4 千 599 位。

4. 百分比方面，% 以全形處理，如 7%、36%；至於有小數點者，如 8.3%、54.6%、5.29%、69.78% 等，數字為半形，% 為全形。

5. 成數、倍數部分，數字方面使用全形處理，如 5 成、3 成 7，如果超出 9 以上，則以半形為之，如 10 倍。

6. 年曆方面寫法，如 1998 年、公元 5 世紀、民國 95 年。

7. 排序仍以國字呈現為宜，如第一名、第四會議室。

8. 日期以阿拉伯數字表示，如 7 月 7 日、11 月 8 日、1 月 25 日；時間亦然，如上午 9 時 3 分、下午 5 時 42 分，或 17 時 3 分。

9. 週曆數字仍以國字表示為宜，如週六、星期三。

九、數字、單位

數字使用必須正確，而使用的數字亦應有新聞理解上的意義。各分項數字必須與總項相符。新聞中常用的數字略述如下（聯合報編輯中心，1998：20–22）。

1. 選舉：主要有投票率、政黨得票率、政黨當選率。這些數字還可以選區細算。一般而言，選舉結果的數據，到小數點第一位即可。開票當晚即盡可能取得或自行算出正確的數據，發稿時應註明資料來源，以及「如有出入以選委會公布為準」。

2. 利率：在新聞行文中，百分比數字寫成如「調降百分之五」，不寫「調降五%」。各利率之間的差距，可寫如「增加零點零五個百分點」。使用行話

時，第一次應括弧引述，如「調降一碼」（零點二五個百分點）。

3.地震：報導地震常弄錯數字，如「芮氏地震儀規模五點六地震」，不應寫成「芮氏地震儀五點六級地震」，因為規模是能量；地震還分強度，如「花蓮三級地震」、「宜蘭五級地震」。

4.颱風：報導颱風動態有幾個要素不能少：行進速度（公里）；暴風半徑（公里）；各級暴風半徑；中心最大速度（如中心最大風速每秒三十八公尺，相當十一級風）；瞬間最大陣風（如瞬間最大陣風每秒三十八公尺，相當十三級風）。中心位置要標出經緯度，與臺灣的距離關係。

5.某些運動項目的成績是不能任意更動的，因為選手「偉大的進步」就在零點零幾秒，如一百公尺跑十五秒五〇，不能去掉最後一位數，因這位選手上次紀錄可能是十五秒五二，進步零點零二秒。而採用小數點幾位計算成績，也因計表手動或電動而有異。

6.遵守專業領域中數字使用的特殊規定：例如，人口出生率皆以「千分之〇〇」為計算標準，不可改為百分比。

7.度量衡方面，盡量採用公制：例如，公尺（非「米」）、公分（非「釐米」）、公釐（非「毫米」）。英里（非「英哩」或「哩」）、英尺（非「英呎」或「呎」）、英寸（非「英吋」或「吋」）。使用「海里」，不寫「海浬」或「浬」；寫「碼」，不寫「英碼」；寫「磅」，不寫「英磅」。至於英國的貨幣為「鎊」，不是「磅」。

十、日期與時間

日期與時間看似小事，但如遇停水、停電、施工、球賽等民眾、讀者關切的事情，寫法就務求準確、統一（聯合報編輯中心，1998: 23；沈征郎，1998: 169–170）。

1.記述國內事情，使用中華民國年曆，不用公元紀元。

2.見報日當天及第二天的新聞日期，寫「今天」、「明天」；第三天以後，則以月曆日替代。

3.「昨天」、「今天」、「明天」的寫法，應在寫稿時以見報日為準。除此之外，應直接寫明日期，不寫「後天」、「大後天」或「前天」、「大前天」，也不用「星期五」或「上星期一」等等。

4.指某一期間，應以文字書寫清楚，不用破折號。例如，「自民國三十五年至三十八年」，不能寫成「自民國三十五年──三十八年」。

5.說一個「星期」、「一週」，不用一個「禮拜」；也不用「禮拜二」。

6.上午八時前可說「晨」、下午六時後可說「晚」、早上八時至十二時前為「上午」、十二時正至一時前為「中午」、午間一時至六時前為「下午」、晚上十時以後為「深夜」、十二時起為「凌晨」，一時以後至六時為「翌日清晨」。截稿後時間用「今日凌晨○時」。

7.記年月日不用阿拉伯數字，七十二年九月十六日不寫成「72、9、16」。

8.注意日曆年度、學年度的不同。例如，九十四學年度，是自九十四年九月一日至九十五年七月一日。

十一、標點符號

標點符號的使用務求精確。精確的標點符號可使文章段落清楚，文意明晰，並產生節奏感。使用不當，會扭曲、甚或弄反文意，文章讀起來也會鬆垮無力，因此必須把標點符號的運用當作文章的一部分經營。茲依常用標點符號舉例說明（聯合報編輯中心，1998: 23-28）：

1. 逗號（，）

用在文意未結而需要停頓的地方，是句子的隔斷、讀斷符號，可使句子的意思清楚、閱讀方便。例如：總統表示，掃黑是治安首要工作，必須持之以恆。

2. 句號（。）

用在文意已結束的句子後面，表示這句話的意思表達完畢、語氣完結。例如：總之，醫藥分業的出發點和善意目的，都值得社會支持。

3. 問號（？）

用在疑問句的末尾，表示懷疑、發問或反問。但間接的疑問、沒有問話口氣的，不能用問號。例如：

> 女大學生上成功嶺受訓，你贊成嗎？
> 我講得這麼清楚，你還不明白？
> 既然大家同等待遇，為什麼她可以例外？
> 請你告訴我，他來不來。（不用問號）
> 我不懂你為什麼要傷我的心。（不用問號）

4. 分號（；）

分號是很難運用得恰當的標點符號，用得不妥會弄擰文意，在複雜的行文中，如無把握，乾脆用句號。分號使用原則可歸納為幾項：用在長句包含並列的短句或複句中間；兩個以上的句子，在文法上沒有連接，但語氣與意思是相接的；句中有平列或對等的句子。例如：

> 迪里夏轉述，世界維吾爾代表大會主席熱比婭也非常關切此事，熱比婭呼籲，中國當局應保持克制，立即停止系統性的鎮壓政策；她也說，十分擔心中國會利用這起事件在新疆展開新一波鎮壓，導致更多人失去自由（周佑政，2014）。
> 食物類上漲 3.78%，如蛋類、肉類、水產品及水果分別漲 18.17%、12.18%、8.30% 及 4.02%；另調理食品及外食費分別漲 4.21% 及 3.96%，僅蔬菜價跌 2.04%，抵銷部分漲幅（林孟汝，2014）。

5. 冒號（：）

總起下文或總結上文，表示前後句的語意相等；也用在正式提引句之前，表示後邊是提引的話。例如：

> 會議共有三項結論：擴大稅基，但不提高稅率；嚴格查稅，逃稅高罰；重新劃分中央地方稅，健全地方財政收入。

6. 引號（「」、『』，前為單引號，後為雙引號）

句中單獨使用引號時，都用單引號。一是，這句話或這個字辭指涉特殊的意義，例如：

　　日本首相安倍晉三回鍋以來的首要任務是振興經濟，「安倍經濟學」使他的支持度飆到七成，不過，華爾街日報指出，安倍最近正把焦點從經濟轉向軍事，他的政府紀念從美國結束占領的「主權恢復日」，是為了修改由美國起草的日本「和平憲法」，為日本的軍事崛起鋪路（田思怡，2013）。

　　二是，伴隨近年來兩岸交流密切發展，大陸特定用語、詞彙也經常出現在臺灣傳媒新聞報導中，例如：

　　大陸海協會長陳德銘接受本報系專訪時表示，臺灣在創意、設計、技術引進等方面具有優勢，大陸以加工生產、資本等見長，兩岸應當「抱團」（合作）共同面對經濟全球化的挑戰，讓兩岸產業發揮零加零大於一的效應（林則宏，2013）。

　　三是，新聞寫作不用書名號，所以用引號代替，例如：暢銷書系「哈利波特」陸續被拍成電影上映。

　　值得注意的是，直接引句與間接引句是最難分辨與使用的，在新聞寫作裡，除非必要，千萬別通篇使用直接引句，即：「……。」型；如果在引句中還要用引句，則採用單引號裡使用雙引號的原則。

　　歐巴馬總統說：「我作為美國的總統，捍衛國家的主權責無旁貸。」（直引，對）
　　歐巴馬總統說，我作為美國的總統，捍衛國家的主權責無旁貸。（間引，錯）
　　歐巴馬總統說，他作為美國的總統，「捍衛國家的主權責無旁貸」。（間引，對。要注意，間引時，句點置於引號外，直引時置於引號內。）

　　事實上，各種引述方法何優何劣難定，原則是這句話的分量在新聞中有

多重，記者認為分量重，就用直引句，如果分量不很重要，就用間引句。另外，寫新聞不像寫小說，不斷地使用直引、間引句，反讓人看不懂。但在特寫或專訪中，適當地使用直引句，會使文章讀起來生動有力，唯需鋪陳情境，凸顯話與話中的關係，光靠直引句是無法達到妙境的。如果不能熟練地使用直引句，乾脆用間引句或第三人稱的寫作方式，免得整篇文章到處是引號，令人厭煩，讀起來冗長無勁、不知所云。另外，對話式的直引句，在新聞寫作中少用。

7. 驚嘆號（！）

表示重大強烈情緒或願望，或是表示加強語氣的命令、斥責、招呼。但情緒不強烈，願望、命令或招呼的程度比較緩和的，就不用驚嘆號，否則會失去驚嘆號的效果；至於雙驚嘆號，在新聞寫作中絕不可用。

8. 頓號（、）

用以分開並列的同類詞，使閱讀分明，例如：國立臺灣美術館六日起展出古玉、陶瓷、水晶民間收藏品八十件。用在表示次序或數字之後，例如：一、二、三，或甲、乙、丙。頓號用在句子裡是隔斷力最小的符號。

依頓力的長短區分，句點頓得最長，冒號次之，分號又次之，逗點已經很輕了，但頓號頓得最短。這幾個標點符號往往可以相互替代而不損文意，運用之道在於作者希望文章讀起來是一氣呵成，或是舒緩有致。

9. 夾註號（括號）（( )、【 】）

用在說明或註釋部分的上下，新聞中盡量不用。

10. 破折號（——）

用在語氣忽然轉折而不銜接的地方。有時可以代替夾註號，在其下寫出說明或註釋的話。也可用來代替引號，其下寫出提引的語句。但這幾種功能，在新聞寫作中能不用就不用。破折號另一項功能是代替文字「至」，如臺北—高雄線。

11. 刪節號，用六點（……）

用以表示未完、省略或刪節。在新聞中少用，因為新聞寫作力求清楚明白，可刪之處即表示無甚意義，則多此符號何用。

12. 音界號（・）

用在外國人名音譯成中國文字的姓氏與名字之間，以便讀者識別。

十二、圖　表

記者採訪與寫稿時，要常想到文字、照片以外的配置。圖表不但能美化版面，對複雜的數據比較、歷史沿革、大事紀、或事件發展最能收一目了然之功。使用圖表應注意（聯合報編輯中心，1998: 23）：

1. 圖表有新聞閱讀及運用上的實際意義。
2. 簡明而實用。
3. 輔助新聞，但不與新聞內容重複。
4. 及早做好草稿通知美編，以利作業。

第三節　新聞攝影守則

一、新聞攝影作業注意事項

新聞攝影 "photojournalism" 一詞出現在一九四〇年代，美國新聞理論工作者結合 "photo"（攝影）與 "journalism"（新聞學）來界定媒體報導中攝影的形式。如今伴隨著讀者閱讀習慣的改變，圖片在報紙、雜誌的運用更為廣泛多元，為了與高度密集及快速傳播的動畫（包括電視與網路）有效區

圖 4-1　傳統的新聞照片主要在於告訴讀者「發生什麼事」，現代的新聞照片則更強調攝影者對事件的詮釋。

隔，平面影像自一九九○年代後期已經產生結構性的變化。傳統上，新聞照片較偏重敘述性、客觀性，證據性格鮮明，主要在告訴讀者「發生了什麼事？」亦即「有圖為證」，圖像構成重視美感，缺乏攝影者的意見觀點。九○年代末期各類電子媒體的迅速發展，讓平面媒體寫作方法與取材角度都有顯著的改變，平面影像自然也無法自外於此一潮流，轉而演變為著重攝影者對事件的詮釋，具主觀性，不再只是告訴讀者「發生了什麼事？」而是要傳達現場情境氣氛，畫面更強調戲劇性，構成講究攝影者個人風格（中國時報編輯部，2007: 16-19）。

　　新聞攝影不是為了拍一張包含所有元素的現場場景，或僅是讓讀者知道人物長相的照片，有限的版面空間所需要的是具有傳播效益的照片，它必須在第一時間就能吸引讀者的視線，還能傳達新聞訊息的重點。以下為新聞攝影需注意的事項：

　　1.新聞照片應忠於事實，不應以人為安排來產生畫面，或以個人偏見手法處理。人物專訪時，基於現場條件或為表現人物特定角色的安排則不在此限，但仍應盡量以自然方式完成。

　　2.好的照片不一定只出現在事件發生的過程中，它有可能是在事件開始前或結束後，記者應提早抵達現場了解狀況，事件結束後也不要急於離開，最好再觀察有無其他獨特的角度，當然更不可自行判斷事件已無其他發展可能而提早離去。

　　3.突發新聞對攝影記者而言，時間是最關鍵的因素，越早抵達現場，拍到重要畫面的機率越高，若因時空因素無法即刻趕到，應協調由最接近現場的記者前往。

　　4.傳達臨場感是新聞照片重要的功能，但對於如兇殺案、交通事故等社會新聞，拍攝時應注意避免血腥的畫面，而改用隱喻的手法或凸顯現場氣氛情境的方式來表現畫面。同樣地，發生頻率頗高的火警照片也不能一味比較誰拍的火光更大，有時在火災現場出現令人動容的人性表現，才是攝影報導的價值所在。

　　5.人物照片應盡量避開刻板的表現形式，例如公眾人物喜愛安排擺弄的

握手、揮手、抱小孩顯示親民、排排站合照等。掌握人物不經意流露的情緒及自然的反應，才是出色的人物照片。

6.攝影題材應盡量拋開會議或記者會的場景，找尋讀者經驗所及、生活化的照片，才能讓讀者有貼近感。

7.當拍攝對象為相關法律所規範或新聞道德倫理層面不宜暴露身分的人物，在拍照過程應盡量設法克服此一技術問題，在不洩露當事人身分的情況下，又能表達現場氣氛才是最好的結果。事後用加馬賽克等遮掩的手法是最下下策，因為那樣會嚴重破壞照片的視覺感。

8.在屬於私領域空間採訪時應注意分際，避免侵害個人隱私。例如，醫院雖屬公共場所，但病房則為私領域，除非獲得當事人的許可，否則不得以非常手段侵入拍照。

新聞照片被讀者視為新聞事件的真實呈現，這份信賴是媒體公信力的基礎，通常須經過多年累積才能建立，絕不能因影像處理科技的進步而禁不起誘惑，濫用影像處理科技來修飾照片，以致摧毀讀者對報導內容的信任。新聞照片影像處理嚴禁以任何方式竄改、增刪照片內容，但對於照片的明暗、反差、色溫的調整，或因相機成像元件汙損產生髒點的修飾則可容許，不過調修仍應力求忠於事實。每張新聞照片的構成條件不同，調修照片明暗、反差、色溫時，應根據個別照片特質，選擇適合的模式來調校，以取得最佳效果。

至於新聞照片的規格化與標準化項目，則包括了照片的影像格式、尺寸大小、解析度、壓縮比、詮釋性資料與圖說書寫格式等。落實執行標準化與規格化，主要是為了減少編採流程中的錯誤，更有助於提升作業的效率，最重要的還能確保後端資料管理的正確與節省人力時間成本，將來若要使用相關資料時便可快速取得。新聞照片的尺寸與圖說格式，以《中國時報》為例，主要是參考全世界各主要通訊社、出版團體所制定的新聞圖片傳輸交換協議相關規範，見表 4–1。

表 4–1　《中國時報》新聞圖片影像格式及尺寸大小

影像格式	JPEG (JPG)
影像大小	長邊（寬度）統一為 2,048 像素 × 短邊（高度）不一（依比例縮放）
解析度	300 像素 / 英寸 (dpi)
壓縮比	不得低於 7

二、新聞圖片說明撰寫

　　讀者閱讀照片容易因為個人生活經驗、知識、文化背景等不同而有不同的認知，圖片說明則可讓照片內容定義明確，有助於提高傳播效益。圖片說明應視為照片的一部分，由攝影者撰寫是天經地義的事，不應依賴文字記者來代筆。與照片內容相關的訊息必須在採訪現場完成搜集，必要時可與文字記者溝通報導的重點為何。照片中的人物姓名、數據等重要訊息尤應多加查證確認，以免發生錯誤（中國時報編輯部，2007: 18–21）。

　　基本上，每張照片需視為獨立的新聞主體，都應有標準的圖說書寫格式，亦即就算同一事件所發出的一組（多張）照片，每張照片仍應有完整的資訊，包括人事時地物等必要的元素。圖說內容應力求簡短精確，但不能過於簡略，也不得隨心所欲加入個人評論意見，或過度延伸訊息意義；敘述應盡量使用中性字眼，避免使用形容詞、副詞或臆測性詞句，尤其不可以人物外在表情或動作，來揣測其內在的心理動機或情緒，同時具有暗示性或引申意涵的括號不可濫用，寫作以第三人稱為之，動詞時態使用現在式，讓讀者閱讀照片時感覺畫面中的動作是即時的。

　　圖片說明內容應包括兩個部分，一為照片所敘述的內容，二為事件的背景訊息。若畫面中的訊息顯而易懂，圖說就不需重複說明，如龍舟賽選手正在划槳、消防員正在噴水滅火，應將圖說重點用於說明新聞事件或人物的特點、背景、結果或與讀者的關聯性。照片中的人物應註明其身分職務，或與事件的關聯性，若有多人在同一畫面，則應分別標示位置，以利讀者辨識。若在拍攝或影像處理過程中有運用特殊器材、技法，容易造成讀者混淆誤解，

就必須在圖說中載明，例如以廣角鏡頭造成誇張視覺效果或多重曝光、長時間曝光等技法。同時，對於某些題材需特別提示時間、日期、數字，就應詳細說明。以下舉例說明：

　　例一：臺灣地區八月十六日凌晨二時二十四分至五時三十六分出現月全蝕天文奇觀，這是臺灣自一九九九年以來首次再現月全蝕。這六幀攝於臺北陽明山區的天文照片顯示滿月色澤先轉為暈紅，再逐漸模糊黑暗（畢大發／攝影）。

　　例二：受到華南對流雲系東移影響，臺灣地區十六日下午雷雨交加，這幀高雄港上空出現七道閃電的畫面是以三分鐘長時間曝光方式拍得（畢大發／攝影）。

　　例三：臺北市內湖區新湖國小學童十二日上午在教室內隨著音樂做「愛眼保健操」，這是臺北市教育局為減少學童近視比率而開辦的保健措施，這學期將推廣到全市所有中小學。國小學童近視比率臺灣地區平均約 20%，臺北市去年 31.18%，今年則略微下降為 29.6%（畢大發／攝影）。

　　另外，照片中的人物若為性犯罪、性騷擾、兒童及少年福利與權益保障法、家暴案、心智障礙涉及的當事人或受害者，除照片必須適度隱蔽外，圖說也要注意避免洩露相關可供辨識身分的資訊，以免造成當事人二度傷害，並遭主管機關科以罰鍰。

第 五 章

一般新聞採訪寫作

　　「執春秋之筆，明善惡之辨」是每位新聞工作者應該時刻自省的信條，但要實際操作並不簡單。實際上，在新聞採訪場合裡，不難見到大學或研究所剛畢業的新進記者，恣意點評政治人物或決策；也不難看見小記者跟在資深記者身後，一起做出「幾乎雷同」的新聞。更有甚者，則是每天根據網路八卦或報紙標題捕風捉影，日復一日地向下沉淪而不自知。

　　其實，新聞人的筆是很沉重的，既要扛得起千鈞重擔，又要耐得住萬般誘惑，拿起筆時所丈量的尺度也要相同，不管是在野黨、執政黨，或者是路人甲、路人乙，都不能有所偏廢，所以說記者難為。

　　在進行新聞寫作前，記者心裡要有大的圖像 (big picture)。從縱向來說，要有新聞事件的來龍去脈；從橫向來看，要有對相關事件連結的想法；同時，還要找尋該新聞的「新聞點」，找出趣味和值得報導之處，接著，再依序寫出新聞稿。平常和採訪對象接觸時，也應該秉持「近而不親、遠而不疏」的原則，在這種有點黏卻不能太黏、有點距離卻不能相隔遙遠的原則下，找出自己最合適的新聞採訪態度。以下，將針對記者平常較容易見到的新聞報導，說明採訪寫作時應該注意的事項。

第一節　政治新聞採寫方式

　　前立法院長王金平私下毛筆字寫得不錯，他曾當眾揮毫寫出「既在紅塵浪裡，又在孤峰頂上」，一語道盡政治人物的處境，卻也寫透政治新聞記者的心情。臺灣的政治人物長年在官場行走，又或者在地方打滾，不管是專業的謙謙君子、或者是雄霸一方的角頭草莽，舉手投足之間多能散發出個人魅力。這些政治人物看似高不可攀，平常卻會對記者噓寒問暖，而記者偏偏又得像啄木鳥般點評人物、臧否政策，因此政治記者之所以難為，往往在於人際互動難以拿捏，新聞稿的撰寫反倒在其次。

　　一般政治路線可分為總統府、行政院、立法院、各政黨及其他各院等路線。跑線之前，政治記者應該先熟悉憲法和政治學，確實了解總統、五院架

構與政黨職能，才不會鬧出笑話。此外，這些單位的幕僚素質通常不錯，熟諳新聞公關程序，在他們的長官發表談話前，幕僚事前會傳簡訊、新聞稿給記者；等到記者會開始，又會幫記者設想各種新聞畫面的取得，製作各種海報、道具；記者會結束後，新聞稿不僅會傳真、甚至還用 Line、FB 私訊給記者。所以，記者要隨時提高警覺，才能避免陷入溫柔的陷阱——成為政治人物的傳話工具；而且防人之心不可無，任何新聞都要相信自己「眼睛」的觀察，而不是「耳朵」的道聽塗說。此外，要準備好錄音設備，留下採訪的過程，才不至於重演《新新聞》的「嘿嘿嘿事件」❶。

一、總統府新聞

總統府雖然就位在臺北凱達格蘭大道上，但其新聞卻多在雲深不知處。總統府記者會通常由發言人或副祕書長主持，內容多為政策闡述或宣示。如果國內有其他重要新聞需要總統府回應，也多由發言人統一回答。至於在公開場合採訪總統，則是在重要慶典場合、選舉造勢活動為之。想要約見總統親自接受專訪，除了平日的經營外，採訪企畫書也要寫得好，更要靠平時多燒香補足運氣才行。在寫作總統府新聞時，包括府內網頁上的文件、府內提供的新聞稿，甚至連總統個人的臉書以及電視新聞臺上名嘴的評論或爆料等訊息都要掌握，才能抓到寫作的神髓。

二、行政院新聞

行政院新聞是由行政院發言人室統一發布，要想取得獨家新聞並不簡單。行政院的會後記者會多在每週四的十一點鐘舉行，視當天院會報告行程延後

---

❶ 《新新聞》週報於二〇〇〇年十一月，大篇幅報導「鼓動緋聞　暗鬥阿扁的竟是呂秀蓮」，指稱當時副總統呂秀蓮打過「嘿嘿嘿」電話散播陳水扁總統緋聞，引起呂秀蓮不滿，並向臺北地方法院提起民事訴訟，此案件引發臺灣對於新聞自由的高度爭辯。

或提前。會中多有重大政策決定，各部會首長都需與會，跑線記者可以趁此採訪相關新聞。近來，行政院為掌握訊息脈動，開辦了《行政院開麥啦》網站（https://www.youtube.com/channel/UCt6HwFBpg_WCQfIzy8I4_KQ），新進記者或有意投入記者行業者可以參照該網站熟悉此節。

由於行政院下轄內政部、國防部等眾多部會，記者寫稿的問題主要會出現在難以掌握各部會的重大政策，因為只有政策而無背景說明，行政院的新聞稿看起來一定會不夠豐富，缺乏生命力。建議想跑行政院的記者應該多用功，多上各部會網頁看看文件，熟悉相關背景資料。此外，私下也應多接觸行政院發言人及其幕僚，才能跑出不一樣的新聞；更要多注意社會輿情反應，因為行政院會的會後記者會或臨時記者會，往往是各媒體重大新聞反應稿❷的主要來源。

三、立法院新聞

立法院每年有兩次會期，通常每週二和週五是所謂的「大會」，包括議決法案及國家重大事項時，都在這段時間舉行。而行政院和各部會首長在會議期間也必須到院備詢，記者可以在這段時間採訪到新聞所需的政治人物。不過，會議是一回事，記者們在意的是法條背後的折衝協調，以及重大政治新聞相關人物的反應，這是立院記者必修的工作學分。舉例來說，前立法院長王金平曾與民進黨立院黨團總召柯建銘涉及「關說」疑雲❸，包括時任法務

---

❷　所謂的「新聞反應稿」指的是新聞頭版或重要新聞出現時，為了得知政府部門態度，記者通常會詢問行政院發言人或相關官員。

❸　二○一三年九月六日，時任檢察總長的黃世銘在特偵組記者會裡指稱，立法院長王金平因「關切」民進黨立院黨團總召柯建銘官司案件，過程中曾經撥打電話向有關人士查詢，是以認定立法院長王金平、法務部長曾勇夫、高檢署檢察長陳守煌等人涉及關說。不過，此舉遭柯建銘認為是臺灣版的「水門案」，且黃世銘也因為逾越司法調查程序逕行向總統馬英九報告，涉及洩密罪下臺；本案也被外界視為是馬王政爭，或稱「九月政爭」。

部長的曾勇夫、高檢署檢察長陳守煌，以及涉及違反司法調查程序的檢察總長黃世銘都下臺，創下臺灣政壇首例。這時候，記者當然要追問相關人士以釐清真相。

至於立法院有十二個常設委員會，分別掌管外交、內政、國防、預算等委員會法條與預算的生殺大權，新進記者應該多花時間待在委員會裡，弄清楚各個法條，順勢鍛鍊「新聞鼻」。一些愛爆料的立委或者是立院各政黨黨團也固定在上午召開記者會，提供完整的新聞資料，敦請記者前去發稿。尤有甚者，有些立委晚上會上電視新聞臺的談話性節目爆料，或者是在自己臉書踢爆弊案內情，吸引記者前往自己的記者會加碼「再爆料」。這種記者會良莠不齊，建議記者寫稿前要一併考量新聞專業和收視率（閱報率與網路點擊率），才不會讓自己的稿子成為芭樂稿❹。

一般說來，立院記者不缺新聞發稿，缺的是過濾的功夫，和對於法案、預算背景的了解。立院線上記者應該多上立院內部「國會圖書館」或活用媒體新聞資料庫找資料，對於臺灣「G0V零時政府」（http://g0v.tw/en-US/index.html）這種社群平臺也應該隨時關心。要記住，記者除了需釐清議題的來龍去脈外，也要關照自己的角度是否為公民立場發聲，不要當了政府的傳聲筒或財團代言人而不自知。

四、各政黨新聞

線上記者跑政黨新聞時，第一件要確認的是各政黨的中常會召開時間，因為這是各政黨做出重大決策的關鍵時刻。其次，也要清楚各黨每週例行記者會的時間，事先準備好題目，以便當場發問並從容寫好新聞稿。以國民黨和民進黨為例，線上記者和黨主席、運籌帷幄的祕書長、負責動員的組織工作會，以及負責宣傳的國民黨文傳會與民進黨的網路文宣部、新聞輿論部往來較為密切。

另外，記者想要採訪政黨重要人士，就要先確認主席、祕書長辦公室祕

---

❹ 「芭樂稿」是指亂七八糟、不知所云的新聞稿。

書或主任是誰，並且需培養好關係，才不會事到臨頭還找不到人訪問。對記者而言，常認為自己和線上這些主管相熟，往往忽略這些黨務主管替該黨政策路線辯論時，經常會上電視臺的叩應 (call in) 節目。實際上，這些黨務主管一旦接受電視訪問或參與電視新聞節目，多半是有備而來，記者不妨多參考他們在電視上的發言，或許能有所斬獲。近來，各政黨領導人多運用臉書等社群媒體工具發布訊息，新進記者對於線上採訪要角的臉書等新媒體訊息，也應該多注意才是。

　　採訪政黨新聞時，記者的難題主要會出現在「人」的身上。畢竟，黨務主管或幕僚把記者當成朋友時，記者卻發出讓他們難堪的稿子，讓他們難以向長官交代，極可能破壞雙方的關係。但，話又說回來，記者並不是政黨的傳聲筒，豈能事事盡如人意呢？因此，記者要把握的重點在於「誠信」二字。此外，有不少記者和政黨要角共結連理，但也有記者不慎捲入小三風波而成為緋聞主角。因此，記者在處理情感和新聞專業的分際上，要格外謹慎才是。

五、其　他

　　考試院主管公務人員的考選任用和銓敘，監察院則負責公務人員的彈劾和糾舉，平常新聞不多。近來較受矚目者，多半集中在總統提名監察委員、考試委員時遭到立院封殺。一般說來，這些委員多半學有專精、素孚眾望。但新聞的焦點多半集中在：應該提名而未提名者，為什麼不符合行政高層所喜？另外，遇到委員提名卻被立法院封殺，也應該辨明是這些委員本身出了狀況，或者是立法委員捕風捉影所致。畢竟，為國舉才的過程應該慎之又慎，記者不能偷懶而少了查證。相信，沒有記者願意充當「扼殺國家棟梁之材」的打手，之後再雙手一攤覺得事不關己。

第二節　政黨選舉與集會新聞採寫方式

一、選舉新聞：總統、縣市長、立委選舉

　　臺灣選舉密度頻繁眾所周知。選舉除了涉及政治權力版圖的分配外，候選人在競選過程裡招數盡出，甚至還出現刀光劍影。例如二〇〇四年三月十九日陳水扁總統遇刺 ❺，又或者是二〇一〇年十一月二十六日晚間，距離投票不到幾小時，國民黨前主席連戰之子連勝文遇刺，遭黑道分子持槍射擊。這兩起事件都影響隔日選舉結果，以及後續的政治版圖。對於記者而言，面對選舉一定要力求中立，不能有預設立場。近年來，由於新媒體多元發展與電視新聞節目名嘴頻頻放話，往往容易設定新聞議題的認知框架。所以，記者在處理選舉新聞時，下筆前一定要斟酌再三，務求自己的稿子可以禁得起歷史的檢驗。

　　一般說來，選舉新聞按規格分，大概有總統、六都市長、立委、縣市長等新聞；在地方新聞上，則有六都市議員、各地縣議員及鄉鎮市長等選舉。自從二〇一四年九合一選舉後，臺灣選舉變成每兩年一次，即縣市首長、鄉鎮長、各級民意代表與村里長選舉放在一起；隔兩年後，則是總統與立委選舉擺在一塊。話雖如此，記者並不會輕鬆太多。原因是，選舉的候選人有黨內初選的醞釀與民調作業，有大選的捉對廝殺，有各級選舉的輔選，還有因為賄選或候選人死亡必須補選的多重因素，對記者來說，選舉新聞的負擔並沒有減輕多少。

　　通常各媒體會指派專人跑特定候選人，以求掌握訊息並了解全貌。消極

---

❺　二〇〇四年三月十九日下午，陳水扁總統偕同副總統呂秀蓮在臺南市進行選舉掃街活動，詎料竟遭不明人士開槍射擊，兩人雖無大礙，但因為這個事件來得太過突然，選後對手陣營質疑批判聲四起，迄今仍有爭議。

方面，記者應該掌握各選舉陣營發言人的聯絡方式，以求不漏新聞；積極方面，記者應該全面了解候選人背景、特質、相關政見、派系支持或社群媒體互動多寡等因素，才能把新聞寫得深入。最讓記者頭痛的是，各民意調查機構多會在選前公布民調，影響候選人陣營甚鉅，偏偏這些民調數字又難以略而不談。建議記者處理選舉民調新聞時不能偷懶，要力求各陣營平衡，且需找民調專家加以解讀，報導才能客觀。值得注意的是，二〇一四年九合一選舉後，許多選前預測民調失準，記者在處理民調數據時，也應該參酌網路聲量、網路正負評價等大數據資料，並配合自己多方求證，才能夠避免偏差。

另外，處理選舉新聞時，記者本身相當容易出現斯德哥爾摩症候群 ❻ (stockholm syndrome)(Cooper, 1978: 100–111)，明明是要採訪候選人，結果卻搖身一變成為採訪陣營的策士、幕僚，再不然就是特別支持採訪路線的受訪對象。舉例來說，有的人特別喜歡臺北市長柯文哲，或者特別喜歡侯友宜，這種偏好很容易在寫作新聞稿時讓記者失控。尤其，在網路海量資訊和電視名嘴爆料不斷的情況下，記者往往來不及仔細查證，就直接以這些訊息作為自己的「框架」，稍有不慎，很可能造成報導偏差。記者在取捨之間，應該多做「換位思考」，視野要高一點，要對選舉做出全局的關照，要拿客觀數據、自己採訪的所見所聞來下筆，才不易寫出偏頗的新聞報導。

二、集會新聞：活動與抗議

不管是洪仲丘事件或是太陽花學運的抗議，類似的集會新聞幾乎年年上演。記者面對這種事件時要注意事件發展的脈絡，以及國內外類似事件的參照。對所有的媒體機構而言，集會新聞是一種長期抗戰，要用大規模軍團的方式作戰。對記者而言，自己既要單兵作戰，告訴閱聽眾目前議題的發展狀況，也要配合編輯臺的指揮調度，完成被分派的各種配稿，才能組合出完整的新聞戰力。

---

❻　所謂斯德哥爾摩症候群是指，被綁架的人質竟然和作案歹徒之間發生情感認同和曖昧關係的現象。

　　以洪仲丘新聞為例，除了事件發生的起因、脈絡外，包括：政府部門處理的動作；家屬的控訴回應；隱身在軍方說詞背後的各種疑點；當事者對於軍事倫理和紀律的「水土不服」；編輯臺對於新聞的主配稿處理、SNG❼車的調度、新聞談話性節目的錄製影片；網友的各種質疑；軍官為什麼會從「磨練」轉成類似幫派的「教訓」；軍中的「倫理文化」是如何？該如何重新建構軍中文化？以及，這個事件之後，臺灣有沒有可戰之將、可用之兵？這些相關的新聞進度，都一定會在各媒體的「編採會議」中進行討論，並決定新聞記者的人力部署。也因此，記者除了要把長官指派的任務完成外，也要清楚自家媒體對於這條新聞的布局，才能恰如其分地完成新聞任務。

　　大體說來，記者在面對集會活動時，要了解活動的要旨意義，先把訴求說清楚，再描寫活動場景，避免弄錯主從順序。至於抗議活動亦然，要先釐清為什麼會有這次的抗議活動？這個抗議有何意義？它的訴求到底是什麼？接下來，才論及抗議現場的描寫。一些媒體記者習慣把新聞寫得具有戲劇張力，卻造成閱聽眾看了報導後，不知這些人「為誰而戰」，又「為何而戰」？這不僅浪費讀者的時間，也浪費記者的力氣。此外，面對活動或抗議時，有些記者怕得罪人，往往在活動人數上灌水，把二、三百人寫成近千人；把三、五千人寫成好幾萬人；這種討好主辦單位的作法極為鄉愿，應為智者所不取。

第三節　軍事、外交與兩岸新聞採寫方式

　　軍事、外交、兩岸線上的新聞，對於線上記者的要求門檻頗高。原因有二，一是這些路線的專業性較高，若寫錯立刻就貽笑大方；二是這些單位機密性較高，防堵記者挖掘新聞的功夫也做得道地，所以採訪起來壓力自然不輕。

---

❼　衛星新聞轉播 (satellite news gathering, SNG)，是一個移動式發射站，可隨時將所在現場的訊號通過人造衛星傳送到電視臺，電視臺再從衛星接收訊號播出。SNG的出現，大幅提高了電視新聞的即時性。

一、軍事新聞

　　軍事新聞的採訪分「平時」、「戰時」兩種。「平時」的軍事新聞包括國防政策、武器採購、軍中人事升遷、國防科技等範圍（方怡文等，2003: 246）。進行這種制式新聞的採訪，先要維護好與國防部軍事發言人室的關係，才能在第一時間掌握國防部發布的相關新聞訊息。一般說來，軍事記者只要肯跑，掌握國防部例行記者會不是難事，難就難在一些突發新聞，如軍中出現弊案或對岸出現狀況時，記者能否在第一時間掌握與國防部聯繫的渠道，以掌握新聞發展的動態。

　　對於軍事記者的另一項考驗是專業能力，這關係著報導的深度與可讀性。舉例來說，曾經有某記者問國防部長官：「請問幻象 16 和 F2000 有什麼不同？」「IDF 和經國號戰機有什麼不同？」把臺灣主力戰機幻象 2000 和 F16 弄錯，把中文的「經國號戰機」和英文的 IDF 弄混，這當然會成為業界的笑話。

　　此外，由於軍事路線涉及國家機密者眾，一不小心就可能被冠上洩漏國家機密的罪名。像是前《勁報》記者洪哲政在二〇〇〇年為文報導中共情報船在當年五月二十日總統就職前夕出現在蘇澳外海，結果被國防部控告「洩漏」國家「漢光 16 號演習」機密，消息傳出後甚至引起國際矚目（江元慶，2003；黃敬平，2003；郭無患，2003）。站在記者的立場，總統就職大典前夕遭逢對岸這種「試探性作為」，在公眾有知的權利下本應報導，但「新聞自由」在「國家機密」難取平衡下，軍事記者下筆時得慎之又慎。

　　過去，像是在二〇〇三年三月美國出兵伊拉克時，不少媒體派出特派記者前往現場，企圖取得第一手消息。在新聞界，戰地記者是一個相對稀少、特別的族群，他們的人生經歷迥異，新聞壓力至大，不斷承受生死考驗（伍崇韜，2003）。這些具有戰地經驗的記者除了資深、外語能力甚佳之外，也要有解決突發狀況的能力，以及全方位關照戰局的視野。不過，近幾年來由於國內媒體經營困難，類似戰時新聞的素材取得多以外電為主。

二、外交新聞

　　由於兩岸或明或暗的特殊狀態，讓記者處理外交新聞時得繃緊神經。一般說來，外交新聞涉及國與國之間政經文化往來，不管是建交、斷交或是對於國際重大新聞的相關反應，都是國之大事，對於外交部、各國駐臺使館單位、來華訪問外賓的訊息，都應該多所掌握。採訪外交新聞的記者，除了國際現勢和外語能力之外，對於兩岸關係也要有一定認識，畢竟面對中共「三光」政策❽時，臺灣的外交和兩岸新聞其實密不可分。

　　採訪外交新聞時，對於中美臺三角關係與臺日關係要格外清楚。在現今國際環境下，臺灣的國家安全牽動亞太情勢，也會影響美國戰略布局，同時中共也宣稱所謂「中美」關係主要矛盾是臺灣問題，美國對臺的相關政策，當然得留心注意❾。至於日本則是臺灣貿易入超最多的國家，雙方互動頻繁，而且臺灣與日本過去有千絲萬縷的關係，有不愉快的歷史記憶，更有密切合作的遠景，自然不能偏廢。此外，臺灣和中南美洲、非洲等邦交國的互動、臺灣的非政府組織援外的感人事蹟以及在全球化之下的國際互動，都是外交新聞應該注意的重點。外交記者只有把這些基本功夫練得扎實，才能言之有物。

　　值得注意的是，外交人員因為習慣使然，面對重大問題時往往講得圓轉如意，如果外交記者稍有不察或者是專業有所不足，經常會出現「每句話都聽得清清楚楚卻難以下筆」的窘境。另外，外交記者要注意的是，切莫逞一

---

❽　所謂「三光政策」是指中共在一九九八年秋天聲明在和臺灣進行國際競爭時，要把臺灣邦交國「挖光」、把臺灣國際生路「堵光」，以及把臺灣與中共爭對等的籌碼「擠光」。

❾　外交記者處理美國對臺政策說明時，往往以一、兩家平面媒體的說法作為依據，常會讓採訪的立場有所偏頗。建議外交記者在掌握相關訊息時不能懶惰，多上美國白宮網站、每天規規矩矩讀美聯社、《紐約時報》等媒體的報導，練練基本功之後再落筆，才能避免掉入「人云亦云」的陷阱裡。

時之快,反而洩漏國家機密。例如二○○二年八月十三日某報率先登出呂秀蓮副總統出訪印尼,各電視、廣播媒體跟進,讓中共得以出手干擾此次行程,結果呂副總統在印尼雅加達機場苦候三小時,見不到原本安排好的「印尼重量級人物」,即為明證。

近年來的外交新聞複雜許多,像是牽扯到海上主權的東海、南海爭議,以及大規模的暴動禍及臺商等問題,都是外交記者的新興功課。以東海為例,釣魚臺主權歸屬不僅攸關兩岸權益,甚至連日本和背後的美國外交角力,外交記者也必須關照。在南海部分,像是二○一三年五月,臺灣漁船廣大興 28號在經濟海域作業時,無故受到菲律賓海巡署公務船衝撞,我漁民洪石成竟被八名菲律賓官兵開槍射殺。在交涉過程中,國人對我外交部應多有不滿,且據小琉球當地漁民指稱,臺灣漁船於我經濟海域作業時,屢遭菲律賓勒索,作業時還需準備「美金一萬元」,以便隨時賠錢贖人。外交記者在新聞採訪之餘,如果只習慣外交部提供的新聞,無法掌握小琉球現場的漁民心聲,以及菲律賓當地的不同意見,那麼,這種外交新聞只是「片面之詞」罷了,難登大雅之堂。另外,二○一四年越南排華暴動,讓當地臺商損失逾百億美元,以及臺商在馬來西亞旅遊慘遭綁架等。隨著這類新聞漸漸增多,外交記者應該要多歷練犯罪新聞或災難新聞,才能在事發的第一時間掌握新聞脈動。

三、兩岸新聞

兩岸特殊的對峙情勢,讓兩岸記者成為一種考驗耐性的行業。一般說來,跑兩岸線的記者多會守在行政院大陸委員會裡,等候著陸委會官員的回應,除非是極為資深的記者,否則難有揮灑的空間。兩岸路線在一九九○年代初期曾有一段好光景,在兩岸制度性協商成形時,線上氣象風生水起。不過,從一九九六年中共對臺進行文攻武嚇❿、一九九九年出現兩國論⓫、二○○

---

❿　所謂「文攻武嚇」是指李登輝前總統於一九九五年前往美國康乃爾大學進行訪問,中共認為此舉具有高度政治性意義,因此切斷對臺或明或暗的溝通管道,除透過相關媒體對臺進行攻訐外,並於一九九五年、一九九六年三月八日和三月十

二年出現一邊一國論❷之後，這條採訪路線就逐漸乏善可陳。

　　臺灣海峽從二〇〇四年形成「美中共管臺海」決議後，兩岸新聞走向也出現變化。過去，框架兩岸的「國統綱領」不見了，取而代之的是民生新聞。例如二〇一八年中國大陸爆發疫苗造假事件，傳聞甚至有致癌降血壓藥流入臺灣，引發民眾恐慌。對新聞編輯臺而言，這可比什麼黨政要聞重要許多。

　　過去，兩岸記者必須字斟句酌，深怕一個不小心會讓自己的報導貽笑大方。如今，在數位傳播時代盛行的今日，對記者來說挑戰卻更多。首先，媒體採計記者的績效已經改成報導有多少網路點擊率為準，讓記者採取趨吉避凶策略，報導多以影片為主來衝高點擊率。這麼一來，對於需要多方找尋觀點並消化吸收的「硬」新聞，就變得乏人問津。

　　其次，兩岸逐漸進入深水區，一些涉及主權敏感的話題增多。像是中共在二〇一五年片面宣布比鄰臺灣的 M 五〇三航線，瀕臨海峽中線；又或者中共國家主席習近平與此同時也宣稱，臺灣必須緊守「九二共識」，否則兩岸互動將會「基礎不牢，地動山搖」。記者面臨這種敏感話題，不敢太過深入報導，深恐為文賈禍。一則擔心大陸方面不喜臺灣立場的報導，限縮自己未來前往大陸採訪的機會；二來，則擔心網民以「捍衛臺灣主權」相責，質疑記者立場。

　　　五日在臺灣附近海域試射飛彈。當時，美國甚至派遣兩艘航空母艦來臺，以防兩岸出現擦槍走火的狀況。

❶　一九九九年七月，李登輝前總統接受「德國之聲」訪問時稱，已將兩岸定位為「國家與國家，至少是特殊的國與國關係」。此語一出，兩岸關係又急速衰退，中共打壓臺灣力度驟然增強許多。

❷　即「臺灣、中國，一邊一國」。「一邊一國論」是前立委沈富雄於立委選舉中之競選口號。後為陳水扁總統於二〇〇二年八月二日，在世界臺灣同鄉聯合會第二十九屆東京年會上，透過視訊發言向與會人士提出，其要義如下：「臺灣是我們的國家，我們的國家不能被欺負、被矮化、被邊緣化及地方化，臺灣不是別人的一部分；不是別人的地方政府、別人的一省，臺灣也不能成為第二個香港、澳門，因為臺灣是一個主權獨立的國家，簡言之，臺灣跟對岸中國一邊一國，要分清楚。」

因此，兩岸記者如果要把新聞寫得好，除了「用功」二字外，還必須堅持自己的良心和專業，絲毫沒有僥倖空間。對兩岸記者來說，要清楚中共黨政運作體制、中南海內的政治人物及其負責權限、中美臺三角關係、兩岸經貿的「三通」議題、兩岸軍事目前互動等問題。畢竟，兩岸線上的新聞用字必須十分精確，否則差之毫釐就可能失之千里。建議兩岸記者要多利用大陸委員會圖書館、政治大學國際關係研究中心等單位的資料，並找幾本入門書❸多讀讀，為文才能切中要點。

第四節 財經新聞採寫方式❹

財經新聞在新聞寫作中，特別重視「正確」，交稿前須對數字再三確認，否則失之毫釐差之千里，媒體公信力可能葬送在一個小數點上。財經議題有些深奧難懂，錯不得也，又要深入淺出「讓國中畢業生，也能看懂財經新聞」，就是精神所在。

一、財經部會新聞

對於財經新聞的寫作方式與跑線方式，概分為三部分：財經部會、產業新聞、股匯市報導。財經部會包含財政部、經濟部、金管會、央行、經建會等。這些機構擬定國家財經大計，從人事到政策經常成為頭條。而採訪單位通常會指派較具資歷的記者主跑這條線。一般說來，這些財經部門的新聞稿

❸ 建議新進兩岸記者可參閱《中國時報》資深兩岸記者王銘義的專書：《不確定的海峽》（王銘義，1993）、《兩岸和談》（王銘義，1997）、《對話與對抗》（王銘義，2005）。此外，包括《北京‧光華路甲9號》（王銘義，2012）、《無岸的旅途》（李志德，2014），這兩本書詳述了兩岸這十幾年來演變情況，都是作者第一手採訪的所見所聞，內容頗為深入。

❹ 財經新聞寫作部分，感謝前TVBS新聞臺財經記者溫建勳提供資料，謹此致謝。

不難寫，它們通常會提供數字和新聞稿給記者參考，但記者總不能照單全收。對於財經記者來說，有沒有足夠的「專業」解讀出數字背後的正確意義，才是重點所在。

一般而言，財政部主管稅賦財政，線上記者注意的焦點多在政府的歲入歲出、赤字預算、稅法更動；在經濟部方面，除重大政策走向外，國營事業的動態也會牽一髮而動全身，像是中油影響油價漲跌、台電關係電費調整等，記者在掌握訊息之後，還要能從宏觀角度看到下游的影響。舉例來說，像是汽油每公升漲兩元，這就表示每個月開車上下班的油費多出好幾百元，荷包損失不貲。

以二〇一四年高雄市氣爆事件為例，乍見之下是地方政府事務，但隨著問題挖掘日深，中油管線為何密布在高雄市區多年？主管權責的經濟部和中央政府是否也有責任？主跑財經部會的記者，除了在臺北鳥瞰全局外，也應該傾聽地方的聲音，才能善盡記者職責。

二、產業及工商團體新聞

工商團體顧名思義，舉凡工總、商總、工商協進會等七大工商團體❶，或各企業類型組成的商業團體組織，都屬於工商團體範疇，涵蓋各個產業。「專業」與「合法」是關鍵。

各產業別各有不同文化，簡單粗分為傳產、科技、金融、民生消費等產業。但仍有共通性，如有無殺手級新產品問世？產業是否發生結構改變？都是需要處理的議題，此類新聞寫作不難報導，也能讓記者輕易建立與企業主的交情，衍生出相當討喜的名人佚事報導，其實下筆技巧無他，生動有趣即可。各產業專業不同，唯一的交集就是記者通常與企業走得很近，有些企業會用現金賄賂，或透露內線消息換取報導，記者應有道德判斷常識。有些企

---

❶　七大工商團體是七個工業及商業之業界團體的合稱，分別為全國工業總會（工總）、全國商業總會（商總）、工商協進會、全國中小企業總會、工業協進會、工業區廠商聯合總會、台灣區電機電子工業同業公會（電電公會）。

業主非常在意「商譽」或「商業機密」，記者下筆分寸拿捏更須謹慎，否則就可能因為報導吃上官司。

近來，各種官商互動的弊案頻傳。像是內政部前營建署長葉世文與遠雄建設董事長趙藤雄密商並收賄事件；遠雄建設興建臺北大巨蛋卻因弊端頻傳槓上臺北市長柯文哲團隊等。類似弊案年代久遠、盤根錯節，加上當事者多不在其位，讓工商團體新聞的撰寫難度增加不少。建議工商記者應該多了解議題脈絡，並嘗試新聞正反不同意見的切入點，才不會寫了新聞後，又被自己後來的更正新聞打臉。

三、股匯市新聞

因為最專業，股匯為財經新聞中進入門檻最高的類型，也是新聞科系學生難上手的「禁區」，加上臺灣金融商品越來越多樣化：股票、期貨、基金、匯市等，光是股票就有上千檔，交易術語上百種，全部精通至少要有數年記者經驗。剛入門的新進記者不妨自備簡單名詞解析等教科書，如有疑慮，下筆前勤翻書以避免出錯。

一般股匯市新聞不難呈現，數字注意正確即可，但漲跌歸因、交易幕後就見真章；股匯市常與國際政經連動，撰文者須觸角廣。另外，股匯市報導牽扯公開交易，容易造成市場波動，當中利益牽扯動輒上億元，下筆須格外注意，當心成為「打手」或「出貨工具」。有許多採訪單位規定跑這條線的記者不准買賣股票，要求記者利益迴避，也須特別留心，少預測多白描是較安全的寫法。

舉例言之，證所稅的報導就考驗記者報導的專業。二○一二年，政府課徵所謂的「加值型證所稅」，也就是股市在八千五百點以下，股市交易課徵 3% 的證交稅；但若股市活絡超過這個數字，則需要額外增加 0.2%～0.6% 不等的證交稅。原本，這是基於稅賦公平原則訂定的法條，但財團和股民卻對此怨聲載道，所以政府先課稅，接著又轉了個大彎，變成不課稅，以拯救低迷的股市。記者報導時，真的得深思落筆的立場應該為何。當稅賦公平遇到

股市低迷時，真的應該轉彎嗎？這是政治問題還是社會正義的問題？這種兩難的抉擇，考驗著記者專業和信守價值。

第五節　社會新聞採寫方式

一個在南臺灣從事多年新聞及教學工作的記者，提供了他對於社會記者的感慨。在他任教的大學裡，有個罹患憂鬱症的學生，健康狀況雖已逐漸好轉，沒想到被某電視臺記者大肆報導後，竟然想不開自殺。事後，這個學生的同班同學，寫信給這位記者：

> 親愛的老師：
>
> 　媒體好像真的會殺人耶！因為我們班有一個憂鬱症的同學因為被「○○新聞」報導行為異常，使得她在校園被指指點點只好休學，在聖誕節那天跳樓自殺了。媒體為什麼要報導非公眾人物的私生活呢？她又沒有做任何傷害別人的事！
>
> 　那篇新聞最後還說了一句「學校的輔導單位應該介入處理！」並用聳動的標題模糊焦點。其實，那個同學一直有在接受治療，情況真的已經好轉很多才復學。結果因為那個報導在商業新聞臺 24 小時播報，搞得人家連學校也待不下去了，挑聖誕節跳樓自殺真令人難過。
>
> 　　　　　　　　　　（P.S. 我們班之前才剛拍完學士照，獨缺她一人）

談到社會新聞，大家第一個印象就是犯罪新聞、八卦新聞，這種分類方式顯然太過狹隘。事實上，包括犯罪新聞、災難新聞、司法新聞、具人情味的新聞等，都應該算是社會新聞。相較於其他新聞，社會新聞經常是菜鳥記者最適合歷練的路線，入手的門檻較低，只要勤跑就有新聞。但是，社會新聞卻是「易學難精」，除了專業之外，更要求記者具備人情世故的練達，不可小覷此節。

一、犯罪新聞

　　處理犯罪新聞的首要之務，在於寫稿之前先有一顆「哀矜勿喜」的心。記者切勿見獵心喜，甚至在當事人的傷口上灑鹽巴，上述例子，就是典型例子。但反過來說，犯罪新聞暴露社會的陰暗面，讓社會大眾知所警惕，也有一定程度的警世作用。所以，記者處理犯罪新聞時，一定要確實求證，以免貪快誤事。

　　想要跑好犯罪新聞，在採訪前就要維繫好與警局、消防局公關單位的關係，對於警方辦案程序也要有所掌握。至於落筆時，要先確認犯罪的人事時地物等線索，接著考慮這條新聞的「意義」到底在哪裡，再決定以什麼角度切入。

　　二〇一四年五月二十一日，大學生鄭捷在臺北捷運車廂內無預警殺人，造成四死二十四傷，震驚全臺。按照應有的作業流程，記者應該隨時報導最新動態，並應掌握正確數字；其次，探究殺人原因時，有媒體直接找醫生，把鄭捷冠上某「精神疾病」後直接報導，缺乏相關論證，造成該精神疾病的家屬，受到不當的質疑；甚至在媒體大幅報導下，竟引發網路上「〇〇鄭捷」、「XX 鄭捷」群起效尤；更誇張的是，某記者為提醒防範鄭捷現象，竟然在捷運無人車廂內試噴「防狼煙霧器」，讓捷運局耗費人力、物力清洗車廂。所以，記者在報導類似事件時，還是要中規中矩，不要缺乏同理心，更不要表演過了頭。

　　寫作一般新聞稿時，總是會提到 5W1H，但實際操作時卻應該因地制宜。新聞稿內可以把被害人、嫌犯、犯罪地點、時間交代清楚，並說明犯罪所造成的傷害及犯罪動機，至於犯罪新聞中的 "How"，是用來提醒社會大眾如何防範用的，而不是拿來教育嫌犯「如何」犯罪，或是提供有意自殺者「如何」自殺的點子。因此，社會記者落筆時對於 "How" 這個字眼，要想清楚使用方式，才能讓新聞有意義。

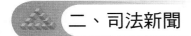

二、司法新聞

> 當我坐在法院長椅時，我總是為我在法院上所見到的記者擔憂。我在做什麼？司法系統如何運作？法院專用詞彙是什麼意思？哪些權利受到司法系統的保護？記者對這些一無所知。……訓練有素的司法記者已經成為瀕臨滅絕的稀有動物。
>
> 霍德森 (Thomas S. Hodson) (Mencher, 2003: 540)

這是美國資深新聞人霍德森對於司法記者的感嘆，不過拿來臺灣一對照，似乎更為傳神。司法新聞的重點主要在於民法、刑法環節要掌握清楚。所謂民法，是指由個人提出訴訟，通常是某個人起訴另一個人或組織對其造成損害或損失；刑法則是由政府對某人觸犯法規的行為提起訴訟；而司法過程的起點是傳訊被告，終點則是取消訴訟或判定被告無罪或在定罪後判刑 (Mencher, 2003: 514)。處理民法新聞時，要確定提起訴訟的個人或身分組織、確認原告和被告的背景、提出損害的類型、原告提出賠償的條件以及法院曾經處理類似事件的相關判例等 (Mencher, 2003: 520)。至於處理刑法新聞時，除了要確認原告、被告背景之外，對於刑事案件發生的環境背景、審判前歷經的司法程序，都應該完整介紹，好讓讀者能清楚新聞的來龍去脈 (Mencher, 2003: 538)。

刑事訴訟法規定的「偵查不公開」原則，是指調查期間因不確定被告是否有罪，為免當事人名譽受損及防止訊息外露影響辦案進度，所以在偵查期間不能公開（方怡文等，2003: 285）。可惜媒體在爭取發稿速度時，往往忽略此重點。建議司法記者從事報導時，應該恪守本分，不能把自己當成法官從事「媒體審判」，落筆時要求證再三以掌握最正確的資訊，千萬不能輕率為之。特別是當司法遇到重大政治事件時，「偵查不公開」原則經常受到考驗。媒體窮追不捨固然有機會追出事實，但這到底是「唯一」真相，或是真相「之一」，事後往往難以深究。因此，司法記者應該「依法報導」，不能放任感覺

行事，並採取較為客觀的「兩面俱陳」方式處理新聞稿，報導才能周延。

三、災難新聞

　　不管是天災或是人禍，災難新聞一出現，記者反應時間很短，卻必須及時，對於社會記者是項考驗。從人禍來說，火災或是工廠公安爆炸事件一旦發生，記者第一個反應動作就是人事時地物的掌握，到底是誰縱火、又有誰受傷，接下來才去處理事件到底為何而起。這種反應動作的主從順序主要是基於「人」的考量，畢竟「人」的生命價值最重要。但是寫新聞稿時則和掌握訊息的先後不同，最好是掌握全貌之後再行落筆。面對人禍新聞時，對於事件起因往往難以在第一時間立刻判定，建議寫作字眼上要預留迴旋空間，在未判定起因之前，最好酌予使用「疑似」、「可能」、「初步判定」等字眼。

　　至於臺灣的天災主要是因為颱風而起，不管是水災或是土石流，都會造成重大災害。寫作天災時要注意新聞稿的切割，因為訊息量來得既快且速，到底記者的主稿是什麼？要寫哪些角度的配稿？寫作順序如何安排？社會記者都必須在第一時間內決定好。一般說來，建議遇到天災新聞時，要先寫綜覽全貌的主稿，完整說明天災所造成的影響，再從事相關配稿的處理。尤其，處理天災新聞時，經常出現若干「人」的事物，不管是受災情況或是救災過程，這些都是記者應該注意掌握的寫作題材。

　　二〇一五年二月四日上午，復興航空班機墜落基隆河。社會記者除了完成既定報導外，可以更進一步深思以下問題，包括空難畫面的呈現，除了一般報導外，也可以使用動畫方式描繪飛機墜落的路線；其次，在事件尚未釐清真相前，不要提早「造神」。不管是認為復興機師是拯救全機的英雄，或者空難主因是機師人為疏失，對於當事者家屬都是二次傷害。建議應該有幾分證據說幾分話，不要為了增加收視率或點擊率，把空難報導得像八點檔連續劇一樣。

第六節　生活新聞採寫方式

一、醫藥新聞

　　面對生老病死的宿命，人們對於健康方面的訊息總是不會輕忽。醫藥記者處理新聞時，首先要特別注意疾病的訊息。這又分成兩類，一是每年在固定期間發病的流行性疾病，例如小孩在夏天容易感染腸病毒、民眾在冬季常出現流行性感冒等；另一種則是突發性的流行

圖 5-1　強化自身的醫藥專業知識，對於採訪醫藥新聞能有事半功倍的效果。

性疾病，例如霍亂病毒或傳播鼠疫的漢他病毒出現個案時，醫藥記者就應該繃緊神經。此外，由於全球化的影響，讓流行疾病成為全球蔓延的禍根，像是大家聞之色變的 SARS (Severe Acute Respiratory Syndrome) 或是禽流感；甚至醫藥也會跟政治掛上鉤，例如每年五月的世界衛生組織 (World Health Organization, WHO) 會議，這些都是醫藥記者必須做好功課的重要議題。

　　採訪醫藥新聞要想上手，衛生署和各大醫院的公關室關係要維護好，同時也要強化醫藥專業知識，這包括對於報導的疾病、醫院內部管理流程及法律問題的了解；前者是用來寫作一般稿子，後兩者則是處理醫療糾紛事件時必備的採訪工具。在寫作醫藥新聞時的首要之務，就是清楚了解各種專業名詞，然後寫成民眾看得懂的話；在說明原因及其影響之後，另外也需要提醒民眾該如何做好防範工作。話雖如此，有些記者處理大規模流行疾病時，卻經常犯了不當錯誤。像是 SARS 流行期間，一些記者身先士卒衝往第一線採訪，卻沒有注意到醫院管制的相關規定，結果反而讓自己染病。千萬要記住，

醫藥記者只有在自己「安全無虞」下，才能做出正確有用的新聞報導。

二、環保新聞

　　隨著國人越來越注重環保意識，環保新聞的重要性與日俱增。一般說來，環保記者鎖定的訪問團體有二：環保署及各類環保團體。環保署記者會裡多公布政策，環保團體則是發掘個案。由於環保問題專業性較高，記者一遇到重要的環保新聞時，多會找環保學者來發表評論。不過，如果較具功力的環保記者，不應該滿足於此，畢竟環保新聞顧名思義應該與環保有關，如果僅止於這種吹冷氣式的辦公室內採訪，很難探索環保問題背後的本質。建議環保記者應該建立「親力親為」的採訪動作，多到新聞現場去了解狀況。

　　臺灣的環保問題有兩種特色，不是和政治扯上關係，就是涉及法律賠償的部分。舉例而言，像北宜高速公路還沒通車時，根據環境評估應該在坪林段暫緩通車，以免汙染大臺北區的水源，但是在政治力運作下卻變成小型車輛得以局部通車。環保署有自己的堅持，但主張通車的人也可以找出民意、甚至是相關環保意見的說法加以反制。這時候，如果環保記者沒有一定程度的專業知識，很容易就迷失其中，找不出寫作的重點。此外，像是某地方準備興建焚化爐，或多或少會出現抗爭、賠償協商的場面，出現這種狀況時，記者不應該一味地照寫、照登而已，而是要進一步調查背後是否有什麼玄機。例如雲林焚化爐曾經為了保育的「八色鳥」進行環保抗爭，結果卻扯出一連串的弊案，不少官員甚至因此銀鐺入獄，就是記者鍥而不捨追查後的成績。

　　讓環保記者最頭痛的問題，通常是環保與經濟發展應該如何求取平衡，最典型的例子就是「核四」該不該興建。從工商發展角度來說，核四電廠當然該興建，否則電力供應不足，臺灣經濟的競爭力就會出問題；從環保角度出發，只要台電內部管控得宜，現有電廠就足敷使用。何況核電廠一旦出現狀況，那可是生靈塗炭，後果不堪設想。面對這種問題時，建議記者應該從「人」的本位出發，如何建立臺灣這塊土地的永續發展，永遠是環保新聞寫作的核心精神。

三、消費新聞

　　在消費者意識日益高漲下，消費新聞在版面上的位置越來越重要。對於讀者來說，政治口水讓他們倒盡胃口、經濟問題又往往較難理解，還是每天都要接觸的柴米油鹽問題來得實際些。採訪消費新聞有兩大重點，各地方政府的消保官和民間單位的消費者文教基金會，都是記者應該下足功夫的地點。舉例來說，有商家販賣病死豬肉、進口牛肉到底合不合格、石斑魚注射孔雀綠會讓人體致癌、生魚片加上一氧化碳看起來就像「現撈」的，類似問題不勝枚舉，卻十分貼近家庭生活。一言以蔽之，消費記者要勤勞一點，親自到現場求證採訪。舉例來說，像是二〇一三到一四年間，從大統黑心油到頂新集團的地溝油事件的揭發，不僅影響民眾食安，甚至還影響到政治選舉版圖，處理起來應格外慎重才是。

　　不過，記者對於揭弊的信度與效度也應該深究。例如媒體報導新竹貢丸是用病死豬肉做成的，消息一出讓新竹貢丸商家應聲倒地，久久不能回復元氣。其實，這是不甚了解的媒體在胡亂報導。筆者是新竹人，從小吃新竹貢丸長大，深知新竹貢丸多選用溫體豬的後腿肉精心揉製而成，肉質只要不新鮮，貢丸就軟趴趴的、完全沒有彈性，天天到菜市場買菜的婆婆媽媽一眼便知真偽。但外地媒體不清楚產製過程，捕風捉影的結果卻讓貢丸商家倒楣。類似這種媒體求證不確實禍害商家的消費新聞實在不少，建議消費記者落筆之前要先求證，不能僅僅憑藉著舉發單位的「一面之詞」，最好到現場實地走訪確認無誤，才能寫出立論有據的新聞。

第七節　休閒新聞採寫方式

　　報紙頭版新聞雖然醒目，未必是讀者最愛；反倒是影劇、體育新聞最受讀者歡迎。尤其，在《蘋果日報》大舉來臺之後，這種趨勢更加明顯。其實，絕大多數民眾願意花錢買報紙、雜誌，或者願意坐下來看電視，是希望得到樂趣或資訊。這時候，硬繃繃的政治、財經新聞當然沒有休閒新聞來得討好。影劇新聞和體育新聞容易讓讀者看得過癮；要是家裡有小孩，家長們當然關心文教新聞的動態；至於一般人沒事的話，總喜歡到處趴趴走，或是拿著行動電話閒話家常，這類有關「行」的新聞，讀者也喜歡看。以下，就針對休閒新聞中的影劇、體育、文教、交通路線，一一說明其採訪寫作要點。

一、影劇新聞

　　臺灣女孩成為南韓女團成員，表現亮眼；知名男星與經紀人發展曖昧關係；明星夫妻出現第三者，婚姻出現危機？為什麼這種新聞甚受讀者歡迎？那是因為這些新聞滿足人們心中潛在的窺密感，看到光鮮亮麗的明星私底下不過爾爾。於是，看得越來越痛快，媒體也就爭相經營影劇新聞。

　　「給我明星動態，其餘免談！」相片大大的，內容要翔實有趣，這是許多粉絲心中的渴望。的確，影劇新聞的重點是「人」，所以報導一些電視臺、唱片公司動態，引不起讀者興趣，把握好明星才是正途。既然如此，要採訪影劇新聞，就得和明星的經紀人或經紀公司打好交道，才能得知最新動態。舉例來說，要採訪蔡依林，就得先和她的經紀公司打好關係，否則想要跑好新聞並不容易。

　　但反過來說，這些明星既然靠「形象」吃飯，經紀公司或經紀人當然成天發公關稿，把旗下藝人吹捧得天下無雙。這時候，記者還是得按照自己的專業行事，要撥開重重宣傳迷霧找出真相。建議影劇記者還是得「直來直

往」，不能因為個人交情，協助這些明星「作假」。明明演得不出色，就不必說這是什麼「曠世鉅作」；歌手明明銷售數字差勁，就不必用「蟄伏已久、蓄勢待發」的字眼來「唬弄」讀者。不過，記者在下筆時還是要掌握些分寸。

　　大體說來，對「公眾之事」應該求個水落石出，但涉及個人私密，為文則應有所斟酌。

二、體育新聞

　　只要看過武俠小說就會知道，男主角總是學得絕世武功後下山斬妖除魔，過程雖然讓人捏把冷汗，但結果總是大快人心。其實，體育新聞就像是現代版的武俠小說，只是格局得放大些，除了體育明星的動態外，更要拉高視野到團隊合作，以及為國家社會爭取榮譽的付出。二〇一七年臺北世大運，舉重國手郭婞淳在女子五十八公斤級奪得金牌，其中的挺舉還打破世界紀錄；標槍國手鄭兆村以 91.36 公尺摘下金牌，成為亞洲第一位突破九十公尺的選手，也是世界標槍史上第十二傑。看到臺灣運動員在競技場上爭取國家榮譽，這種全國民眾共同感動的一刻，只有在體育新聞裡才找得到。

　　體育新聞能讓讀者看得血脈賁張，也能讓大家齊聲一嘆，但下筆時卻不見得好寫。體育記者面對新聞時，要先具備一定的專業知識，了解球員或選手的特質，清楚過去他們的經典比賽戰況，掌握對手強弱態勢，這裡頭一點都不能馬虎。至於在寫作時，重點應該放在過程描寫，所以如何還原現場就考驗體育記者的筆下功夫。目前，臺灣民眾比較喜歡的球類有三，就是棒球和籃球，其次是足球，這三種球的專有名詞、重大比賽、球星狀況，記者必須

圖 5-2　體育新聞寫作首重賽事過程描寫，如何將現場氣氛用文字呈現，考驗著記者的筆下功夫。

瞭然於胸。另外，包括臺灣在世界上有名的跆拳道、撞球、射箭、桌球、舉重等比賽項目，記者也應該事先做好功課才是。

　　大家要清楚，體育項目可不是自己關起門來比一比就算了，而是要面向世界。想想創下 NBA 美國夢的傳奇球員林書豪、效力美國職棒大聯盟的投手陳偉殷，要想把這些新聞弄清楚，還得要把外語紮好基礎。此外，也應該多看看各類經典比賽，寫作時才能下筆有如神助。當然，人力有時而窮，體育記者不可能精通所有比賽，這時候體育界人脈就顯得十分重要。建議記者在採訪各單項賽事時，要同時建立與該運動項目專家聯繫的方法，透過他們協助，記者才能看出門道，寫出大家都看得過癮的體育新聞。

三、文教新聞

　　文教新聞通常是文藝新聞和教育新聞的統稱，也就是學術、文化、教育這方面的動態（方怡文等，2003: 311）。從政府單位來看，文教新聞鎖定的重點有二，分別是文化部和教育部；從個案來看，文教新聞著重活動、事件的採訪，這裡頭又包含例行性的活動和隨機性的活動等。採訪教育新聞時，要清楚教育部的政策走向為何；要知道國內學術團體如中研院、國科會的動態，要清楚各大專院校或明星中小學的狀況。

　　先談到大學院校，在少子化的趨勢下，文教記者會碰到的多半是各大學的特色、翻轉教學的績效等；當然，處理公私立大學的退場機制，也是難以迴避的課題。但文教記者可能更要注意的是，大學教育的國家競爭力所在，不妨挖掘存在校園裡頭的正能量新聞。如果，光躲在網路或 PTT 裡，只會跟著鄉民的發文起舞，卻忘了記者應該多方查證的天職，一個不小心，記者和網民又有什麼兩樣呢？

　　再看到中小學部分，當大家都不清楚什麼是十二年國教，各種入學的管道與評量標準讓人摸不清楚頭緒，但對家長而言，斤斤計較的分數卻攸關孩子的未來。因此，精準地提供家長看得懂的資訊，才是硬道理。類似的新聞不勝枚舉，照理說只要循序漸進，就能掌握問題。但是報導並非如此單純而

已，因為十二年國教的問題並非一體適用。出了臺北市，十二年國教可能是其他縣市孩子的德政；再者，目前教育趨勢朝向「多元入學、適才適性」，按照傳統明星學校的排序規範入學框架，對孩子未來未必有利。所以，文教記者落筆之前，應該多關照各種不同角度，才能寫出不被挑剔的稿子。

在文藝新聞部分，除了政府部門的文化部活動外，包括國家音樂廳、國家戲劇院的活動、各大書店的新書發表會以及各式各樣的藝術創作，文藝線記者都應該隨時掌握。要注意這些文藝人物，既然執著於藝術美感的追求，當然有一定的品味和脾氣。記者面對這些才子或才女時，先要做足功課，才能進行對話。在處理這些文藝作品時，也要清楚創作者的動機和意境，才能順利解讀箇中奧妙。

四、交通新聞

只要有關於「行」的部分，幾乎都可以算是交通新聞的範疇。一般說來，交通新聞主要包括交通部、航空局、氣象局、鐵路局、高鐵、電信、觀光甚至是網路產業等方面，涉及範圍既多且廣。在行政院各部會當中，交通部決策動見觀瞻，像是桃園國際機場捷運是否能如期通車、連續假日國道如何收費等，影響民眾權益甚鉅；每年颱風一來，只有到氣象局才能得知最新動態；眾所矚目的高鐵可能破產，得動用國家公帑收拾善後，最後成效如何？每年各地的主題觀光重點又是什麼？宜蘭童玩節、還是到新竹內灣去看螢火蟲？最新的 5G 手機到底何時問世？這些涉及交通的專業知識稍有不足，很可能就被採訪對象牽著鼻子走。

盯住各項業務部門的動態，通常這條線就不會跑得太差。對於交通記者較大的考驗是，遇到相關弊案時到底要如何處理。這是因為這類型的弊案牽涉範圍極廣、層級也高、金額數量又大，相關作業十分縝密，所以在報導時一定要做好功課，才不會誤捅馬蜂窩。另外交通線的新聞往往像煙火般一瞬間就不見蹤影，記者如果耐下性子進行追蹤，有時也可另闢蹊徑，找出不少寫作題材。以各種觀光節慶而言，記者採訪的總是剛開幕的盛大情景而已，

問題是這個慶典是否真的會對地方帶來效應？還是金玉其外、敗絮其中，往往乏人深究？

像是苗栗縣辦理臺灣燈會萬頭攢動，但這種煙火式的活動往往會擠壓縣政預算。果不其然，在二〇一五年農曆年前夕，苗栗縣政府就出現公務人員發不出薪水、承包縣府工程的廠商收不到貨款的窘狀。所以，記者或媒體處理這種活動報導時，關照的時間應該拉長。除了現場活動盛況外，也應該深入探究這種煙花式的活動會不會成為「債留子孫」的負擔。

第八節　其他新聞採寫方式

上述新聞主要是以新聞種類劃分，如果以新聞發生的地區來歸類，除了國內新聞外，還包括國際新聞、地方新聞及大陸新聞，茲略述如下。

一、國際新聞

大體上，發生在本國領土以外的新聞叫作「國際新聞」。通常國際新聞來源有：⑴通訊社和外電；⑵外國報章和雜誌；⑶各駐外記者的專電和通訊；⑷針對某一國際重大事件，各媒體派遣前往採訪的特派記者。一般媒體採用的外稿主要來自美聯社和路透社，當然也有些撿便宜的作法，直接拿中央社翻譯好的稿子充數。事實上，這些資訊是遠遠不夠的，處理國際新聞除了通訊社的新聞外，包括《時代雜誌》、《新聞週刊》、《紐約時報》、《亞洲華爾街日報》(*The Wall Street Journal Asia*)、英國《經濟學人》等媒體的資訊，都是不能遺漏的。除此之外，眼睛最好緊緊盯著辦公室裡頭的 CNN、BBC 等電視新聞，因為電視的即時性威力不能小看。

處理這些較為靜態的資料改寫，記者（編譯）可不能直接硬翻，而是要了解相關新聞脈絡之後再行落筆。一般報社的國際中心或編譯組多會設有早班編譯，先行掌握國外發生的大事，等到下午其他同仁上班將稿單交接之後

再行下班。其他編譯到班之後，仍需打開電腦迅速瀏覽世界大事，並做好可能處理稿件的準備排序。另外，還需要注意更新的速度。舉例來說，像是九一一事件，這是國際矚目的大事，在截稿時間之前，整個新聞事件還在發展中，必須盯緊通訊社、電視、網路的最新動態，才不會讓新聞落後。

　　一般說來，國際通訊社所發的外電，因需提供全球各個媒體和讀者，在寫作上理應較為客觀。不過，可別忘了其中可能充斥著不少「美國價值」，就像是美軍攻打伊拉克，如果新聞一味地採用美國的媒體報導，要想得知事件的「真相」，就相當困難。大家想想，當所有記者在美軍「嚴密保護」下到戰爭現場採訪，還得要遵守戰場上的「保密」規定，到底保誰的密？這裡頭就很值得推敲了。當時，國內某電視臺取得半島電視臺的資訊，提供不一樣的中東觀點，讓人耳目一新之外，也讓不少新聞從業人員上了一課，即是「別將美國的新聞框架當作唯一的標準」。

　　至於國內各媒體特派員部分，較具規模的媒體通常在美國華府、紐約、東京、歐洲與東南亞設特派員。這些特派員駐守在外地，代表的是媒體的門面，因此多由資深記者擔綱。要成為鎮守一方的媒體特派員，除了要有專業的新聞與外文能力外，對於臺灣內部動向也必須精準掌握，才能發出具有說服力的新聞稿。

二、地方新聞

　　如果說一般新聞是專賣店的話，地方新聞就是便利超商，而採訪的地方記者就像是二十四小時服務的店員，隨時待命處理各種狀況。每個人最先關心的都是自己的地盤，舉例來說，臺灣發生股市禿鷹案固然重要，國庫損失甚鉅，但這比起鄰居用瓦斯自殺引發火災，讀者會關心哪樁？目前國內媒體在臺中、高雄多會設立地方新聞中心，至於一些平面媒體，則會在各縣市派遣地方記者駐守。

　　在地方，什麼新聞都有機會碰到，所以記者十八般武藝都必須學會。一般地方記者就是把當地地方政府、警局這幾條路線跑好。例如你是駐守高雄

市的記者，對於高雄市政府、市議會及警局這幾條主要路線的新聞就要顧好。其次，是地方具特色的路線，以高雄來說，高雄港區新聞就是值得注意的重點。再次，則是地方的社會新聞，這就像是萬花筒一樣，可能有醫藥新聞、影劇新聞、體育新聞等。可能由於約定俗成的關係，地方記者對於災難新聞比較青睞，較常處理類似車禍、火災、腸病毒感染病歷等。尤其，對於有機會蔓延各地的醫藥新聞，地方記者掌握動態一定要清楚，才能提供準確資訊。

　　不過，地方新聞真的只有上述這些事情嗎？這是不對的。除了社會新聞之外，各地的「人」也應該是報導重點。當地有什麼特殊的人？當地的人關心或流行什麼？只要肯賦予巧思、深入觀察，還是有機會把地方新聞處理得很有趣。像是高雄柴山上有個猴伯，經常會上山餵食野猴子。透過深入採訪猴伯這個人，可以記錄人與猴子的互動；當然，同樣都是猴子，位在西子灣的中山大學就曾經出現過一群潑猴，沒事就跑到宿舍或教室拿走學生的麵包、礦泉水，不時還會傷人，讓學生氣到咬牙切齒。只要深入，就能抓住地方新聞有趣或有意義的寫作點。

　　值得一提的是，近年來地方新聞中心的角色有所變化，除了上述新聞外，經常成為臺北新聞中心的「專題配合者」。對電視媒體而言，新聞要有主稿與配稿，透過整體企劃呈現出來的新聞質感和收視率都比較好，所以地方記者平日也應該多涉獵全國性新聞，才能配合媒體做出首尾兼顧、觀點多元的配合稿件。此外，地方記者也應該記取「一方有事，八方來援」的道理。例如自己的轄區在南投縣，隔壁臺中市若發生重大新聞，也要不時關心、跟上進度。這是媒體競爭，更是記者自己要內化的專業守則。

三、大陸新聞

　　到大陸採訪新聞，政治永遠是個難題。兩岸由於歷史性的因素，造成雙方隔閡，偏偏兩岸經貿互動與人民往來相當頻繁，而且恩怨情仇統獨情緒又因此而生，在這裡頭當然存在不少採訪素材。不過，新聞有其必要性不表示大家就愛看大陸新聞。這裡頭有些是因為中共進行「輿論控制」，所以新聞乏

味；但也有部分是因為駐守大陸記者得到「政治症候群」，沒有「政治新聞」就好像活不下去，十幾年下來，自然將大陸新聞弄成現今閱讀率偏低的模樣。

即便如此，大陸的「政治新聞」還是採訪重點。包括每年三月中共人大政協兩會新聞、國台辦例行記者會，或者是大陸舉辦重要國際會議，如亞太經濟合作會議 APEC 等，都是大陸記者必須注意的要項。此外，每年各工商團體前往大陸訪問，或是若干政黨負責人前往大陸，這些動態也需要注意。在臺商部分，包括大陸對於臺商釋出的政策、臺商在大陸的人身安全，以及各旅遊團體前往大陸的動態，也需要格外注意。採訪大陸新聞時一定要謹記，大陸各個採訪地點距離相當遠，交通狀況又難以掌握，所以提早個一小時出門，且弄清楚新聞傳輸的系統流程，可以避免不少麻煩。

一般說來，大陸記者兼具採訪與編譯改寫兩項任務。除了採訪之外，蒐集相關資訊改寫新聞，也是處理大陸新聞的重要步驟。包括大陸內部的《人民日報》、新華社，香港的《文匯報》、《大公報》、《明報》、《星島日報》；雜誌方面的《亞洲週刊》、《開放》、《前哨》、《廣角鏡》及網路上的《多維新聞網》、《大紀元新聞》，以及美聯社、路透社、《紐約時報》等，都是大陸記者獲取新聞資訊的主要來源（詳見表 5-1 所示）。不過，對於相關訊息應該多加比對，才能確保發出來的新聞無誤。

表 5-1　各種媒體常用的大陸資訊來源一覽表

來　源	背　景	如何使用
新華社	隸屬中共國務院，負責發布中共「黨和國家」的重要文件、公告和重大新聞。	每日定期上網注意訊息，尤其要注意最新訊息的補充。
中新社	專門針對海外、臺港澳華文媒體發稿的綜合性通訊社。	每日定期上網注意訊息，尤其要注意最新訊息的補充。
《人民日報》	中共中央委員會機關報，相較其他大陸媒體，該報記者對臺事務熟稔度極高，報導也全面而深入。	每日上網注意當日訊息，尤其要注意是否有文件、中共領導人對臺講話與訊息。
《解放軍報》	中共中央軍委會機關報，以宣傳軍事和國防為主。	每日上網注意當日訊息，尤其要注意中共將領對臺講話與相關人事升遷。

China Daily《中國日報》	中共政府對外宣傳的英文報刊。	要注意中共對美國與國際社會的態度，不管是官員或退休官員的專論尤其要格外留心。
《亞洲週刊》	一份報導華人世界的國際性週刊，時有中國大陸內陸重要新聞。	每個星期都要瀏覽，注意其報導的重大新聞議題。
《亞洲時報》	報導兩岸三地的網站，以評論時事和匯總資訊為主。	每日定期上網注意訊息，尤其要注意最新訊息的補充。
美聯社	美國歷史最悠久、規模最大的通訊社。	每日定期上網注意訊息，尤其要注意最新訊息的補充。
路透社	英國創辦最早的通訊社，為世界四大通訊社之一，素以快速的新聞報導被世界各地報刊採用聞名。	每日定期上網注意訊息，尤其要注意最新訊息的補充。裡頭常有大陸重要人物專訪。
《紐約時報》	美國最具聲望的報紙之一，報導中國事務時兼具宏觀格局與細膩筆觸。	每日定期上網注意訊息，尤其要注意最新訊息的補充。
《亞洲華爾街日報》	以亞洲讀者、商業經濟新聞為主的綜合性美國日報。	每日定期上網注意訊息，注意其報導的重大新聞議題。惟引用時要注意版權問題。
《時代雜誌》	極為權威的全球性英文雜誌，尤其是《時代雜誌亞洲版》時有中國重要人物或重大議題發表。	每個星期都要瀏覽，注意其報導的重大新聞議題。惟引用時要注意版權問題。
《新聞週刊》	美國國內及全球第一手的新聞報導，並有專業評論及分析；每期內容含括國內和國際間的重大事件。	每個星期都要瀏覽，注意其報導的重大新聞議題。惟引用時要注意版權問題。
《尼爾森報導》	專門報導美國政府內幕的網路新聞，時有權威訊息出現。	經常出現美國政府高層對臺灣或對大陸政府的態度及決策內幕，準確度頗高，需要時常瀏覽。
《文匯報》	接受中共國務院專款補助，是中共在香港的外圍報紙。	中共常利用此報散布對臺的獨家訊息，有其一定參考價值，使用時要格外小心。
《大公報》	接受中共國務院專款補助，是中共在香港的外圍報紙。	中共常利用此報散布對臺的獨家訊息，有其一定參考價值，使用時要格外小心。
《南華早報》	香港發行量最大的英文報紙，早期曾以報導中國事務客觀公正著稱，目前已易手馬來西亞富商郭鶴年，對中國事務報導轉趨保守。	每日定期上網注意訊息，尤其要注意最新訊息的補充。（此為收費的網路新聞）

《信報財經新聞》	簡稱《信報》，是香港重要的財經新聞報刊，內有許多重量級評論，曾是記者圈內認為最有公信力的香港中文報刊。	該報沒有網路版，得付費訂閱。閱讀後，最好能分類做些簡報，相當有參考價值。
《多維新聞網》	由大陸資深新聞人何頻創立的網路媒體，中英文並陳，訊息量極大，時有大陸內幕新聞出現。	每日定期上網注意訊息，尤其要注意最新訊息的補充。
《大紀元新聞》	一個全球性的公益綜合媒體，提供全球華人翔實的新聞報導，咸信為法輪功團體所創設。	每日定期上網注意訊息，尤其要注意最新訊息的補充。

第九節　小　結

　　寫一則新聞很容易，寫一則好新聞就必須費力氣做好準備工作，不管是建立人脈或者是強化專業知識，這些功夫絕不是一蹴可幾。目前臺灣媒體生態出現劇烈變化，八卦與狗仔新聞占據絕大版面，讓過去的新聞價值飽受衝擊。事實上，記者處理新聞時，容或有路線上的差異，但還是有些準則是不變的。過去的新聞寫作囿於單一面向的思考，要求記者的僅止於把文章寫得深入流暢，但是在媒體越來越重視視覺效果時，寫作方法也應該有所改變。

　　包括記者必須先熟悉專業知識，接著在落筆時考慮版面及相片的配置，決定好寫作文體與字數長短，接著再依序處理相關步驟。在寫作文章時，不能把文章當成一個整體，而是想辦法讓文章能夠「模組化」，可以拆解組合。要記住新聞稿是有生命的，它的呈現方式不僅是文字而已，還包括標題、圖表、相片等。對於記者來說，自己的本分是寫稿，但讀者可不管這些，因為他們閱讀時是綜合所有視覺元素一起閱讀。既然如此，記者寫稿時當然得為讀者著想。

　　舉例來說，過去碰到一篇新聞稿時，通常要求記者的是：針對某某主題寫多少字就了事；但現在則不同，不管是什麼路線的記者，掌握寫作題材之後，一定要和公司取得聯繫，確定好寫作的表現方式為何？除了主稿、配稿

各多少字之外，相關文字能不能化為圖表或表格處理？還要配合幾張相片？只有把這些相關訊息掌握好，記者的稿子才不會石沉大海，或者被編輯切割得七零八落。說了這些，其實表達的重點只有一個，不管是什麼路線的記者，千萬別把自己當成射出去的箭，完全不管公司內部的事。相反地，必須跟編輯臺後端作業同仁配合，同時也要和長官取得密切聯繫，清楚並準確執行交代事項，才能共同創作出好看的新聞，對讀者才有交代。

記住，個人英雄式的單打獨鬥時代已經過去。現在，讀者要看的是團隊合作的產物。不管記者跑的是什麼路線，都必須牢記這個準則。

第 六 章

廣播新聞採訪寫作

第一節 前　言

開車時收聽廣播新聞節目和路況報導，相信對大家來說並不陌生。相較其他媒體，廣播可以打破許多限制，不像電視或報紙、雜誌，總是得受到閱讀場域的限制，廣播只要一機在手，就可以隨時隨地獲取訊息。

在探討廣播新聞如何採訪寫作之前，當然要先了解一下廣播新聞從何而來。世界上第一則新聞廣播始於美國。一九二〇年八月三十一日，美國密西根州舉行哈定和柯克斯兩人競選總統投票，當時許多美國聽眾在家裡，用自製的收音機，戴上耳機正在收聽他們所愛聽的節目，忽然聽到如下的報導（行政院新聞局，1963: 2；馮小龍，1996: 4）：

> 這是匹茲堡 KDKA 廣播電臺，密西根州初步投票結果的情形……。

這就是歷史上第一次的新聞廣播。

至於我國廣播事業則是創始於一九二七年。當時，國民政府交通部在天津成立天津廣播電臺。隔年八月一日，又在南京成立中央廣播電臺，逐步開展廣播事業。一九四九年，國民政府來臺，除了重起爐灶將中央廣播電臺改組為中國廣播公司，又在軍中電臺普設地方播音臺。政府為了強化心戰宣傳，抵擋來自中共的電波攻勢，准許每一縣市設立一家民營臺❶，加上警察廣播電臺成立，逐漸形成綿密的廣播網（陳江龍，2004: 32–34）。

在這種情況下，一九六〇～一九七一年左右，廣播成為臺灣民眾主要獲取訊息及娛樂管道的來源之一，也造就出了臺灣廣播的黃金年代。不過，稍後隨著電視崛起，廣播媒體受到不小的衝擊。此外，由於廣播媒體長年來被國家機器視為禁臠，當臺灣民主化日盛時，不少政治人物為求發聲，轉而設

---

❶　國民政府於一九五九年衡量各方面情況，基於國防安全的考慮，停止受理各民營電臺申請設立，一停就是三十四年，直到一九九三年鑑於地下電臺猖獗，在無力消除且鑑於時勢所逼下，才恢復申請（陳江龍，2004: 44–47）。

立地下電臺,並從原先設立的政治目的過渡到
商業行為,造成廣播市場大亂❷。不過,在這
一波衝擊下,不少新設立的民營電臺透過嶄新
行銷手法,重新建立品牌,又讓原本奄奄一息
的廣播事業重燃生機。

圖 6–1 　聽眾除了藉由廣播接收
新聞資訊外, 也透過收
聽廣播達到娛樂與學習
的目的。

廣播對於聽眾有兩項重要的任務:一種是
新聞報導,另一種則是娛樂和教育。所謂「廣
播新聞」,若單從字面上解釋,就是指「在廣
播媒體中播出的新聞」。但是,若從更積極的
角度觀察,應是「如何讓新聞在廣播媒體上,
做出最有效的處理與發揮」。根據名廣播人馮
小龍的定義,「廣播新聞」的意義應解釋為,「為了將新聞在廣播媒體上的特
性充分發揮 , 專門設計出來的廣播新聞運作架構與制度」 (馮小龍 , 1996:
1)。

中國大陸廣播名家王文科則指出,「廣播新聞」就是「僅以音響方式通過
無線電波或通過導線,向廣大地區播送新近發生事實的報導」;或者是「客觀
事物新近變動的信息,僅以音響的方式通過無線電波或通過導線,向廣大地
區傳播」 (王文科,2002: 19) 。 其實, 講得更直接一些, 所謂的 「廣播新
聞」,就是以無線電為媒介所傳播的最新發現和最能引起大多數人興趣的事實
(行政院新聞局,1963: 2)。

廣播新聞固然容易聽,但是,廣播新聞容不容易採訪?廣播新聞稿容不
容易撰寫?以及透過廣播傳出的美妙聲音容不容易練就?這是以下準備討論
的三個重點。基本上,聲音、採訪和新聞稿統統可以教,也可以救;所謂「祖
師爺賞飯吃」的情況雖然有,但並沒有想像中的嚴重。透過人為的努力,還
是有機會創造出自己獨特的廣播魅力。

---

❷ 　以一九九七年為例,臺灣竟出現地下電臺 (非合法申請) 比合法電臺還多的現象
　　(陳江龍,2004: 44–46)。

第二節　廣播與聲音

　　廣播最重要的是聲音。任你學富五車、邏輯嚴謹，廣播新聞稿寫得再棒，只要聲音不行，聽眾聽起來就不舒服。只要讓聽眾皺起眉頭，隨便一按按鈕，立刻就轉到別的頻道。所以，「聲音乃廣播死生」之大事，不可不慎也不可不察。根據心理學家麥拉賓 (Albert Mehrabian) 研究顯示，非語言溝通對了解人的行為比使用字和口語有力；同時，人們在表達內在感覺時，身體訊息比口語更可靠。人們在傳遞一個感覺訊息時，語言（詞彙）、聲音（音色、音調、語調）和非語言的影響力分別為 7%、38% 和 55% (Mautner, 1992: 55–58)。

　　如果這種說法成立的話，一個呈現在聽眾耳朵中的廣播新聞稿，其音調是否悅耳便自然比文字精準重要多了。即使是我們平常所看到的電視新聞，大家真的是從畫面得知訊息嗎？還是透過聽播報內容，再用電視畫面輔助，來理解這條新聞的內容？恐怕，後者的情況居多。因此，有志於從事廣播電視媒體的人，都要把聲音弄好聽一點，再把內容弄精準些，機會就比別人多些。

一、聽覺與新聞的關係

　　耳朵比腦袋瓜笨，因為聽比思考慢很多。在一分鐘之內，腦袋可以思考一千到三千字，卻只能聽到一百二十五至四百字（鄭呈皇，2006: 115）。聽覺是制約廣播新聞的根本因素。廣播稿是讓人家聽的，這和報紙不同。看報紙時如果一個閃神看不清楚，還可以回過頭來看個幾遍；但廣播新聞就像是射出去的箭，只要一個閃神或稍有不注意，就聽不清楚稿子想表達什麼意思，所以廣播新聞稿要寫得具體，才能深入人心。

　　廣播是寫給聽眾聽的。「你想怎麼說，你就怎麼寫」這曾經是廣播新聞圈內一些資深記者口耳相傳的技巧，而且這項技巧只可意會，不能言傳。但問

題是，所謂「我手寫我口」的意境太過渺茫。事實上，廣播新聞要好聽，聽得入耳、聽得進去，最主要的是必須掌握聽覺與視覺的轉換，也就是必須要寫出「看得見的新聞稿」。

不過，在此之前有些觀念需要釐清。許多人認為，要把廣播的口條講好，最重要的是「字正腔圓」，把注音符號ㄅ、ㄆ、ㄇ唸好。不過，按照學者李明蒨的說法，人類的發聲會受到聽到的聲音影響，例如我們從小聽著家人的語調學習語言，在不知不覺中便會取得印象並固定成自己的發聲習慣。講得更直白些，一如日本學者藤原佳所說的，「人類無法發出耳朵不能捕捉的聲音」。這時，要改善五音不全或者是發不準的腔調，在「字正腔圓」之前，更重要的是要「訓練聽覺」。像是，應該少用耳機、遠離噪音、多聽自然的聲音，再特別多聽一些古典音樂，才能把聽覺練好。

其次，廣播新聞是用來聽的，但是在一定的條件下可以轉換成視覺形象。廣播新聞所提供的具體形象的東西越多，訴諸聽覺的東西就越有立體感，所轉化的視覺形象就越生動活潑。這樣，就越能打進聽眾的心坎裡（程道才，1999: 29）。舉個例子來說，聽到「滴答、滴答」的聲音，聯想到的可能是天上忽然下起一場西北雨；又或者聽到蟋蟀的鳴叫聲，就恍若置身在夜深人靜、萬籟俱寂的夜晚。

那麼，要把廣播新聞寫得活靈活現，最重要的事，就是要徹底拋棄那種抽象概括、大而化之的寫作方法，取而代之的是以具體形象為主的寫作方法。一個廣播人要注意的原則是，要注重多角度、多方位以及多方刻畫新聞事物，力求新聞事實能夠讓聽眾感受到以及觸摸到。新聞學家雷特狄克 (D. C. Rhett Dick) 曾經說過：「在人們的心裡，蘊藏著各式各樣的記憶，如果你能喚起他們心中的這些形象，你的描述就有了激動人心的力量」（轉引自程道才，1999: 33）。

佛家說人有六識，所謂眼、耳、鼻、舌、身、意。除了視覺之外，在人們心中那些深刻的印象，也來自觸覺、聽覺、嗅覺、味覺等。在廣播寫作時，如果要反映一個場景、描寫一個人物，僅僅使用一個感覺來「白描」，寫作的層次當然就不夠鮮活。以大家耳熟能詳的林黛玉為例，可以直接形容成「林

黛玉很漂亮」；也可以像曹雪芹描寫林黛玉初進榮國府般的「兩彎似蹙非蹙籠煙眉，一雙似喜非喜含情目」一個活生生、我見猶憐的小美人兒不就在面前了嗎？

另外，廣播新聞寫作時要能抓住有意義的細節，力求用細節展示新聞事物的特徵，以加深聽眾印象。「細節是事實中的事實」，如果使用細節作為題材，可以極為準確地反映事物的個性特徵。生動的細節材料，文約而意豐，動感鮮明，用在廣播作品中，可使作品的聽覺形象大為增強，讓視覺轉換成聽覺的流程更加順暢（程道才，1999: 34–35）。例如這條原本平淡無奇的新聞，經過記者透過視覺形象的連結，將大家所熟知的 "Hello Kitty" 與高雄縣警察局推出的 "Hello Police" 磁鐵連接起來，就變得生動活潑許多（李台龍，2005）。

> 高雄 "Hello Police" 磁鐵　拚治安
> 　　繼 7-11 推出 "Hello Kitty" 卅週年紀念磁鐵，造成國內蒐集熱潮後，高雄縣警察局也不落人後，特別推出 "Hello Police" 磁鐵，在磁鐵上附有報案專線 110、反詐騙專線 165、保護婦幼專線 113，警察局長服務專線電話，讓民眾可以方便貼在冰箱上、熟記各專線電話，遇有任何問題和危難，需要協助時，都會想到和警察聯絡，一起拚治安。【請聽中廣記者李台龍報導】……

二、聲音的運用技巧

每個人都會說話，但把話說得好聽卻不簡單。在廣播新聞裡，廣播語言是一種經過加工的口語，其要求卻比一般口語要高。為了吸引聽眾，達到傳情用聲達意的要求，廣播記者不僅字音要準確、清晰度要比口語高，聲音色彩還必須富於變化。而廣播新聞的語言負載量比一般口語大得多，必須把平常口語的贅字、空白、重複、拖腔❸剔除掉，而廣播新聞又必須在較短時間內傳遞較多訊息，加上國語裡頭單音節的字很多，一個字聽不清楚往往就影

---

❸　所謂拖腔就是平常說話時不自覺發出的「嗯哼」等字眼。

響對整條新聞的理解（徐恆，2003: 8）。所以，廣播新聞裡的口條要說清楚、說得動聽才是。

　　人們耳朵分辨聲音主要有四種特性，包括音高、音量、音色和音長等，掌握這四項特性，經過科學的鍛鍊，每個人都能提高和擴大自己的發聲能力，體會及運用一定的聲音彈性（吳郁等，2003: 48）。

(一)音　高

　　音高，就是聲音音調的高低，它取決於音波的頻率。良好的用聲習慣表現在音高方面，就是能夠根據自己音高的特點，取中用聲，也就是用自己的中音區為基準點，在需要高低變化時，能夠上下運用自如。這就像是平常到KTV 唱歌，必須挑準 Key，唱起歌來才能餘音繞梁，不然就像殺豬一樣令人不敢恭維。如果要發比較高的音，就要增加小腹的收縮壓力，把氣頂上去。平常在練習時，可以隨便找一句話，確定其中的一個音節為高音，小腹往裡一縮，高音就上去了。以下面這句話為例：

　　　　我們一定要達到目的。

　　如果，確定「一定」這兩字用高音發聲，在發「一」這個音時，小腹往裡一縮，聲音就會上去，千萬不要捏緊喉部發聲，至於其他的字還是以中音發聲。發高音時另需注意其他姿勢，像是腰板要直、胸稍內含、下頜微收、脖頸要直，如此一來，小腹往內縮之後，才能獲得較強的氣息送達口腔和鼻腔，取得一定的高音共鳴。至於發出低音，則是把喉部和小腹放鬆，讓氣息沉下來即可（吳郁等，2003: 48–50）。

(二)音　量

　　音量，就是聲音的強弱、大小。音量取決於音波的震幅，並與呼出的氣流及咬字器官的用力程度有關。有的人講起話來聲如洪鐘，有的人卻像小貓喵喵叫，音量大小不一而足。記者處理廣播新聞時，不管是在外頭還是電臺裡面，唸新聞稿的聲音最好像在和三、五好友平常聊天音量即可，不必飆得

太高。事實上，音量適度就好，固然大嗓門要壓低、音量小要放大分貝，但更重要的是維持音量的穩定，忽大忽小的音量聽起來就沒有專業的感覺。

　　要加強音量，一個是加大氣息量，另一個是加強吐字器官，特別是唇舌的力度。要取得較大的氣息量，首先吸氣要吸得深一點，再者就是吐字的力度要強一點。千萬不能在喉部用力，不能扯著嗓子喊。至於降低音量方面，要注意不能失去氣息的支撐，吐字要輕巧而非全然不要控制（吳郁等，2003：50–51）。

㈢音　色

　　音色也叫音質，它是一個聲音區別於其他聲音的基本特徵。每個人由於發聲體、共鳴腔不同，音色也不一樣。有的清亮、有的渾厚、有的柔和、有的生硬，天賦占了很高成分。不過，音色與使用也有關係，同一個人的音色，在一定範圍內可以有寬窄、明暗、剛柔、虛實的變化，這些變化透過氣息強弱、口腔控制還是可以辦得到。以音色的「剛柔」為例，氣息足一點，口腔開得大一些，唇舌力度強一些，聲音就會有「剛」的色彩；相反地，氣息少一點，口腔開得小一些，唇舌力度弱一些，聲音相對就「柔」一點。又例如要發出明亮的聲音，口腔要開得大一些；而口腔開得小、舌頭的位置往後頭靠，音色就會沉悶許多（吳郁等，2003：51–52）。

　　有的廣播記者自信不足，總覺得別人的聲音好聽極了，所以捏著嗓子或低沉或高亢地模仿起來，久而久之，不僅把聲帶弄傷了，同時也把播音該有的自信磨掉了。其實，自然就是美，找出自己最自然放鬆的聲音，在若有意似無意的當口發出去，這就是所謂的「自然之聲」（蔡爾健譯，2005：75）。每一個人都有專屬於自己的「自然之聲」，只是有沒有去發掘罷了。日本傳播學者福島英提供了一個簡便方法找尋「自然之聲」，即每天笑個一分鐘，並且按照專業的方式笑，這不僅對於呼吸、發聲、共鳴有幫助，也有助於音色從渾沌變為明朗（蔡爾健譯，2005：77）。

　　　剛開始微弱、同時一點一點地笑出來，然後再逐漸變強，之後，請再

變弱、終止；盡可能誇張地、快樂地並且明快地進行。

　1.哇哈哈哈、啊哈哈哈、咕啊哈哈哈。

　2.啊哈哈哈、噫嘻嘻嘻、嗚呼呼呼、耶嘿嘿嘿、喔呵呵呵。

　3.自由地笑一分鐘。

㈣音　長

　音長取決於音波持續時間的長短。在廣播新聞裡，音長的作用主要表現在語速當中，也就是說話速度的快慢。從聲音的物理層面分析，語速的快慢是由每個音節的音長、音節之間的長短、語流中停頓的多少與停頓時間的長短來決定。有的人講話像機關槍，滴滴答答掃射個不停；有的人講話又像是慢郎中一樣，兩字一拖、三字一頓，非常不乾脆。對於廣播記者來講，讀稿的速度不疾不徐，才能讓聽眾聽得明白。

　臺灣廣播圈內對於語速的要求多承襲於美國，以中央廣播電臺為例，早年美國人曾經協助該電臺立下不少典範規章，由於央廣是以短波對國際廣播，講起話來要比較慢，所以應控制在每分鐘約二百至二百二十字左右。這個語速的標準後來被其他電臺援引，成為普遍的播音標準。不過，臺灣目前地方電臺多以調頻、中功率播出，加上時空環境不一樣，上述標準似有檢討必要。

　筆者任職央廣期間，曾經針對廣電記者語速做過長達兩年的追蹤統計，發現目前電視記者語速多維持在每分鐘三百五十至三百八十字、廣播記者語速則在三百二十至三百五十字左右，其速度之快實在難以想像。廣播記者最好能拿出稿子實際測試一下，連同內文和標點符號在內，把內文每個字唸出來，遇到標點符號則適時停頓，如果能控制在二百四十至二百六十字以內，稿子應該可以聽得清楚才對。

三、廣播新聞發聲的注意事項

　每個人都知道廣播稿要唸得口語化，還要有適度的抑揚頓挫，但到底要如何入手，卻莫衷一是。資深廣播人夏長模❹集播報新聞三十餘年的經驗，

歸納出幾個廣播新聞的原則，茲略述如下：

(一)換氣流暢

　　鼻子是用來呼吸的，但是在讀廣播稿時有些人卻總是忘了這事。讀廣播新聞稿時要用「鼻子呼吸」，用鼻子吸入足夠氣息後，將稿件逐字唸出，唸畢即閉緊嘴巴。換氣時要注意文句的完整性，當換則換，聽起來才有一氣呵成的感覺。例如，「美國總統川普表示，」這句話，應在逗點時換氣，不能在「美國總」三字唸完後，再唸「統川普表示」。另外，還需注意換氣時應該徐徐為之，不能太大聲，以避免干擾新聞播出。

(二)斷句清楚

　　廣播新聞稿應該用「短句」寫作，每句以八至十字為宜。不過，實際上寫作時，遇到專有名詞或是要將事情說清楚，一句話可能會長達十幾二十個字。因此，廣播記者讀稿子時，口中的斷句位置和文中的標點符號未必相同，不必硬跟著標點符號斷句，而是要根據該句特性斷句。遇到人、事、時、地、物等專有名詞，可以用「等距離、等速度」的方式唸出，其他形容詞、介系詞則酌加抑揚頓挫。例如：

　　　　歌手張惠妹今天上午出席新歌發表會指出，未來……。

　　這句話的正確唸法應該是，「張・惠・妹」用等距離、等速度方式唸出後，接著唸「今天上午出席」（略為停頓），再以等距離、等速度唸出「新・歌・發・表・會」後，接著唸「指出」，然後換氣，準備繼續唸下一句……。

(三)咬字精準

　　要將廣播新聞稿唸得字正腔圓，前提得把注音符號唸好。特別是「ㄋ、

---

❹　夏長模，前中央廣播電臺新聞部資深編播，在中廣任職時曾經主持全國聯播評論，國內多位知名主播、記者都曾跟他學習過播音，近幾年央廣新進記者亦多蒙夏長模指導。

ㄌ」、「ㄖ、ㄌ」、「ㄣ、ㄤ」、「ㄣ、ㄥ」這幾個音，要仔細弄清楚才不會鬧笑話。例如：

ㄣ、ㄥ不分。例：心性不定。　　ㄕ、ㄙ不分。例：柿子很澀。

ㄋ、ㄌ不分。例：妳離開我。　　ㄢ、ㄤ不分。例：安梁大典。

ㄜ、ㄛ不分。例：捨我其誰。　　ㄇ、ㄋ不分。例：一堆鳥毛。

　　要想把這些稿子唸好，平常最好多練習順口溜，把這些容易混淆的發音弄清楚，等到唸正式的廣播新聞稿，就能得心應手。例如練習ㄗ的發音，可以用「一個孩子／拿雙鞋子／看見茄子／放下鞋子／拾起茄子／忘了鞋子」；練習ㄇ、ㄋ發音，可以用「樹上一隻鳥／地上一隻貓／地上的貓想咬樹上的鳥／樹上的鳥想啄貓的毛」；練習ㄛ、ㄜ發音，可以用「多多和哥哥／坐下分果果／哥哥讓多多／多多讓哥哥／都說要小個／外婆樂呵呵」；練習ㄕ、ㄙ發音，可以用「樹上結了四十四個澀柿子／樹下蹲著四十四隻石獅子／樹下四十四隻石獅子／要吃樹上四十四個澀柿子／樹上四十四個澀柿子／澀死了樹下四十四隻石獅子」。

　　另外，大家應該找時間將下面這篇「正音口訣表」唸得流暢才是（周震宇，2010）：

> 學好聲韻辨四聲，陰陽上去要分明。
> 部位方法須找準，開齊合撮屬口形。
> 雙唇班報碧百波，舌尖當地豆點丁。
> 舌根高狗工耕故，舌面積結教尖精。
> 翹舌主爭真志照，平舌資則早在增。
> 擦音發翻飛分複，送氣查柴產徹稱。
> 合口呼午枯胡古，開口河坡歌安爭。
> 嘴撮虛學尋徐劇，齊齒衣優搖業英。
> 前鼻恩因煙彎穩，後鼻昂迎中擁生。
> 咬緊字頭歸字尾，不難達到清和純。

　　建議有志者，不妨在朗讀時，用手機把自己的聲音錄下來，然後反覆傾

聽，找出自己腔調的盲點，持續修正才能成長。

㈣避免發嗲

　　有些女記者在廣播發聲時往往會出現發嗲的情況，這是誤以「溫柔婉約」為美刻意造作，在發聲上口腔沒打開，唇向兩邊咧、嘴角太緊，咬字時整體偏前所造成的。要想克服這種情況，就是要盡量打開口腔，咬字部位的整體感覺在口腔中部，多做「開口呼」和「合口呼」的音節練習，亦可針對下列字眼進行練習，例如（吳郁等，2003: 55）：

　　　事實、同志、逝世、失事、戰爭、支柱、斬首、爭執、執著。

第三節　廣播新聞的採訪注意事項

　　新聞，是隨時隨地發生的；但，處理新聞時卻不能「隨機處理」，否則就容易流於散彈打鳥，其結果必然雜亂無章。有人認為，廣播新聞是採取「隨採隨發」，只要一採訪到新聞，立刻製作成新聞帶傳回公司播出即可。事實上，當然沒有那麼簡單。廣播新聞是一種精密且複雜的作業，必須前線與後勤作業相互配合，才能發揮整體戰力。

　　一個新進的廣播記者遇到新聞事件時，當然磨刀霍霍、準備大幹一場。但，在此之前請先弄清楚一些基本原則，以避免就地陣亡或者是隨波逐流。首先，廣播記者要知道，在整個新聞產製過程當中，自己站在什麼樣的位置。清楚自己角色後，才能談到要如何發揮功能；其次，廣播記者要知道的是，採訪永遠比寫新聞稿重要。別老想著要怎麼寫稿，先把採訪基本動作練好，時間一到自然生出火候；最後，廣播記者要清楚各種新聞稿的類型，而且要隨心所欲地使用這些工具，才能在不同時刻發出長短皆宜的稿子。

　　在進行廣播採訪討論之前，得先弄清楚廣播新聞的採訪流程：

表 6-1　廣播新聞採訪流程

確認稿單 → 備妥工具 → 準備收音 → 進行採訪 → 撰寫稿件 → 迅速過音 → 電腦傳輸

一、廣播採訪準備階段

(一)確認稿單

先來看一個例子。忙完一天後，某電臺兩岸線的記者跟主管說：「明天上午十點半有陸委會的記者會」。講完之後，就準備下班去約會。主管臉色一沉說：「你不要唬弄我，乖乖地把稿單打好再回家。」於是，這個記者就在公司電腦編輯系統❺打上：

10:30 陸委會記者會。

主管看到這個稿單後，沒好氣地對這名記者說：「親愛的，這叫作行程表，不叫作稿單。我找個國中生來寫稿單都寫得比你好，重寫！」所謂稿單，即用最簡單的方式表達隔日可能採訪新聞的工具，內含採訪新聞 "5W1H" 要素。一般說來，稿單是新聞記者與電臺新聞各主管的對話工具。除了將可能採訪新聞的人、事、時、地、物交代清楚外，最重要的是要告訴新聞主管：「我為什麼要跑這條新聞？這條新聞價值何在？」

不少廣播新聞記者認為，新聞瞬息萬變，怎麼可能先掌握明天、甚至一週內的新聞呢？又或者，縱使掌握明天新聞線索又如何？只要明天的新聞現場遇到更重要的新聞，必然將先前預報的稿子壓過去。先跟主管預報明天要

---

❺ 一個稍具規模的廣播電臺處理新聞時，通常會建立一套電腦編輯系統。讓記者發稿到主管審稿以及編輯、播報，都能在電腦上作業。舉例來說，記者發稿回來公司後，主管就可以在電腦前看到這條稿子，經審核後放行這條新聞稿。接著，這條新聞稿到了編輯部門手中，經過再次潤飾、排序作業，再丟到主播的視窗後依序播出。當然，有些電臺受限於經費，這些功能或多或少會打些折扣。

跑的新聞，萬一新聞沒跑出來或被壓過去，豈不糟糕透頂。一些偷懶的記者甚至認為，「反正到時候記者會一開，這些東西就清楚了，幹嘛自找麻煩寫什麼稿單」。

事實上，這些無聊的遁辭根本不值一駁。一個清楚知道自己明天要跑什麼新聞，而且知道這條新聞到底有什麼意義的廣播記者，當然比起盲目跟在大牌記者後頭的哈巴狗要強許多。一個「按表操課」的單位所呈現的新聞質感，由於透過稿單先行規劃，當然比臨時抓瞎的新聞單位要強。新聞稿單可以發揮樞紐功能，讓前線記者清楚自己發稿的角度、時間的掌控，更讓新聞後勤單位如編輯部門、主播等人可以知道，在眾多來稿當中，哪些是重要的稿子？哪些又是一般的稿子？這些稿子什麼時間來稿？其時間長短多少？整節新聞中可以擺上哪幾條……等。所以，上述稿單可以改為：

表 6-2　某月某日廣播新聞稿單範例

來稿時間	內　容	記　者	形　式
12:00	10:30 陸委會記者會，夏立言談 M503。	宇帆	SOT❻

在該稿單當中顯示：來稿時間、新聞稿可能內容、時間長短、由哪個記者負責。在這種表格化處理後，廣播新聞的編輯、主播同仁才能進行後續作業。萬一出了問題，或者是到稿時間出了差錯，也才能循線發現問題、及時補救。

值得注意的是，在電視臺處理新聞稿時，要先取好稿子的名字。舉例而言，這條稿子是陸委會主委夏立言準備在十點半召開的記者會，針對中共的 M503 航線發表官方立場，並預計在中午十二點發稿完成。因此這條稿子的名字，就可將它取名為「立言航線 1200」，以此類推。目前，電視臺逐步進行無帶化，編輯系統會自動抓取稿件，如果沒有取好稿子的「名字」，讓電腦可以抓到這條稿子播出，那麼，這條稿子做了就等於沒做。電視臺新進記者或實習同學，應該特別牢記這個重點。

---

❻　SOT 是 sound on tape 的簡稱，也就是一般具有受訪者音源的廣播新聞稿。

㈡備妥工具

廣播記者到新聞現場時，身上大包小包的東西像是在逃難一樣，新聞圈內稱「女生當男生用，男生當畜生用」，對廣播記者來說絕不誇張。一個廣播新聞記者要帶的工具如下：

表 6-3　廣播採訪所需工具

工　具	注意事項
筆記型電腦	撰寫廣播新聞稿用，以防摔、耐撞且重量輕為宜。忌以此電腦玩網路遊戲，免得中毒。
錄音筆	錄音筆輕便、效果不錯。最重要的是錄音筆有 USB，錄完音後即可用筆記型電腦輸出音源，然後在電腦上用 FileZilla、Audacity 等軟體剪接，再配上自己寫的稿子，也可以在電腦上用相同的人錄音，然後利用網際網路傳回電臺。
麥克風	有線圈式麥克風、電容式麥克風兩種，依電臺配備使用之；另須注意要隨身攜帶電臺 logo。
錄音接頭	錄音接頭可分兩種，其一是 phone jack (TRS)，其二是 canon 頭 (XLR)，建議廣播記者兩條接頭的訊號線都要備妥。
拷貝線	漏掉新聞音源時向同業求救的必備工具，要準備好。
祕錄器	電話採訪錄音的工具，錄音器材店都有販售。
其　他	手機的錄音功能，也可以當成備用的錄音工具。因此，也要隨身攜帶手機充電器，讓採訪時多個保險；名片也應該多帶以免需要時出糗；迴紋針、橡皮筋若干備用。

二、廣播採訪進行階段[7]

㈠準備收音

廣播記者應該提早個二十分鐘抵達新聞現場，第一件事情就是先檢查錄音設備，並找尋音源位置。記者要注意錄音筆與麥克風電力是否充足，千萬別忘記錄音時要開電源開關，否則就會發生一片空白的慘劇。錄音結束後，

[7] 本節感謝中央廣播電臺資深新聞人夏治平、曾國華、蔣靜君，以及中央社記者曹宇帆提供相關採訪細節，謹此致謝。

記得把電源開關切至 off 位置。接著，檢查麥克風電源，隨後再檢測錄音筆容量是否充足。收音之後，記者應該立刻將聲音檔取個名字，標示採訪內容的關鍵字和時間，例如「立言航線 1030」，表示這是收錄陸委會主委夏立言上午十點半的記者會聲音，內容是關於航線的問題。

要記住，越靠近音源，就越能收到清晰的聲音，廣播記者在任何新聞現場都必須盡其所能接近音源。如果主辦單位在現場配有音箱，一切都方便；如果沒有音箱，應該積極與現場音控室工作人員交涉，在音控室內收音。一般音控室都會有監聽 speaker，如果沒有的話，可以利用拷貝線，串接副控室的過音器材，或者是訊號分配臺 (patch bay)，以確保收音品質良好。如果沒有副控室或音箱，採訪者應自備迴紋針與橡皮筋套在麥克風上，掛在天花板的音箱上面。假如上述收音都派不上用場，那就只好當自由女神了，用手把麥克風舉得高高的站著收音。

另一個要注意的重點是麥克風的使用。廣播記者所攜帶的麥克風收音能力與品質，遠遠不如電視臺記者所配備的昂貴麥克風，所以廣播記者要讓麥克風直接靠近說話者。至於在一般室內記者會，廣播記者架好麥克風後，應立即請主辦單位發出聲音讓記者試錄，以調整麥克風放置的遠近位置。聲音太大，麥克風太近，錄出來的聲音會破掉；聲音太小、麥克風太遠，錄到的聲音又會太空，兩者都不能使用。

廣播記者如果使用的是電容式麥克風（內置電池型麥克風），為了避免耗電，不使用時要隨手關閉撥到 off。因此，在下一次使用時，一定要記得先開啟 on。如果是透過音箱收音，必須特別注意迴音和爆（破）音❽，以及手機電波對音箱所產生的干擾雜音。一般說來，麥克風按收音方向有廣角或單向型，進行單純人物專訪時，使用單向收音效果較佳，可以避免收進太多環境雜音；反之，如果是在採訪抗議活動時，則可調到廣角度收音。

由於廣電媒體家數越來越多，如果開放媒體個別架設麥克風，陣仗將會

❽　如果音源的音量很大，可以將麥克風離音源遠一點，或者可以直接從錄音器材內所設有的調整阻抗功能調整之；另外，如果音量進入錄音機過大，可以選擇先降低音量，再讓聲音回復正常音量的選擇開關。

十分驚人，不少採訪現場有事先配置好的收音孔，廣播記者也會自備拷貝線（對拷線）直接從音孔內收音，不過，拷貝線的阻抗有高低之分，有時音孔內輸出的聲音太大，就必須使用阻抗較高的拷貝線，才不會收到破（爆）音。錄音接頭可分兩種，其一是 phone jack (TRS)，其二是 canon 頭 (XLR)，建議廣播記者兩條接頭的訊號線都要備妥。

(二)進行採訪

決定廣播新聞好壞，採訪動作相當重要。廣播新聞由於必須和受訪對象交流後透過錄音取得，困難度頗高，採訪動作不可不慎。有一句打油詩恰好可以形容廣播記者採訪時的注意事項，正所謂：

> 卡位觀四周，問題備足夠；落筆有主見，別做哈巴狗。

剛才說明許多廣播記者取得音源的技巧，就是因為廣播記者是靠聲音吃飯，拿不到受訪者音源，稿子未必就不真實，但臨場感將明顯不足、聽起來不過癮。要想拿到好音源，在採訪時就要占好位置。一般室內採訪的音源取得，只要用心找到音箱位置，老手和菜鳥差別基本不大；但遇著新聞人物被同業包圍的時候，拿起麥克風卡位就非常重要。

遇到人擠人的時候，廣播記者要先卡住受訪者左右兩側位置，手臂夾緊身體，再遞出麥克風於受訪者嘴前約一個拳頭處的距離，這樣子既輕鬆也能持久。一般說來，受訪者下巴的正下方收音效果最佳，如果真的卡不到左右兩側，手握麥克風蹲下來，像求婚一樣把麥克風放在受訪者下巴處也行。在卡位時還要注意，千萬不要讓麥克風擋住受訪者的臉，否則會激起其他攝影記者的公憤，因為麥克風遮住臉所拍出來的相片，會讓攝影大哥的作品美感盡失。

至於廣播記者發問也是學問。凡事豫則立、不豫則廢，事先要做足受訪者個人或當日重要新聞議題的資料，並以直述句發問，一句、兩句把問題說清楚，不要轉彎炫耀自己的學問。如果是事先採訪，則應該列好訪問大綱，把採訪目的、擬問題目、採訪時間地點以及記者聯絡方法（含行動電話、公

司電話及 e-mail、Line、FB）在一張紙內說明清楚。準備訪問資料之前，廣播記者應該先做功課，不管是報紙、雜誌、上網都行，除此之外，像是中央社剪報系統等資料庫，也要熟悉使用方式。

一般廣播記者有個壞習慣，一定要三五成群、結伴問問題，好像這樣才能有安全感。其實，這是非常糟糕的作法。每家電臺都有自己的風格立場，對於新聞的看法觀點不盡相同，偏偏主管們又難以約束記者這種交相掩護的行為，而記者甚至害怕自己如果不和同業攪和在一塊，就會遭到排擠。請記住一個事實，記者是啄木鳥，不是哈巴狗，豈能老跟在別人後面起舞。可以和同業交換意見，但不能失去自己主見，更不要怕漏新聞。只要做足功課並在新聞現場發問時言之有物，寫出好的稿子，就沒人敢排擠，同業和主管反而會更加敬重。

到新聞現場後，廣播記者可以先在現場閱讀記者會資料，或者與現場來賓交換名片，了解主辦單位舉辦這場記者會的動機與目的，當然如果記者一時有好幾個記者會要兼顧，可以就重要性排列優先順序，先行採訪與會者，再趕往下一個採訪地點。

廣播記者和其他記者不同，要格外注意新聞現場動態，採訪進行期間應該隨時檢查錄音機的錄音指計狀態，看看是否符合正常錄音品質。有時現場會出現雜音干擾，通常這是因為手機鈴響，或是手機接收到訊號造成干擾，為避免自誤誤人，在新聞現場時應該盡可能關掉手機，或者應該詢問受訪者是否能安排較為安靜的空間。如果時間許可，則應該留下受訪者的電話，另行約定採訪時間。

對拷線對廣播記者而言非常重要，但應該在不得已情況下為之，而且是在確定掌握該新聞動態下才使用，才能避免抄襲新聞的譏評。記者原本應該親自到新聞現場採訪，但記者有限新聞無窮，不少記者因為趕場會錯過若干記者會，事後可能需要補錄聲音發稿，這時就會用到對拷線。由於直接用麥克風補錄聲音，現場有時人多嘴雜，會把不需要的聲音也收錄進去，使用對拷線就不會有這種困擾。在對拷時一定要注意音量，可先請播放的一方先播放聲音，錄的一方注意音量表有沒有爆音即可。

　　至於電話採訪時，廣播記者也要掌握一項採訪利器——祕錄器，用來取得受訪者在話筒另一端的音源。這是非常好用的器材，一般錄音器材店都有販售。

三、廣播採訪完成階段

(一)迅速過音❾

　　進行採訪後，若不能順利把新聞傳回，等於白忙一場，沒有完成採訪工作。目前一般廣播電臺記者大多使用手提電腦作業，當新聞稿寫完之後，利用電腦中的軟體與電腦上的麥克風過音後，再自行剪輯，利用寬頻網路傳送回電臺。時至今日，電話過音仍占有一席之地。

　　一般而言，以電話過音傳送廣播聲音稿，有線電話會優於無線，市內電話又會優於手機。過音時應該注意咬字發音的正確，由於廣播是透過聲音傳送訊息，因此一定要要求發音正確，不能語焉不詳，而且必須把字咬全，再求速度。廣播記者所使用的受訪者音源必須清晰，如果不清晰或是雜訊太多，寧可不用，甚至要求受訪者再說一次、重新錄音。

　　此外，還必須注意音量的大小。廣播記者可以先錄一兩句話，確定過音品質，在監聽後確定品質優良，再全部錄完。如果是打電話回電臺以手動方式錄音，則可以由收音人員控制品質。不管是先把聲音過到電腦內再傳，或是直接透過電話筒傳，都應該盡量選擇在背景環境不太吵雜的地方進行。另外，在過音時應關閉手機，以避免手機電波產生干擾。

(二)電腦傳輸

　　以央廣為例，記者的工作電腦內都會安裝錄音剪輯軟體 Audacity，記者在文字稿完成後，將麥克風接頭插入電腦的錄音孔，按下 Audacity 錄音介

---

❾　過音，即廣播記者寫完新聞稿後唸出文字部分，讓傳輸的電腦或電話筒另一端的電臺接收記者音源。

面，就可以開始錄音。

　　錄音時可以先預錄調整音量，以 Audacity 為例，音量表頭在 –12db 上下徘徊就可以。除了記者過音的音量之外，採訪話帶的音源也要控制在 –12db 上下。廣播記者最好先過音、再錄話帶，最後再剪接成聲音稿，這種作業模式比較理想。央廣所使用的 Audacity 軟體簡單易懂，建議不妨下載後嘗試其中的功能，應該很容易就上手。同時，Audacity 除了可以做簡單的 fade-in（漸入）與 fade-out（漸出）效果外，還有不少功能，使用者多加琢磨，短期之內就能體會箇中奧妙。

　　當記者利用錄音剪輯軟體 Audacity 過音完畢剪輯成聲音稿後，在傳輸前要先存檔。存檔要存成電臺內部電腦可以判讀的格式。以央廣為例，是存成 mp3 檔，之後再以 FileZilla 軟體，以點對點方式傳輸回臺內。

　　存檔前還要留意取樣格式，Audacity 軟體在編輯 (edit) 功能列中，有一個偏好 (preference) 選項，該選項有一個品質 (quality) 選擇，就可以選取樣格式。一般來說，都是以 CD 品質 16 bit/ 44100 Hz 為常見取樣，這種取樣率高聲音品質亦佳，但比較占電腦記憶體空間，若是以 8 bit/ 22500 Hz 的取樣，較不占記憶體空間，但聲音品質不見得理想。如果想利用電腦自行剪輯再傳送回電臺，必須先注意是否有寬頻網路環境，否則傳送的聲音檔所占的空間過大，傳送時間一定會太長，而且容易斷線，這樣就容易影響到新聞播出的時間。此外，記者自行電腦剪輯過音，必須注意句子與句子之間要有適當的距離，否則可能會造成聽眾收聽時的障礙。

第四節　廣播新聞稿的寫作注意事項

　　撰寫廣播新聞稿之前，應該先調整好寫作心態，再來探討寫稿的相關注意事項。所謂「形於中而發於外」，先要存有「誠意」，心裡頭暖呼呼才能寫好稿子、讀通稿子，讓聽眾聽得入耳。當然，一篇廣播新聞稿的好壞，首要問題還是決定在內容是否充實；內容充實取決於記者是否博學和用功；至於

表達技巧，則需要靠長時間的磨練（顏路裔，1970: 10）。如果有心的話，不妨可以鎖定幾位資深廣播記者，錄下他們的稿子或者是用網路廣播，反覆多聽幾遍，並且自己試寫；再不然，就是電視新聞出現現場連線時，由於這與新聞現場頗為相似，初學者可以用錄音筆或手機錄下來後，自己試著寫新聞稿。寫完稿子之後，再請老師或線上記者改正，努力耕耘就會見效。

　　平常，則建議有志於廣播新聞工作者要練習「閉著眼睛聽電視新聞」，把畫面抽離後，努力掌握文字和聲音，找出其中的脈絡和敘事，甚至挑出裡頭的破綻，久而久之，就有機會「出師」了。因為，耳朵靈敏就意味著距離口條清晰又更進一步！

一、廣播新聞的寫作原則

　　廣播新聞稿的寫作核心概念是講究口語化，一篇稿子寫個一分鐘就差不多了，不能太長；同時要注意所謂的三 C 原則，就是用字清晰 (clarity)、明朗 (clearness)、清脆 (crispness)（顏路裔，1970: 29），和四 S 原則，即短 (short)、簡 (simple)、誠 (sincere)、力 (strong)（涂裔輝，1992: 41）。但這些原則如何化理論為實際呢？以下有幾項原則可茲參考。

(一)要寫得簡潔

　　撰寫廣播新聞稿要簡潔，切忌拖泥帶水。美國通俗寫作專家戴爾博士 (Dr. Dare) 認為，撰寫新聞稿時所用的字彙，應以不超過國中九年級（國三）學生在課本中所讀的生字為原則；句子要短，每句長則最多不超過十七個字。至於一般廣播新聞稿要唸得通順，每句平均約在八至十二字左右。如果碰到新聞人物的長篇大論，中間不妨多夾雜著「他說」、「他接著表示」等語句。萬一碰到新聞稿引用不通俗的名言，在該句名言之後，應該以最通俗的語句加以說明，好讓聽眾明白其中的意義（行政院新聞局，1963: 21–23）。

㈡要用白話文寫作

撰寫廣播新聞稿不是吟詩作對，要避免拗口的「之乎者也」，別寫文言文，才不會讓聽眾丈二金剛摸不著頭緒。例如文言文中的「該、至、即、均、故」，應改為口語的「這個、到、就是、都、所以」；像「則、乃」這種虛詞，可以改為「就、於是」（王文科，2002: 98）。

㈢用直述句，別用倒裝句

誠如前述，廣播稿就像射箭一樣，唸出去就不能回頭，為求聽眾一聽即懂，應該用直述句，少用西式語法的倒裝句。例如：「總統今天上午前往金門，視導戍守官兵戰訓情形，提前向部隊賀新年。」不能改成「總統前往金門，今天上午視導戍守官兵……。」

㈣少用拗口的語詞

撰寫廣播新聞稿不要囉唆，要盡量少用或不用一些連接詞。像是「假如、即使、況且、儘管、除非、然而、不論」，雖然這些文字在書面上經常出現，但聽起來就是覺得不自然。另外，對於一些音同義不同的字眼也要避用，例如「全部」與「全不」、「視事」和「逝世」要弄清楚，否則就會鬧出「某某偉人復行視事」變成「某某偉人復行逝世」的笑話（王文科，2002: 98）。

㈤遇見數字要加工

表示時間的字、詞、句，要用平常用語，例如「幾月幾日」，在廣播裡要唸成「幾月幾號」。在廣播新聞稿裡，除非是確定稿子唸過一兩遍後就不用，否則不要用「今天」、「明天」等字眼，而是用「幾月幾號」取代較為妥當。其次，數字應該具體化，便於聽眾接受。例如根據世界衛生組織的統計，臺灣患有憂鬱症的人數高達百分之八點九，平均每十一個人，就有一個人可能患有憂鬱症。句中的「百分之八點九」太過籠統，要在後頭用一些較簡單的比喻加以補充，才方便聽眾掌握這條新聞。

㈥多用雙（多）音詞寫稿

單音詞是只有一個音節的詞，即一個字組成的詞，像是「可」、「能」、「已」、「將」等。這些字雖然簡潔，但唸起來聲音急促、不夠響亮。舉例來說，「今天我雖有時間，但不願上街去玩」這句話看起來沒有問題，但唸起來就拗口，不如改成「今天我雖然有時間，但是並不願意上街去玩」來得順口（程道才，1999: 78）。又如「臺北市長今天視察年貨大街時表示」，如果改成「臺北市長今天視察年貨大街的時候表示」，唸起來就流暢許多。

二、廣播新聞的結構

廣播新聞稿的結構到底該如何區分，坊間有各種說法。事實上不管怎麼分類，初學者還是應該以掌握重點為宜，不要添加太多花俏的招數，請具體掌握新聞裡的導言和本文兩大部分，就可以像《笑傲江湖》裡的令狐沖一樣，以一招「破劍式」寫盡天下所有廣播新聞。當然，在寫作時要注意一條新聞一個重點，不要將所有素材全塞在一條新聞裡，要確實遵守「主線單一」這個原則。

㈠導　言

廣播新聞是一種兩段式的寫作，前面的導言旨在敘述新聞的重點，以導引聽眾興趣；其次是後面的本文，用來完整說明新聞內容。

廣播新聞的導言通常是電臺裡的編播（主持人）唸出來的，大約四、五十個字左右，它是整個新聞的重點所在。這部分通常由記者撰寫，再由編播修正潤飾後播出。就像釣魚一樣，導言就像是魚餌，目的在引起聽眾的興趣，願意撥出時間準備收聽這條新聞，這就像魚在咬餌一樣。這時候，使用導言當作魚鉤，陳述新聞的主體內容，一口氣把聽眾釣起來（張莉莉譯，2000: 57）。

在報紙新聞寫作當中，通常會把重點集中在新聞的第一、二句，但廣播

新聞略有不同。廣播聽眾在新聞播出之前需要時間集中注意力，以及調整情緒準備收聽。因此，廣播新聞記者不宜立即將新聞的重要事實在頭一、二句播出，而是在聽眾喘口氣準備收聽的第三、四句開始，寫出新聞要表達的重點；否則，聽眾只要稍微楞一下，就難以掌握整條新聞全貌。透過這種培養聽眾興趣的語句 (warming up the listener) 寫作，才是較為妥當的新聞導言寫法（行政院新聞局，1963: 25–26）。

撰寫廣播新聞的導言時，不少人採取 "5W1H" 方式破題，但這種外國人的方式未必適用於國內。一般說來，廣播新聞稿的導言，通常以直敘法居多，再佐以描述法和一問一答法❿寫作即可。決定新聞寫作好壞不在於方法多寡，而在於這些工具是否熟練。就像是武俠小說裡的高手，一把劍就可以盪平匪寇，不必又帶著屠龍刀、又帶著倚天劍在身，工具太多反而會礙事。

1. 直敘法

這是最常用的方式，單刀直入陳述新聞事實，最為乾淨俐落。寫作時想清楚人事時地物之後，找尋較有新聞性、容易引起聽眾注意的角度切入，採取直述性的方式撰寫新聞導言。當然，遇到專有名詞過長時，要採取方便斷句的寫作方法，務求稿子能讓聽眾聽得明白。

> 國軍近來頻傳風紀問題，國防部明天將召開國民政府遷臺以來首次「同步異地」的軍紀檢討會。對此，總統府發言人陳以信今天表示，馬英九總統一向強調維繫軍紀的重要性，總統高度關切此事，並已責成國防部立即嚴正檢討（央廣，2015）。

2. 描述法

廣播新聞稿只能透過記者「說」新聞給聽眾了解，為求聽眾注意，採取感官引導的方式將可以強化稿子的吸引力。誠如前述，所謂描述法就是在導

---

❿ 坊間各家對於廣播新聞導言的寫作法介紹頗豐，包括直敘法、問句法、驚嘆法、引言法、對聯法、一問一答法以及綜合上述兩三種破題方式的「複合法」。另亦有評論法、對比法、描寫法等方式（涂喬輝，1992: 105–106；王文科，2002: 104）。

言的寫作上，要扣緊聽眾的視覺、聽覺、嗅覺、味覺、觸覺等方式，在第一時間抓住聽眾隨機的注意力❶。

> Hello Kitty 迷又要破費了！全世界第一個 Hello Kitty 專屬飯店套房，今天在高雄亮相，從床單，窗簾，壁紙，到拖鞋，香皂，牙刷，甚至早餐，住在這個飯店套房內，只要睜開眼睛看得到的都是 Kitty。不過住進這個 Kitty 套房代價不小，一晚要價一萬八千元。【請聽中廣記者林憲源報導】（林憲源，2006）。

3. 一問一答法

透過聽眾可能感興趣的問題切入，然後迅速回答，這種廣播導言的寫作方式相當常見。這種導言寫作法的問題通常只有寥寥幾句，接著要立刻回答，否則聽眾會弄不清楚記者寫的是什麼新聞稿。

> 今天上午全臺各地豔陽高照，平均氣溫都超過三十度。不過，到了晚上可能就會變天，甚至氣溫會下降到十幾度。到底是怎麼回事？我們來聽聽氣象主播淑麗怎麼說。

此外，廣播新聞的導言在寫作時，要特別注意「第一次」。在稿子第一次遇到新聞人物或新聞機構時，一定要用全稱，在第二次之後，就可以用簡稱。例如新聞稿提及「行政院大陸委員會」時，第一次用全稱，第二次就可稱「陸委會」；又如「國民黨主席吳敦義」，也是第一次用全稱，往下寫的稿子直稱「吳敦義」即可。有些好事者為求周延，會在「吳敦義」後頭加上「先生」二字，這是不應該出現的贅字，免得有拍馬屁的嫌疑。

㈡本　文

先看看以下這則色香味俱全的廣播新聞稿：

圓山美味紅豆鬆糕、連老外也排隊搶購

---

❶　聽眾不會乖乖地坐在收音機前聽新聞，通常是在做其他事情時「順便」聽一下廣播，所以他們的注意力是隨機的，必須靈活運用各種技巧才能抓住他們的喜好。

【導言】

　　大陸江浙點心「紅豆鬆糕」是前第一夫人蔣宋美齡女士的最愛！一般民眾近幾年才開始有機會享用。製作紅豆鬆糕最有名的臺北圓山飯店，往年春節都得做上兩百個以上，師父做到手脫臼，還是供不應求。【請聽央廣記者黃美寧報導】。

【本文】

　　一籠籠冒著熱氣的紅豆鬆糕剛剛出爐，白色的鬆糕上、點綴著紅棗和青木瓜絲，看起來非常樸實；裡頭包裹著細細綿綿的豆沙餡，和著鬆糕嘗一口，高雅的甜味充滿口中，雖然名為「鬆糕」，吃起來卻Q軟又有彈性，難怪蔣宋美齡即使定居美國，還是對它念念不忘。

　　雖然圓山飯店今年不必再千里迢迢地送紅豆鬆糕到美國去，不過喜歡它的民眾還是很多；平時一天只供應五十份，特別在春節期間增加到六十份，仍然供不應求，連外國人也跟著排隊，希望一親紅豆鬆糕的芳澤。

　　坊間也有不少紅豆鬆糕，打著「蔣夫人最愛」的名號，不過在圓山飯店做鬆糕有二十多年歷史的主廚高群雄說，鬆糕要做得好，可不簡單，光是豆沙餡就得花上一整天來製作，糯米粉得揉得像雪花一樣鬆鬆軟軟，再拌進糖和紅豆，蒸的時候，最重要的是控制火候，這門工夫沒有幾年訓練是學不來的。【受訪者：圓山飯店主廚高群雄】。

　　精緻美味的紅豆鬆糕如果一次吃不完，保存方法也很容易，切成小塊、用保鮮膜包好，放在冷凍庫可以保存半個月；圓山飯店也設計了微波爐專用的容器來包裝，以方便民眾加熱，不過師父建議，吃的時候最好還是用蒸的，才能保留鬆糕的風味（黃美寧，2004）。

　　本文是廣播新聞稿主要的部分，緊接於導言之後，通常是由採訪記者過音後自行唸出，其作用在於選擇重要的、典型的事實闡述該條新聞的主題，或者提供新的事實對導言進行補充、解釋或回答（王文科，2002: 104）。以剛才這條廣播新聞為例，記者在導言裡說明了紅豆鬆糕供不應求，但這個東西到底長什麼樣子？好不好吃？喜歡它的饕客究竟有什麼評價？就在本文裡頭說明。當然，這個紅豆鬆糕為什麼會那麼好吃？聽眾買回家後究竟該如何

吃？這些問題當然不可能一股腦兒全塞在導言裡，透過本文脈絡清楚地說明之後，一個秀色可餐的紅豆鬆糕就這樣子映入眼簾裡。

紅豆鬆糕雖然好吃，但是這種「看得見」的稿子該如何寫出來呢？一般說來，廣播記者在本文寫作時需要注意下列原則（王文科，2002: 147–181）：

1. 緊承導言，講清楚導言提到的新聞事實

導言和本文雖然是由新聞編播和記者分別唸出，但整體觀之還是一條新聞，所以在寫作時要營造出讓聽眾能夠一氣呵成接受的氣氛。不少人在寫作時會將導言和本文重複，內容全攪在一起，這將會造成聽眾的困擾，應該盡量避免。

2. 選取最典型的新聞材料作為新聞事實以說明導言提出的觀點

新聞選材是否典型、有分量，關鍵在於本文能夠證明導言提出的觀點或問題能夠站得住腳。以上文為例，當記者在導言寫出這個紅豆鬆糕供不應求，讓師傅做到手都脫臼。接下來，就要在內文裡證明這個鬆糕為何會那麼好吃。

3. 本文部分的材料安排要層次分明，邏輯清楚

本文寫作時要注意，每個新聞都要有一個重點，也就是說記者要有問題意識。確認問題之後，再依照邏輯順序一一回答。舉例來說，有些人的文章寫得妙筆生花，但如果把其中一段（句）抽掉，整個文章還是可以理解全貌，這就表示被抽掉的那一段（句）是廢話。另外要注意的是，本文寫作時要有What、Why、How 的順序概念，也就是這篇新聞稿的重點是什麼？為什麼會如此？以及要如何進行操作？回答這 2W1H，文章自然層次分明。

4. 交代新聞的背景

新聞不像孫悟空是從石頭蹦出來的，其中都有一定脈絡可尋。從縱的來看，每條新聞都有其來龍去脈；從橫的來看，每條新聞跟其他事件可能有聯繫。一些記者自認為聽眾和他一樣了解新聞，往往省略其背景，讓聽眾抓不住頭緒。其實，記者應該耐下性子好好想想，在 5W1H 當中，聽眾可能需要的是什麼背景補充資料，再以簡要方式加以說明。以上文為例，紅豆鬆糕為何有名，就是因為蔣宋美齡愛吃，加上這一句，新聞稿的質感就好了許多。

5. 結尾要有力或留有想像空間

元朝散曲家喬夢符總結樂府詩的作法時曾說：作樂府亦有法，曰「鳳頭、豬肚、豹尾」六字是也。意思是說，文章的開頭要像鳳凰頭一樣色彩斑斕；主體部分要像豬的肚子一樣豐滿充實；結尾則應該像花豹尾巴一樣強悍有力，令人能掩卷深思。如果為了趕稿對結尾匆匆了事，豈不糟蹋了先前採訪寫作的前製動作？以上文為例，新聞稿寫到最後，告訴聽眾買回紅豆鬆糕要如何保存、要如何加熱食用，對於聽眾來說，想吃又不能立刻吃到，不就留下了想像空間嗎？

三、如何寫好不同類型的廣播稿

廣播新聞稿的撰寫，不僅是記者的事，凡是電臺新聞部裡的工作人員，都應該要具備這項能力。一般說來，記者發稿多以報導帶、新聞稿加音源、乾稿為主，另應該具備現場連線、現場轉播的能力。至於電臺內部其他工作人員，則需要具備有改寫新聞稿、側錄電視 SNG 之後的發稿能力。各種類型新聞稿的撰寫方式茲略述如下。

㈠報導帶

製作報導帶是廣播記者最常使用的發稿方式。以上文那篇紅豆鬆糕為例，就是一篇不折不扣的報導帶。廣播記者寫好導言提供給新聞編播後，將新聞稿過音且置入受訪者音源，就叫作報導帶。面對目前各電臺流行滾輪式新聞(revolving door programming)❷的情況下，報導帶宜控制在一分鐘上下，這種

---

❷ 所謂滾輪式新聞是一種建立在時鐘規劃基礎之上的廣播新聞運作模式，它是一種每小時都以固定模式循環播出，並且必須連續數小時以同樣的時鐘規劃運作，所以又稱為 RUN 新聞（馮小龍，1996: 78）。舉個簡單例子來說，就是每小時的節目和廣告用掉五十五分鐘，留下固定的五分鐘播新聞。通常電臺習慣在晨、午、晚、夜重大時段（六時、十二時、十八時、二十四時）播出三十、六十分鐘的新聞，其他時間每隔五十五分鐘播出五分鐘的新聞，就像輪子滾到哪裡，新聞就播

長度不僅方便廣播新聞的編輯臺作業，平均七、八條新聞參差其間，這是聽眾剛好可以接受的訊息數量。

一篇報導帶的結構如下表所示：

表 6-4　廣播報導帶的結構示意圖

新聞導言：	這部分是由記者撰寫，再由新聞編播或主持人唸出。寫完導言之後，要加上【請聽記者○○○的報導】這句話。
文　字　一：	通常記者寫完一至兩段之後，於段落轉折處置入受訪者音源。寫作此部分時要注意，是「承接」導言，而非「重複」導言。
音　源　一：	置入受訪者音源，請控制在十至十五秒以內。
文　字　二：	這部分因為承接前後受訪音源，所以在第一個受訪音源後，如果還有音源，至少要寫個兩句，讓聽眾喘口氣之後，再連接下面的受訪音源。
音　源　二：	這部分可有可無，但若置入受訪者音源，請控制在十至十五秒以內。
結　　　尾：	結語寫完後，尾巴應加上【以上是記者○○○在○○（何地）的報導】。

(二)新聞稿加音源

新聞稿加音源是取得適當的受訪音源，但該新聞稿的分量不足時所使用的作法。其寫作方式是在寫完導言後，加上【受訪者頭銜、姓名說】，例如：

年終尾牙還在持續進行，演藝圈工作人員也很關心大牌藝人們會包多少紅包，唱片業方面，繼小天王周杰倫包了百萬紅包慰勞員工後，天后蔡依林也說一定會讓大家滿意。蔡依林說：【蔡依林的受訪音源】。

一般說來，新聞稿加音源應該是記者處理；但現在電視新聞 SNG 實在方便，廣播電臺內部人員不必到現場，仍可取得音源發稿。只是，採取這種作法之前，應該讓電臺與該電視臺取得聯繫並簽好合作的協議，免得滋生不必要的困擾。

(三)乾　稿

乾稿是沒有新聞音源，由記者直接撰寫播出的廣播稿。乾稿的使用時機有三，一是記者無法取得音源且該新聞有發稿的必要；二是記者研判該新聞

到哪裡，所以又叫輪式規劃 (news format wheel)。

可有可無、順便為之的發稿；三是電臺內部新聞工作人員改寫中央社或其他媒體的短訊。一般說來，這是廣播電臺的新聞編播必備的功夫。因為記者採訪新聞的則數有限，或者是記者還來不及發稿，但已瀕臨截稿時間，新聞編播自然會採取乾稿方式處理。不過，有些編輯習慣動作不好，改了別人家的稿多會「忘了」新聞出處，這可是有違新聞道德，千萬得留心。

乾稿的處理極為簡單，就是把導言寫成頭尾貫串的新聞稿，並由新聞編播一路唸下來。乾稿的長度大概要控制在三十秒內，最多不宜超過一百二十字。例如：

> 往來臺北和宜蘭的交通要道雪山隧道，每逢假日必塞，這次清明連假更塞。原因可能是網路傳言雪隧建置了科技執法系統，全線新設十六支監測系統，小車未保持五十公尺安全車距，會被開罰新臺幣三千元，一趟雪隧走下來，統統違法的話，四萬八千元就飛了。所以，造成「恐慌性」大塞車，宜蘭四個匝道全部塞滿，寸步難行。

(四)現場連線

遇到重大新聞時，為爭取時效或完整說明新聞的來龍去脈，新聞編播和廣播記者通常會以現場連線的方式處理新聞。此外，一些廣播新聞評論節目，為了讓聽眾體驗新聞現場的臨場感，主持人也會在節目裡與記者對談，記者除詳述新聞背景外，也順勢說明採訪該新聞時的所見所聞。這種把直述新聞和評論攪和在一塊的作法，讓記者既是報導新聞的第三者，同時間又儼然成為評論該新聞的「專家」，如果記者不夠用功，想想還真會令人冒冷汗。

舉例來說，颱風來襲對災區民眾可能造成損失，因此掌握動態對於聽眾相當重要，這時記者會在新聞時段預報或者報導颱風的最新動態；另外，對於政府重視的議題，如熊貓來臺的相關政策評估等議題，廣播主持人與記者對話，也有助於聽眾對這條新聞的了解。但不管如何，處理現場連線仍有需要注意的原則：

1. 慎選連線地點

處理重大新聞的廣播現場連線通常較為急迫，來不及在第一時間發稿。為了擺脫兵荒馬亂的窘境，記者宜慎選發音地點。記住「手機不如室內電話」，盡量找尋較安靜的角落進行連線。

2. 備妥連線資料

廣播新聞記者進行現場連線的對話，雖然比起一般新聞更為白話，但更要重視事先的準備資料。連線之前，廣播記者應該先和電臺內的新聞編播取得默契，弄清楚新聞編播或主持人可能發問的問題，再把簡單的對話稿子寫好。資料要多準備些，否則遇到較強勢的主持人或新聞編播答不上話，倒楣的多半是在外面奔波的記者。至於記者手頭上的資料，要隨時注意更新速度，好讓聽眾在各節新聞中可以掌握該事件的最新動態。

3. 注意連線發言

為求現場連線作業順暢，新聞編播的問題要簡單，三、四個問題就好，不要雜七夾八問一大堆，更不要在提問時夾議夾敘，既補充背景、又炫耀自身看法。應該「問題歸問題」，等到和記者對話告一段落後，新聞編播再從容補述背景。廣播記者在對話時眼中要「看」得見聽眾❸，特別要注意「說」新聞，不能逐字「唸」新聞，也就是用平常和朋友說話的語氣、聲調進行連線。

(五)現場轉播

現場轉播通常使用於報導超級重大新聞或國家級的重大事件，由於這種作業工程浩大，加上廣播不比電視有畫面輔助，相關前製作業要盡可能完善才是。一般說來，現場轉播分為兩大類，包括事先預知的重大新聞和臨時發生的重大新聞，茲以實例說明如下。

---

❸　廣播記者現場連線是一種很微妙的新聞作業方式，要「看」得見聽眾才能把連線做好。所謂「看」，不是真的「看」到，而是在心目中想像有三、五個人在旁邊，這些想像的人正聽著你和新聞編播的對話。廣播記者掌握這個心中圖像，採取類似的語氣和聲調與新聞編播進行對話，聽起來才會悅耳動聽。

　　中央廣播電臺是國家對外發聲的主要管道，每年會以多種語言向世界介紹國慶大典。處理類似現場轉播時，電臺新聞部和工程部必須緊密配合，事先確定臺內、現場各線路通暢，並多做測試確保無誤，此外還需備有線路斷線的臨時因應專案。至於現場轉播時，由於現場聲音極為吵雜，新聞記者或編播幾乎難以聽清楚自己的聲音，所以在資料準備時，既要有每個活動的背景說明、插播稿❶，最好能有事前備妥的全程轉播稿，事先準備加上臨場反應，才能讓聽眾聽得順耳。

　　至於在臨時新聞部分，像是二○一四年七月復興航空澎湖空難，事故發生後，大多數的廣播電臺會緊急調動人員回臺。除決定暫停原有節目、改為現場轉播外，同時也指派各記者依路線訪問罹難者家屬、航空公司與民航局等相關部門意見，採訪後隨即以現場連線或新聞稿方式播出。對於記者而言，面對突如其來的現場新聞轉播時必須一心多用，其基本動作包括迅速掌握最新狀況回報電臺，並等候指示準備現場連線；利用空檔時間迅速發送新聞稿；以及同時為未來數日可能出現的新聞預做準備❶。

---

❶　即在新聞現場轉播的過程中，難免出現空檔時間，這時候需要一些補白資料，像是說明新聞事件背景、新聞人物小傳以及和新聞相關的統計資料等，這些資料統稱插播稿。

❶　央廣處理美國九一一事件是一次罕見的新聞團隊作業，除了進行現場轉播外，同時間央廣新聞部也規劃後續數日的新聞採訪規劃、新聞專題節目製作、各語種新聞的奧援配合。

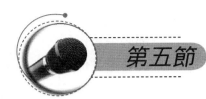

第五節　小　結

平心而論，廣播面對其他媒體的衝擊，壓力越來越大。因此，一個廣播記者必須自我要求，除了採訪、寫作、過音等基本動作外，還要讓自己具備擔任電臺內的新聞編播、製作廣播新聞節目的全方位實力，才有機會落實「新聞編採合一」的要求。不少廣播新聞從業人員認為，自己只要死守固定的工作崗位，只會單純地做一件事，就可以安安穩穩地過上一輩子。但是在

圖 6-2　面對其他媒體快速發展的衝擊，廣播新聞記者必須不斷向上提升，並盡可能落實新聞編採合一的要求，才能增加自己的競爭力。

廣播新聞人力精簡的大趨勢下，記者能做的只有盡可能地提升自己，讓自己在廣播電臺內部「多功能化」，才能讓競爭力保持不墜。

第 七 章

電視新聞採訪寫作

第一節 前 言

電視是臺灣民眾主要接收新聞訊息的媒體❶，但是談到電視記者，一般民眾的評價普遍不高。先來看看幾則笑話，一個老婆婆目睹孫兒跳樓，哭得聲嘶力竭。記者見狀問道：「阿嬤，妳會甘苦莫？（妳會覺得難過嗎？）」一個新進記者在分屍命案現場不解地問檢察官：「請問這個案子是不是自殺？」類似這種電視新聞不勝枚舉。難道心愛的孫兒死掉，阿嬤不會難過？難道有人自殺時，可以將自己剁成七八塊？偏偏就有一群搞不清楚狀況的人，而且這群人為數不少，搞得電視記者就像路邊野狗，人人喊打。

此外，已故歌星高凌風病故後，幾乎所有的電視新聞都緊追不捨，好像非把高凌風生前的價值榨乾為止；富少李宗瑞性侵案曝光後，即使檢警已釐清相關案情，但電視媒體還是像嗜血的禿鷹，非把當時的現場用記者自己主觀的框架加以還原不可。根據調查顯示，一般上班族對於記者的印象，「狗仔八卦」占 39.84%、「文化流氓」則占 13.37%（陳素玲，2005）。這種難堪的數據其來有自，記者自己得好好反省。

這些現象固然讓一些傳播學者看得直搖頭，卻有媒體主管直指記者之所以難為，關鍵在於媒體老闆喜歡用「便宜又大碗」的菜鳥記者❷，既然如此，占便宜的當然沒好下場。平心而論，菜鳥記者跑起新聞是不是就真的會七零八落，這倒也未必。想想當年跑出水門案的美國記者伍華德，他是在二十九歲跑出這條舉世震驚的新聞，誰說跑新聞就不能「初生之犢不畏虎」呢？關

---

❶ 根據 1111 人力銀行於二○○五年八月三十一日所公布的資料顯示，有超過八成以上的上班族每天收看電視或閱讀報紙以得知新聞，其中每天資訊的取得，電視 68.45% 最高，其次為網路 14.97%，平面媒體占 11.76%，顯示民眾較偏好具聲光效果的電視新聞（陳素玲，2005）。

❷ 關於這方面的討論，可以參見政大新聞系教授彭芸和前年代電視臺新聞部經理陳秀鳳的文章（彭芸，2005；陳秀鳳，2005）。

鍵在於記者自己的功夫和實力究竟到哪裡。當然，這也得保佑記者的八字夠好，找到一個正常的媒體棲身，有正常的老闆願意尊重新聞專業才行。

　　本文的前提是：如果記者有機會可以找到正常媒體，那麼一個電視記者該如何進行採訪，才能把基本功夫練好？以下將會提出若干建議，希望對有志從事電視新聞工作者來說，這些方法能夠合用。

第二節　電視新聞三要素：影像、聲音與文字

　　從定義來說，電視新聞是以「現代電子技術為傳播手段，以聲音、畫面、文字為傳播符號，對新近或正在發生的事實做出報導」（朱菁，1999: 2）。它是綜合影像、聲音與文字的綜合傳播，是一種團隊作業下的產物。想想看電視新聞時，看得到畫面、聽得見聲音、讀得到字幕，透過這種三位一體的方式，讓人有身歷其境回到新聞現場去「深入了解」的感覺，但這感覺不會從天上掉下來，包括採訪、攝影、撰稿、過音、後製與剪輯的「裝配組合」，甚至還有 SNG 車等的搭配，比起報紙、雜誌和廣播複雜許多 （張勤，1983: 31–32；黃新生，1994: 43）。

　　身為電視新聞記者，如果有熱情、體力和時間，當然要從頭到尾了解電視作業整個流程，至少得清楚影像、聲音和文字與電視的關係。否則，眼睛所見只有自己，這種目光如豆的電視記者，肯定做不長久。

一、電視新聞與影像

　　為什麼大家習慣從電視來獲知新聞？ 關鍵在於電視有畫面 (video picture)。電視新聞是新聞事件發生、發展的現場紀錄，它通過具體的、典型的形象將新聞事件的原始風貌、現場景象的氣氛，如實地、不加轉述地全盤提供給觀眾，使觀眾對新聞事態具有直接的感知，無須想像就能耳聞目睹，

產生「身歷其境」的感覺（朱菁，1999: 9）。有些電視記者覺得影像這些東西，丟給新聞攝影就好了，自己只要寫好稿子就行，結果讓新聞攝影滿腹牢騷。

許多資深新聞攝影常會感嘆，「現在的記者程度越來越差！不知道寫得是什麼芭樂稿！」事實上，好的稿子不僅內容直指核心、唸起來鏗鏘有力，最重要的是攝影進行剪輯時相當流暢。一般說來，電視稿子要想達到這種境界，只有文字和攝影記者同心，默契十足才行。所以，文字記者不能把自己關在象牙塔裡，逕自寫起稿子，不去碰觸電視新聞中最重要的影像 (visual) 問題。電視新聞稿的完成是兩人作業，這裡頭沒有誰高誰低。如果文字記者覺得自己高出一籌，那麼請盡早離開這行，免得自誤誤人。說得更直接一點，電視新聞其實是一種「用影像說話的故事」，如果寫稿的文字記者不知道該如何用影像來處理、詮釋新聞，只在文字寫好後，叫攝影將拍攝帶隨便剪一剪塞滿畫面，那麼，這鐵定是一則「芭樂稿」。

一般而言，電視的影像包括鏡頭的構圖、鏡頭的運動、攝影角度的取用、角色與場景等（Tuchman, 1978，轉引自陳毓麒，2001: 123）。不同的鏡頭有著不同的詮釋方式，這種詮釋方式就是所謂的「鏡頭語言」；當「鏡頭語言」的結構變動時，常會使新聞的意義有所改變（陳清河，1991）。以下，將列舉電視文字記者應該知道的最基本鏡頭語言，並說明其意義：

表 7-1　電視新聞常用的取景 ❸

鏡　頭	畫　面	意　義
特寫 (close up)	臉部	通常是一個人的鏡頭，包括頭臉、略帶肩膀。它表示個人的觀點，表示個人在對話中的觀點，代表親密、感情的流露、或「重要人物」，是「親近的個人距離」。
中景 (medium shot)	半身	包括一個人的腰部以上的部位，並且可以帶入另一個人而成為「兩人鏡頭」。此鏡頭表達的是個人與個人之間的關係，以及個人與周遭的關係。此鏡頭不同於個人的範疇，表達「角色之間的關係」，是「遠的個人距離」(far personal distance)，新聞一般採取此角度拍攝。

❸　陳毓麒，2001: 123-124；陳定邦，1995: 73。

| 遠景 (long shot) | 背景與演員 | 以中景擴大一些範圍，人物在畫面中已占有較明顯的地位。是「親近的社會距離」(close social distance)，暗示記者保持超然的態度。 |
| 全景 (full shot) | 全體演員 | 包括人物與環境的大（長）景，使人物與背景同時呈現，表達環境、距離與範圍的遠近，以及「角色與環境關係」。 |

表 7-2　電視新聞常用的轉接技巧 (special effects)❹

運用技巧	畫　面	意　義
溶入 (dissolve)	影像交替	時間的過程、空間或環境的變遷。
淡入 (fade-in)	影像漸顯於螢幕	開始。
淡出 (fade-out)	影像漸消失於螢幕	結束。
切 (cut)	從一影像跳接另一影像	即時、興奮。
拭消 (wipe)	兩個不同的影像拭消於螢幕	同時交代兩個以上不同的場景、人物。
慢動作 (slow motion)	影像慢速動作	1.仔細分析鑑賞。 2.表達某種抒情式的美感。
快動作 (fast motion)	影像快速動作	1.時間的過程。 2.詼諧的喜感。

表 7-3　電視新聞常用的攝影機運動 (camera movement)❺

運用技巧	畫　面	意　義
搖鏡 (pan)	攝影機連續掃描同一個主題，或從一主體緩緩拍到另一個主體	1.建立各個主體間的關係位置。 2.跟蹤活動的主體。
推拉鏡 (dolly)	攝影機向前推進或拉遠	1.凸顯某個主體。 2. dolly in 激發觀眾共鳴。 3. dolly out 擴大觀眾視野。
橫行鏡 (truck)	攝影機兩側平行推動	保持主體原狀，不致扭曲變形。
弧鏡 (arc)	攝影機圍繞著主體做半環形拍攝	1.使主體的角度逐漸變化，提高觀賞的興趣。 2.在主體變換位置時，可調整畫面內容的組合結構，又可維持主體的連貫性。 3.可將觀眾的注意力慢慢引到新主體，效果遠超過切換新鏡頭。

❹　陳定邦，1995: 73。

❺　同前註，頁 74–75。

伸縮鏡 (zoom)	攝影機變換焦距以便接近或遠離被攝主體	1.具有推拉鏡的效果，使用快速靈活，戲劇效果十分強烈。 2.主體透視關係上缺乏立體感。
抬鏡 (tilt)	攝影機機座抬高或壓低	1.由下向上看主體，形成仰角，使主體顯示高大、權威，如小孩仰望大人。 2.由上向下看主體，形成俯角，使主體顯示短小、微弱，如巨人俯視小孩、判官怒目逼視犯人。
升降鏡 (pedestal)	攝影機機座升高或降低	適應被攝體的實際高度，避免畫面變形。
高架鏡 (crane)	擴大升降鏡的效果	增加導播取景的範圍。
仰拍 (low angle)	攝影機由下往上拍	權力、威嚴。
俯拍 (high angle)	攝影機由上往下拍	渺小、微弱。

表 7-4　電視新聞的顏色意涵 ❻

顏　色	畫　面	意　義
暖色（紅、黃、橘黃）	鮮亮的顏色	主題突出對比顯出深度輕鬆、自然。
冷色（藍、綠、紫）	黯淡的顏色	嚴肅、神祕。
青色		詭異。
黃色		期待。

　　除此之外，電視新聞臺為撙節開支僅由一人擔綱文字及攝影時，有時還會希望記者進行現場連線。面對這種多重任務，記者除了利用「自拍神器」和手機取得連線外，還應該學會簡易的剪輯技巧，才能應付日益多元的報導需求。

　　一些資深的新聞工作者認為，處理電視新聞的影像，少用推拉搖移，多拍固定鏡頭（傅俊卿，2005: 100-101）。這話說得中肯，因為一條新聞摻雜太多鏡頭語言，可能會讓觀眾接收訊息時感到混亂。尤其，每個鏡頭語言又有不同的符號意義，如果沒處理好，會讓新聞隱藏著太多的特定意涵。舉例來說，外電提到北韓領導人金正恩時，伴而隨之的新聞畫面多是「俯拍」角度，顯示北韓極權統治下的整齊畫一；而金正恩被拍攝時，多以「仰拍」為

❻　同註❺，頁 75。

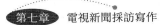

主，顯示金正恩是「偉大而神聖的領導人」。這種具有明顯符號意義的鏡頭，裡頭的意識形態就不言可喻了。

電視新聞是人們認識社會、觀察生活的一個窗口，人們用眼睛觀察外部世界時，總是先把雙眼投向某一個目標，等到完全了解後，再移向下一個目標。攝影機就是觀眾的眼睛，它也應該按照這樣的規律，井然有序地把客觀事物一個一個地涉入鏡頭，這個任務的完成當然非固定鏡頭莫屬。至於少用推拉搖移鏡頭，並不是不用，而是要慎用、用得恰到好處（傅俊卿，2005:102）。這也就是說，固定鏡頭是「主」、「正」，推拉搖移是「從」、「奇」，只有主從順序弄清楚，才能產生「奇正相生」的效果。

文字記者要記住，電視新聞的生命力是和新聞攝影共同激盪出來的。在寫作的過程中，除了要有默契，還得掌握住影像的特性，才能和新聞攝影進行對話。不要想凌駕於攝影之上，更不要懂了一點鏡頭的皮毛，就對攝影頤指氣使，而是藉由溝通對話，透過影像、聲音與文字三位一體的整合，和攝影共同找出呈現電視新聞的最佳可能性。

二、電視新聞與聲音

觀眾為什麼會清楚電視新聞播出些什麼內容？除了看見畫面之外，更重要的是聽見了聲音，知道新聞記者在講些什麼。電視新聞是影像為主、聲音為輔的產物❼。影像就像人的骨架一樣，支撐起電視新聞的主體架構；而聲音就像血肉，豐富了整個電視新聞的生命。一般說來電視的聲音要素包括對話 (dialogue)、旁白 (off-screen narration)、音效 (sound effect)、以及配樂 (music) 等。至於在電視新聞的聲音要素則包括主播新聞提要、記者旁白、採

---

❼　收看電視新聞時究竟是以畫面為主還是聲音為主，坊間有不同說法。有認為聲音對於閱聽人記憶新聞的幫助大於電視影像（邱玉嬋，1996）；也有表示電視新聞影像的具體和活潑性有助於觀眾對新聞的記憶（陳毓麒，2001: 126–127）。筆者從事電視新聞工作多年的實際經驗認為，電視新聞應該是主從有別，影像是「主」、聲音是「從」。

訪現場收音 (natural sound)、受訪者聲音和人為配樂（陳毓麒，2001: 125）。

　　現場背景聲、新聞人物的講話或其他相關的聲音是屬於新聞的原音，原音是電視新聞傳達新聞訊息的重要管道，尤其是新聞人物的訪問部分，比旁白還傳神；電視新聞的旁白可以增加觀眾的注意力，以及增加新聞的完整性；至於在戶外雜音太多，記者可用事後配音處理；配樂因為煽動性太強，一般多用在新聞節目的片頭或片尾，提醒觀眾節目的開始或結束（黃新生，1994；邱玉嬋，1996；黃葳威，1993；陳毓麒，2001: 125）。

　　電視記者要把聲音練好，才能詮釋好新聞。關於聲音的練習，讀者可參閱前章廣播新聞部分，茲不再贅述。不過，要提醒電視記者鍛鍊聲音時，要特別注意音速，也就是講起話來不要太快。目前，電視記者唸起新聞稿、尤其是做現場 SNG 時，講話速度每分鐘幾乎高達三百五十字左右。雖說有畫面輔助，但這種速度實在讓人聽得喘不過氣來。如果「閉起眼睛聽電視新聞」，就可以知道此言不虛。國內一些知名主播如沈春華、方念華播報新聞的速度動靜得宜，有志於從事電視新聞工作的讀者可以多參考。一言以蔽之，這些知名主播的播報速度之所以掌握得好，在於她們呼吸斷句清楚，有心的讀者不妨多加揣摩。

　　另外，電視新聞記者要特別注意，聲音必須與畫面剪輯相配合，特別是記者旁白，每一段文字最好都能與每一段畫面搭配；否則這段文字一旦落在其他段落的畫面上，會造成畫面與聲音失調。舉例來說，電視記者口頭報導颱風期間水淹及膝、災情慘烈，鏡頭卻出現風平雨靜的畫面，看起來當然不對勁。

　　一般說來，電視新聞稿在過音時，應該遵守三分之一或四分之一原則。每一段聲音要比畫面晚出，同時要比畫面早消，切忌與畫面同進退。舉個例子來說，某段電視新聞的聲音（文字）總共由六個長短不一的鏡頭組成，新聞的聲音應該從第一個鏡頭開始後的三分之一或四分之一處出現，而終止於第六個鏡頭結束前的三分之一或四分之一處（任金州等，2003: 278–279）。如下圖所示：

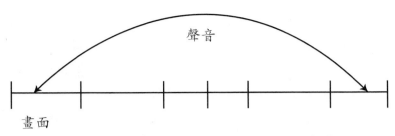

圖 7-1　電視新聞中的聲音與畫面的進出時間

　　或許有人會問，電視新聞作業時間極為倉促，文字記者又不是神，怎麼知道攝影拍了哪些鏡頭、有哪些現場聲音？又怎麼會知道攝影會剪輯哪些畫面？那麼稿子到底該怎麼寫？文字記者當然得先和攝影商量好拍哪些畫面，或得知手頭上有哪些畫面；稿子的方向要從哪邊切入；在剪輯時，哪些鏡頭的變化必須注意。把這些元素都弄清楚後，文字記者再寫新聞稿，然後依序過音，才能把稿子處理妥當。有些好的文字記者人稱「百搭」，找哪個攝影來都能完成質量俱佳的稿子，就是掌握這些道理。要知道「攝影是天，文字是地」，只有文字記者尊重新聞攝影，到頭來的作品才能莊嚴自己。

三、電視新聞與文字

　　這裡頭的文字，主要是指電視新聞畫面上的字幕、圖卡等文字。也許有人會問，這些東西是屬於電視後製部分，文字記者為何要費神了解？但，這種想法顯然是不進入狀況。想想太陽花學運期間，朝野爭議都因《海峽兩岸服務貿易協議》而起，對閱聽眾來說，當然希望能理解服貿協議的內容。問題是，協議內容繁複、各方意見又不一，如果文字記者按著協議條文照唸，一定無法達到預期的效果。

　　那記者能怎麼做呢？照唸，明天就不必到公司上班了，因為這位記者不懂得「化繁為簡」的道理。不唸，這條新聞稿肯定丟三落四，遺漏不少重點。這可不是一句電視記者必須「難捨能捨」能夠了事的，就算記者的文字功力不錯，能夠寫出掌握條文重點的新聞稿，攝影記者也不易拍到可搭配的畫面。

這時候，文字記者最好使用字幕圖表，提綱挈領地寫出重點，不僅能讓觀眾一目了然，也讓攝影在剪接作業時能省事許多。

在近年的電視新聞中，字幕圖卡已經成為不可或缺的表述元素，特別是在協助觀眾掌握新聞線索的邏輯和總括能力上更有奇效。除了可以提高在單位時間內的訊息接受量，還可以從聽覺和視覺上強化訊息的準確性、明確性，減低聽覺的誤差，減少不必要的解說，還可以強化螢幕上的視覺美感（張曉鋒，2002: 317–318）。

電視文字記者要注意的是說明性字幕和強調性字幕，一般稱為字幕和圖卡；說明性字幕指的是在電視螢幕下方用來說明受訪音源的文字。像是採訪時遇到口齒不清、說話含糊的受訪人，加上文字說明就可以看得清楚；至於圖卡則是強調性的字幕，如服貿協議的例子，在電視螢幕上簡明扼要地寫出重點即是。文字記者遇到新聞時，當然得琢磨攝影拍些什麼畫面、新聞稿怎麼寫，也必須適時使用字幕和圖卡，才能完整地詮釋好一條新聞。

近年來，由於大數據興起，透過數據生成圖表的資料新聞學逐漸成為顯學。電視記者除了使用文字外，也應該掌握製作資訊圖表 (infographic) 的軟體工具，試著用圖表說話，才能進一步滿足閱聽眾「知」的需求。

第三節　電視新聞採訪的注意事項

……全新聞頻道的新聞永遠餵不飽，於是記者被律定，早上一則，下午兩則是最基本的「產量」。電視新聞不同於平面媒體，有些資訊只要打打電話即可，它的採製流程幾乎都在跟時間賽跑，在大環境壓迫下，在強烈的時間壓力下，坦白說，報紙，週刊就是最好的「參考」對象！

不必談什麼美國，更不必談什麼 CNN，這裡是臺灣，這是臺灣的電視新聞環境！你問我為什麼不「跑」新聞？為什麼「跑」不出有深度的新聞？我會告訴你，因為我們沒有肯「養」這種記者的電視媒體老闆，甚至沒有肯「看」這種新聞的足夠觀眾；在現今這種惡質環境下，曾經有

這種理想的電視記者，如果不是早早退出轉行去，就是「升官」做行政職去。

——前年代電視臺新聞部經理陳秀鳳 (2005)

這是前台視資深記者，擔任過年代電視臺新聞部經理陳秀鳳的沉痛告白。電視記者有那麼慘嗎？沒錯，在目前的臺灣電視生態裡，電視記者箇中甘苦實在難對外人語。雖然如此，電視記者還是不能坐以待斃，與其怨天尤人，不如做好基本動作，以求點燃一根蠟燭。

一、電視新聞採訪前的準備工作

㈠注意外表

電視新聞工作不是個人的，它是團隊作業的產物。一些不修邊幅的記者帶著太陽眼鏡，嘴裡嚼著口香糖，隨便套件廉價衣服，隨意拿著麥克風進行採訪，相信這樣的畫面大家並不陌生。這可不能「橫眉冷對千夫指」，因為你拿著電視臺的麥克風，只要被攝影機的新聞畫面掃到播出，都是件丟臉的事。電視記者是靠畫面吃飯的，講究的是形象，這不光是自己的事，也關係到電視臺的顏面。

電視記者要讓自己看起來像是個成功者，就要注意外表門面的修飾，因為這是對受訪者的基本尊重。試想，記者拿著麥克風向行政院長進行專訪時，隨便穿著牛仔褲、連一件比較專業的套裝都不穿，這不叫瀟灑，而是魯莽。大家想想看，如果英國 BBC 或美國 CNN 電視臺的記者，採訪臺灣的行政院長時會出現這種失禮的狀況嗎？新聞人張繼高曾經說過，記者要追求的是「端凝和智化」（張繼高，2002: 425），期許新聞人應該有足夠的採訪經驗，才能呈現出完美形象，做好電視新聞工作。但在此之前，請先做好打理自己的細節工作。

注意穿著，不是把自己打扮成光鮮亮麗的孔雀，而是要避免俗豔的服裝

和髮型，讓自己呈現出低調而有質感的品味。外表對了，人的腦袋自然就靈光許多。舉例言之，男記者採訪時的襯衫應以素色為主，搭配合適的領帶。至於領帶的打法也有考究，一般說來，襯衫的領口越寬，領帶的結也應該越寬；如果實在不知道該如何挑選領帶，至少挑選一、二條真絲類的紅色或藍色、圖案含蓄簡單的領帶；至於女記者，選擇幾件整齊的套裝和上衣是必須的。此外，建議電視臺記者要有拿衣服給專業洗衣店洗燙的習慣，這會讓外表順眼一些。

　　換個角度來說，如果電視記者採訪的場合是在偏遠地方，在穿著部分就不應該過於華麗，要不然就會顯得突兀。一位電視臺記者曾經回憶自己採訪華航大園空難時的窘境。那天她剛好穿著香奈兒的高級套裝上班，原想自己是到行政院記者會採訪，心中不以為意。結果，臨到下班前卻發生空難慘劇，讓她衣著光鮮地在血肉模糊堆裡進行採訪，結果整套衣服就此報銷。那麼，記者究竟該怎麼著衣才恰當呢？建議記者應該把握「大方得體」原則，在室內記者會著衣得低調而有品味；至於一般社會新聞或災難新聞的話，則應以整齊大方為主。到底記者該如何拿捏分寸，最好觀察同一路線資深前輩的作法，以避免出糗。

㈡帶好工具

　　所謂「工欲善其事，必先利其器」，電視文字記者採訪時，先要準備好基本工具，才不會丟三落四，讓自己陷於左右為難的處境。通常電視文字記者與攝影是兩人一組的搭配，這時，文字記者要記住，既要把文字細節掌握好，同時還得充任攝影的助手，帶齊所有的工具；可別覺得這是粗重的活，讓攝影一個人大包小包地扛起所有工具，文字記者得把攝影包裡頭的工具打理好，別讓攝影操心才對。

　　舉例來說，文字記者隨時得攜帶白紙，這是讓攝影可以用來「對白」❽，

---

❽　「對白」是攝影記者在拍攝每一個新環境都需要做的基本動作，也就是拍攝白色的物品，如白紙、白牆、名片、斑馬線等，確認這些被拍的白色物品「真的是白色」的，以此為基準，在拍攝其他顏色的物品時，色澤才不會跑掉。

以利調整畫面，讓色澤不會有所偏差。如果忘了對白，攝影又因為採訪過程緊湊有所疏忽，說不定會把受訪者拍成臉蛋死青的殭屍或紅撲撲的怪物。另外，像是採訪一些開口就滔滔不絕的政治人物，文字記者與新聞攝影如果有「對錶」這個動作，也就是採訪之前記好文字手錶與攝影機時間的落差，一旦採訪結束開始進行新聞剪輯時，有利於攝影迅速找到受訪者音源，爭取寶貴的作業時間。以下是電視文字記者採訪所需的工具一覽表：

表 7–5　電視文字記者採訪所需工具

工　具	注意事項
電　池	要多帶電池，以備不時之需。
麥克風	麥克風一支；注意電臺 logo 要隨身攜帶外，文字記者在收線時要注意線的捲法，才能讓採訪包裡井然有序。
腳　架	又稱小火箭，用來固定麥克風位置。
筆記本	一般採用 A4 大小的單面彈簧夾板，上頭夾有一疊白紙為宜。電視記者可能要速記，也可能要在掌握新聞狀況後，立即進行 SNG 連線，這種作法可以讓記者較快進入狀況。
名片夾	別把名片弄得皺皺的，要放在名片夾裡，拿給受訪者才能爭取較佳的第一印象。

(三)寫好稿單

　　誠如前述，電視新聞是一種典型的團隊作業，記者不能悶著頭自己幹自己的活。在採訪撰寫電視新聞稿前，除非遇到臨時、機動的狀況，否則應該建立「按表操課」的作業習慣。一般說來，除了警政、災難新聞的機動性較高外，其他如黨政新聞、財經新聞、文教新聞等，事先掌握新聞訊息不會太難。不要老是把記者當成只會「衝衝衝」的莽夫，真正像樣的電視記者除了要隨機應變之外，更重要的是，對於「可能發生的重大新聞」或者是「自己打算深入採訪的新聞」，要預先做好功課，並通知臺內長官及其他部門同仁通力配合，才能做出最好的新聞。

　　舉例來說，像是跑總統府的記者，弄不清楚隔天可能會有什麼重大新聞，只知道像個陀螺般一味地跟著新聞亂跑，這種記者大概很難跑出新聞的節奏，也難以爬梳出新聞的脈絡，更難以掌握該條新聞的「價值」。建議請趁早離開

這行，免得自誤誤人。這就像是兵法講求的是奇正相生，預知型或企劃型新聞是「正」，隨機發生的新聞是「奇」，把主從關係弄清楚，採訪起新聞才能切中要害。萬一在跑「企劃型」或是「預知型」新聞時，碰到重大新聞事件該怎麼辦？這當然是以新聞的重要性作為取捨的條件。該丟就丟，該堅持就堅持，才能跑出新聞該有的輪廓。

　　既然講到電視新聞作業應該「按表操課」，當然就得談到「稿單」的撰寫方式。一般說來，電視新聞的稿單模式決定於該電視臺所購置的電視新聞電腦軟體。也許電腦軟體設定的格式很不靈光，不太符合記者的需要，但建議記者還是盡量想辦法適應既有的電腦格式設定，這會幫助記者省掉不少麻煩功夫。通常電視臺的稿單規格如下表所示：

表 7-6　電視新聞的稿單範例

新聞名稱	播出時間	樣　式	組　別	文　字	攝　影	ID
志玲房地產	1800	SOT	文教	小花	小白	12345678

　　電視新聞的作業是以「秒」為單位的，過程稍有差池就很容易開天窗。所以，記者在發稿前，要讓新聞主管和其他部門知道你在幹嘛，才能做事先規劃以及後續配合。以表 7-6 這條新聞為例，名稱叫作「志玲房地產」，通常電視記者會在新聞發生前一、兩天收到這條訊息，如果決定要跑這條新聞，就先把該條新聞的名稱鍵入稿單裡。

　　這裡頭包括這條新聞叫什麼名字？打算用什麼樣式來處理這條新聞？是SOT、BS、SO、dry 還是 live（此部分在下一節將詳細介紹），主跑記者得寫清楚，別人才知道該怎麼配合；這條新聞是哪一組發的？是誰寫的？誰去拍的？萬一出狀況，才能循線找出問題加以解決；至於這條新聞的 ID 是什麼？這就像是身分證一樣，數字通常內含發稿日期、發稿組別、發稿次序等。

　　至於發稿時，記者寫完新聞稿後，更要把這些相關元素依序寫清楚，才符合新聞作業流程。尤其是 ID，千萬不能寫錯，否則電腦播出系統抓不到這條新聞，記者就白跑了。這些元素是整個新聞播出的標準程序，前端的懶惰會造成後端電視新聞作業的麻煩，電視記者切勿等閒視之。

二、電視新聞採訪的種類

至於電視新聞採訪的種類，通常分為新聞採訪、新聞專題與 SNG 即採即播、電話採訪等種類，茲分述如下。

(一)新聞採訪

記者到新聞現場採訪是每天例行公事，但拿起麥克風之後，卻往往容易忘記採訪目的是什麼。對電視記者而言，採訪目的是為了蒐集新聞稿的寫作素材，但習慣一窩蜂擠在記者堆中吃喝的記者，老是忘了這個基本動作。一般常見的新聞採訪有現場採訪、堵人採訪和記者會採訪等。所謂的現場採訪，指的是電視記者遇到新聞突發事件或重大事件，例如車禍、颱風、火災等新聞時，親自到現場的採訪動作。電視記者到現場時，建議在第一時間內先把人事時地物等基本資料弄清楚後，隨即鎖定採訪對象並備妥問題準備出手。舉例而言，遇到火災時現場一片混亂，記者可不能跟著驚慌失措，應該要按部就班進行採訪。

至於堵人採訪，就是在新聞現場等待受訪人物出現，群起而上一起提問；或是遇見新聞事件，希望得知一般民眾對事件的反應為何，於是在街頭隨機進行訪問。由於堵人採訪時，受訪者不見得願意配合或是不進入狀況，很可能出現答非所問的窘狀，因此記者往往會使用「引導式問句」得到自己想要的答案，但這種作法並不可取。像是二〇一五年初，臺灣傳出禽流感疫情遍布八縣市，網路盛傳一些病死雞被不肖業者拿來做香雞排、病死鵝拿來做燻茶鵝，這種捕風捉影的謠言遇到不負責任的記者大肆渲染，反而造成社會大眾恐慌。基本上，稍有常識的記者應該都知道，傳出禽流感疫情後，衛生單位對於檢驗會更趨嚴格，沒有健康證明的家禽根本進不了屠宰廠。表面上，記者為了捍衛民眾健康，實際上卻連查證工作都沒做，直接把麥克風堵在官員嘴前，就以為完成查證工作，這種偷懶的作法並不可取。

至於，記者會採訪也是電視新聞常見的採訪方式，但許多記者也常在此

栽了跟頭。記者會有民間和官方兩種，不管是對自己的宣傳或是撇清自己涉案的疑慮等，多是站在自己立場發言。偏偏記者卻因為作業時間短促，加上同時採訪分量極重，疏於求證的功夫。這麼一來，就很可能會誤導閱聽大眾。建議電視記者在採訪後要求證再發稿；再者，發稿之後還要注意更新的動作，這除了可以確保新聞稿品質外，還可以順便將性質相近的新聞稿合併為一條，讓內容扎實一些，新聞稿才不會湯湯水水、廢話一堆。

㈡新聞專題

　　新聞專題就是運用大量深度採訪、後製及資料帶所進行的深度報導。對於電視記者來說，新聞專題不能貿然出手，一定要謀定而後動，否則很容易被人掂出自己斤兩不足。舉例而言，以名動公卿的前海峽交流基金會董事長辜振甫過世一事來說，辜老對於建構兩岸制度化協商溝通有不可磨滅的貢獻，處理這種新聞專題時，早就應該備妥辜老在辜汪會談、海基會重要談話的資料畫面，並事先擇定了解辜老生平的代表性人物，遇到事件發生時才能做出完整的報導。一些未做足功夫的電視媒體，處理此節時竟然以辜老生前風流倜儻，甚至以有私生女為題大肆渲染，後來證明完全是烏龍一場。新聞專題製作得入不入流，由此可見一端，電視記者不可不慎。

　　另外，電視記者也要記住臺內資源的互通有無，若能保持節目部與新聞部的溝通順暢，就有機會透過內部新聞節目直接取得第一手的新聞專題資料。至於，自己線上的重要人物如果上了別家電視臺節目，記者也應該盯緊內容，切勿覺得事不關己而輕忽之。

㈢ SNG 即採即播

　　對於現在的電視記者來說，除了採訪寫稿外，還增加了隨時上線 on SNG 的負擔，這種趨勢透過螢光幕呈現後優劣立判。建議電視記者平常在家時，應該對著鏡子，隨手抽取資料加以練習。至於實際上線時，記者在掌握新聞現場的初步資料準備連線時，多會準備一塊夾板，簡單將自己想說的話或資料寫在上面，然後對準攝影機侃侃而談。這時候，電視記者眼睛最好對準鏡

頭上發光的「小紅點」，想像這個「小紅點」就是觀眾，自己正對他們說明這條新聞的重點。一般說來，電視記者進行連線 on SNG 時，就是胡言亂語最多的時候。電視記者應避免講話重複，像是「現在這個火災……火災現場，哦，已經有兩個，哦，兩個罹難者的屍體。」上述近乎口吃或出現贅字「哦」的狀況所在多有，甚至還有呼吸急促、語無倫次現象出現。要想避免這種窘態，初學者不妨多以家庭式的簡易錄影機練習上線，反覆觀察自己動作，並確認所闡述的新聞事實是否清晰易懂。

㈣電話採訪

　　電視記者面對重大新聞卻又找不到關鍵受訪者時，電話採訪是一種緊急應變措施。處理電話採訪時，必須取得受訪者的同意才能錄音播出。要特別注意的是，電話採訪的時間不長，通常受訪者的話只有寥寥數語，建議記者在表明身分後，立即按照問題的重要性提問，重要的先問，次要的後問。得到受訪者音源之後，電視記者應該運用資料畫面或圖卡，並以字幕方式表明受訪者談話的重點。進行電話採訪時，應該提醒攝影先做好測試，免得好不容易取得的音源報銷。畢竟，「問到卻沒有錄到」可是會讓記者捶胸頓足的。

㈤在家記者

　　一些電視臺為了因應海量訊息，多會設置在家記者一職，他們必須乖乖守在電視機或電腦螢幕前面，搜尋各種可改寫的素材。在家記者不管是拿到地方中心的資料畫面，或者是手上無稿，必須找尋資料畫面，都得把握「文字要咬住畫面」的原則，並且善用圖表、字幕、C.G.，配合專業的過音，把這條在家新聞做好。

三、電視新聞採訪時的注意事項

(一)卡位明確

　　有人打趣說「電視記者得先學會打籃球」，這話該如何講起？籃球員要學會卡位，好讓自己站在有利的位置方便進攻，或是阻擋對手有得分機會。電視記者也得學會卡位的本事，因為這將可以確保記者收音及拍攝的過程順利。或許，有人認為記者們多半親如兄弟，只要透過協調就可以處理收音和拍攝問題，但這種想法顯然不切實際。正在搶新聞陷入兵荒馬亂之際，要是記者不能自求多福，回到電視臺一定會被主管責備。

　　在正常狀況下，電視記者應該早一點到現場，先找尋現場的音源裝置，並預先思考除了現場收音之外，該在什麼時候出手邀請受訪者接受專訪；如果這條新聞大家都漏不掉，一般說來，較資深的記者通常會幫忙分配工作以完成採訪，讓每個人都能回電視臺交差；問題是，有些狀況不是協調就能解決的，遇到新聞價值較高且受訪人物來去匆匆，或者是受訪地點過於狹隘，這時候如果沒有卡位成功，很可能會出現收到的是「空音」❾，或者是攝影只能拍到受訪者的後腦勺，這時候卡位就顯得格外重要。

　　就像廣播記者一樣，電視記者遇見人擠人的情況，應該先占據受訪者左右兩側位置，並將麥克風置於受訪者嘴前約一個拳頭處。電視記者要注意攝影的拍攝動線，不能讓自己或其他同業擋住攝影機，否則就白拍一場。其他如記者會現場如果沒有音箱，必須透過麥克風直接收音時，記者除了要確定受訪者的聲音可以透過麥克風直接傳輸外，也需要考量麥克風是否能占據有利位置，讓其他攝影機能將自己電視臺的 logo 入鏡才是。

---

❾　空音是指收音時在比較空曠或封閉的屋子裡，使得回音很重，所錄下的聲音有點「嗡嗡」的回音謂之（熊移山，2002: 21）。

㈡提問準確

　　談到訪問一事，每個有志從事媒體工作者大多會講得頭頭是道，但一上戰場之後，卻完全不是那麼一回事。不管記者是不是能夠掌握問題核心，最要緊的是態度要正確。萬一稍有不慎，相當容易迷失在鎂光燈的光環下。舉例來說，記者採訪一個偷窺並且強暴大學女生的色狼時，難免會認為這傢伙有點變態，於是用鄙夷或不屑的態度訪問嫌犯。記者自詡為正義使者，這是不太適宜的。因為，這個色狼只是嫌犯而已，只有法官能判他的罪，記者豈能進行「媒體審判」呢？

　　記者在提問之前，必須平等待人，隨時隨地保持客觀公正的態度。此外，一些電視記者總喜歡在發問時，炫耀自己的專業知識來詰難受訪者，其實大可不必。電視記者要記住自己的任務是引導受訪者暢所欲言，而且受訪者也不是用來襯托自己的。因此電視記者提問時，務求簡明扼要，如果一個問題超過三句還講不到重點，記者就應

圖 7-2　記者在提問時，最重要的是必須保持客觀公正的態度，其次才是掌握問題的核心。

該檢討自己的廢話是否太多。至於提問時，記者要注意受訪對象到底是屬於哪種類型？遇到沉默寡言的人要如何開啟他的話匣子？如果遇見口若懸河者，又該如何讓他的發言切中要害？一言以蔽之，那就在於是否能掌握「投其所好」這四個字的奧妙！

　　舉例來說，二〇〇〇年三月八日上午，一群臺灣記者知道在北京人民大會堂裡的臺灣廳，可以「堵到」當時中共國家主席江澤民。正巧臺灣總統大選即將舉行，中共對臺灣可能實現「政黨輪替」是什麼樣的態度卻沒人清楚。所有臺灣記者當時討論的結果是，限於場地只有一次出手的機會，但到底什麼問題才會讓江澤民肯回答，同時也能掌握當時中共對臺態度，大家卻沒個

準。其中一位頑皮的記者突然想到江澤民酷愛吟詩，於是建議大家問道：「請問主席，兩岸之間會不會烽火連三月？」果然，臺灣記者齊聲一嚷嚷，江澤民先吟誦了杜甫這首〈春望〉 ❿，接著回答「不會，不會，我看（兩岸的狀況）還好嘛！」第二天，這段對話全上了各媒體的頭版或顯著位置。

電視記者提問必須注意到，受訪者的回答要真實、自然、可信，所謂「形於中而發於外」，只有發自內心的談話，才能呈現出毫不造作的結果。「採訪提問就像是迷路時問路，而不是在公堂之上審賊！」記者可不能把受訪者當成是「會說話的道具」，要受訪者配合自己的新聞稿「演出」。

一般說來，提問如果要明確，就要先把這條新聞的人、事、時、地、物弄明白；問題的設計要小，才能答得清楚，不要用那種「對於這件事情，你的感想如何？」的問法；還要注意到提問宜以「開放式」問法為主，別動不動就使用「是不是」、「有沒有」的封閉性語法，否則會限制住受訪者的思路。舉例來說，職棒明星郭泓志回臺後投了第一場比賽，記者的問題如果是「你的感想如何？」「贏了比賽是不是很開心？」這些都是無謂的問題。建議記者不妨這樣提問：「昨天開幕戰投的不太理想，今天你做了怎樣的調整？」

(三)掐話精確

電視記者採訪後，回到電視臺第一件事情就是弄清楚新聞攝影的拍攝帶裡到底有哪些東西，然後給予分門別類，包括拍攝帶裡有哪些是描述新聞現場的畫面，以及受訪者到底講了哪些重要的話。前者可以讓新聞稿得以「看圖說話」，了解拍攝時的相關新聞背景；後者則可以強化這則新聞的信度，讓觀眾知道這條新聞是從誰的口中出來的，是「有憑有據」而非憑空捏造。這種在受訪者的話中掐出一段最精華的話語作為這則新聞的註腳，叫做掐一段 "bite"。

在電視新聞裡，這種掐一段受訪者的話經常可見。不過，電視記者不應該迷信此道，把所有新聞稿裡一定要有「受訪者的 bite」當成是聖旨，甚至

❿　杜甫的〈春望〉原詩為：「國破山河在，城春草木深。感時花濺淚，恨別鳥驚心。烽火連三月，家書抵萬金。白頭搔更短，渾欲不勝簪。」

是一種必須要有的「儀式」，而是要回到這則新聞的原點，去思考到底需不需要 bite，以及在受訪者眾多談話中，哪幾句話是一定要保留的，有些則是廢話，不要也罷。從時間長度來說，一段受訪者的話原則上掐在十五至二十秒為宜，但如果這條新聞特別重要，則另當別論。至於，掐 bite 的內容經常會不自覺地反映出記者內心的新聞框架，落筆為文要格外謹慎。

以二〇一四年馬英九總統的十月國慶演說為例，國內經歷了三月學運、捷運凶案、十二年國教風波、澎湖空難、高雄氣爆與食安危機，這些事件都讓整個社會震動。如果，記者的 bite 直接擷取的總統談話是：

> 我們看到花東鐵路電氣化與瓶頸段雙軌化提前九個月通車，臺北臺東成為三小時半可到達的一日生活圈；財政健全方案上路，兼顧稅收與公平；補充保費順利達陣，二代健保財務穩健；新兵招募順利、官兵留營踴躍、募兵制兵源穩定；「王張會」兩度舉行，兩岸合作更進一步；十二年國教終於能在「五育均衡」、「適性揚才」的教育理念下，透過各方成熟的民主素養，整合定案、正式上路。

記者採取這段 bite，呈現出的新聞框架是肯定馬英九總統的政績斐然；如果，記者採取的是另外一段 bite，可能就比較呼應時局與新聞點：

> 近來，劣質豬油事件影響了全臺一千多家食品業者。政府雖然迅速查獲黑心廠商與產品去向，但已造成民眾的恐慌與廠商的損失，更因國際媒體的報導，傷害了國家整體的聲譽，不只是美食而已。政府痛定思痛，立即提出八項強化食安措施。我再次強調，我和所有國人同胞一樣，完全不能接受這樣的黑心行為，也要求行政部門，徹底檢討，嚴查重罰，以杜絕黑心食品的再現。

(四)態度正確

電視記者已經成為高風險的行業。在大量新聞的壓力下，罪與罰已經成為電視記者不可承受之重。電視記者千萬要記住，再怎麼忙碌，新聞的求證工作及兩面俱陳的平衡工作不能少，否則倒楣的永遠是記者。舉例而言，一

個知名品牌的芳香劑發生爆炸事件，法院一審宣判廠商無罪。結果家屬不甘向電視臺爆料，電視記者未經查證就說廠商是多麼不道德，又如何不聞不問。事實上，這個記者竟然連法院的判決書都沒看過，單憑一面之詞就把法院和廠商打成共犯結構，其結果當然是記者倒足大楣，等著被告。

此外，記者要弄清楚新聞的細節，否則很可能會淪為「媒體殺人」的幫兇。像是中部某個國中教師，因為幫助女學生卻又誤陷情網，經媒體披露後自殺；一位因心理疾病猥褻女子的大學生，由於受不了媒體狗仔隊似地跟監盤問選擇自殺，其實，他的心理疾病只要再經過一點時間就能痊癒。

發生這種情況，相信不是任何新聞從業人員所樂見的。但是，查證不清或是自以為記者在「新聞自由」的尚方寶劍下可以恣意妄為，這將會是臺灣整體社會的災難。在小報化和狗仔當道的情況下，記者其實更應該有多一點時間反省自己。沒有人說求證新聞有錯，但重要的是「態度」。先當「人」，再當「記者」。每個記者應該問問，自己的新聞如果二十年後被兒子或女兒問到時，能不能坦然以對；也應該問問，自己是不是對每條新聞負責，晚上是不是都能安心入眠，仰俯無愧於天地。

第四節 電視新聞稿的寫作注意事項

電視新聞稿由於必須同時考量畫面、論述及字幕等因素，對於下筆的記者要求當然不低。有人說電視記者比起平面水準較差，這實在是天大的冤枉。報紙記者寫起一條新聞大約要花個七、八百字，電視記者只能用三百字交代清楚，怎麼會是件容易的差事呢？但不可諱言地，電視記者因為新聞反應時間的速度比其他媒體快上許多，出錯機率大增，因此特別需要注意撰寫新聞稿的標準動作。

一、電視新聞稿的撰寫原則

坊間對於電視新聞稿的撰寫原則俯拾皆是，但終究不出以下原則，即主線單一、聲畫合一及簡明生動三者，茲略述如下。

(一)主線單一

就像是一個人只能有一個腦袋一樣，一條新聞就只有一個重點。扣緊新聞主軸，把這條新聞寫清楚，這是電視記者要做的工作。不要覺得觀眾能夠和記者一樣了解新聞始末及相關背景，他們需要被引導才能走出一堆訊息的迷宮。尤其，不要誤判觀眾是全神貫注地坐在電視機前看著新聞，他們可能正在吃飯、泡茶或閒聊的同時，用眼角的餘光瞥見新聞。更不用提在新聞段落之間，還有許多廠商捧著大把鈔票拍出來的精美廣告環伺其中。要想吸引觀眾的目光，只有訊息單一清楚，才能奏效。記住，「簡單清楚」才有力量，才能直指人心。

(二)聲畫合一

電視新聞稿與平面媒體不同，它注重以平緩的語氣、精鍊的語言、全面地概括整體報導內容。為達此目的，電視記者必須善用聲音和畫面這兩種工具，讓聲畫協調地詮釋、分析新聞主題，這裡頭的學問不小。聲音和畫面必須配合，才不會聲音說東、畫面道西，怎麼看都不能搭配；但文字聲音又不能成為畫面的附庸，還得要保持一點微妙的距離，好讓觀眾對畫面留有想像的空間。畫面的任務在於闡明新聞事件的細節、判斷和證實事件真偽；文字聲音的功能則在於運用證據、敘述緣由、講清事實、介紹背景與論證道理（李岩等，2002: 257–258）。聲音和畫面這兩個元素必須合而為一，就像腳踏車的兩個輪子得同時著地，才能依循新聞主軸，帶領觀眾順暢地瀏覽新聞全貌。

㈢簡明生動

　　電視新聞稿要讓觀眾聽起來像「說」的，不是「讀」的。因此，用詞遣字必須口語化、通俗化。固然，電視是聲音和畫面結合的產物，但電視新聞拿不到適當的畫面卻也是常有的事，這時候新聞稿必須自求多福，設法自創出生動的表現。電視記者要知道，多用具體的描述，少用抽象的字眼，是讓稿子生動的不二法門。例如「天天用功讀書」，就不如「每晚站在路燈下看書」；「自相矛盾」就不如「自己打自己耳光」（馬驥伸，1983: 7-13）。此外，電視記者不妨多試試細節描寫的運用。把細節部分放在導語，就像特寫鏡頭一樣，可以增強報導的立體感和現場感；也可以放在報導的主體部分，讓新聞具有強烈的現場感和濃厚的生活氣息；甚至可以放在報導的結尾部分，讓報導形成高潮，引起觀眾的回味與思索（唐德君，2004）。

二、電視新聞稿的撰寫結構

　　任何一條電視新聞，不管是採取什麼方式落筆，都必須注重導言、本文、背景和結尾等幾個方面協調劃一，才能把稿子寫得到位。

㈠導　言

　　電視新聞導言是電視新聞開頭第一句話或第一段話，是用簡明生動的語言文字，概括新聞最本質的思想內容，從而引起觀眾的注意。這就像魚餌和釣鉤一樣，如果不能爭取觀眾良好的第一印象，這則新聞幾乎就可斷定泡湯了。電視記者要以最乾淨俐落的方式，寫出這條新聞最吸引人的細節，突出一兩個新聞事實，以吸引觀眾有繼續看下去的興趣。

　　導言寫作方式一般以開門見山法、疑問法和叮嚀法較為常見。開門見山法即直陳新聞重點，例如「南迴鐵路鐵軌遭到破壞，造成自強號列車翻覆。」這種寫法要寫得單刀直入，不要拐彎抹角。不要過於賣弄花俏的小花招在導言上頭，因為導言通常是主播唸的，主播會按上下新聞酌予潤飾。如果電視

記者寫得太囉唆，主播光是改稿都來不及了，哪有時間詮釋新聞呢？至於疑問法的導言寫作方式，要注意問題固然引起觀眾注意，但一兩句話就好，觀眾可沒時間和記者打啞謎，例如「您知道臺灣中學生有性經驗的比例是多少嗎？」另外，由於主播具有權威或可親形象，讓他們的叮嚀格外具有可信度。因此，記者不妨在新聞導言前加上一些叮嚀的話語，再進行寫作。例如「關心身材的觀眾朋友，請注意這條新聞。最近盛行的某某減肥藥品，被發現裡頭有……。」

㈡本　文

　　電視新聞的本文是導言之後的承接部分，圍繞導言提出的問題全面展開，用有說服力的材料，闡述和說明全篇的中心意思。電視記者寫作本文時，要特別注意畫面的詮釋和使用 ， 在出手的十秒鐘之內 ， 盡可能做好 「先聲奪人」，也就是選擇最具新聞性與衝擊力的畫面撰寫本文，將有助於整條新聞氣勢和布局。電視記者要注意，電視新聞稿講究畫面與文字、聲音合一，闡述新聞時不一定要按照順序寫作，插敘法或倒敘法都是可以使用的方式❶。舉例來說，發生一條火災的新聞，記者可以說這是在幾點幾分於何地發生一起火災，但更可以和攝影協商，先剪輯火災畫面，直接說明這場大火造成何種災害，接下來再敘述這條新聞為何發生？造成何種損害及影響？

　　處理新聞本文時，最忌照搬公式，應該注意畫面講求新意。曾經有一位電視記者處理總統大選新聞時，剛好遇見朝野兩位候選人從現場左右兩旁走出，直至舞臺中央禮貌握手，再進行各自的拜票動作。對於攝影來說，他很清楚這是兩位候選人第一次握手，政治與影像畫面意義非凡，所以他費盡心思爬到椅子上，等著兩位候選人從走近到握手接觸，從全景到特寫的鏡頭一應俱全。完成之後，攝影喜孜孜地告訴文字記者，詎料卻吃了排頭，因為這位文字記者認為這種畫面沒啥意思，還是按照制式方式說明兩位候選人的從

---

❶ 電視新聞中的順敘法是指記者撰寫稿子時，按照人事時地物依序寫出新聞發展；插敘法則是將新聞中的重點放在前面寫，接著再依序補充相關新聞脈絡背景；倒敘法則是先寫出結論，再將新聞不足之處依序補充完畢。

政背景，對於場景只是匆匆數筆帶過，還稱自己的寫作方式才叫作「新聞中立」，讓這位新聞攝影為之氣結。類似案例其實俯拾即是，關鍵就在於文字記者不能掌握新聞稿的寫作手法，除了順敘法之外，還有插敘法和倒敘法可用；同時，畫面、聲音都是寫作的工具，不是只有硬邦邦的文字而已。電視新聞記者必須熟記此條。

(三)新聞背景

電視新聞背景是對新聞事件發生的歷史、環境和原因的說明，對新聞事件發生或人物成長的主客觀條件及其實際意義的解釋，在寫作上占有重要比例和地位，需要花大力氣去研究突破。電視新聞背景材料可以按直接帶進、穿插交叉等方式交代出來。對於電視記者來說，掌握這些背景材料除了文字之外，還要掌握相關的背景資料帶。因此，電視記者對於主跑路線人物的資料帶，要知之甚稔，才能在必要的時候善加使用。

舉例而言，二〇一四年九合一大選後，民進黨籍市長候選人林智堅在外界不看好的情況下殺出重圍，以一千多票些微差距險勝爭取連任的國民黨籍新竹市長候選人許明財。林智堅當選後，身在臺北主播臺的各家資深主播對於林智堅了解有限，僅能以網路資料和 YouTube 的競選影片資料搪塞。這種事前準備不足的情況，就造成主播和來賓糗在現場的窘狀。所以，不管是記者或者是準備背景資料的幕僚人員，都不應該對候選人有大小眼的分別，並應該以此為鑑。

(四)結　尾

一條好的電視新聞，不僅應該有一個好的導語，而且應該有一個俏皮的結尾。這樣，才能使電視新聞在形式上更加突出全面，使電視新聞主題得到進一步提示和深化，增強感染力，引起觀眾共鳴與思索。一個好的電視新聞結尾就如飲好酒，在品嚐之後要讓人能齒頰留香，在腦中久久不能忘。因此，電視文字記者應該和攝影互動，注意新聞稿結尾那關鍵五秒鐘，共同營造出令觀眾印象深刻的情節。

　　曾經有一個綁架學童的案子，記者採訪完畢後寫稿，最後文字以學童幼稚園裡的鞦韆做結，文字敘述這名學童生前最愛玩的就是這個鞦韆。語畢之後，以鞦韆上下擺盪卻空無一人的畫面作為結尾，留下不少想像的空間。又如一個抗爭事件的現場，政府官員為了平息眾怒曾到場巡視，結果卻無甚誠意解決。蜻蜓點水兩三下之後便絕塵而去，讓現場民眾踹了官員座車兩腳。這時候記者的結尾留在座車後端，鏡頭從清晰的腳印直至模糊，隱喻整起事件也像這個腳印般恐將「船過水無痕」。

三、電視新聞稿的撰寫格式

　　撰寫電視新聞稿之前，記者要先清楚一些基本術語，才不會像是「張飛打岳飛」，弄不清楚誰是誰，增加電視相關作業的困擾。

表 7-7　電視新聞記者常用術語 ❷

英　文	中　文	解　釋
slug		新聞播出帶的名稱，內含標示文字及播出時間。
SOT (sound on tape)		播出帶的一種格式。 有記者過音或是加現場音的一則新聞帶，就是完整的一條新聞。
SO (sound on)		播出帶的一種格式。 只有受訪者訪問，也可以稱為「進字幕」。
BS (background sound) NS (nature sound)	大嘴巴 take 稿	播出帶的一種格式。 由主播唸稿子，副控播放；只有畫面加一點現場音的帶子。
SO+BS		播出帶的一種格式。 先讓受訪者說明，然後再由主播加上另一段說明的稿子。
dry	乾　稿	記者撰稿完畢，由主播逕行唸出。
bite	訪　問	通常撰稿記者要找受訪者說的一段話，就說「掐一段 bite」。
OS	過　音	剪接的新聞帶的第一道手續，就是錄製記者寫的文稿聲音，稱為「過音」。

---

❷　熊移山，2002: 26–28。

live 稿	連線稿	記者進行現場連線前,提供主播告知觀眾的稿子。
super		播出帶中的受訪者頭銜及名字。
C.G.	圖卡	為求新聞稿提綱挈領,在螢幕上設計圖形或顯著文字,以說明該條新聞的重點。
opening		記者在撰寫新聞稿時,在剛開頭時入鏡說明,引導觀眾了解該條新聞。
stand		記者在撰寫新聞稿時,在稿件中間入鏡說明,引導觀眾連貫前後得以了解該條新聞。
ending		記者在撰寫新聞稿時,在稿件結束前入鏡總結該條新聞。
SNG	衛星訊號傳輸車	透過衛星傳送的方式,將新聞現場畫面立即傳送回電視臺播出。由於播送的是現場畫面,所以使用 SNG 時,又可稱為「做現場」或「做 live」。
	假現場	如果做現場的時間無法與棚內作業配合,可以先用錄影方式儲存畫面,然後於可以連線的時間一併播出。記者處理「假現場」時,應該強調此為「稍早畫面」,另出現螢幕的字幕也應該清楚標示,以免有欺矇觀眾之嫌。

㈠ SOT (sound on tape)

這是電視新聞播出帶中最常見的格式,也就是經過記者過音或是加現場音的一則新聞帶。例如:

【導言】

今天(二十六號)凌晨,新北市三重一棟公寓三樓發生火警,造成十多人受到輕微嗆傷,但是起火點的住戶,只有四十七歲的阿嬤逃出來。她跟警消說,聽到女兒大喊「失火了」,趕緊摸黑逃命。沒想到阿嬤的女兒、一對外孫子女,還有阿嬤的男友,一共四人,全部葬身火窟。

【本文】

(NS1:自然聲)阿嬤姐姐:一個大人兩個小孩,兩個大人兩個小孩,裡面還有幾個人,四人。

(OS1)妹妹的房子發生火警,婦人焦急半夜趕來,猛搓雙手不斷啜泣,

因為還有四個人在火場內，還沒有逃出來。看到三歲外孫被抱出來，但已經沒了呼吸心跳，阿嬤的姐姐激動痛哭。

（NS2：自然聲）阿嬤姐姐：怎麼會這樣。

（NS3：自然聲）消防人員：弟弟出來……擔架過來，那邊讓開、讓開，先送醫院。

（OS2）阿嬤的女兒被救出時，同樣沒了呼吸心跳，消防人員不斷為她進行 CPR 急救；同一時間，消防人員又在屋內，發現一名才一歲的女嬰。家屬的心幾乎被撕裂了，這一家五口只有四十七歲的阿嬤逃出火場，輕微嗆傷。但是阿嬤的男友、女兒、外孫女、外孫，送醫急救後回天乏術。阿嬤哭攤在地上，親友不斷拍背安撫，因為一場惡火，奪走四條命。

（sb 鄰居 1）（受訪音源）

（sb 鄰居 2）（受訪音源）

（OS3）零點二十六分，民眾通報有火警，不到十五分鐘，消防人員就抵達現場。但現場巷弄狹窄，大約只有一個成年男子兩手張開這麼寬，消防車根本進不來，而且小巷內機車亂停，更增加救援困難。

（sb 消防人員）（受訪音源）

（OS4）四名死者分別在房間浴室以及廚房走道被發現，而起火點疑似就在客廳。一家五口，只有一人倖存。四條寶貴性命，遭惡火吞噬，讓親友心痛，這一夜好難過。

(二) SO (sound on)

這是電視新聞播出帶的一種格式，只有受訪者訪問，也可以稱為「進字幕」。這種新聞稿主要是在受訪者音源完整，而且記者的文字說明太過，反而會讓稿子顯得累贅時所使用的。

【SO】

IS 伊斯蘭國驚傳鎖定臺灣進行恐怖攻擊，疑似 IS 在推特 po 出一張台北 101 遭到毀滅性攻擊的照片，還冒出熊熊大火。雖然真實性還有待查證，不過已經引起國安單位重視，行政院召集相關單位討論應變措施

（行政院長毛治國的 bite）。

(三) BS (background sound) 或 NS (nature sound)

這是電視新聞播出帶的一種格式，由主播唸稿子、副控播放畫面加上一點現場音的帶子。

【導言】

掀起收藏風潮的迪士尼公仔，目前為止已經送出超過八千萬個，業者今天還特地從美國迪士尼請來米奇和米妮的本尊，和粉絲們進行握手簽名會，讓大小粉絲都開心得不得了。

【本文】

看到遠從美國來的米奇和米妮，小朋友的目光都捨不得移開，還要大排長龍等著握手拍照。另外在現場，粉絲們也進行公仔交換大會，一百多個人在現場互換已經蒐集到的公仔，當場有很多人完成蒐集。而超商們也趁勝追擊，推出白金隱藏版公仔，讓熱潮持續加溫（現場 bite）（張雅惠，2005）。

(四) SO+BS

這是電視新聞播出帶的一種格式，先讓受訪者說明，然後再由主播加上另一段說明的稿子。主要是使用在該新聞的畫面或受訪者發言內容不錯，但整條新聞的重要性稍嫌不足，可以透過主播詮釋讓內容更豐富些。

【導言】

立法院長王金平率領十四位立委前往日本，進行國會外交。當媒體追問王金平是否參選二〇一六年總統，王金平語帶保留，沒說選也沒說不選。

【本文】

（王金平的 bite）目前，國民黨主席朱立倫，以及副總統吳敦義，對於參選總統，態度還是相當保留。

(五) dry

這種稿子叫作乾稿，也就是記者撰稿完畢，由主播直接唸出來的稿子，由於沒有畫面，內容乾乾的，一般用在類似「食之無味，棄之可惜」的新聞。或者是完整新聞還沒來，記者只能用片段訊息提供給觀眾。如果是後者，要特別注意訊息的更新，一旦有完整稿子進來，立刻用最新的完整稿替補。

【dry】

來自大陸海南三亞的最新消息，世界小姐總決賽在九點開始，目前已經選出六大洲各兩位的佳麗代表，而臺灣佳麗許素蓉在第一輪的比賽，確定無緣問鼎冠亞軍的賽座 (Leeyh, 2005)。

(六) live 稿

這是記者進行現場連線前，提供主播告知觀眾的稿子。對於觀眾來說，收看新聞時如果突然插進一個現場新聞實況轉播，總會有點丈二金剛摸不著頭緒。這時候，使用提綱挈領的 live 稿，就可以幫助觀眾迅速掌握重點。

【live 稿】

您知道誰是全世界最棒的 DJ 嗎？辣妹熱舞會不會讓您熱血沸騰？週末夜就是要放鬆一下，連線記者孟廣宬看看臺北是不是越夜越美麗（孟廣宬，2005）？

第五節　小　結

寫稿子就像是剝洋蔥一樣，每剝一層就會掉一次眼淚。要想把稿子寫好，如果沒有這種痛苦的體悟，反而覺得每個稿子可以行禮如儀地含混寫過，這種稿子就很難找到內在的生命力。所以，寫一條稿子的時候，自己既要像是第一次寫稿般那麼地好奇，同時也要把稿子當成是自己最後一次的作品，必

須全力以赴。先把握好寫作新聞的態度，隨時問問自己的專業是否禁得起考驗，同時也要設身處地去想想，觀眾憑什麼非看這條新聞不可？這條稿子寫得好嗎？記者的過音如何？電視新聞的畫面是不是恰如其分？需不需要用字幕協助新聞稿的處理？相信幾年下來，就有機會成為一個稱職的電視新聞記者。

第 八 章

精確新聞寫作

第一節　精確新聞報導的概念與步驟

　　想要在篇幅有限的一章裡完整介紹「精確新聞學」(precision journalism)，是不可能的事情。在本章裡，我們僅能介紹基本的概念、有關的方法、寫作的結構與範例。若讀者想要對「精確新聞學」有進一步的認識，除了可參考市面上有關的書籍之外，最好能研習「社會科學研究方法」與「民意調查」，並經實際的演練，才可能充分地掌握這門新聞寫作的方法和技巧❶。

　　什麼是「精確新聞學」？依據最早提出這種報導與寫作方式的美國學者梅耶爾 (Meyer, 1973: 3) 的說法，是指記者在採訪新聞時，運用調查、內容分析等社會科學研究方法，蒐集資料、查證事實，以此來報導新聞。傳播學者麥康伯等人 (McCombs et al., 1981: 21) 則認為：「所謂精確新聞學，就是要記者用科學的社會觀察方法去採訪和報導新聞，這些方法包括：民意調查、內容分析、參與觀察和實驗法等。」

　　為什麼要採用「社會科學」方法來報導新聞呢？它與傳統報導方式到底有什麼不同？根據文獻記載，早在一八一〇年美國就有報紙嘗試進行精確新聞報導，到了二十世紀初期，美國各大城市的報紙開始將大眾的意見納入例行的新聞報導中，層出不窮的各類選舉活動，也促使更多的報紙來預測甚至解釋選民的投票行為。不過，當時過程草率，方法不夠科學，也忽略統計分析原則（王石番，1995: 32）。直至一九六〇年代，由於電腦的發展，令社會科學的研究技術大為精進，更能準確預測和解釋民調結果；其他方面，眾所

---

❶　市面上有關社會科學研究方法的教本可說汗牛充棟，目前使用較廣的計有（包含質化研究）：《最新社會科學研究方法》（潘明宏等譯，2003）、《當代社會研究方法》（王佳煌等譯，2014）、《質性研究導論》（李政賢等譯，2007）、《質性資料分析》（羅世宏等譯，2008）。有關民意調查部分的書籍計有：《探索民意》（謝邦昌，2000）、《民意調查新論》（陳義彥等，2013）。其實還有很多好書，難以一一列舉，有興趣的讀者可選擇二至三本參照閱讀。

周知六〇年代是個社會動亂的時代，傳統的「客觀性」新聞報導，因為未能提供洞見，以及對世局做出綜合闡解，而飽受攻擊。隨著新新聞、現代扒糞運動、與報導文學的興起，在七〇年代講求科學方法的精確新聞學也蔚然成風（彭家發，1988: 273–274）。

至於，「精確新聞學」與傳統報導方式不同的地方，依據傳播學者麥康伯等人（McCombs et al., 1981，轉引自羅文輝，1991: 3–5）的分類，可以了解其中的區別。他們將記者觀察事件的方法分成兩個層面（如圖 8–1）：(1)直接觀察與間接觀察；(2)系統觀察與非系統觀察。

觀察方法	系　統	非系統
直　接	A	C
間　接	B	D

圖 8–1　記者觀察事件的類型
說明：AB 兩類記者所進行的是直接或間接的系統觀察；
　　　CD 兩類記者所進行的是直接或間接的非系統的觀察。

(一)直接觀察

記者至新聞發生現場採訪，例如到議會現場或事故發生的現場採訪。

(二)間接觀察

許多新聞事件，記者需要靠採訪當事人或目擊者，才能獲得所需要的資訊。例如，車禍現場訪問目擊者，說明發生車禍的過程。在議會裡訪問議員發表對某個議案的看法。

(三)非系統觀察

當遇到重大新聞事件譬如說軍購案，除了主管部門外，記者通常都會訪問立法院各政黨的黨鞭，或者少數知名的、熟悉國防事務的立委，問問他們

的意見，這樣的訪問方式就是非系統的觀察。

㈣系統觀察

同樣是軍購案，記者若在訪問前，將立委分成民進黨籍、國民黨籍、親民黨籍、台聯與無黨聯盟等，然後依照各黨立委人數的比例，有系統地選擇一定數目的立委來訪問，便是系統的觀察。

記者採訪新聞，通常採直接或間接非系統觀察的傳統報導方式，然而非系統觀察的報導方式，最大的缺點就是所觀察的現象缺乏代表性，使新聞報導易生錯誤或是造成偏頗現象。系統的觀察則能糾正這些缺失，使記者的觀察具有代表性，也使新聞報導較為客觀、公正與平衡。傳播學者羅文輝(1991: 5) 指出，精確新聞報導最大的優點，便是記者在採訪時，能夠運用科學的方法進行直接或間接的系統觀察，因此能彌補傳統新聞報導缺乏代表性的缺失。

一、精確新聞報導的方法

了解精確新聞報導與寫作的優點之後，接下來討論精確新聞報導的方法。「精確新聞學」最常用的方法有調查法、內容分析法、實地實驗法等，分別敘述如後：

㈠調查法 (survey research)

調查法是一項古老的研究技術，也是測量群眾民意取向與精確新聞學最常見的方法。人們經常可從電視、報紙看到各類民意測驗的新聞報導，譬如說，政府首長與政治人物的聲望、政黨滿意度、公共政策的反應、選舉前政黨與候選人支持度等等的各項民調報導。這些報導，有些是政黨民調中心自行調查或委託民意測驗機構調查（例如山水民調），不過，有不少是媒體自己的民調中心自行調查。不管任何形式的民意調查，基本上不外乎以「抽樣」、「擬問卷」、「調查」、「統計」、「報導」等程序來進行。在民調新聞寫作時對

這些程序的應注意事項，待本章第二節再說明。

㈡內容分析法 (content analysis)

　　誠如傳播學者巴比（Babbie，李美華譯，2005: 493）所說，內容分析法特別適用於傳播媒介方面的研究，以及回答傳播媒介研究的一個古典問題：「誰說了什麼、對誰說、為什麼說、如何說、以及產生什麼效果？」通常內容分析用來分析任何形式的傳播內容，包括書籍、報紙、雜誌、電視節目、電影、廣告、錄音帶、詩詞、歌曲、繪畫、演講、信件、法律條款、文件、紀錄等。對精確新聞報導來說，內容分析與調查法很相似，只不過研究的對象，通常是不同政府體系的文件，而不是人（彭家發，1988: 282）。

　　國內媒體少有自行以內容分析來檢視政府文件，從中發覺問題並做報導。在國外則有不少例子，譬如《費城詢問報》(*The Philadelphia Inquirer*) 的兩位記者，用內容分析法分析費城一九七一年發生的刑事案件，結果發現：⑴當黑人和白人犯相同的罪時，黑人被判刑入獄的比例較高；⑵當黑人犯罪，白人是受害者時，黑人被判的刑比較重；⑶當白人犯罪，黑人是受害者時，白人被判的刑比較輕 (Brooks et al., 1980: 371–372)。這兩位記者從內容分析法，了解了費城仍存在嚴重的種族不平等，並提出有力的證據來報導。這比傳統的報導方式，僅能找出幾個案例來說明，說服力要強得多，更能引起社會的重視。

㈢實地實驗法 (field experiments)

　　實地實驗法，亦稱田野調查或參與觀察法❷(participant observation)，記

---

❷　所謂「參與觀察法」是由林德曼 (E. Lindemann) 所提出，他主張社會科學研究的觀察法，應進一步依觀察者角色，區分為客觀觀察者和參與觀察者兩種類型。之後，文化人類學家馬凌洛夫斯基 (B. Malinowski) 則是進一步將參與觀察法，運用於田野研究 (field research) 的過程。參與觀察法主要的特色，是透過圈內（或局內）人的觀點，來認識人類社會現象或行動之意義。所謂圈內（或局內）人的觀點，就是在日常生活世界中，透過參與觀察過程，對觀察之現象或行為，進行詳

者實際加入所採訪的新聞事件中，然後從內部觀察寫出報導。譬如說，記者要了解銀行服務效率好不好，從有系統地觀察他們的服務態度和處理的過程等，即可得知。不過要進行實地實驗法，並非任意所為，它必須要有事前的準備，首先要確立觀察的問題（譬如了解銀行的服務效率），其次要製定觀察計畫：包含觀察的內容、對象與範圍、地點、時刻、方法、手段等，設計觀察題綱：將內容具體化，問答的是誰？發生了什麼？何時？何地？如何？為什麼？在觀察時可採筆錄、或其他設備（錄音、錄影），事後再做觀察結果的推論，並撰寫新聞稿（陳向明，2005: 236–256）。

在國外，常採用此種方式去了解實際的社會現象，例如最早提出「精確新聞寫作」的梅耶爾 (Meyer, 1991)，在當記者時，就曾被派到大街上，做出各種粗魯的行為，以檢驗邁阿密人對此一行為的忍受程度。當時梅耶爾故意撞上急忙趕路的商人、將菸圈噴向外表慈祥老婦的臉、在車道上撒一把零錢，堅持撿起每一分錢後才讓車輛通行。實地實驗結果顯示，民眾對粗魯行為反應並不在意。

二、精確新聞寫作的要點

知道了精確新聞報導的方法，接著就是如何著手精確新聞寫作。其步驟與要點如下：

㈠報導題材的問題

學術單位與學者發表的研究報告，有哪些值得報導？是什麼樣的新聞事件值得做民意調查？

並非每一個新聞事件都適合採用精確新聞報導，首先需要考慮所發生的事有無新聞價值？對社會是否具影響力？是否真正能夠反映民意，發揮守望環境與結合社會適應環境的功能？所以該訪問誰？是否值得做民調？都應有專業上的考量。譬如教育改革多年，民眾到底滿意不滿意？教師與學生有何

盡的描述（王正昭等譯，1999）。

意見？諸如種種問題，也只有採用精確新聞學才能做到可靠和完善的報導。

(二)了解報導題材

　　確定報導題材之後，接下來就是蒐集相關資料，資料來源包括過去的剪報資料，遇專門的問題最好詢問專家或查閱專業著作，以便將議題的變項可以概念型和操作型定義❸。譬如說，生活品質的民調，什麼是生活品質？這一概念是什麼？有哪些屬性？若無資料作為依據，是難以進行的，更無法設計問卷。

(三)提出問題與假設

　　確定好了報導題材，下一步就是採用什麼方式蒐集資料，是用調查法還是內容分析法？還是實地實驗法？當然，報導的性質和對象不同，採用的方法就不同。要了解政治人物或政黨的聲望與支持度，顯然就要採用調查法；要了解某大企業有無苛刻員工的事，最好採參與觀察法。假若要做政治人物與政黨支持度的民調，研究設計依步驟應先提出假設、確立變項、設計問卷、進行抽樣、確定訪問方法（譬如電話調查）等等，每一環節均不可忽視。

(四)進行訪談與登錄資料

　　蒐集資料的方法確定後，就可進行訪談，現在的民調大都採用電腦輔助

---

❸　所謂「概念型」定義 (conceptual definitions)：經由運用其他概念以描述一種概念的定義。研究者也使用原始術語 (primitive terms) 和延伸術語 (derived terms)，原始術語是具體的且不能被其他概念所界定，譬如「個人」、「互動」、「有規則性」等；延伸術語則是運用原始術語在概念型定義中建構而成，譬如針對「個人」等原始術語，取得一致的認同，就能定義「團體」為兩個以上規則性互動的個人，團體就是延伸術語。
　　所謂「操作型」定義 (operational definitions)：是描述一組研究者可遵循的程序，以建立由概念所描述現象的存在性。當現象無法被直接觀察時，科學家就須使用操作型定義，譬如「正義」這一概念無法直接觀察，須藉由測量程序的設計，使其意義更為具體，並提供科學應用的經驗準則（潘明宏等譯，2003: 42）。

的電話訪問系統 (computer-assisted telephone interviewing, CATI)。簡言之，就是按記者的研究設計，電腦自行抽樣、撥號，訪員在電腦螢幕前，按螢幕的提示來提問，並錄入答案，電腦可即時進行資料的處理和分析，非常方便。要是由人工處理，就要按步驟先從電話簿抽樣，分配樣本予訪員進行撥號訪問，逐一登錄受訪者的答案、進行複核、審查、整理，通常不小心就會出錯。

㈤資料分析與解釋

獲得受訪資料後，就可進行統計分析，根據統計結果描述或解釋所發現的現象。結果不管如何，本身都是具有新聞價值，皆值得報導。

㈥將結果寫成報導

將資料做專門分析是精確新聞報導設計成功的關鍵所在（彭家發，1988: 285）。同樣地，如何將分析的結果做適當而正確的報導，更是精確新聞報導成功的關鍵。對此，將在下兩節再予討論。

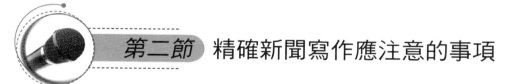

第二節 精確新聞寫作應注意的事項

如同上一節所述，不管任何形式的民意調查，基本上不外乎「抽樣」、「擬問卷」、「調查」、「統計」、「報導」等程序來進行。不管是抽樣、擬問卷、調查、統計等，都有人為與非人為因素造成的偏差。因此，大家常聽說「數字會騙人」、「民調會害死人」，其實數字並不會騙人，會騙人的是人們利用數字來騙人。誠如英國十九世紀名首相迪斯雷利 (Benjamin Disraeli) 所說的：「世上有三種騙人的東西：謊言、極端惡毒的謊言、及統計數字。」美國媒體工作者克羅森（Cynthia Crossen，張美惠譯，1996: 12）表示，當人們聽聞一事件而要判斷其真偽時，有三項因素可能影響判斷：(1)一個事件提到某科學研究；(2)知名專家的說法；(3)支持該事件的統計數字。因此，記者在撰寫精確新聞報導時，或在報導前詢問民意專家時，不能不注意下列各點（若如，

1994: 6-8；謝邦昌，2000: 1-13；肖明等，2002: 440-443；Itule & Anderson, 2003: 178-183)：

㈠測驗由誰委託？是什麼機構所主辦？目的為何？

委託者如為政府、政黨或企業，就要小心可能具有一定的傾向性，可能會設計帶有引導性的問題，或抽樣有偏差，甚至簡化調查，以遂行宣傳，獲取某種目的。在國內每逢選舉，各政黨和候選人委託或自行所做的支持度民調，彼此差異甚大，原因在此。記者報導此類民調新聞，不能忽視委託者的目的和動機，以免被利用。

㈡執行調查的機構是誰？

執行調查的機構包括專業的民調公司（例如蓋洛普、山水民調等）、學術研究機構（例如政大、世新等校皆有民調或選舉研究中心）、大眾傳播媒體（例如《遠見雜誌》、《中國時報》的民調中心）、政府與政黨的民調機構等。在國外聲譽卓著的民調機構可信度較高，但也有例外，因為「民調業不是為知識而調查，他們販賣的是策略性的資訊」（張美惠譯，1996: 9-10），因此需要了解受託民調機構的背景。一般而言，時間悠久、專業能力強、對調查結果使用方式有明確規定的民調機構，較值得信賴。

㈢誰接受測驗？對象是誰？

民意測驗的對象「母群」(population) 是哪些人？是臺北市民或全國民眾，或其他地區民眾？若只是某個地區民眾意見，就不能說是全國的民意。另外，調查時為一般民眾，可是抽樣時若以「戶」為抽樣對象，易使樣本脫離母群，是否進行戶中的選樣亦是值得探討的問題。此問題應隨著調查主體之不同而有不同的處理方式（謝邦昌，2000: 5）。譬如，「家庭收支訪問調查」可以以戶為單位；但「選民對候選人的支持度訪問調查」，對象就需為年滿二十歲以上的合格公民。

㈣多少人接受調查？受訪者是如何選出來的？

也就是說從母群中所抽出的受訪者有多少人？樣本大小會影響功率 (power)，沒有足夠的樣本，談不上或然率（陳世敏等譯，1989: 16–17）。抽出千人受訪者要比百人精確，樣本數自然越多越精確，但是超過某一個數量時，其比率不一定增加。在美國只要訪問一千名成人，就能夠正確地反映出超過一億八千五百萬美國成年人的意見（李美華譯，2005）。會有這樣的情況，是因隨機抽樣所造成，能讓研究者根據較少的觀察對象，概化 (generalize) 推論到整個母群體中所有的成員。換言之，被抽出的受訪者是否對母群具有代表性，他們的意見是否能代表母群所有人的意見？在精確新聞報導寫作，一定要說明抽樣方式（譬如本調查是以臺灣地區住宅電話為母體做尾數兩位隨機抽樣），與被抽樣母群的總體特徵（譬如八百七十九位臺灣地區成年人），否則報導是難被採信的。

㈤抽樣誤差必須交代

隨機抽樣的樣本與母群，不論抽樣的方法有多正確，仍會有若干差異，樣本與母群間的差異稱為抽樣誤差 (sampling error)。抽樣誤差越小，測驗的結果也就越精確。因此在精確新聞報導寫作時，一定要說明民調結果的抽樣誤差是多少（譬如在 95% 的信心水準下，抽樣誤差在正負 3% 以內），否則測驗的精確度會遭人質疑。

所謂的信心水準 (confidence level) 是指從樣本推論母群時，有多大的信心確定樣本會在可容忍誤差內正確反映母群。通常採用的信心水準是 95%（亦即一百次有九十五次）來確定，某一項調查的結果是介於抽樣誤差的正負幾個百分點以內，譬如總統職務表現調查，結果有三成五表示滿意，若正負誤差是三個百分點，就可以說對總統的滿意度在一百次有九十五次，是介於三成二至三成八之間。

(六)訪問是如何進行的？在什麼時間進行的？

是實地訪問、電話訪問、還是郵寄問卷，在什麼時間進行，在精確報導的新聞稿內也應交代清楚，譬如本次調查於二十九日晚間進行，以臺灣地區住宅電話簿為抽樣清冊。現在民意機構如前所述通常採用電腦輔助的電話訪問系統，因此訪問的時間白天與晚間差別甚大，不能不註明訪問時間。尤其民意瞬息萬變，遇到重大新聞事件時，民調越快越好，若拖延時日，民意也會隨之改變，受訪者的印象模糊，也難測出公眾真正的態度。

(七)有關問卷的問題

在問卷所擬的問題裡，不同的遣詞用字對調查結果會產生相當大的差異。譬如，「您對總統滿意度如何？」就是一個不夠具體的問題，是總統的施政呢？還是總統的行事風格呢？沒有交代清楚，教人無從回答。再如「您通常會看電視新聞嗎？」「通常」兩個字，可能因個人認知不同，獲得的答案就有很大的差異。對有些人來說，「通常」是天天，有的人認為是每週三天，不一而足。另外「誘導」式的問題，也會左右受訪者的意見，譬如「臺灣經濟發展已不如南韓，您認為執政黨執政能力如何？」想也知道，很容易引導受訪者回答不好。問題的順序和編排方式也會影響調查的結果，若連續問兩三道不利某一政黨的問題，再問對於該政黨的支持度，所獲得的結果必然偏向不佳；反之，亦然。

問卷設計有無問題，明眼人一看即知，記者拿到民調資料時，務必將調查單位所提供的問卷題目仔細地檢查，查看有無問題，以免報導時掉入陷阱，誤導讀者。

(八)誰從事訪問？

從事民調訪員的訓練、經驗、價值觀、誠信與智慧的良窳，也會影響訪問的結果。負責的民調機構常使用許多方法降低訪員的偏見，最常見的是用不同的訪員，在不同的情況下，進行重複訪問，再檢定結果如何（王石番，

1995: 28）。若是對訪員素質沒有要求，只是草率地隨便找人調查，這樣的民調結果，也就不值得採信。

(九)是否有過度推論之嫌？

有的民調偏好過度推論 (overestimation)，這在國內選舉預測民調最常見。有些政黨選舉民調，意圖影響選舉，喜玩文字遊戲，甚至以支持率偷天換日成可能的得票率（支持未必一定會去投票），聲稱自己領先其他政黨候選人或者故意聲稱自己有重大危機，激發支持者危機意識前往投票。也有些含有政策性宣導的民調，將二十歲以上成年人的支持率，推論說成全國民眾的支持率。這種玩數字遊戲的過度推論，在報導時務必留意，以免被有心的民調機構所欺騙。

傳播學者王石番 (1995: 29) 說：「民意測驗者從一堆冷峻的統計數字，發掘具有生命的社會現象的確不易，以適當的角度解釋民意現象更需要客觀的態度，敏銳的觀察力和良好的統計素養，才能勝任。」誠哉斯言，有意從事精確新聞報導的新聞工作者何嘗不應如此？守正不阿、誠實報導，更為需要，否則即使是嚴謹的科學方法，碰到有心人，仍是騙人的數字魔術罷了。

第三節　民調新聞稿的寫作方式與範例

依照傳播學者羅文輝 (1991: 285) 指出，精確新聞報導的寫作，和一般新聞寫作並無太大差別，記者通常可以採用兩種寫作模式，一是倒金字塔式，另一種是鑽石式 (diamond)。

有關倒金字塔式的新聞寫作模式，在本書第三章已有詳細介紹，本節不再贅述。至於鑽石式寫作模式❹，由於在國內的精確新聞報導較少見到，加

---

❹　鑽石式寫作模式與倒金字塔式寫作完全不同。前者並不需要將新聞最重要的內容寫在導言裡，也不需要將新聞的段落，依重要性遞減的順序來排列。將鑽石式寫作模式運用最徹底的是美國著名的金融財經報紙《華爾街日報》，在美新聞界稱

上限於篇幅，此處不多詳談。在此僅就倒金字塔式寫作如何應用在精確新聞報導上，說明如後。

一、精確新聞報導倒金字塔式寫作的導言

一般來說，倒金字塔式新聞寫作，5W1H 被認為是新聞中最重要的內容。但就精確新聞報導而言，新聞最重要的內容，應該是研究的結果，而非 5W1H（羅文輝，1991: 289）。

舉例來說，針對臺灣社會的歧視現象，《聯合報》進行了一項「老年歧視」的民意調查：

【聯合報系民意調查中心／電話調查報導】聯合報系願景工程今天推出「老年歧視」議題。本報民調發現，臺灣對老人並不友善，三成八民眾不肯把房子租給年紀超過七十歲的老年人，三成八贊成不讓逾七旬的老人投保。

調查發現，若遭健身房以年紀過大為由拒絕加入會員，有六成四民眾會覺得受到不公平對待，僅三成二不這樣認為。可見多數國人已略具老年歧視意識。

只是，不希望自己遭遇老年歧視的民眾，當角色對調，卻可能助長了老年歧視。調查發現，如果自己是保險公司老闆，三成八坦承不願讓超過七十歲的老人加保；若身為房東，同樣也有三成八民眾不肯把房子租給年紀超過七十歲的老年人，五成七則認為無所謂。

進一步分析，會因年長遭健身房拒絕而感到被歧視的人，雖有較高比率可以接受老年人投保與租屋，但仍有三成五坦承不會讓七十歲以上的老人投保、三成三無法接受老年房客。

此外，六十歲以上民眾並沒有因為感同身受而對於高齡者有較佳對待；反倒是三十歲以下年輕人有七成八可接受七十歲以上老人投保、八成九願租屋給老年人，年輕人比老年人更不會歧視老人。

這次調查於九月二十日至二十六日晚間進行，成功訪問了 1,084 位十

之為「華爾街日報公式」(Wall Street Journal formula)（羅文輝，1991: 298–301）。

八歲以上民眾，另572人拒訪；在95%的信心水準下，抽樣誤差在±3.0個百分點以內（聯合報願景工程，2012a）。

從上述報導可以發現《聯合報》的民調，主要探討下列問題：

1.臺灣民眾對老年人的態度如何？

2.臺灣民眾對老人歧視的情況有多嚴重？

3.臺灣有多少比率的民眾對老年人有歧視心理？

4.不希望自己遭遇老年歧視的民眾是否也會歧視老人？

若以一般新聞寫作強調的5W1H來看這項民調，它所代表的意義如下：

1. Who：臺灣民眾與臺灣老年人。

2. What：調查民眾是否歧視老年人。

3. When：民調進行的時間。

4. Where：臺灣地區。

5. Why：為了解臺灣社會「老年歧視」的情況而進行民調。

6. How：如何進行民調。

顯然地，5W1H在精確新聞寫作上並不適用。應依據民調的目的、問題和假設與民調最重要的結果，寫在新聞稿的第一段，或是分散在前幾段中，才能掌握倒金字塔式寫作模式的精神（羅文輝，1991: 291）。

因此，記者在寫作之前，可先把民調發現的結果列出，然後判斷其重要性並加以排列。譬如，上述這則對臺灣「老年歧視」的民調，就可根據探討的問題，依照重要性排列如下：(1)民眾對老年人的態度；(2)對老年人的行為（有多少受訪民眾不願租屋給老年人等）；(3)民眾對老年歧視現象的意見；(4)不希望自己遭遇老年歧視的民眾對老年人的態度又如何等。另外，此類新聞提到百分比時，通常習慣以幾成幾（如四成三）來表示，方便讀者閱讀。

二、精確新聞報導變化式導言的應用

如同一般新聞寫作，精確新聞報導的導言也可以有不同的變化，最常見

有下列五種（羅文輝，1991: 292–295；肖明等，2002: 428–431）：

㈠摘要式導言

就是將民調最重要的調查結果和發現，以摘要方式寫在導言中，這種形式的導言在精確新聞報導中最常見。譬如：

> 【記者吳柏軒／臺北報導】黃昆輝教授教育基金會今公布第十次的教育民意調查，針對高等教育各項重大議題，民調發現，有82.9%意見擔心優秀人才被中國高薪挖走，80.6%認為大學畢業即失業的問題嚴重；另，也對大學自治詢問，約69.5%民眾認為，當公私立大學校長遴選有適法性疑義，政府應監督審核（吳柏軒，2018）。

上述這則導言就是典型的摘要式導言，這一導言有四個新聞重點：⑴有八成二以上的人擔心優秀人才被中國高薪挖走；⑵有八成以上的人認為大學畢業即失業的問題嚴重；⑶有近七成的人認為政府應監督審核有適法性疑義的大學校長遴選。記者撰寫這則新聞時，即依民調結果所發現的重要性，依序寫出。若還有其他較次要的發現，則可依序再寫到其他段落裡，以免導言過於冗長。

㈡對比式導言

當民調結果發現，民眾對所探討的人物與事件同時具有正面與反面兩種不同的態度，或存有矛盾的態度時，即可採用對比式導言。例如：

> 【聯合報系民意調查中心／電話調查報導】聯合報系願景工程，今天推出「性／別歧視」系列，探討同志、跨性別等族群處境。本報民調發現，雖有五成五民眾贊成修法允許同性婚姻，不過有六成一無法接受子女是同性戀（聯合報願景工程，2012b）。

上述報導指出，雖然有超過半數的受訪者贊成修法允許同性結婚，但是仍有六成一無法接受子女是同性戀，這就是典型的對比式導言。

(三)背景式導言

記者有時候需要在導言裡交代該項民調的背景原因，才能使閱聽人更清楚了解民調的意義。例如：

> 【記者蕭承訓等／臺北報導】新閣員昨上任，前法務部長邱太三疑因不執行死刑恐衝擊年底民進黨選情去職，根據本報最新民調，高達八成民眾不贊成廢除死刑，八成六更要求法務部應盡速執行死刑。執行死刑勢必成為新任法務部長蔡清祥，難以逃避的課題（蕭承訓等，2018）。

由於前任法務部長不執行死刑，執政黨擔心衝擊年底選情而更換部長，因此該報根據廢死民調顯示，認為執行死刑將成為新任部長的重要課題。

(四)疑問式導言

以一句問話為開頭，使閱聽人產生被詢問的感覺，以激起好奇心，使閱聽人樂意閱讀下文。譬如：

> 【遠見民調中心】這一年，最常被用來形容社會民心氛圍與政經局勢的詞彙，從「有感」、「無感」，甚至還出現了「反感」症狀。二○一二年即將邁向尾聲，今年的你，對幸福的感受是哪一種？
>
> 自年初以降，政府不斷帶頭說要拚經濟、為人民創造幸福，然而，從最新、二○一二年第四次的遠見年終幸福感調查結果來看，顯然受到全球不景氣影響，儘管政府想幸福施政，人民內心仍感受不幸福（林珮萱，2013）。

(五)驚嘆式導言

若遇影響性較大，令人驚訝的調查結果，可用驚嘆式導言，吸引閱聽人的注意。譬如：

> 【記者陳韋廷／即時報導】沒人比總統親！川普九成一鐵粉最信他，僅 11% 信媒體。最新民調顯示，美國總統川普的支持者對川普所說的

話，信任程度大過朋友與家人（陳韋廷，2018）。

總之，變化式導言並無任何規律可循，上述所舉只是通常所見的例子。若記者能別出心裁，在精確新聞報導上，仍可創造出更有變化的導言，來吸引閱聽人的注意。

三、精確新聞報導的新聞結構

精確新聞報導若採用倒金字塔寫作方式，除了應在導言內寫出最重要的調查結果外，在其他段落有如一般新聞寫作一樣，需依重要性遞減的原則來安排。

通常新聞稿的第二段，應呈現無法納入導言的重要內容，或是對導言的內容提出更進一步說明，其他各段則需描述其他發現。依新聞寫作原則，最好每一段只描寫一項發現（羅文輝，1991: 295）。我們以旺旺中時民調中心針對國人對同性婚姻合法化看法所做的民調來說明，全文如後：

【旺旺中時民調中心／臺北報導】臺灣社會有逾半數的民眾支持同性婚姻合法化。根據本報最新調查發現，有 61% 的人願意和同性戀做朋友，但卻也有 57% 的人無法接受自己的家人是同性戀。此外，有 56% 以上的人贊成同性婚姻且同性配偶有領養子女的權利，至於，同志婚姻可預防愛滋病的說法，50% 的人不表認同。

疾管局副局長施文儀力挺同志婚姻的言論，引發社會議論。由旺旺中時民調中心針對臺灣地區 850 餘位成人的電話訪問顯示，有 63% 的人認為臺灣社會對同性戀的態度保守，不友善而且具排斥性，但也有 18% 的人覺得臺灣社會日趨開放，已能接受同性戀。

不過，雖然多數民眾願意與同性戀做朋友，卻無法接受自己的家人是同性戀。調查反映，有 61% 的人願意和同性戀交友，不願意者，有 28%。只是一旦自己的家人是同性戀的時候，有 57% 的受訪者表示不能接受，34% 的人可以認同。

值得注意的是，過半數的民眾支持同性婚姻合法化。調查呈現，有

56% 的人贊成同性有合法結婚的權利，31% 的人堅決反對。交叉分析得知，年紀越輕、學歷越高、女性，住在五都的民眾，支持同性婚姻的比例越高。

贊成的理由中，以人權考量的比例最高，有 51% 的人認為同性擁有伴侶權是人類的基本權利。此外，也有 45% 的人覺得這是自由民主的社會，須懂得尊重每個人自主的選擇。覺得可預防愛滋病者，有 1%，餘為其他意見。

有關反對的原因，有 40% 的人覺得同性婚姻違反自然法則，是不正常的行為，32% 的人認為違反社會道德倫理，11% 的人覺得無法繁衍下一代，7% 的人感覺不舒服，餘為其他意見。

至於，同性配偶是否有合法領養子女的權利？調查發現，有 58% 的人贊成同性結婚後可以領養子女，31% 的人不以為然。

多數民眾不贊成同性婚姻合法化有助於預防愛滋病的論點。調查透露，有 50% 的人不認同這種說法，部分人士甚至覺得這是歧視同志的言論，但也有 34% 的人覺得有防治效果。

本次調查於二十一日晚間完成，總共完成 852 位成人，在 95% 的信心水準下，抽樣誤差約為 ±3.4%，拒訪率 14%。調查結果經性別、年齡與地區加權處理（艾普羅民調公司・旺旺中時民調中心，2012）。

表 8-1　國人對同性婚姻合法化看法調查

訪問日期：8 月 21 日　有效樣本：852 人　抽樣誤差：±3.4 個百分點	
1. 請問您認為臺灣社會對同性戀的態度是接受或排斥？	
01 接受 18.4%	02 排斥 63.1%
03 不關心 2.5%	04 無意見 16.0%
2. 請問您願不願意與同性戀做朋友？	
01 願意 61.0%	02 不願意 28.2%
03 無意見 10.8%	
3. 請問您能不能接受自己的家人是同性戀？	
01 能 33.6%	02 不能 57.1%
03 無意見 9.2%	
4. 請問您贊不贊成同性有合法結婚的權利？	
01 贊成（續問 4-1）56.2%	02 不贊成（跳問 4-2）31.3%
03 無意見（跳問 5）12.5%	
4-1. 請問您贊成的原因是什麼？（不提示選項，可複選）	

01 人權因素 50.6% 　　02 自由民主的社會／尊重個人選擇 44.7%
03 可以預防愛滋病 1.3% 　　04 其他 6.6%
05 不知道 7.9%

4-2. 請問您不贊成的原因是什麼？（不提示選項，可複選）
01 宗教因素 1.3% 　　02 違反自然法則（不正常）39.5%
03 違反社會道德倫理 32.0% 　　04 無法生育下一代 10.9%
05 怕會有愛滋病 3.2% 　　06 感覺不舒服 6.5%
07 鼓勵同性戀流行 1.2% 　　08 其他 4.0%
09 不知道 18.1%

5. 請問您贊不贊成同性戀結婚後有合法領養子女的權利？
01 贊成 58.1% 　　02 不贊成 31.4%
03 無意見 10.4%

6. 請問您贊不贊成「同性婚姻合法化可預防愛滋病」的說法？
01 贊成 33.5% 　　02 不贊成 49.9%
03 無意見 16.5%

資料來源：艾普羅民調公司‧旺旺中時民調中心，2012。

　　上述全文共分九段，在導言裡直接寫出調查結果顯示「臺灣社會有逾半數的民眾支持同性婚姻合法化」，並寫出：(1) 61% 的人願意和同性戀做朋友；(2) 57% 的人無法接受自己的家人是同性戀；(3) 56% 以上的人贊成同性婚姻且同性配偶有領養子女的權利；(4) 50% 的人不認同同志婚姻可預防愛滋病的說法，共四項其他重點。

　　新聞第二段說明為何要做此民調，並顯示受訪民眾認為臺灣社會對於同性戀的態度為何。第三段至第八段依序寫出受訪民眾能否接受自己的家人是同性戀，是否贊成同性戀婚姻合法化，贊成的理由是什麼，反對的原因是什麼，同性配偶是否有合法領養子女的權利，以及合法化是否可預防愛滋病的問題。最後一段則在說明這次民調在什麼時間舉行、如何進行、誤差範圍等。

　　從整篇新聞可以得知，寫作順序是先了解受訪民眾對於同性戀的看法與態度（願不願與同性戀做朋友，能否接受家人是同性戀等），再依發現結果的重要性排列，先是寫出受訪民眾對於臺灣同性戀婚姻合法化的態度（因為這是民調的主因），其次再寫出贊成與反對的理由與原因，之後再提同性戀結婚後能否合法領養子女以及是否能預防愛滋病的問題。值得注意的是，該報導每一段皆遵守一段一主題的原則，每段開頭也都有適當的轉換詞，例如：不

過、值得注意的是、至於等，使全文能夠一氣呵成。

　　最後一段（第九段），是任何精確新聞寫作不可或缺的。它必須交代此次民調是何時進行、以什麼作為抽樣清冊、有效樣本數有多少、在多少的信心水準下、抽樣誤差是多少等。值得注意的是，新聞報導中若提到統計數字，不論是百分比或平均數皆寫整數；若非整數，以四捨五入處理。

第九章

新聞自由、自律與新聞法規

第一節　新聞自由與自律

　　新聞自由與新聞自律，這兩者看起來是截然不同的理念，事實上是可並行不悖的。無人能否認新聞自由是新聞的生命，不少學者也認為新聞自由乃是人民諸自由的保障。沒有新聞自由，則一切其他自由也必將落空（姚朋，1972: 1-6）。但是新聞自由並非「為所欲為」的自由，美國傳播學者霍根 (William E. Hocking, 1947) 認為新聞自由為道德權利，負有道德義務：所以新聞事業在運用新聞自由之權利時，必須遵守新聞道德。因為，新聞自由只有善盡社會責任及媒體的功能，方能彰顯。

　　新聞自由歷經西方自由鬥士四百多年來的積極爭取，以及各國新聞事業的進步，內涵已十分明確和廣泛。什麼是新聞自由？依據艾默生（Emerson，轉引自林子儀，1992: 33）的說法，就是新聞傳播媒體的自由。現代傳播媒體擔負一個健全民主社會不可缺少的功能：提供資訊給大眾，對社會中的各類組織、制度及實際運作提出針砭，監督並適時揭發政府的濫權，承擔制衡社會既存勢力的反制力量等。新聞自由就是要保障媒體保持活力及不受不當的干涉，以發揮其應有的功能。目前「新聞自由」、「言論自由」、「出版自由」、「資訊自由」之意義，在精神上業已形成一體，但在意義上仍有區別。依據國際新聞學會 (International Press Institute, IPI) 的說法，新聞自由的含義有四 （李茂政，1987: 2-3；IPI, 1962: 18）：⑴自由接近新聞 (free access to news)──採訪自由；⑵自由傳遞新聞 (free transmission of news)──傳遞自由；⑶自由發行報紙 (free publication of newspapers)──發表自由；⑷自由表示意見 (free expression of views)──言論自由。

　　一九八〇年，聯合國教科文組織「國際傳播問題研究委員會」(International Commission for the Study of Communication) 發表《多種聲音，一個世界》(Many voices, one world) 的調查報告，把新聞自由的含義又推進一步，提出了「傳播權」(freedom of communication) 的概念，認為任一公民都

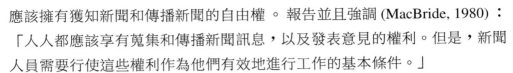

應該擁有獲知新聞和傳播新聞的自由權。報告並且強調 (MacBride, 1980)：「人人都應該享有蒐集和傳播新聞訊息，以及發表意見的權利。但是，新聞人員需要行使這些權利作為他們有效地進行工作的基本條件。」

民主國家的憲法對於新聞自由的保障，大體上可分為兩派，一派是主張採取直接保障，譬如，美國憲法第一修正案 (First Amendment) 規定：「國會不得制定下列法律：確立宗教或禁止信教自由；剝奪人民言論及出版之自由；剝奪人民正當集會及向政府請願之權利。」另一派則採間接保障，譬如，我國憲法第一一條規定：「人民有言論、講學、著作及出版的自由。」雖然這兩派在主張以及形式上有所不同，但對於保障新聞自由的原則是一致的（呂光，1981: 17–22）。

不過，新聞自由與言論自由也非完全不受限制，限制新聞自由的力量可分為兩方面，一是他律，亦即外力干涉，譬如，我國憲法第二三條規定：「以上各條列舉之自由權利，除為防止妨礙他人自由，避免緊急危難，維持社會秩序，或增進公共利益所必要者外，不得以法律限制之。」換言之，只要防止妨礙他人自由、避免緊急危難、維持社會秩序等，仍可以法律限制之。另一是自律 (self-regulation)，也就是新聞從業人員經由自行成立的自律組織自我節制。瑞典早在一九一六年就創立全球第一個新聞自律組織，我國遲至一九六三年始成立「中華民國新聞評議會」，依共同接受的倫理信條，自行履行社會責任（李瞻，1986: 43）。

有的學者認為影響新聞自由的因素，除了政府的干預與介入之外，也包括傳播事業獨占、報老闆的干涉、廣告客戶的控制、利益團體的要求等（程之行譯，1992: 134–188）。

傳播學者修麥克和利斯 (Shoemaker & Reese, 1991) 指出，新聞報導內容會受到包括記者個人（譬如他的價值信仰）、媒體的工作習慣（例如截稿時間）、媒體組織結構（例如媒體所有權）、媒體以外的社會勢力（例如利益團體）、社會的意識形態（例如統獨問題）等五個層次和因素的影響。

若依上述新聞自由的內涵與所受到的干預來看，顯然地，國內還沒有完全的新聞自由。然而，弔詭的是，有時媒體又會濫用新聞自由，甚至為了自

身利益，放棄新聞自由，甘為他人的宣傳機器。媒體缺乏真正價值自省與自律的結果，使得媒體不是成為政府或權勢集團的傳聲筒，就是扭曲事實，甚至成為捏造新聞的工具 ❶。國內媒體曾經被人戲稱為「修理業」、「製造業」；部分從業人員無的放矢、捏造新聞也不少。另方面，政府與政黨干預媒體，侵犯新聞自由，媒體人甘為傀儡也時有所聞（張作錦，1997: 11–15；馮建三，1995: 31–65；張家琪，2002: 10–11）。

　　西方媒體發生的兩件醜聞，非常值得新聞從業人員省思。一是《紐約時報》記者布來爾 (Jayson Blair) 抄襲新聞事件；另一是英國廣播公司 (BBC) 記者吉利根 (Andrew Gilligan) 報導假新聞煽動英國民眾反戰的醜聞。這兩件事均引起軒然大波，透露出西方媒體因意識形態作祟、內部上下溝通不良，造成記者濫用新聞自由的嚴重情形。

　　布來爾事件起因於二〇〇二年，二十七歲的記者布來爾被調到國內新聞組之後，寫了七十三篇報導，其中有問題的報導至少三十六篇，包括華府狙擊殺人事件以及伊拉克戰爭陣亡戰士家屬的訪問。他造假的工夫非常高明，往往把別人報導的事實和他自己想像的情節混合在一起，使人很難看出破綻。後來《芝加哥論壇報》等媒體紛紛向《紐約時報》探詢，經《紐約時報》調查後才發現真相，不得不在二〇〇三年五月十一日以頭版頭條方式報導，並以整整四頁篇幅說明原委（劉屏等，2003；Kalb, 2004）。

　　吉利根事件則是發生在二〇〇三年五月二十九日，BBC 記者吉利根在第四廣播電臺「今天」節目報導中，引述一名英國情報官員的話表示，布萊爾政府為了發動對伊拉克戰爭，授意在二〇〇二年九月發表的伊拉克大規模殺傷性武器報告中，添加了海珊有能力在四十五分鐘內發動生化武器襲擊的情報。這一報導使得布萊爾政府陷入了尷尬的「情報門」事件，英國政府隨後確認，國防部的生化武器專家、曾參與過聯合國對伊拉克武器核查工作的凱利 (David Kelly) 就是提供這一消息的人士，並向媒體透露了他的身分。凱利在自己的名字被公開後，接受國會有關委員會公開質詢，並且在承受不住巨

---

❶　可參閱《不可靠的新聞來源》（楊月蓀譯，1995）。這本書大大揭發了美國的媒體如何公器私用、排除異己、官商勾結、捏造新聞的內幕。

大精神壓力的情況下，於二〇〇三年七月十八日割腕自殺身亡。事件發生後，BBC 遭到法院調查。二〇〇四年一月二十九日，英國國會獨立調查小組公布法官做出的凱利事件調查報告，譴責 BBC 新聞專業出現瑕疵。這些瑕疵包括只有單一消息來源、沒有正確翔實的紀錄、未經編審流程就現場驚爆內幕，以及對於強烈指控的單位沒有充分抱持公平、開放心態等等。

　　吉利根事件說明記者抄襲或者引述單一的消息來源編造新聞，造成武器專家自殺事件，不僅缺乏自律精神，也濫用了新聞自由。對於吉利根事件，英國 BBC 前新聞總監奈爾 (Ronald Neil) 等新聞專業人士組成的調查小組，經過三個月的審議，在二〇〇四年六月二十三日發表了奈爾報告。在報告中，BBC 聲明其專業價值與新聞處理的規範，很值得作為新聞記者自律的準則 (Neil, 2004)。

　　BBC 要求所屬記者，在新聞專業上應做到 (Neil, 2004)：

㈠真相與正確 (truth and accuracy)

　　新聞報導盡可能尋求正確使用精確的語言，掌握充分的消息來源，基於合理的證據，並經過徹底的查證。事實是建立在新聞的內容，而非意見，不可報導沒有根據的猜測。

㈡公共利益 (serving the public interest)

　　優先報導公眾相關議題並充分告知，不畏當權者，提供充分的消息，也要抱持公平與開放態度。

㈢公正與多元 (impartiality and diversity of opinion)

　　根據事件發展的全貌來報導事實，並提供專業的分析。不取其片段意見，要以開放、獨立和不偏不倚的心胸，反映所有不同的意見並做好查證的工作。

㈣獨立自主 (independence)

　　獨立於政府和政黨，致力監督政府與當權者，並以新聞專業做合理的判

斷，絕不屈服於各個利益集團的壓力。

㈤負責 (accountability)

對閱聽大眾負責，並且要持續贏得受眾的信賴。報導錯誤時應勇於認錯，誠懇的道歉，並鼓勵願意從錯誤中學習的文化。

除了 BBC 的自律準則，很多國家和媒體組織也有類似的新聞處理和道德規範。譬如美國有將近三分之二的報社訂定了成文的倫理規範，有許多地方性質的報紙、廣播電臺和電視公司也都各自訂有倫理規範（胡幼偉譯，1995: 206）。我國也不例外，中華民國新聞評議會亦訂有中華民國報業道德規範、中華民國無線電道德規範、中華民國電視道德規範等。尤其，由已逝世的我國新聞界耆宿馬星野所擬，於一九五七年由臺北新聞記者公會通過的「中國新聞記者信條」，內容共計十二條，對於記者個人紀律、生活習慣、報導的原則和注重公共利益等，都有明確的規定。

第二節　新聞自律的原則

不論何種自律規範，大致脫離不了下列原則：

一、關於新聞來源方面

除了顧及當事人安全或者與消息來源具有事先的協議外，為了新聞的可信度和分量，消息來源應交代清楚。以「據所知」、「據了解」、「據消息靈通人士說」等，都是記者偷懶和不負責任的行為。

但對於「『請勿發表』或『暫緩發表』之新聞」（參見「中華民國報業道德規範」新聞報導第八條），則應遵守協議。因為輕易洩露新聞或傳播當事人的隱密，是非常不道德的。消息來源守密的原因在於：(1)為了當事人的安全：如果洩露當事人的姓名和身分，也許會影響他的職業、名譽和地位，甚至生

命安全。(2)為了後續的新聞：如洩露了消息來源，當事人不會再提供後續的新聞。(3)影響媒體的聲譽：洩露了消息來源，當事人、同業、甚至閱聽人都會看不起這家媒體。在有些國家，記者若在法庭上拒絕透露消息來源，將被處以「藐視法庭罪」，即使如此，國外有些媒體的道德規範，仍然禁止記者說出祕密消息來源。我國雖無「藐視法庭罪」，但法官和檢察官可依刑事訴訟法第一九三條，處以三萬元以下罰鍰（沈征郎，1992: 403–404）。

　　對於單一消息來源，只有攸關重大公眾利益的新聞報導，或者來源具有大家所認知的公信力才能採用，但必須遵循正確的程序，採用單一消息來源要更加審慎嚴謹。

二、關於隱私權問題

　　依美國法律的定義，隱私權 (privacy) 被視為是一種「不受干擾的權利」(the right to be let alone)，也是個人控制與自己有關資訊的權利 (Pember, 1987)。

　　尊重個人的私生活，維護他人的尊嚴，使他人安居樂業，絕對是報導新聞時必須遵守的新聞道德。我國各項媒體道德規範對於隱私權保護均有明確的規定，譬如「中華民國報業道德規範」新聞報導第三條：「除非與公共利益有關，不得報導個人私生活。」以及新聞評論第四條：「與公共利益無關之個人私生活不得評論。」另外，「中華民國無線電廣播道德規範」新聞節目第五條亦有類似規定。至於，什麼是與公共利益無關？隱私權與公眾知的權利若有衝突又應如何處理？將在本章第五節敘述。

三、關於犯罪新聞採訪

　　犯罪新聞雖令人生厭，可是媒體站在公共利益的立場，依然有其不能不予刊載的責任和苦衷。由於民眾不免有偷窺慾和嗜血的心理，媒體常常為了討好民眾，不但詳盡報導犯罪過程、手法，刊登和播出血腥的照片與畫面，

甚至還將犯罪嫌犯塑造為英雄人物。一九九七年四月十六日，發生著名的白曉燕遭綁架案，新聞媒體鉅細靡遺地報導了追蹤多日的內情，還有兩家媒體刊登了其透過特殊途徑獲得白曉燕生前被綁匪強行拍下的裸照，某一家媒體更在二十九日的頭版刊出白曉燕屍體的特寫照片。更令人驚訝的是，當年十一月十九日陳進興挾持南非武官的人質事件，改寫多項臺灣新聞史紀錄。為了轉播這場牽動全臺灣民眾心弦的「大戲」，電視臺中斷所有常態節目的播出，以馬拉松方式全程報導警方圍捕陳進興的行動。不僅轉播時間超長，參與的媒體達十三家之多（陳鳳英，1997: 42–44）。果真，有些中小學生在生活週記上，竟稱陳進興是英雄，將其視為偶像。因此，報導犯罪新聞時，不能不注意：

　　1.採訪犯罪案件，不得妨礙刑事偵訊工作。

　　2.犯罪案件在法院判決之前，須假定嫌犯無罪，採訪報導時，應尊重其人格。

　　3.報導犯罪、色情及自殺新聞，不得詳述方法及細節。

　　4.對未成年嫌犯或已定罪之未成年人，不得刊登其姓名、面貌、住址或足以辨認其身分之相關資料。

　　5.一般強暴案件，不得報導；對於嚴重影響社會安全或與重大刑案有關之強暴案，不得洩露被害人姓名、住址或足以辨認其身分之相關資料。

　　6.處理綁架劫持新聞應以被害人生命安全為首要考慮，在被害人脫險前，不得報導（以上六點為「中華民國報業道德規範」犯罪新聞處理的規定）。

　　7.在電子媒體方面，應注意在報導犯罪、色情及自殺新聞時，處理技術上應特別審慎，不得以語言、靜態圖片或動態畫面描繪方法和細節。

　　8.報導死亡新聞，應避免播出屍體畫面（以上兩點為「中華民國電視道德規範」新聞節目的規定）。

　　9.切莫報導猥褻的新聞內容，因其不但違反新聞自律，也是法所不容。不少先進國家也明文禁止或不保護猥褻的言論，例如美國最高法院認定憲法不保障猥褻言論。

　　什麼是「猥褻」？依我國大法官會議釋字第四○七號解釋，所謂猥褻出版

品，是指一切在客觀上，足以刺激或滿足性慾，並引起普通一般人羞恥或厭惡感而侵害性的道德感情，有礙於社會風化之出版品而言。一旦新聞內容涉及猥褻，很可能觸犯刑法妨害風化罪，例如刑法第二三五條：散布、播送或販賣猥褻之文字、圖畫、聲音、影像或其他物品，或公然陳列，或以他法供人觀覽、聽聞者，處二年以下有期徒刑、拘役或科或併科三萬元以下罰金，以及兒童及少年性剝削防制條例第三六條與第三八條。若是廣電媒體，同時也違反了廣電三法的規定。

四、關於國家安全事項

涉及國家安全的新聞包括有外交談判的底牌、軍事或國防之類機密。這些機密若公開是否影響國家安全常引起爭議。有些人認為人民有知的權利，新聞自由高於國家安全；也有些人認為，基於國家安全理由，可以考慮限制新聞自由。

其實，即使是民主國家，對於妨害國家安全的新聞發布，也有所限制。以美國為例，報刊雜誌仍有三種類型的消息不能發布：⑴可能產生危及國家安全和利益的內容；⑵淫穢文字和（或）淫穢圖像；⑶虛假廣告（俞燕敏等，2000: 170）。美國於一九六六年雖通過「資訊自由法」（*Freedom of Information Act*），規定聯邦政府文件對一切人公開，除了涉及國防和外交被適當列為機密文件等九項例外，不可以公開。一九七六年美國國會又進一步通過「政府陽光法案」（*Government in the Sunshine Act*），要求五十多個聯邦政府的署、委員會、部門等向公眾開放他們的會議，但包括國防安全的十項例外，仍不可公開（張巨岩，2004: 223–226）。英國政府在一九八九年修定的「國家機密法」（*Official Secrets Act*），對於披露安全和情報資訊事項、國防資訊等，規定其行為構成犯罪 (Spilsbury, 2000: 428)。

我國於一九五一年曾制定「妨害軍機治罪條例」，屬行政命令層次，內容專就洩漏、刺探或蒐集軍事機密行為另定加重刑罰，機密種類範圍「由國防部以命令定之」，在解嚴後，其嚴密與不合理的程度頗受新聞界的詬病。由於

陸海空軍刑法對軍事機密已有規範，涉及非軍人部分，在刑法第一〇九條至第一一二條也可規範，遂於二〇〇四年廢止「妨害軍機治罪條例」。

如今，我國已通過了「國家機密保護法」，能釐清新聞自由與國家安全分際的「政府資訊公開法」亦於二〇〇五年公布。總之，在民主國家，政府的任何資訊應以「公開為原則，限制為例外」，除了能證明「明顯而立即的危險」(clear and present danger)，政府沒有理由禁止資訊公布。身為記者，有權基於新聞自由和人民知的權利，協助民眾監督政府，防制或揭發危害國家安全的弊案。

同樣地，法律規定的國防機密和禁止發表的內容，為了避免妨害國家安全，新聞從業人員也應有自律的精神，嚴予遵守。

五、關於公眾利益問題

新聞自由交流的目的是為了完成：(1)警戒功能：拓展受眾的視野與凝聚受眾的注意力；(2)決策功能：轉移某些固有的態度和價值標準，開拓政治性對談的範圍，促使社會規範的推行；(3)指導功能：具體有效地幫助各種形式的教育和訓練的推行。因此媒體對公眾應盡社會責任，發揮社會功能（歐陽醇，1982: 185–187）。但問題是，什麼是與最大公眾利益有關的社會功能？記者又如何衡量？若公眾利益與媒體衝突時，記者應如何取捨？

由於新聞業者往往只對媒體老闆、經理、股東、廣告商、政客等一小部分人謀福（楊月蓀譯，1995: 78–79），同時大多只顧及閱報率和收聽視率，迫使不少記者為追求個人厚利，傷害新聞可信度（林添貴譯，1998: 125）。傳播學者克利斯地安 (C. G. Christians) 等人指出，媒體對公眾利益的損害，應尋求減少到最低限度，所以在處理新聞時應關注下列問題：

1.公眾利益只有靠公司付出巨大代價才能滿足時，那麼在道德上應該有什麼考慮呢？

2.是否可以接受以時間或金錢的限制作為藉口，來解釋對道德的損害？換言之，當媒體選擇應該做什麼的時候，這方面的限制應考慮多少？

　　3.在一個越來越多元化的社會裡，媒體如何為公眾下定義，然後決定它的最高利益是什麼？

　　假如記者與編輯在報導、處理新聞時，時時都能想到心中受眾的利益是什麼，有無盡到媒體的社會功能、閱聽大眾的心聲，而非只是關心媒體的利潤。從長遠的角度來看，仍是對媒體有利的，因為負責任的新聞事業可以幫助媒體達到整體的營業目標，而又能夠善盡媒體的社會責任（胡幼偉譯，1995: 188）。

　　最後，必須要說明的是，沒有媒體報導新聞不會犯錯（但經常犯錯的媒體也絕非是好媒體），一旦不小心犯錯，就要勇於認錯。「新聞更正」就是對個人和團體侵權的補救，也是新聞自律的重要項目之一，新聞從業人員萬萬不可掩飾過錯，甚至將錯就錯，傷害他人也傷害媒體公信力。

第三節　新聞報導與誹謗

　　與大眾傳播有關的法規不少，由於限於篇幅，本章只討論新聞記者在寫作和報導時應注意的相關法令問題，這包含了新聞報導與誹謗、隱私權侵害、電腦處理個人資料保護、報導與著作權以及報紙審判等問題，分別在以下各節敘述。

一、新聞誹謗的種類

　　我國對於誹謗罪的規定，不似英美國家分為文字誹謗 (libel) 與口頭誹謗 (slander) 兩類，但依刑法第三一〇條第一項：「意圖散布於眾，而指摘或傳述足以毀損他人名譽之事者，為誹謗罪，處一年以下有期徒刑、拘役或五百元以下罰金。」與第二項：「散布文字、圖畫犯前項之罪者，處二年以下有期徒刑、拘役或一千元以下罰金。」隱約可看出似有「文字、圖畫」與「非文字、圖畫」的區別（漆敬堯，1992b: 87）。法學專家將第一項稱為「普通誹謗

罪」，第二項規定則稱為「加重誹謗罪」。這兩項規定，不但適用平面媒體，也適用廣播、電視、網路等電子媒體❷。

除了上述誹謗種類，對於死者也不得誹謗，刑法第三一二條第二項規定：「對於已死之人犯誹謗罪者，處一年以下有期徒刑、拘役或一千元以下罰金。」一九七六年《潮州文獻》發行人郭壽華用「干城」筆名在該刊第二卷第四期，發文誣指韓愈曾在潮州染花柳病，事後自稱是韓愈第三十九代子孫韓思道因此提出告訴。法院認為被告無中生有，對韓愈自應成立誹謗罪；自訴人為韓氏子孫，因先人名譽受侮而提出自訴，自屬正當（轉引自尤英夫，1987: 136）。

誹謗罪還須注意的是，對「妨害友邦元首或使節名譽」是「特別誹謗罪」，依刑法第一一六條規定：「對於友邦元首或派至中華民國之外國代表，犯故意傷害罪、妨害自由罪或妨害名譽罪者，得加重其刑至三分之一。」另外，「選舉誹謗」也應注意，依公職人員選舉罷免法第一〇四條：意圖使候選人當選或不當選，以文字、圖書、錄音、錄影、演講或他法，散布謠言或傳播不實之事，足以生損害於公眾或他人者，處五年以下有期徒刑。因此，記者在報導有關友邦元首和外國使節和選舉新聞時，用字遣詞需更加小心。

觸犯誹謗罪，非但要受刑事上的處罰，在民事上還要負賠償之責。依民法第一八條規定：「人格權受侵害時，得請求法院除去其侵害；有受侵害之虞時，得請求防止之。前項情形，以法律有特別規定者為限，得請求損害賠償或慰撫金。」民法第一九五條規定：不法侵害他人之身體、健康、名譽、自由者，被害人雖非財產上之損害，亦得請求賠償相當之金額。從這兩條文來看，只要被害人認為自己的名譽被侵害，雖非財產之損害，亦得請求賠償相當之金額。

誹謗罪或妨害名譽及信用罪均屬告訴乃論，不論刑事和民事均不告不理。

---

❷　廣播與電視到底適用「普通誹謗罪」或是「加重誹謗罪」，學界與法界看法不一，有人認為廣電媒體都以口頭方式呈現，應視為「普通誹謗罪」；但也有人認為廣電媒體影響力深遠，且所有節目都有書面稿件，如觸犯誹謗應視為「加重誹謗罪」。對此問題有興趣者可參閱《媒體誹謗你、我、他》（蔣安國，1996: 69–86）。

但自解嚴以來，不論機關、團體、官員，甚至民眾保護個人名譽的意識覺醒，少有願意息事寧人，近一、二十年來，國內新聞業者因涉誹謗罪而挨告的事件，時有所聞，甚至遭判民事賠償與判刑。

早在一九八九年，《遠見雜誌》記者何亞威在一篇報導中，批評花旗鞋業負責人黃昭夫熱中政治、不務正業，導致花旗鞋業停業。黃昭夫控告何亞威誹謗，法院判決記者損害名譽，應判刑五個月，不得緩刑（滕淑芬，1998）。試想，只因一句「熱中政治、不務正業」，記者就要換來五個月的牢獄之災，怎能不令人警惕❸？二○一○年三月十四日《蘋果日報》頭版報導「小S傳夫妻衝突，家暴中心獲報查訪」的新聞，結果引起小S夫婦不滿，提出告訴。民事部分，法院判《蘋果日報》須賠償四百萬元；刑事部分，地檢署認為報社的總編輯有權決定是否刊登，卻在「未盡查證義務」及「無相當事由可確信傳聞為真」下出刊，顯然出於惡意，於是依加重誹謗罪起訴該報總編輯（蕭博文等，2011）。

二○一二年五月間，《壹週刊》報導「盛治仁咬出藏鏡人，吳敦義主導夢想家決策」，質疑當時的副總統吳敦義為了選舉，將「夢想家音樂劇」移師臺中舉行，兩天便花費二億多元，吳敦義認為報導不實，對《壹週刊》和兩名撰稿記者求償。法院後來判決《壹週刊》和兩名記者須連帶賠償吳敦義一百五十萬元，並需在四大報登文道歉（張嘉文，2013）。

由以上的例子可見，記者報導新聞，若不小心極易觸犯誹謗罪，所以不能不多加注意，否則除需賠償相當可觀的金額外，業者和媒體的可信度也會受到嚴重傷害。

二、妨害名譽與誹謗罪之免罰

依我國刑法第三一○條第三項規定：「對所誹謗之事，能證明其為真實者，不罰。但涉於私德而與公共利益無關者，不在此限。」又依刑法第三一

❸　不少法學者認為此案的判決過嚴，法官對「公益」與「私德」的判定，有欠妥之處（法治斌，1996: 114）。

一條規定：以善意發表言論，而有下列情形之一者，不罰：

　1.因自衛、自辯或保護合法之利益者。

　2.公務員因職務而報告者。

　3.對於可受公評之事，而為適當之評論者。

　4.對於中央及地方之會議或法院或公眾集會之記事，而為適當之載述者。

　從上述刑法規定可知，若新聞業者被人告涉誹謗罪，但合乎下列三種情況，可免受處分：

　1.報導的新聞事件係真實而有關公共利益，但純涉私德，與公益無關的真實陳述，仍認定為誹謗。

　2.對於可受公評之事，而為適當評論者。此處可受公評之事指的是公益事務，譬如國家或地方政務；個人願意自動接受公眾評價之事務，如著作發表、藝品展示等（尤英夫，1987: 161）。

　3.適當報導中央及地方之會議或法院或公眾集會之記事。依據憲法第七三條、第一〇一條等規定，中央級民意代表於院內所為之言論及表決對院外不負責任，有所保障，但對地方級民代卻無此規定。司法院院解字第三七三五號曾說明：縣市參議員在會議時所為無關會議事項之不法言論，仍應負責。所以，記者報導要非常注意所謂「適當」，否則仍有被告誹謗的可能。

三、如何避免妨害名譽與誹謗

　新聞業者在報導新聞時，應注意下列幾點，以避免誹謗（李茂政，1987: 422–423）：

　1.不能有聞必錄。所以報上刊載據說某人犯了通姦罪，因為有夫（婦）之婦（夫）與人通姦是告訴乃論，沒有當事人告訴，不可刊登。

　2.「據報導」、「據悉」、「據接近高層人士說」等類句子，並不能減輕誹謗的效果。

　3.對有糾紛的事，兩造說詞都須加以報導，不可僅聽一面之詞遽下論斷。

　4.在法律沒有判決前，嫌疑人總是無罪的，新聞不可代替法律審判。

5.留意報導中的姓名、地址和被逮捕者的罪狀，一個名字的錯誤，也可能會導致誹謗。國內曾有某報報導一殺人事件，因記者大意而錯把殺人嫌犯的姓名與被害人姓名對換，遭被害人家屬抗議，揚言提告誹謗罪，後來經過記者不斷道歉，並同意私下賠償才了結。

 第四節　新聞報導與報紙審判

「報紙審判」(trial by newspaper) 不僅是新聞道德問題（相關的媒體道德規範皆禁止），也是法律的問題（呂光，1981: 95；段重民，1992: 132）。過去的出版法第三三條規定：出版品對於尚在偵查或審判中之訴訟事件，或承辦該事件之司法人員，或與該事件有關之訴訟關係人，不得評論，並不得登載禁止公開訴訟事件之辯論。雖然我國出版法已於一九九九年一月二十五日廢除，並不意味著出版品可以不受「報紙審判」的禁止。依刑事訴訟法第二四五條第一項規定：「偵查，不公開之。」現行的廣播電視法第二二條對於廣電節目也有相關規定，該法明確指出：「廣播、電視節目對於尚在偵查或審判中之訴訟事件，或承辦該事件之司法人員或有關之訴訟關係人，不得評論；並不得報導禁止公開訴訟事件之辯論。」

何謂「報紙審判」？依法律學者尤英夫 (1980: 19) 的定義為：「對報紙於報導消息評論是非時，對任何審判前或審判中的刑案，失去公正客觀之立場，明示或暗示，主張或反對處被告罪刑，或處何種罪刑，其結果或多或少影響審判而言。」尤英夫指出，報紙審判不限於刑事案件，還包含了民事案件。

那麼常見的報紙審判有哪些形態呢（陳石安，1978: 241-242）？

1.報導新聞以主觀的立場撰寫，置客觀事實於不顧，形同法庭的審判，使當事人的一方受到損害。這在國內媒體時常看到，譬如，知名殘障作家劉俠猝死案，在精神鑑定報告還未出來之前，不少媒體未審先判，將照顧劉俠的外勞以「精神病」、「妄想症」來形容，繼而又以「解離症」，後改為「轉化症」，又改為「急性壓力症候群」來稱謂其病情，並將整個事件導向外勞品管

和仲介的問題，已對外勞名譽造成嚴重的傷害，且誤導了大眾（媒體觀察基金會，2003）。

2.報紙報導有關法律的新聞（包括標題），過於肯定的提出結論與判斷，使得報導形同法官的判決書。例如，在報紙上常可以看到，「高中生不學好，飆車打群架」、「精神病患涉嫌揮刀砍死岳父」等類似標題。

3.在報導中夾雜意見，影響辦案人員的心理、社會的觀感。例如，二〇〇四年花蓮縣長補選，當地檢察官楊大智指內政部長違憲，也就是警方在臨檢查賄時侵害了人民權益。有媒體在報導時，稱楊大智為司法英雄，其實是把主觀判斷加入強調客觀的新聞報導中（盧世祥，2004）。

4.報紙發表專欄或評論，對審判中的案件加以評論，影響辦案人員的心理。法律學者尤英夫（1980: 48–49）說：「社論對於重大民刑事案件的評論，要想避免報紙審判的現象，幾乎是一件不太可能的事情。」如「蘇建和」案（蘇建和等三人在一九九一年涉嫌參與殺害汐止吳氏夫婦命案，被判兩個死刑），輿論認為疑點甚多，在媒體的推波助瀾之下，不少民間發起大規模救援行動，難免也涉有「報紙審判」之嫌。

5.報紙將法律案件使用判決式的名詞字句加於當事人身上，例如竊賊某某某。不過，大多數媒體皆不會如此做，總是會加上「竊嫌」、「兇嫌」等詞。

國內媒體「報紙審判」最嚴重的情形，就是將犯罪嫌疑人的身分曝光，尤其是在警察局拍攝嫌疑人，常造成社會大眾對嫌疑人先入為主的印象。再者，媒體對犯罪嫌疑人進行審訊式訪談或逕行公布嫌疑人前科資料，例如記者動不動就問嫌疑人「後不後悔？」「為何要這麼做？」等類型的問題，則會強化閱聽大眾眼中認定嫌疑人即犯罪者的心態，剝奪了當事人在確定有罪前被視為清白的權利。另外，警方陳列所謂犯罪贓物讓媒體大量拍攝，以及檢警人員進行搜索或扣押時，媒體記者跟上拍攝，皆是嚴重侵犯人權，可能影響未來檢警偵辦方向（劉家凱等，2000）。

記者應該如何避免「報紙審判」呢？法律學者尤英夫（1980: 122–134）認為可從：⑴樹立司法威信；⑵資料完整而正確；⑶態度公正而客觀；⑷新聞寫作力求妥適；⑸自律與法律制裁等方面著手。但是，誠如新聞工作者呂東

牧 (2000) 所說：「媒體在犯罪新聞的報導中，最容易讓自己受到集體情緒的感染，使批判淪為審判。」在市場競爭壓力下，警方追捕嫌犯，別家媒體緊跟拍攝，當然不能漏拍，別人採訪嫌犯，當然更要採訪，涉及「報紙審判」事小，獨漏新聞反而事大，否則記者絕對被炒魷魚❹。在這種媒體文化環境，真要做到避免「報紙審判」，還需仰賴記者更高的道德勇氣。

第五節　新聞報導與隱私權

隱私權這一概念的出現，僅有一百多年歷史，雖然「隱私」或「隱私權」並非由兩位美國法學家華倫 （Samuel D. Warren） 和布蘭蒂斯 （Louis D. Brandeis） 首創，但在法學界論述隱私權時，一般均以兩人在一八九〇年於《哈佛法律評論》(*Harvard Law Review*) 中合著的〈隱私權〉一文視為最早的專論 （呂光，1981: 63–64）。經過一百多年來的發展和補充，目前美國已經形成較為有系統、完備的隱私權法律保護體系。

反觀我國法律，除了一九九一年所公布的「社會秩序維護法」在第八三條第一款有「妨害隱私」用語之外，至今在刑法條文中尚無「隱私權」一詞，隱私權的觀念尚未深植人心，一般人對於隱私權這個名詞也少有認識，受侵害者也不知援用相關法律以為對抗。不過，近年來，由於不少媒體喜歡揭露名流人物的隱私，這些名流已知援用相關法律，尤其是新增訂之刑法第三一五條之一❺的規定，保護自己的權益。

固然，媒體侵害他人隱私，是偏重於新聞道德問題，但在公眾利益、興

---

❹　白曉燕案中，最後陳進興挾持南非武官的人質事件，當時有十三家電視臺記者搶訪陳進興，也是在這一情況下產生。

❺　刑法第三一五條之一：一、無故利用工具或設備窺視、竊聽他人非公開之活動、言論、談話或身體隱私部位者。二、無故以錄音、照相、錄影或電磁紀錄竊錄他人非公開之活動、言論、談話或身體隱私部位者。有上述行為之一者，處三年以下有期徒刑、拘役或三十萬元以下罰金。

趣以及被報導者的名譽、權益，還有媒體市場競爭的需要之間，如何審慎拿捏才能顧及多方需求與避免吃上官司，對於媒體記者而言，仍有細究的必要。

一、隱私權的種類

美國現行法律中，隱私權保障的範圍大致可以分為四類（羅文輝，1992: 54）：⑴為商業利益使用他人的姓名和肖像；⑵公布私人資料，讓人受窘；⑶侵入私人的財產、土地，干擾私人寧靜的生活；⑷公開他人不實形象的資料，誤導大眾。

關於上述四類隱私權的範圍，在我國法律也有相關規定，新聞記者採訪時不能不注意。就第一類為商業利益使用他人的姓名和肖像而言，在美國，媒體未經同意在新聞版面或節目中使用當事人的姓名和照片，雖不致侵犯隱私權，但仍然可能侵犯當事人的「發布權」(right of publicity)，意指個人控制自己姓名及肖像、防止商業剝削的權利（羅文輝，1992: 57）。

雖然我國刑法並未就特定行為設有法條規範，但在民法上則對姓名權設有明文保障的規定。民法第一九條：「姓名權受侵害者，得請求法院除去其侵害，並得請求損害賠償。」也就表示，在報導提及姓名時，要留意不可冒用，也不可不當使用，譬如張冠李戴，誤將被害人姓名錯寫成害人者姓名。至於肖像權，雖無相關法令規定，可是依民法第一八條規定：「人格權受侵害時，得請求法院除去其侵害；有受侵害之虞時，得請求防止之。前項情形，以法律有特別規定者為限，得請求損害賠償或慰撫金。」換言之，肖像權可適用於人格權。未經當事人同意，不能隨意偷拍或另做商業用途。

就第二類公布私人資料，讓人受窘而言，在我國刑法第二十八章「妨害祕密罪」中，第三一五條規定：「無故開拆或隱匿他人之封緘信函、文書或圖畫者，處拘役或三千元以下罰金。」此處不只是封緘信函或文書，就算未封緘信函或文書也不得刊布公之於眾（呂光，1981: 74）。近年因各界名流私密屢遭媒體狗仔隊侵犯，不少人非公開的談話也頻遭非法竊聽，刑法第三一五條特別增訂了第三一五條之一的規定予以保護，這對民眾隱私來說，較能多

一層的保障。

　　另外，洩漏因業務得知之他人祕密與工商祕密在我國也是禁止的，可適用刑法第三一六條、第三一七條以及第三一八條❻。晚近，因科技發達，為免因利用電腦等科技設備，妨害他人商業祕密和個人隱私，所以在一九九七年增訂第三一八條之一：「無故洩漏因利用電腦或其他相關設備知悉或持有他人之祕密者，處二年以下有期徒刑、拘役或五千元以下罰金。」與第三一八條之二：「利用電腦或其相關設備犯第三一六條至第三一八條之罪者，加重其刑至二分之一。」等兩條文。從條文上來看，對於隱私權的侵害課以刑事制裁，一反我國傳統法律觀念實屬罕見。這對於常用電腦處理個人資料的媒體而言，更需謹慎。

　　在相關行政法規上，也有禁止洩漏祕密之規定，譬如醫師法第二三條、藥師法第一四條、會計師法第四六條第一項等。因此，記者在採訪此類消息來源時，雖非上述的有關人員，但有意教唆有關人員洩露資料或與其有共同意思的聯絡，依刑法第三一條第一項：因身分或其他特定關係成立之罪，其共同實行、教唆或幫助者，雖無特定關係，仍以正犯或共犯論（須文蔚，1994: 242–253）。

　　就第三類侵入私人的財產、土地，干擾私人寧靜的生活而言，我國憲法第一〇條規定：「人民有居住遷徙之自由。」為了保障人民居住的安全，刑法第三〇六條規定：「無故侵入他人住宅、建築物或附連圍繞之土地或船艦者，處一年以下有期徒刑、拘役或三百元以下罰金。無故隱匿其內，或受退去之要求而仍留滯者，亦同。」依社會秩序維護法第八三條第一款規定：「有左列

❻　刑法第三一六條：「醫師、藥師、藥商、助產士、心理師、宗教師、律師、辯護人、公證人、會計師或其業務上佐理人，或曾任此等職務之人，無故洩漏因業務知悉或持有之他人祕密者，處一年以下有期徒刑、拘役或五萬元以下罰金。」刑法第三一七條：「依法令或契約有守因業務知悉或持有工商祕密之義務，而無故洩漏之者，處一年以下有期徒刑、拘役或一千元以下罰金。」刑法第三一八條：「公務員或曾任公務員之人，無故洩漏因職務知悉或持有他人之工商祕密者，處二年以下有期徒刑、拘役或二千元以下罰金。」

各款行為之一者，處新臺幣六千元以下罰鍰：一、故意窺視他人臥室、浴室、廁所、更衣室，足以妨害其隱私者。」媒體記者在採訪新聞時，若未經同意，隨意進入私人住宅、機關、學校、店鋪、工廠、辦公室等，或附連圍繞之土地，或船艦進行採訪或攝影，即有可能觸犯刑法；若是偷拍他人臥室、浴室、廁所、更衣室，足以妨害其隱私者，則觸犯了社會秩序維護法。現在有些媒體、狗仔隊，為了市場競爭上的需要，不惜鋌而走險，偷闖私人建築、偷拍名人臥、浴室，事實上都是妨害隱私權的作法。

　　至於狗仔隊慣於使用的「緊盯採訪」亦恐觸犯了社會秩序維護法，該法第八九條規定：「有左列行為之一者，處新臺幣三千元以下罰鍰或申誡：一、無正當理由，為人施催眠術或施以藥物者。二、無正當理由，跟追他人，經勸阻不聽者。」可見盯人盯到底，若無正當理由，一樣是不獲允許的行為（須文蔚，1994: 242–253）。

　　就第四類公開他人不實形象的資料，誤導大眾而言，在我國可視為妨害名譽，也就是如同前述的誹謗罪。事實上侵犯隱私權與誹謗罪，有許多重疊之處，兩者界限劃分頗為不易（尤英夫，2007: 143）。譬如，美國博訊新聞網在二〇一二年五月報導章子怡與大陸高官有曖昧互動、被禁止出境等，消息一出，章子怡隨即控告博訊誹謗、侵犯隱私等罪名，而法院後來也判決章子怡勝訴。可見若公開他人的資料，即使是事實，但涉於私德，與公共利益無關者，仍有可能觸犯了妨害名譽的誹謗罪。依我國刑法第三一〇條第三項規定：「對於所誹謗之事，能證明其為真實者，不罰。但涉於私德而與公共利益無關者，不在此限。」譬如，某人有婚外情，那是個人私德的事情，無關公眾利益，但若此人開設援交中心，欺騙少女下海，這就觸犯了刑法，因與公眾利益有關，只要是事實，當然可以報導。

二、資訊隱私權與個人資料保護法

　　自從電腦普遍運用之後，個人資料的蒐集、處理與利用日趨容易，這種趨勢無疑地已強烈威脅到個人資料的隱密性。當個人資料輕易地暴露於有心

人的侵襲與操控之後，個人隱私及其權益尊嚴不免飽受威脅。於是傳統上對隱私權保障的思考，開始轉向以「資料保護」(data protection) 為重心，「資訊隱私權」(information privacy) 的概念乃因應而生，以對抗資訊時代中隱私權所受之衝擊。職是之故，目前已有近二十個國家制定了個人資料保護方面的法律，例如一九八四年英國制定了「資料保護法」(*Data Protection Act*)，為了融入歐盟的需要，更於一九九八年大幅修正 (Spilsbury, 2000: 331)；日本也於一九九〇年開始實施「關於保護行政機構與電子電腦處理有關的個人資料法律」(周健，2002)；美國則在一九八六年通過了「聯邦電子通訊隱私權法案」(*Electronic Communication Privacy Act, ECPA*)，該法禁止任何人未經授權，非法故意進入電子儲存資料系統，系統的服務者雖可以監看儲存的郵件資訊，惟不可以揭露其內容。

我國也不例外，於一九九五年通過「電腦處理個人資料保護法」，二〇一〇年五月二十六日公布修正條文，並將名稱改為「個人資料保護法」(簡稱個資法)，自二〇一二年實施。由於，現代媒體記者常在電腦網路或機關、學校、行號等資訊系統和資料庫尋找資訊和消息來源，也會建立受訪對象的資料庫作為撰寫新聞參考，若有不慎則會侵害「資訊隱私權」，所以對於個資法也應有基本認識 (劉江彬，1988: 222)。

(一)個資法的目的和作用

根據個資法第一條規定，為規範個人資料的蒐集、處理及利用，以避免人格權受侵害，並促進個人資料之合理利用，特制定本法。而個資法所保護的個人資料，依該法第二條第一項規定係指：「自然人之姓名、出生年月日、國民身分證統一編號、護照號碼、特徵、指紋、婚姻、家庭、教育、職業、病歷、醫療、基因、性生活、健康檢查、犯罪前科、聯絡方式、財務情況、社會活動及其他得以直接或間接方式識別該個人之資料。」值得注意的是，個資法的適用對象除了公務機關、自然人 (也就是一般人) 外，也包括法人 (企業) 或其他任何三人以上的團體。因此，所有公務機關、非公務機關及個人，只要有蒐集、處理及利用個人資料者，均受個資法的規範 (馬靜如等，

2012）。

㈡個人資料利用的規定

那麼記者利用「個人資料」，應注意哪些規定呢？個資法第二條第五款規定：「利用：指將蒐集之個人資料為處理以外之使用。」若使用個人資料的行為屬於個資法所稱之「利用」，那麼非公務機關（此處指大眾傳播業）在利用個人資料時，除了應有報導或評論之特定目的❼外，並須依個資法第一九條符合下列情形之一：(1)法律明文規定；(2)與當事人有契約關係；(3)當事人自行公開或已被合法公開；(4)學術研究機構基於公共利益使用；(5)經當事人書面同意；(6)為增進公共利益所必要；(7)個人資料取自於一般可得之來源，且使用該資料比保護該資料有更重大的利益；(8)對當事人權益無侵害。因此，媒體記者基於新聞報導的公益目的而蒐集醫療、基因、性生活等個人資料，原則上不需要經過當事人同意即可使用（蔡沛琪，2012）。

此外，還需注意的是蒐集目的以外之利用，依個資法第二〇條之規定，原則上應於蒐集之特定目的必要範圍內為之，但有下列情形之一者，得為特定目的外之利用：(1)法律明文規定；(2)為增進公共利益；(3)為免除當事人之生命、身體、自由或財產上之危險；(4)為防止他人權益之重大危害；(5)公務機關或學術研究機構基於公共利益為統計或學術研究而有必要，且資料經過提供者處理後或蒐集者依其揭露方式無從識別特定之當事人；(6)經當事人同意；(7)有利於當事人權益。也就是說，記者在報導和評論上若需使用個人資料時，必須遵守「目的明確化原則」，否則就要符合上述「得為特定目的外之利用」的七種情形。其中「資料經過提供者處理後或蒐集者依其揭露方式無從識別特定之當事人」即為所謂的「去識別化」，指以代碼、匿名、遮罩或其他方式來呈現個人資料，使他人無從辨識該特定個人。另外，依個資法第五

---

❼ 所謂「特定目的」是指蒐集個人資料時，其目的即應明確化，其後的利用亦應與蒐集目的相符合。譬如，蒐集資料的目的是建立新聞背景資料庫，那麼所蒐集到的資料就只能使用於報導和評論上，不能再用於其他目的上，否則即屬違法（尤英夫，1997: 793）。

一條規定，在公開場所或活動中所蒐集到的影音資料，可排除在個資法規範之外。

　　至於在「國際傳遞和利用個人資料」方面，個資法第二一條規定：「非公務機關為國際傳輸個人資料，而有下列情形之一者，中央目的事業主管機關得限制之：一、涉及國家重大利益。二、國際條約或協定有特別規定。三、接受國對於個人資料之保護未有完善之法規，致有損當事人權益之虞。四、以迂迴方法向第三國（地區）傳輸個人資料規避本法。」對此，媒體記者也不能不注意，莫將所蒐集的個人資料任意傳送。

㈢答覆個人資料當事人查詢和刪除問題

　　依個資法第一〇、一一條規定，大眾傳播業原則上應依當事人之請求，就保有之個人資料檔案答覆查詢、提供閱覽或製給複製本。大眾傳播業應維護個人資料之正確，並依職權或當事人之請求隨時更正或補充之。個人資料正確性有爭議者，大眾傳播業原則上應依職權或當事人之請求停止電腦處理及利用。個人資料電腦處理之特定目的消失或期限屆滿時，大眾傳播業應依職權或當事人請求，刪除或停止電腦處理及利用該資料。但因執行職務所必需等情形，則不在此限。

　　依個資法第三條、第二七條規定，上述當事人之查詢及請求閱覽，請求製給複製本、請求補充或更正、請求電腦處理及利用、請求刪除等權利，大眾傳播業不得要求其預先拋棄，或限制之。

　　從上述可知，記者若存有消息來源的個人資料，必須加以小心保管，以應當事人查詢或要求更正補充，若遇爭議，需應其請求停止處理和利用，否則有違法之嫌，不可不慎。

㈣違反個資法的後果

　　依個資法第二九條第一項規定：「非公務機關違反本法規定，致個人資料遭不法蒐集、處理、利用或其他侵害當事人權利者，負損害賠償責任。但能證明其無故意或過失者，不在此限。」換言之，大眾傳播業者致當事人權益

受損害者，應負損害賠償責任，並可能被處有期徒刑或處罰重鍰。修正後的「個資法」比起舊法，更為加重了對違法洩漏個人資料的責任，誠如專家所言：「未遵守個資法規定者所將面臨的民事責任，最高可達新臺幣兩億元，可謂我國法令中少見的鉅額民事賠償責任，而且訴訟程序中蒐集、處理、利用或保存個人資料者必須舉證無故意或過失，而非一般由原告證明被告的故意過失責任；行政責任則可處罰鍰新臺幣五十萬元，而且當企業受行政罰時，企業代表人亦可能受處同額度之罰鍰。再者，行為人更可能面對刑事責任，最高可處五年以下有期徒刑及新臺幣一百萬元罰金」（馬靜如等，2012）。因此，對於媒體記者而言，面對如此峻法，更應謹慎，以免觸法。

三、新聞記者如何避免妨害隱私權

新聞自由與隱私權常起衝突，記者為了公眾知的權利，遇到具有價值的新聞，不可能不報導。但是，往往有許多新聞事件，不免涉及隱私權問題，在公眾知的權利、新聞價值和隱私權侵害之間，如何妥善處理確實頗為棘手。其實，記者除了要熟悉侵犯隱私權的相關法律外，下列方式也值得參考。

(一)報導不可故意揭人陰私，也不可輕率

譬如狗仔隊「緊盯採訪」，跟隨至他人住處、私宅，以各種方式，例如安裝針孔攝影機偷窺，當然是故意侵害他人隱私。二○○一年十二月《獨家報導》週刊刊載前新竹市文化局長璩美鳳私密光碟，雖然外洩的光碟並不是《獨家報導》偷拍，但卻是由《獨家報導》公然發行配售，這一行為顯然是為了迎合市場需要，「惡意」侵犯他人隱私的行為，違反不得輕率報導的原則（林照真，2001；張家琪，2001）。

(二)要獲得對方同意

美國記者處理私人資料時，要獲得當事人同意，有些州成文法規定，同意並非口頭同意，而是要有書面同意，否則法院不予採信（李瞻等，1984：

250)。例如國內媒體在醫院採訪時，常侵入急診室，未經當事人家屬和醫師的同意，直接拍攝病人，事實上已侵害了他人隱私權。一九九九年，臺中廣三百貨槍擊案受害人莊嘉慧剖腹生產，媒體記者大批跟進急診室拍攝，曾引起當時總統府總統辦公室主任發表公開信，籲請醫界及新聞界共同改進這種侵害隱私權的作法（林高生，1999)。一九九六年五月八日，知名歌星鄧麗君因氣喘病逝泰國清邁，某電視臺和某報記者未經喪家同意，以不當手段拍攝死者遺容，並加以播出和登載，事實上也是妨害隱私權的行為。

㈢符合公共利益、公眾興趣或具有新聞價值

為了維護新聞自由，個人隱私權在與公共利益及公眾興趣發生衝突時，常受到限制，但所刊登之消息、照片，以具有新聞價值者為限，即公眾興趣、公眾人物及公開紀錄（呂光，1981: 83；李瞻等，1984: 250)。

有關公共利益和公眾興趣方面，譬如，英國名模娜歐蜜坎貝兒 (Naomi Campbell) 被拍到進出戒毒診所，被報導為染毒癮。初審判決媒體違反資訊保護法、洩漏敏感個人資料。然而，上訴庭卻改判名模敗訴，理由是名模確實染毒，卻對外說謊；媒體發現真相，並據實報導；名模是公眾人物，形象讓她得以增添利益，因此揭露其真實形貌合乎公共利益，具有新聞報導價值（丁連財，2003)。

有關公眾人物方面，可分為志願的公眾人物和非志願的公眾人物，前者如政府官員、藝人、運動界名人、各行各業的知名人士等；後者則出於偶然因素造成，例如有婦人生了七胞胎，個個平安健康；有農民養了一頭會聽音樂跳舞的牛，因為這些事件非常罕見，具有新聞價值，所以隱私權未受到完全保障。但是，並非公眾人物完全沒有隱私權，記者若未獲允許，入侵公眾人物的私人住宅、產業、場所，一樣是侵害他人隱私權，但公眾場所不受限制。前美國總統甘迺迪遺孀賈桂琳歐納西斯 (Jacqueline Kennedy Onassis)，經常被一名投稿作家緊跟拍攝生活照，賈氏不堪其擾，求助法院，結果地院判決跟監人在賈氏活動時，禁止在她周圍一百五十英尺內活動，最後上訴法院縮小範圍至二十五英尺內（李瞻編譯，1985: 245–246)。這個例子就是對公

眾人物隱私權保護最好的說明。

　　在公開紀錄方面，記者取自公開紀錄報導，不算侵害隱私權，但記者自己加油添醋，繪聲繪影仍是不被許可的。

第六節　新聞報導與著作權

　　記者採訪、報導與寫作，常常以複印、錄音、錄影、攝影、筆錄或其他方法，引用消息來源的談話、著作、表演、歌曲等內容，對於著作權不能沒有相當的認識，以免觸法。一九九二年六月十日新的著作權法公布以前，大多數民眾對智慧財產權仍懵懵懂懂，直至新法問世後，在配合國際化、自由化以及遵守國際社會規範、減少貿易糾紛的情況下，從原來的五章五十二條大幅修正為八章一百一十七條（內政部，1993）。其後，著作權法又經多次修正，並將主管機關從內政部改為經濟部（著作權法第二條），在此僅就身為記者該注意的事項做簡要介紹。

一、著作權的基本觀念

　　如同隱私權保障個人的人格權，著作權保障的就是一個人的著作人格權及著作財產權兩部分 （著作權法第三條第三項規定）。什麼是著作和著作人呢？依著作權法第三條第一項規定：「著作：指屬於文學、科學、藝術或其他學術範圍之創作。」第二項規定：「著作人：指創作著作之人。」這兩項規定都指出「創作」一詞，因此著作權保障的是「創作」的作品，非創作作品不在保障之內。

　　大體上，受保護的著作應具備下列要件：⑴須具有原創性 (originality)，亦即著作人獨立創作，而非抄襲他人之著作。⑵須具有客觀化一定形式，即必須將人之思想及感情依一定形式表現於外部，亦即著作人必須將抽象的思想及感情，具體以文字、言語、形象、音響或其媒介物客觀地加以表現。⑶

須屬於文學、科學、藝術或其他學術範圍之創作。這些創作依著作權法第五條規定如下：語文著作；音樂著作；戲劇、舞蹈著作；美術著作；攝影著作；圖形著作；視聽著作；錄音著作；建築著作；電腦程式著作。值得注意的是，上述十項是屬例示性而非列舉式規定，凡屬於文學、科學、藝術或其他學術範圍之創作，即使不在十項範圍內，亦受著作權保護❽。(4)須非不受保護之著作。因基於公益或其他理由，有些著作不受保護，依著作權法第九條規定：「下列各款不得為著作權之標的：一、憲法、法律、命令或公文。二、中央或地方機關就前款著作做成之翻譯物或編輯物。三、標語及通用之符號、名詞、公式、數表、表格、簿冊或時曆。四、單純為傳達事實之新聞報導所做成之語文著作。五、依法令舉行之各類考試試題及其備用試題。前項第一款所稱公文，包括公務員於職務上草擬之文告、講稿、新聞稿及其他文書」（蕭雄淋，1996a: 21–24）。

　　除了原創性的著作，值得注意的是「衍生性著作」（就原著作改作之創作，譬如將小說改編為劇本）、「編輯著作」（資料之選擇及編排具有創作性者為編輯著作，譬如將各家文章彙編成文選），依著作權法第六條與第七條規定皆以獨立著作保護之。創作、衍生性著作以及編輯著作財產權之存續期間，依著作權法第三〇條規定：「著作財產權，除本法另有規定外，存續於著作人之生存期間及其死亡後五十年。著作於著作人死亡後四十年至五十年間首次公開發表者，著作財產權之期間，自公開發表時起存續十年。」另外，共同著作（兩人以上共同完成之著作，其各人之創作，不能分離利用者）依同法第三一條規定：「共同著作之著作財產權，存續至最後死亡之著作人死亡後五

---

❽　依著作權法第七條之一第一項規定：「表演人對既有著作或民俗創作之表演，以獨立之著作保護之。」可見「表演」也是著作類別之一。不過值得注意的是，如果不是「對既有著作或民俗創作之表演」，而是即興表演，則屬於「戲劇、舞蹈著作」。所謂「例示」，理論上顯然其保護著作類別並不僅限於著作權法第五條第一項各款著作內容例示，還可以有其他的類別，只是迄今尚未見有其他著作類別。譬如「多媒體著作」，目前只能認為是一種「將各類著作附著於多媒體媒介上的結果」（章忠信，2004: 22–23）。

十年。」易言之，一個人的創作，若是他在二十歲出版文集，八十歲死亡，其創作可享有生前六十年，死亡後五十年的著作權保護；若是共同著作，與他一起合作的友人，若晚十年才死亡，著作權必須待其友人死亡後五十年才算消滅。若是某一作家死亡後四十年至五十年間才由財產繼承人首次公開其文集，則可享有十年的保護。

另外，外國人的著作也同樣受我國著作權保護，不能任意抄襲、翻譯，但這有條件限制，並有互惠關係的原則。依著作權法第四條規定：「外國人之著作合於下列情形之一者，得依本法享有著作權。但條約或協定另有約定，經立法院議決通過者，從其約定。一、於中華民國管轄區域內首次發行，或於中華民國管轄區域外首次發行後三十日內在中華民國管轄區域內發行者。但以該外國人之本國，對中華民國之著作，在相同之情形下，亦予保護且經查證屬實者為限。二、依條約、協定或其本國法令、慣例，中華民國人之著作得在該國享有著作權者。」我國已加入世貿組織 (WTO)，必須加入自生效日起回溯保護會員國國民之著作，所以有無簽署協定、條約的互惠國（例如日本、德國等）皆受我國著作權保護（參閱著作權法第一〇六條之一、二、三）（羅明通，2000: 304–305）。

二、記者應注意的著作權法規定

1.純粹的新聞報導不受著作權保護（第九條第四款），因為是純事實的傳達，國外立法也不予保護。易言之，純粹的新聞報導，任何人都可以加以利用，其他媒體也都可轉載，譬如，電視新聞可轉播日報的新聞。但應注意的是，純粹的新聞報導，只限於語文著作不受保護，照片、動畫、錄音、錄影的事實報導，仍須相關著作人同意，否則視同侵害著作權（理律法律事務所，1992: 233）。

2.新聞描述的部分不可抄襲，因為一般新聞描述具有記者創作的個性和風格，應受著作權保護（蕭雄淋，1992: 191）。

3.有關時事問題的論述，具有著作權之性格，應受著作權保護。若媒體

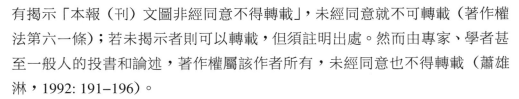

有揭示「本報（刊）文圖非經同意不得轉載」，未經同意就不可轉載（著作權法第六一條）；若未揭示者則可以轉載，但須註明出處。然而由專家、學者甚至一般人的投書和論述，著作權屬該作者所有，未經同意也不得轉載（蕭雄淋，1992: 191–196）。

4.非新聞性之文藝、學術、美術之著作，譬如報紙副刊上的小說、詩歌、散文、隨筆、遊記、漫畫、插圖等，視同一般著作，不得轉載。編輯刊物者，享有編輯著作權，編輯物之各部分（即版面各文章），原著作人仍有著作權。若記者未經同意抄襲其中一篇文章，就侵犯了該篇文章著作人的著作權，若整篇版面全部複製，同時還侵犯了編輯人的編輯著作權（蕭雄淋，1992: 196）。

5.新聞標題、電影的片名、書名、文章名稱，不受著作權法保護（蕭雄淋，1992: 191–196）。

6.從網路上的知識庫和資料庫尋找消息來源和轉載文章，也應注意有無違反著作權。依資料庫的本質，應屬於編輯著作（陳家駿，1989: 69–73；章忠信，2004: 114）。又依著作權法第七條規定，以獨立之著作保護之。因此記者撰稿時仍應遵守「合理使用」(fair use) 原則，亦即在公平合理的範圍內可不經同意或重製他人之著作物，以免觸法。

7.記者在採訪他人的演講、演奏、演藝或舞蹈等活動，依著作權法第四九條規定：「以廣播、攝影、錄影、新聞紙或其他方法為時事報導者，在報導之必要範圍內，得利用其報導過程中所接觸之著作。」亦即記者採訪為時事報導是獲允許的，不過要注意的是，要在「必要範圍之內」，這須依報導之態樣、報導之時間等綜合客觀觀察以為決定，如為欣賞目的且時間逾越一般正常的報導範圍，仍是不被允許的，例如歌唱、表演在同一節目播出超出五分鐘，顯然已逾越必要範圍之內（蕭雄淋，1996b: 87–88；理律法律事務所，1992: 260–263）。

8.有關公法人（依公法行為設立，得行使公權力之組織，譬如各級政府機構）名義之著作，依著作權法第五〇條規定：「以中央或地方機關或公法人之名義公開發表之著作，在合理範圍內，得重製、公開播送或公開傳輸。」

易言之，例如《國防白皮書》、《立法院公報》等公法人所出版之刊物，記者當然可以在「合理範圍內」轉載。至於一般人所公開發表的著作，不論學術、文學、傳記或其他各種著作，依法也可以在合理範圍內引用（著作權法第五二條）。

9.對於政治上，譬如候選人；宗教上，譬如星雲法師公開演說；裁判程序，譬如檢察官、辯護人、原告、被告等的辯論及證人的證詞；中央或地方機關之公開陳述，譬如各級議會議員的質詢，記者當然可以報導，並可利用他們的談話撰寫新聞稿，只是不可以將該演說和陳述，在未經著作財產權人同意下編輯成冊（著作權法第六二條）。

10.對於特定人物之採訪稿，譬如專訪某一藝人，依法律學者章忠信 (2004: 102–105) 的看法，被採訪者之言談是語文著作，原則上在其表達完成就享有著作權，被採訪者就其言談之語文著作，享有著作人格權及著作財產權。被採訪者接受記者的採訪，當其就採訪稿過目並同意刊出後，則可以認為就其自己著作部分的著作人格權及著作財產權方面已同意記者利用。

但是，章忠信指出，採訪稿以敘述方式（將採訪後的資料，依記者的構想、擬定的結構敘述）或問答方式（一問一答的方式撰寫）表現，其著作權會有不同。以敘述方式表達的採訪稿，是記者個人的獨立著作，只是利用被採訪者的語文著作。其道理就在於同一採訪內容，由不同的記者敘述，必然會有不同的表達方式，其中的創作智慧顯然不同，因此應各自獨立受到著作權保護。至於以問答方式表現之採訪稿，應是被採訪者與記者兩人基於共同完成該採訪稿的共識，一同合作完成該不可分離的共同著作。

三、媒體與新聞記者著作權歸屬的問題

剛進媒體的新科記者，雇用單位大都會要求簽署一份僱用契約，由法人（雇用人）或其代表人為著作人。換言之，以後記者撰寫的新聞稿、拍攝的照片與製作的圖表等的著作權皆屬法人所有。當然，新進記者也可拒絕簽約，拒絕的結果，通常也不會受雇。依著作權法第一一條規定：「受雇人於職務上

完成之著作，以該受雇人為著作人。但契約約定以雇用人為著作人者，從其約定。依前項規定，以受雇人為著作人者，其著作財產權歸雇用人享有。但契約約定其著作財產權歸受雇人享有者，從其約定。前二項所稱受雇人，包括公務員。」

不過，這是對於職務上而言，記者的工作本來就是採訪和報導新聞，所以純粹新聞報導，依著作權法第九條規定，不得作為著作權標的。可是在時事性的論述（評論、專訪或具描述性的特寫、分析稿），或非新聞性、論述性的文字、攝影、圖畫（例如替副刊撰寫散文、隨筆），因為記者受雇於該媒體，不論刊載於何種版面、寫的是什麼稿件，只要簽約放棄著作權，著作權就屬於僱用人。至於，非職務上的著作，譬如投稿至他報或雜誌，除與投稿對象另有約定，著作權仍屬於投稿人享有（著作權法第四一條）（洪美華等，1992: 233–236）。廣播與電視的新聞節目，如非特約聘任，記者所撰寫的新聞稿也是依著作權法第一一、一二條的規定，如簽契約，從其約定（洪美華等，1992: 217）。

參考文獻

一、中文書籍

Andrew Boyd 著，張莉莉譯 (2000)。《廣播電視新聞教程》。北京：新華。

C. Frankfort-Nachmias & David Nachmias 著，潘明宏、陳志偉譯 (2003)。《最新社會科學研究方法》。臺北：韋伯。

Carl Hausman 著，胡幼偉譯 (1995)。《良心危機：新聞倫理學的多元觀點》。臺北：五南。

Cynthia Crossen 著，張美惠譯 (1996)。《真實的謊言》。臺北：時報。

Danny L. Jorgensen 著，王正昭、朱瑞淵譯 (1999)。《參與觀察法》。臺北：弘智。

David O. Sears, J. L. Freedman & L. A. Peplau 著，黃安邦譯 (1986)。《社會心理學》。臺北：五南。

Donald M. Gillmor 著，李瞻編譯 (1985)。《傳播法——判例與說明》。臺北：國立政大新聞研究所。

Earl Babbie 著，李美華譯 (2005)。《社會科學研究方法》。臺北：時英。

F. Fraser Bone 著，陳諤、黃養志譯 (1964)。《新聞學概論》。臺北：正中。

J. P. Jones 著，陸崇仁譯 (1978)。《現代新聞記者手冊》。臺北：環宇。

James Fallows 著，林添貴譯 (1998)。《解讀媒體迷思》。臺北：正中。

Jared Diamond 著，王道還、廖月娟譯 (1998)。《槍炮、病菌與鋼鐵——人類社會的命運》。臺北：時報。

Killenberg & Anderson 著，李子新譯 (1992)。《報導之前——新聞工作者採訪與傳播的技巧》。臺北：遠流。

Martin A. Lee & Norman Solomon 著，楊月蓀譯 (1995)。《不可靠的消息來源》。臺北：正中。

Martin W. Bauer & George Gaskell 著，羅世宏、蔡欣怡、薛丹琦譯 (2008)。

《質性資料分析：文本、影像與聲音》。臺北：五南。

Melvin Mencher 著，展江譯 (2003)。《新聞報導與寫作》。北京：華夏。

Tim O'Sullivan 著，楊祖珺譯 (1997)。《傳播及文化研究主要概念》。臺北：遠流。

Uwe Flick 著，李政賢、廖志恒、林靜如譯 (2007)。《質性研究導論》。臺北：五南。

Victor Cohn 著，陳世敏、鍾蔚文譯 (1989)。《新聞與數字》。臺北：正中。

W. A. Swanberg 著，王世憲譯 (1978)。《普立茲傳》。臺北：書泉。

W. L. Neuman 著，王佳煌、潘中道、蘇文賢、江吟梓譯 (2014)。《當代社會研究方法：質化與量化取向》。臺北：學富。

Wilbur Schramm 著，程之行譯 (1992)。《大眾傳播的責任》。臺北：遠流。

文化一周中文報編輯部 (2003)。《深度報導》。臺北：中國文化大學新聞學系。

三民書局大辭典編纂委員會 (1985)。《大辭典》。臺北：三民。

中國時報編輯部 (2007)。《中國時報編採手冊》。臺北：中國時報。

內政部 (1993)。〈序〉，《認識著作權》。臺北：內政部。

尤英夫 (1980)。《報紙審判之研究》。臺北：作者自印。

尤英夫 (1987)。《新聞法論（上）》。臺北：生活雜誌社。

尤英夫 (1997)。〈新聞媒體與隱私權〉，《現代國家與憲法——李鴻禧教授六秩華誕祝賀論文集》。臺北：月旦。

尤英夫 (2007)。《大眾傳播法》。臺北：新學林。

方怡文、周慶祥 (1997)。《新聞採訪理論與實務》。臺北：正中。

方怡文、周慶祥 (2003)。《新聞採訪寫作》。臺北：風雲論壇。

王天濱 (2000)。《臺灣地方新聞理論與實務》。臺北：三民。

王文科 (2002)。《廣播新聞報導》。杭州：浙江大學。

王石番 (1995)。《民意理論與實務》。臺北：黎明。

王洪鈞 (1955)。《新聞採訪學》。臺北：正中。

王洪鈞 (2000)。《新聞報導學》。臺北：正中。

王惕吾 (1991)。《我與新聞事業》。臺北：聯經。

王銘義 (1993)。《不確定的海峽》。臺北：時報。

王銘義 (1997)。《兩岸和談：台灣與中國的對話》。臺北：財訊。

王銘義 (2005)。《對話與對抗：台灣與中國的政治較量》。臺北：天下。

王銘義 (2012)。《北京‧光華路甲 9 號：駐京採訪札記》。臺北：印刻。

王寶玲 (2000)。《媒體騙！騙！騙！》。臺北：文化造鎮公司。

丘彥明 (1981)。《電視與報紙記者形象的研究》。臺北：國立政大新聞研究所
　　碩士論文。

任金州、高曉虹 (2003)。《電視攝影與編輯》。北京：北京廣播學院。

朱菁 (1999)。《電視新聞學》。浙江：浙江大學。

行政院新聞局 (1963)。《怎樣製作新聞節目》。臺北：行政院新聞局。

何振奮 (1981)。〈三十年來幾件事〉，《採訪的回顧與前瞻》。臺北：記者公會。

吳郁、侯寄南 (2003)。《廣播電視新聞語言與形體傳播教程》。北京：中國人
　　民大學。

呂光 (1981)。《大眾傳播與法律》。臺北：商務。

李志德 (2014)。《無岸的旅途》。臺北：八旗。

李良榮 (2002)。《當代新聞事業》。上海：復旦大學。

李岩、黃匡宇、張聯 (2002)。《廣播電視新聞學》。北京：北京高等教育。

李金銓 (1983)。《大眾傳播理論》。臺北：三民。

李茂政 (1987)。《當代新聞學》。臺北：正中。

李瞻 (1977)。《世界新聞史》。臺北：國立政大新聞研究所。

李瞻 (1984)。《新聞採訪學——報導公共事務的新策略》。臺北：國立政大新
　　聞研究所。

李瞻、蘇衡 (1984)。《隱私權與誹謗》。臺北：記者公會。

沈征郎 (1992)。《實用新聞編採寫作》。臺北：聯經。

沈征郎 (1998)。《實用新聞編採寫作》。臺北：聯經。

肖明、丁邁 (2002)。《精確新聞學》。北京：中國廣播電視。

周晉生 (1998)。《台灣電子報》。臺北：風雲論壇。

周震宇 (2010)。《聲入人心》。臺北：方智。

林子儀 (1992)。〈新聞自由與事前限制〉,《大眾傳播法手冊》。臺北:國立政大新聞研究所。

法治斌 (1996)。〈誹謗罪:表意自由之緊箍〉,《媒體誹謗你、我、他》。臺北:國立政大傳播學院研究暨發展中心。

邱玉嬋 (1996)。《電視新聞影音結構對回憶的影響》。嘉義:國立中正大學電訊傳播研究所碩士論文。

俞燕敏、鄢麗群 (2000)。《無冕之王與金錢——美國媒體與美國社會》。北京:三聯。

姚朋 (1972)。《新聞學研究》。臺北:商務。

段重民 (1992)。〈新聞自由與公平審判〉,《大眾傳播法手冊》。臺北:國立政大新聞研究所。

洪美華、陳連順 (1992)。《著作權法解讀》。臺北:月旦。

徐恆 (2003)。《播音發聲學》。北京:北京廣播學院。

荊溪人 (1979)。《新聞編輯學》。臺北:商務。

馬西屏 (1988)。《標題飆題》。臺北:三民。

馬驥伸 (1983)。〈從中國語文的特質論電視新聞的寫作〉,《電視實務》。臺北:中華民國廣播電視事業協會。

涂裔輝 (1992)。《廣播電視寫作理論與實務》。臺北:正中。

翁秀琪 (1993)。《大眾傳播理論與實證》。臺北:三民。

張巨岩 (2004)。《權利的聲音——美國的媒體和戰爭》。北京:三聯。

張作錦 (1997)。《試為媒體說短長》。臺北:天下。

張勤 (1983)。《電視新聞》。臺北:三民。

張曉鋒 (2002)。《電視編輯思維與創作》。北京:中國廣播電視。

張繼高 (2002)。《必須贏的人》。臺北:九歌。

理律法律事務所 (1992)。《智慧新憲章》。臺北:天下。

陳文江、秦美珠 (2004)。《智者的邏輯——邏輯入門的第一堂課》。臺北:究竟。

陳石安 (1978)。《新聞編輯學》。臺北:作者自印。

陳向明 (2005)。《社會科學質的研究》。臺北：五南。

陳江龍 (2004)。《廣播在台灣發展史》。嘉義：作者自印。

陳波 (2002)。《邏輯學是什麼？》。臺北：五南。

陳清河 (1991)。《電視新聞的視覺文化》。臺北：電視文化探索學術研討會。

陳義彥、黃紀、洪永泰、盛杏湲、游清鑫、鄭夙芬、陳陸輝、蔡佳泓、俞振
　　華 (2013)《民意調查新論》。臺北：五南。

章忠信 (2004)。《著作權法的第一課》。臺北：書泉。

傅俊卿 (2005)。《電視新聞實務》。北京：中國傳媒大學。

彭家發 (1986)。《特寫寫作》。臺北：商務。

彭家發 (1988)。《新聞文學點、線、面——譯介美國近年的新派新聞報導》。
　　臺北：業強。

彭家發 (1992)。《新聞論》。臺北：三民。

彭家發 (1994)。《新聞客觀性原理》。臺北：三民。

彭家發、馮建三、金溥聰、蘇衡 (1997)。《新聞學》。臺北：國立空大。

彭歌 (1982)。《新聞三論》。臺北：中央日報。

曾恩波 (1984)。〈國際採訪的理論與經驗〉，《國際採訪》。臺北：記者公會。

程之行 (1981)。《新聞寫作》。臺北：商務。

程道才 (1999)。《廣播新聞寫作》。北京：中國廣播電視。

舒嘉興 (2001)。《新聞卸妝》。臺北：桂冠。

辜曉進 (2004)。《走進美國大報》。臺北：左岸。

馮小龍 (1996)。《廣播新聞原理與製作》。臺北：正中。

黃新生 (1994)。《電視新聞》。臺北：遠流。

楊允達 (1984)。〈我與國際採訪〉，《國際採訪》。臺北：記者公會。

漆敬堯 (1980)。《新聞學》。臺北：商務。

漆敬堯 (1992a)。《「新聞特寫」與「分析新聞」——「一、二、三……」的寫
　　作模式》。臺北：正中。

漆敬堯 (1992b)。〈誹謗〉，《大眾傳播法手冊》。臺北：國立政大新聞研究所。

熊移山 (2002)。《電視新聞攝影》。臺北：五南。

福島英著，蔡爾健譯 (2005)。《好聲音魅力加分》。臺北：良品。

臧國仁 (1999)。《新聞媒體與消息來源——媒介框架與真實建構之論述》。臺北：三民。

臧國仁、鍾蔚文 (1994)。〈記者如何問問題？如何問好問題？如何問對問題？〉，《新聞學與術的對話》。臺北：國立政大新聞研究所。

劉江彬 (1988)。《資訊法論》。臺北：三民。

歐陽醇 (1982)。《採訪寫作》。臺北：三民。

歐陽醇 (1991)。〈記者上戰場〉，《戰爭新聞的採訪》。臺北：華瀚。

潘家慶 (1991)。《媒介理論與現實》。臺北：天下。

蔣安國 (1996)。〈廣播電視與誹謗問題之研究〉，《媒體誹謗你、我、他》。臺北：國立政大傳播學院研究暨發展中心。

蔣建文 (1995)。《從作文原則談作文方法——實用修辭學》。臺北：商務。

鄭昭明 (1993)。《認知心理學——理論與實踐》。臺北：桂冠。

鄭貞銘 (1966)。《新聞採訪的理論與實際》。臺北：商務。

蕭雄淋 (1992)。〈著作權〉，《大眾傳播法手冊》。臺北：國立政大新聞研究所。

蕭雄淋 (1996a)。《著作權法逐條釋義（一）》。臺北：五南。

蕭雄淋 (1996b)。《著作權法逐條釋義（二）》。臺北：五南。

賴蘭香 (2000)。《傳媒中文寫作》。香港：中華書局。

錢震 (1976)。《新聞論（上）》。臺北：中華日報。

薛心鎔 (1990)。《透視新聞媒體》。臺北：華瀚。

謝邦昌 (2000)。《探索民意——民意調查技術之探索》。臺北：曉園。

謝邦振 (2001)。《別再寫錯字了》。臺北：商周。

聯合報編輯中心 (1998)。《聯合報編採手冊》。臺北：聯合報。

鍾蔚文 (1992)。《從媒介真實到主觀真實：看新聞，怎麼看？看到什麼？》。臺北：正中。

鍾蔚文、臧國仁 (1994)。〈如何從生手到專家〉，《新聞學與術的對話》。臺北：國立政大新聞研究所。

鍾蔚文、臧國仁、陳憶寧、柏松齡、王昭敏 (1996)。〈框架理論的再探討：以

臺灣大學女研社放映 A 片事件為例〉,《政大新聞教育 60 年週年慶論文集》。臺北:國立政大新聞系。

顏路裔 (1970)。《寫作漫談》。臺北:道聲。

羅文輝 (1991)。《精確新聞報導》。臺北:正中。

羅文輝 (1993)。《新聞理論與實證》。臺北:黎明。

羅明通 (2000)。《著作權法論》。臺北:台英法律事務所。

二、外文書籍

Beharrell, Peter & Greg Philo (eds.) (1977). *Trade Unions and the Media*. London: Macmillan.

Biagi, S. (1992). *Interviews that Work: A Practical Guide for Journalists*. Belmont, Calif: Wadsworth.

Breed, W. (1980). *The Newspaperman, News and Society*. New York: Arno.

Brooks, Brian S., George Kennedy, Daryl R. Moen and Don Ranly (1980). *News Reporting and Writing*. New York: St. Martin's Press.

Charnley, M. (1975). *Reporting* (3rd ed.). New York: Holt Rinehant and Winston.

Cohen, Bernard C. (1963). *The Press and Foreign Policy*. Princeton: Princeton University Press.

Eldridge, John (ed.) (1992). *Getting the Message: New Truth and Power*. London: Routledge.

Epstein, E. J. (1975). *Between Fact and Fiction: The Problem of Journalism*. New York: Vintage.

Fisk, John (1987). *Television Culture*. London: Routledge.

Fisk, John (1989). *Understanding Popular Culture*. London: Unwin Hyman.

Hocking, William E. (1947). *Freedom of the Press*. Chicago: University of Chicago Press.

Hohenberg, John (1983). *The Professional Journalist*. New York: CBS College Publishing.

IPI (1962). *The First Ten Years* (Zurich).

Itule, Bruce D. & Douglas A. Anderson (2003). *News Writing and Reporting for Today Media* (6th ed.). New York: Longman.

Johnstone, J. W. L., Slawski, E. J. and Bowman, W. W. (1976). *The News People*. Urbana, IL: University of Illinois Press.

Lippmann, W. (1922). *Public Opinion*. New York: Free Press.

MacBride, Sean (1980). *Many Voices, One World: Communication and Society, Today and Tomorrow*. Paris: UNECO.

Mautner, M. (1992). *Process of International Negotiations*. Boulder, CO: Westview Press.

Mencher, Melvin (2003). *News Reporting and Writing* (9th ed.). New York: McGraw Hill.

Merton, Robert K. (1957). *Social Theory and Social Structure* (rev ed.). Glencoe, IL: Free Press.

Metzler, Ken (1997). *Creative Interviewing: The Writer's Guide to Gathering Information by Asking Questions* (3rd ed.). Boston: Ally & Bacon.

Meyer, Philip (1973). *Precision Journalism —— A Reporter's Introduction to Social Science Methods*. Indiana: University Press.

Meyer, Philip (1991). *New Precision Journalism*. Indiana: University Press.

Pember, Don R. (1987). *Mass Media Law*. Dubuque, Iowa: Wm. C. Brown.

Rich, Carole (1997). *Writing and Reporting News: A Coaching Method* (2nd ed.). Belmont, Calif: Wadsworth.

Schiller, H. I. (1979). "Transnational Media and National Development." In K. Nordenstreng and H. I. Schiller (eds.), *National Sovereign and International Communication*. Norwood, NJ: Ablex.

Schudson, M. (1978). *Discovering the News: A Social History of American Newspaper*. New York: Basic Books.

Shoemaker, P. J. & Resse, S. D. (1991). *Mediating the Message*. New York:

Longman.

Spilsbury, Sallie (2000). *Media Law*. London: Cavendish.

Tuchman, G. (1978). *Making News: A Study in the Construction of Reality*. New York: Free Press.

Tunstall, J. (1977). *The Media are American*. London: Constable.

Wolk, Roland De (2001). *Introduction to Online Journalism: Publishing News and Information*. Boston: Ally & Bacon.

三、中文期刊、報紙

Leeyh (2005)。〈世姐總決賽，臺灣佳麗第一輪遭淘汰〉,《東森新聞》,12 月 10 日。

丁連財 (2003)。〈他們的隱私 我們的目光〉,《中國時報》,7 月 28 日,版 A15。

三立政治中心 (2018)。〈總統老家退燒他故鄉最慘 「被消失」〉,《三立新聞網》,6 月 26 日。

中天快點 TV (2017)。〈【影】撞到女鬼？女跳軌後「屍體離奇消失」 監視器畫面曝光……超毛！〉,《中天快點 TV》,7 月 7 日。

中央社 (2010)。〈歐巴馬上電視吸引婦女票,怨嘆黑莓機不好玩〉,《中央社新聞網》,7 月 30 日。

中央社 (2018)。〈文在寅：金正恩盼川金會終結數十年衝突〉,《中央社新聞網》,5 月 27 日。

中央社 (2018)。〈技能領航得藝飛揚 臺南市二〇一八技職教育博覽會崑山科大登場〉,《中央社新聞網》,5 月 24 日。

中時電子報 (2018)。〈二審宣判後魏應充首度露面 律師:將繼續爭取清白〉,《中時電子報》,5 月 22 日。

尹俊傑 (2018)。〈新澤西州眾議會通過決議案 挺臺國際參與〉,《中央社新聞網》,5 月 25 日。

方念華 (1996)。〈主動再主動 伺機多回饋——我如何在人生地不熟的莫斯科

採訪俄羅斯大選〉,《新聞鏡周刊》,第 400 期,頁 6–12。

王丹荷 (2017)。〈第五十四屆金馬獎頒獎典禮　林俊傑獻唱致敬〉,《青年日報》,11 月 9 日。

王昭月 (2018)。〈遭槍擊海陸士兵腹腔大出血　醫全力搶救仍不治〉,《聯合新聞網》,6 月 2 日。

王家珩、梁宏志 (2018)。〈當街砍殺弟弟哥哥疑似喝藥輕生〉,《華視新聞網》,6 月 7 日。

王彩鸝 (2018)。〈獨／教育部昨回函臺大：迅即重啟遴選程序〉,《聯合新聞網》,5 月 26 日。

王嘉源 (2005)。〈暴露 CIA 幹員　拒洩消息來源　《紐時》記者入獄〉,《中國時報》,7 月 8 日,版 A7。

冉亮 (1996)。〈我的「鮑威爾之旅——從訪問、對談到分享,是運氣也是緣分」〉,《新聞鏡周刊》,第 396 期,頁 14–19。

田思怡 (2013)。〈安倍下一步　修憲→日本軍事崛起〉,《聯合報》,4 月 29 日,版 A5。

伍崇韜 (2003)。〈記者常被當作未武裝的敵軍　通過死亡幽谷〉,《聯合報》,3 月 24 日,版 6。

江元慶 (2003)。〈洪堅稱新聞自由　指這是最糟糕的判決〉,《聯合晚報》,7 月 25 日,版 2。

江明晏 (2018)。〈499 吃到飽爆人潮中華電官網客服掛點〉,《中央社新聞網》,5 月 9 日。

艾普羅民調公司・旺旺中時民調中心 (2012)。〈國人對同性婚姻合法化看法調查〉,《中時部落格》,8 月 23 日。

吳佳臻 (2018)。〈一眨眼就錄影！德國大學生發明眼鏡相機　捕捉錯失的畫面〉,《智慧機器人網》,5 月 24 日。

吳柏軒 (2018)。〈教團民調看大學自治　七成同意政府應適法性監督〉,《自由電子報》,7 月 29 日。

呂東牧 (2000)。〈媒體人的觀點:批判或是審判?——社會新聞的法律界限〉,

《司改雜誌》，第 28 期，頁 10–13。

呂理德 (1989)。〈鎘米外流風波〉，第四屆吳舜文新聞採訪報導獎。

李台龍 (2005)。〈高雄 "Hello Kitty" 磁鐵拚治安〉，《中廣新聞網》。

李伊晴 (2018)。〈搶救南部觀光！到這五縣市旅遊每人每日補助五百元〉，《今周刊》，5 月 16 日。

李侑珊 (2018)。〈臺大畢典將至　家長殷盼管爺現身為學生打氣〉，《中時電子報》，5 月 29 日。

李瞻 (1986)。〈新聞自由與新聞自律〉，《新聞學研究》，第 36 期，頁 21–60。

周佑政 (2014)。〈新疆莎車縣暴動　世維會：死傷人數近百〉，《新頭殼》，7 月 30 日。

周健 (2002)。〈資訊時代的隱私權法律保護〉，《世紀中國》。

孟廣成 (2005)。〈火辣週末夜，辣妹熱舞拚人氣〉，《東森新聞》，12 月 9 日。

林上祚 (2013)。〈堅韌的小草強震壓不垮——失去右腿的劉家汶在生命的轉折處發光〉，《中國時報》，5 月 26 日，版 A7。

林孟汝 (2014)。〈七月物價　估外食費仍高〉，《中央社新聞網》，8 月 3 日。

林河名 (2017)。〈林全卸任閣揆獲聘總統府資政〉，《聯合報》，9 月 9 日。

林則宏 (2013)。〈兩岸應抱團迎向全球化〉，《聯合報》，4 月 15 日，版 A1。

林珮萱 (2013)。〈40.6 分！臺灣幸福感的成長力道，熄火了嗎？〉，《中時電子報》，1 月 7 日。

林高生 (1999)。〈採訪坐大　隱私權不保〉，《新台灣》，第 181 期。

林華平 (1981)。〈戴季陶先生之死〉，《傳記文學》，第 39 卷，第 1 期，頁 97–101。

林照真 (2001)。〈保障個人隱私　重於新聞自由〉，《中國時報》，2 月 19 日，版 A2。

林憲源 (2006)。〈Kitty 迷小心荷包！Hello Kitty 專屬飯店現身高雄〉，《中廣新聞網》。

若如 (1994)。〈如何撰寫民意調查新聞——民意調查與新聞報導〉，《新聞鏡周刊》，第 312 期，頁 6–8。

修瑞瑩 (2018)。〈記憶中的臺南是什麼味道？小食光──食文創特展登場〉，《聯合報》，5 月 31 日。

唐德君 (2004)。〈電視新聞文字稿寫作特色探討〉，《荊楚網》。

徐秀娥 (2018)。〈衛生紙下月將狂漲一到三成　買一串最多少掉一個便當錢〉，《中時電子報》，2 月 23 日。

徐紀琤 (1997)。〈陳進興開講，電子媒體一頭熱〉，《中國時報》，11 月 20 日，版 7。

徐國淦 (2003)。〈新港農民抗議穀價慘跌　籌組「農民爭生存自救會」〉，《聯合報》，12 月 8 日，版 A6。

翁禎霞 (2018)。〈旭海的交通期盼屏東縣府聽到了〉，《聯合報系願景工程》，5 月 30 日。

馬立君 (2004)。〈如果……官員不無謂視察　如果……記者不低估危險〉，《聯合報》，10 月 26 日，版 A15。

馬西屏 (1994)。〈記者工作與生活──日日高潮　處處危機〉，《新聞鏡周刊》，第 282 期，頁 11-18。

馬靜如、蘇儀騰 (2012)。〈新個資法施行後　五大影響〉，《中時電子報》，10 月 9 日。

高源流 (1996)。〈獨家事小，功德事大──採訪卡雅尋親細說從頭〉，《新聞鏡周刊》，第 503 期，頁 6-11。

高詩琴 (2018)。〈台電：瑞濱國小不會是「許厝分校」〉，《聯合新聞網》，4 月 14 日。

張加 (2018)。〈龐培歐會王毅談臺灣王毅籲美恪守一中〉，《聯合新聞網》，5 月 24 日。

張家琪 (2001)。〈璩美鳳事件　顯示臺灣亟需「心靈洗滌」〉，《香港信報》，12 月 31 日。

張家琪 (2002)。〈光要政黨退出媒體還不夠〉，《新聞界》，第 158 期，頁 10-11。

張雅惠 (2005)。〈米奇米妮握手會　百人交換公仔〉，《東森新聞》，12 月 10

日。

張源銘 (2004)。〈守在員山子等候游揆　台視記者平宗正溺斃〉,《聯合報》,10 月 26 日,版 A3。

張嘉文 (2013)。〈報導吳敦義主導夢想家　《壹週刊》判賠〉,《中時電子報》,3 月 9 日。

張翠芬 (2012a)。〈今,扎根校園,學武健身磨練心性　忠義國小柔道班,二十一連霸寫傳奇〉,《中國時報》,10 月 14 日,版 A14。

張翠芬 (2012b)。〈柔道、合氣道皆源自柔術　中日古武術　今年全運會納比賽〉,《中國時報》,10 月 14 日,版 A14。

張勳騰 (2018)。〈女子陳屍鯉魚潭水庫溢洪道死因待查〉,《自由時報》,3 月 3 日。

郭家崴 (2018)。〈超好運!花蓮遠百汽車首獎這家人連兩年抽中〉,《中時電子報》,2 月 16 日。

郭無患 (2003)。〈美國保護記者委員會為洪哲政被判刑鳴不平〉,《中央社新聞網》,7 月 26 日。

陳秀鳳 (2005)。〈為什麼我們抄新聞?〉,《中國時報》,6 月 27 日,版 13。

陳韋廷 (2018)。〈沒人比總統親!川普九成一鐵粉最信他僅 11% 信媒體〉,《聯合新聞網》,8 月 1 日。

陳家駿 (1989)。〈電腦資料庫著作權法保護〉,《資訊傳真》,第 110 期,頁 69–73。

陳素玲 (2005)。〈半數上班族:媒體羶色腥　但最愛看〉,《聯合晚報》,8 月 31 日,版 6。

陳雅琴 (1996)。〈尚陷受傷昏迷　豈可宣告死亡〉,《新聞鏡周刊》,第 361 期,頁 18。

陳毓麒 (2001)。〈電視新聞影音結構與閱聽人理解〉,《廣播與電視》,第 17 期,9 月,頁 119–143。

陳嘉寧 (2018)。〈搭華航出國旅客須提早一小時到桃園機場〉,《聯合新聞網》,5 月 15 日。

陳鳳英 (1997)。〈第一位與陳進興對話的電視主播——戴忠仁：我不懂為什麼這些媒體需不斷地打電話〉，《新新聞》，第 560 期，頁 42–44。

陸運陞 (2018)。〈北市兩死火警　警消人員採證釐清案情〉，《蘋果日報》，6月 2 日。

媒體觀察基金會 (2003)。〈精神病患需要援手，而非烙印，呼籲媒體「三要，三不要」〉，《媒體改造論壇》，9 月 12 日。

彭芸 (2005)。〈用「抄」不用「跑」的電視新聞〉，《中國時報》，6 月 26 日，版 A4。

游明煌 (2018)。〈基隆取消街頭藝人技能考試引起爭議〉，《聯合新聞網》，6月 14 日。

須文蔚 (1994)。〈新聞報導與隱私權〉，《報學》，第 8 卷，第 8 期，頁 242–253。

馮建三 (1995)。〈廣電資本運動的政治經濟學——析論 1990 年代台灣廣電媒體的若干變遷〉，《台灣社會研究叢刊》，第 5 號，頁 31–65。

黃天如 (2018)。〈女性幸福大調查　「脆弱，妳的名字叫女人？」　離婚女91.3% 無再婚意願〉，《風傳媒》，3 月 4 日。

黃玉峰 (1998)。〈報紙應邁入精寫精編時代〉，《新聞鏡周刊》，第 486 期，頁20–23。

黃安琪 (2018)。〈嚴重空汙致癌？南部人罹尿路上皮癌多三倍〉，《聯合新聞網》，5 月 16 日。

黃美珠 (2018)。〈「北部」科三期開發說明正反意見僵持〉，《自由時報》，6 月3 日。

黃美寧 (2004)。〈圓山美味紅豆鬆糕　連老外也排隊搶購〉，《央廣新聞網》。

黃敬平 (2003)。〈軍事記者洪哲政被判刑　國防部表示尊重司法判決〉，《中華日報》，7 月 26 日，版 2。

黃葳威 (1993)。〈電視新聞配樂對閱聽人的影響〉，《廣播與電視》，第 1 卷，第 3 期。

楊明娟 (2018)。〈歐洲會員國一致反對俄暫難返 G7〉，《中央廣播電臺》，6 月

9 日。

楊威廉 (2018)。〈金門毒性化學災害演練　提升應變〉,《青年日報》,6 月 08 日。

楊泰順 (2004)。〈大學生知多少?這一代又高明多少?〉,《聯合報》,2 月 24 日,版 A15。

楊毅 (2013)。〈朱敬一憂:十二年國教　補習班準備好了〉,《中國時報》,5 月 6 日,版 A3。

福澤喬 (2018)。〈日本民泊法即將上路　未來居住合法卻要更注意安全問題〉,《ETtoday 新聞雲》,6 月 13 日。

劉屏、尹德瀚 (2003)。〈剽竊編選新聞　紐約時報道歉〉,《中時晚報》,5 月 12 日,版 5。

劉家凱、唐素娟、王佳韻 (2000)。〈媒體錯誤示範答客問〉,《司改雜誌》,第 28 期,頁 19–20。

潘維庭、林勁傑 (2018)。〈兩岸一家人扁也曾說過〉,《中時電子報》,6 月 8 日。

滕淑芬 (1998)。〈咱們法庭見!第四權的罪與罰〉,《光華雜誌》,第 23 期。

蔡亦寧 (2018)。〈「歐盟難民問題」義大利不擋協議了!歐盟領袖徹夜討論終達共識:在北非設收容中心、限制難民自由移動〉,《風傳媒》,6 月 29 日。

蔡沛琪 (2012)。〈個資法　十月一日上路〉,《中央社新聞網》,9 月 30 日。

鄭呈皇 (2006)。〈傾聽的力量　你懂得聽嗎?〉,《商業週刊》,第 945 期,頁 115。

鄭佩玟 (2018)。〈俄羅斯流亡記者遭槍殺　生前批評普丁政府是「侵略者」〉,《ETtoday 新聞雲》,5 月 30 日。

盧世祥 (2004)。〈談楊大智媒體處理態度〉,《公視晚間新聞資料庫》,8 月 1 日。

蕭承訓、陳志賢、郭建伸、周毓翔 (2018)。〈本報民調八成反廢死!八成六促盡速執行死刑〉,《中時電子報》,7 月 17 日。

蕭博文、王雨晴 (2011)。〈惡意刊登小 S 家暴　《蘋果》總編加重誹謗罪起訴〉,《中時電子報》,1 月 29 日。

賴錦宏、林克倫 (2013)。〈四川雅安大震逾一百五十七死　傷者逾五千〉,《聯合報》,4 月 21 日,版 A1。

閻紀宇 (2005)。〈水門案深喉嚨現身〉,《中國時報》,6 月 2 日,版 A1。

聯合報願景工程 (2012a)。〈民調／我怕老年歧視　但我歧視老人〉,《聯合報願景工程網站》,12 月 10 日。

聯合報願景工程 (2012b)。〈民調／同性婚姻→Yes,子女同志→No〉,《聯合報願景工程網站》,12 月 3 日。

聯合新聞網 (2018)。〈一個月薪水六萬過很爽?過來人經驗談:老後仍是下流老人〉,《聯合新聞網》,6 月 5 日。

簡怡欣 (2018)。〈墾丁大街昨夜爆人潮!網驚呼:都是幻覺〉,《中時電子報》,5 月 28 日。

顏伶如 (1994)。〈拍照?還是救人?──一次職責與良知的深沉對話〉,《新聞鏡周刊》,第 284 期,頁 32–33。

魏妤庭 (2018)。〈薰衣草森林重返尖石拿昔日園區照「免費」入園〉,《聯合新聞網》,5 月 16 日。

魏麒原 (2004)。〈涉水跑新聞　台視記者平宗正殉職〉,《中國時報》,10 月 26 日,版 A3。

羅文輝 (1988)。〈客觀與新聞報導〉,《報學》,第 7 卷,第 9 期,頁 110–116。

羅文輝 (1995)。〈新聞記者選擇消息來源的偏向〉,《新聞學研究》,第 50 期,頁 1–12。

羅珮瑩 (2004)。〈謀殺記者的共犯結構〉,《中國時報》,10 月 27 日,版 A15。

蘇正平 (1996)。〈新聞自主的理論和實踐〉,《新聞學研究》,第 52 期,頁 21–32。

體育中心 (2018)。〈「MLB」十三年前的今天,你還記得嗎?王建民生涯初登板(影音)〉,《自由時報》,5 月 1 日。

四、外文期刊

Adoni, Hanna & Sherrill Mane (1984). "Media and Social Construction of Reality: Toward an Integration of Theory and Research". *Communication Research*, 11: 323–337.

Breed, W. (1955). "Social Control in the Newsroom: A Functional Analysis", *Social Forces*, 33: 326–355.

Cooper, H. A. (1978). "Close Encounters of an Unpleasant Kind: Preliminary Thoughts on the Stockholm Syndrome." *Legal Medical Quarterly*, (2): 100–111.

Dominick, J. R. et al. (1975). "Journalism vs. Show Business: A Content Analysis of Eyewitness News". *Journalism Quarterly*, 59(2): 213–218.

Eldridge, John (2000). "The Contribution of the Glass Grow Media Group to the Study of Television and Print Journalism". *Journalism Studies*, 1 (1): 113–127.

Entman, R. M. (1993). "Framing: Toward Clarification of a Fractured Paradigm". *Journal of Communication*, 43 (4): 51–58.

Galtung, J. & Ruge, M. (1965). "The Structure of Foreign News". *Journal of Peace Research*, 1: 64–90. Also in J. Tunstall (ed.), *Media Sociology*. London: Constable.

McCombs, Maxwell E., Richard R. Cole, Robert L. Stevenson, Donald L. Shaw (1981). "Precision Journalism: An Emerging Theory and Technique of News Reporting". *Gazette*, 27 (1): 21–34.

Penman, Robyn (1992). "Good Theory and Good Practice: An Argument in Progress". *Communication Theory*, 2: 234–250.

Rowan, Katherine (1988). "No-ideas Students Learn How to Find", *Research Stories, Journalism Educator*, 42 (4). SC.: Association for Education in Journalism and Mass Communication.

五、外文網路資料

Kalb, Marvin (2004). "A Quest for More Sensation is Killing Journalism." *FT. COM*. Apr 01.

　　http://search.ft.com/s03/search/article.html?=040401007751

Neil, Ronald (2004). "The Neil Report." *BBC Journalism*

　　http://www.bbc.co.uk/info/policies/neil_report.shtml

圖片來源：

圖 1–1、1–2、1–3，圖 2–1，圖 4–1，圖 5–1、5–2，圖 6–1、6–2，圖 7–2：ShutterStock

紀錄片：歷史、美學、製作、倫理

李道明／著

　　本書為國內第一本全方位解讀紀錄片的書籍，包含以下幾個面向的探討：㈠歷史：從 19 世紀的攝影術一路談到近年來的動畫紀錄片，以豐富的圖文實例建立起紀錄片的百年史觀。㈡美學：除了介紹真實電影、直接電影等十餘種片型的獨特美學，還以跨類型紀錄片、歷史紀錄片、偽紀錄片、紀錄劇為分析對象，探索紀錄片的核心議題：真實與虛構。㈢製作：為什麼要透過紀錄片來表達意見？如何建構紀錄片的論點？怎麼做才能說好一個故事？剪輯、旁白、音樂的使用方式會產生什麼效果？㈣倫理：紀錄片創作者要對被攝者負起何種責任？隱私權與言論自由如何取捨？重建場面會遇到什麼倫理問題？紀錄片風格與美學如何影響倫理？什麼是攝影機凝視的倫理？㈤經濟：先以西方紀錄片產業的百年發展脈絡為背景，再以加拿大為個案做深入分析，最後則回過頭來初探臺灣紀錄片的經濟問題。

國家圖書館出版品預行編目資料

新聞採訪與寫作／張裕亮主編;張家琪,杜聖聰著.——
修訂三版二刷.——臺北市: 三民，2021
　　面;　　公分
　參考書目: 面
　ISBN 978-957-14-6468-8　（平裝）
　1. 採訪 2. 新聞寫作

895　　　　　　　　　　　　　　　　　107013923

新聞採訪與寫作

主　　　編	張裕亮
作　　　者	張家琪　杜聖聰
責任編輯	闕瑋茹
發 行 人	劉振強
出 版 者	三民書局股份有限公司
地　　　址	臺北市復興北路 386 號 (復北門市) 臺北市重慶南路一段 61 號 (重南門市)
電　　　話	(02)25006600
網　　　址	三民網路書店 https://www.sanmin.com.tw
出版日期	初版一刷 2007 年 2 月 修訂三版一刷 2018 年 9 月 修訂三版二刷 2021 年 9 月
書籍編號	S890900
I S B N	978-957-14-6468-8

三民書局